Amaya Sang Buddha

Translated to Indonesian from the English version of
Amaya The Buddha

Varghese V Devasia

Ukiyoto Publishing

Dedikasi

Valsamma Thomas, saudara perempuan saya, sahabat masa kecil dan remaja saya, mendorong saya untuk membaca fiksi dalam bahasa Malayalam. Saya memiliki kenangan indah saat kami membaca cerita bersama, duduk di dahan pohon mangga yang terletak di dataran rendah, tersembunyi di balik rimbunnya dedaunan, berjam-jam bersama, di alam semesta eksklusif kami sendiri, di pertanian desa kami di Ayyankunnu, Kerala, bertengger di Sahyadri seperti sarang burung kukuk.

Ucapan Terima Kasih

Saya berterima kasih kepada Ukiyoto Publishing dan tim editorialnya yang luar biasa karena telah menerbitkan buku yang luar biasa dan indah ini. Isvi Mishra, Editor saya, membantu saya menyempurnakan novel ini dan produk akhirnya mencerminkan selera estetikanya yang luar biasa ditambah dengan objektivitas dan ketajaman sastra.

Menulis novel ini adalah sebuah meditasi, sebuah perjalanan menuju keberadaan saya. Saya mengalami jalan buntu, ketika saya melakukan perjalanan berkali-kali ke orang lain, tetapi sia-sia. Vipassana membantu saya mendobrak batasan untuk melompat ke hal yang tidak diketahui—dari kesadaran kompleksitas ke kesadaran refleksif dan bersamaan. Itu merupakan wahyu bahwa saya dapat beralih dari "Saya tidak tahu" menjadi "Saya tahu" dan "Saya tahu bahwa saya tahu," Pencerahan yang murni. Mengunjungi Kompleks Kuil Mahabodhi, Bodh Gaya, membuat saya merendahkan hati dan membantu saya mempertanyakan kebenaran keberadaan saya dalam siluet Alam Semesta. Nalanda mengajari saya beberapa pelajaran sederhana: mengamati kenyataan dan memahami kepastian sebagaimana adanya. Perjalanan saya ke Biara Yiga Choeling, Ghum, merupakan perjalanan ke dalam diri saya yang memudahkan saya untuk berkonsentrasi, berpikir dan bekerja, menganalisis pola ateistik dan perlunya kelangsungan hidup manusia. Kuil Emas Kushalnagara memungkinkan saya merasakan kehadiran saya dari luar seperti yang dikatakan Sartre, keberadaan lebih penting daripada esensi. Secara epistemologis, saya menjadi objek penyelidikan saya seiring dengan perkembangan tulisan.

Setiap pria memiliki seorang wanita di dalam dirinya; derajatnya bervariasi; Amaya adalah aku, keberadaanku di dimensi berbeda sering menyatu menjadi satu. Sebagai protagonis novel, Amaya bermetamorfosis melalui setiap kalimat dan bab dengan melibatkan dirinya dalam piano, penelitian, praktik hukum, dan

Vipassana. Baginya, istana, klien, kolega, orang tua, Bodh Gaya dan Nalanda melambangkan kelangsungan hidupnya. Bertemu dengan Supriya, putrinya, untuk pertama kalinya di penjara merupakan katarsis, dan perjalanannya ke Raja Ampat merupakan puncak Pencerahan. Buku ini adalah rangkuman dari pengalamannya. Saya berterima kasih kepada semua orang yang saya temui dalam ekspedisi yang mempesona ini.

Saya berterima kasih kepada pihak-pihak yang telah membantu saya menulis novel ini, terutama Gilsi, Anju, Aparna dan Jills yang telah membaca naskah dan memberikan saran-saran kritisnya.

Isi

Ibu dan anak

Saat menghadiri panggilan tersebut, Amaya tidak pernah membayangkan wanita muda yang berbicara itu adalah putrinya Supriya, yang diculik ayahnya dua puluh empat tahun lalu dari rumah sakit bersalin di Barcelona. Amaya berada dalam keadaan koma ketika dia melahirkan, dan bayinya sudah hilang saat dia sadar kembali tiga minggu kemudian.

Ada kerinduan melebihi kerinduan, keinginan melebihi keinginan untuk bertemu Supriya sementara Amaya berkeliling Eropa dan India mencari putrinya. Belakangan, dalam kesendiriannya di rumah ibunya di Kerala, ia melukis sejuta gambar putrinya di dinding hatinya dalam berbagai warna dan dimensi. Begitu ia memulai praktik hukumnya, Supriya menyalakan harapan di lubuk hatinya ketika Amaya mengajukan kasus di pengadilan untuk membela hak-hak perempuan.

"Aku akan selalu bersamamu, Supriya, untuk menjagamu dalam segala situasi," kata Amaya dalam benaknya.

Di malam hari, mulai pukul lima, ada banyak panggilan telepon untuk membuat janji dengannya untuk mendapatkan bantuan hukum, dan saat itu sudah pukul sembilan lewat seperempat ketika telepon berdering.

Amaya mungkin telah memanggil nama putrinya berkali-kali selama dua puluh empat tahun terakhir. "Supriya", sambil berseru, "sayang kamu", sambil memeluknya. Merasakan detak jantung bayi Supriya, tanda awal keakraban ibu dan anak, tulus dan suci, peka dan tidak mementingkan diri sendiri, merupakan pengalaman yang menggetarkan. Supriya akan menjadi sedikit lebih tinggi; papanya berusia enam-dua tahun. Karan memiliki senyum menawan. Ia berkecimpung di pasar saham, membeli dan menjual saham klub sepak bola di Eropa, khususnya Spanyol, Prancis, Jerman dan Inggris, serta mengumpulkan kekayaan. Sebuah fenomena budaya yang tidak dapat dipisahkan, sepak bola menjadi simbol kebanggaan Spanyol. Ada ratusan buku tentang sepak bola di rumahnya di Barcelona, asal usulnya, perkembangannya, mania sepak bola di Spanyol, khususnya di Catalonia, klub sepak bola, dan pasar saham.

Vila kecil Amaya dan Karan memiliki dua kamar tidur, aula, dapur, ruang makan yang dirancang dengan indah, dan ruang belajar dengan buku-buku tentang sepak bola, komputer, dan perangkat komunikasi lainnya. Vila ini memiliki dua balkon, satu di timur dan satu lagi di selatan. Pemandangan dari balkon sungguh spektakuler, sungguh menyejukkan menyaksikan Laut Mediterania yang biru lembut selama berjam-jam, seperti hamparan daun pisang raja hijau kebiruan yang tersebar hingga keabadian. Matahari terbit memiliki kemegahan luar biasa di atas laut seperti Diklo, jilbab bertali perhiasan wanita Roma, saat dia menari, terlihat di jalanan Helsinki selama musim panas. Sinar mentari pagi yang menusuk bagaikan seorang remaja putri yang mencari pacarnya bersembunyi di bawah rindangnya pohon kelapa di kiri-kanan Danau Vembanad, menembus Alappuzha sesaat sebelum lomba perahu ular di Punnamada pada musim Onam. Angin segar yang tiada henti membelai tubuh telanjangnya saat ia berdiri bersama Karan di galeri terbuka. Itu bergema melalui lubang hidung, memenuhi paru-paru, meresap ke seluruh sel seperti meditasi Vipassana yang dia praktikkan di Vihar Buddha di Nalanda, bertahun-tahun kemudian, di mana seks adalah kutukan. Berkali-kali, mereka berada di balkon, telanjang, berpelukan, bercinta. Itu adalah kesatuan tertinggi yang dia rindukan sejak masa sekolah menengahnya tanpa mengungkapkan kebutuhannya secara lisan. Sambil melirik ke pantai, dia dengan sengaja mengabaikan tatapan mata turis yang penasaran dan waspada yang mencari petualangan erotis sementara Karan memeluknya dengan penuh gairah.

Casa Mila, juga dikenal sebagai La Pedrera, replika Pilar Batu di Kodaikanal, muncul dari kejauhan melalui panel kaca geser besar. Karan meletakkan pianonya di balkon selatan, dan dia memainkan Tchaikovsky, Paganini, Brahms, dan Clara Schumann. Favoritnya adalah Mozart, Bach, Chopin dan Beethoven. Mereka memainkannya bersama selama berjam-jam, dan di sela-sela itu, dia berhenti memainkannya dan menyaksikan dengan penuh kekaguman jari-jarinya bergerak di atas keyboard dengan lembut. Namun, kadang-kadang, musiknya menimbulkan gemuruh guntur di tengah pegunungan Alpen yang terdengar di Danau Lemon di Jenewa. Rasanya seperti menciptakan musik di La Sagrada Familia saat dia berdiri diam mendengarkannya. Musik gereja memiliki tawaran seksual yang semakin terfokus, magnetis, memikat dan melapis, membuat tubuh bergetar berulang-ulang dengan hasrat terpesona terhadapnya yang menantang untuk ditolak. Karan menyebut piano itu "Cinta Kita" dan vilanya "Teratai". Itu adalah tempat paling nyaman dalam hidup mereka saat itu. Dia bisa merasakan kebutuhannya dan selalu siap bersamanya. Saat berada di balkon, dia sering memeluknya; tubuhnya hangat, dan dia menyukai setiap gerakannya saat bercinta.

Supriya pasti akan seperti Karan. Dia bisa merasakan cinta yang mengalir kepada Supriya, memeluknya di dalam hatinya. Supriya tumbuh dalam rahasia diri ibunya setiap saat dalam hidupnya. Sebagai seorang balita, dia adalah personifikasi cinta, lincah dan tersenyum selama masa bayi. Ketika masih kecil, dia rumit, ingin tahu, seperti anak anjing Pomeranian berusia tiga bulan. Saat remaja, dia bermata cumi-cumi raksasa, tidak diragukan lagi cerdas seperti lumba-lumba, dan riang seperti bayi gajah. Supriya akan segera berusia dua puluh empat tahun dengan percaya diri dan tanggung jawab.

"Siapa Namanya?"

"Dia memanggilnya apa?"

Namun Amaya memberinya nama, Supriya; dalam bahasa ibunya, Malayalam, artinya "yang paling dicintai".

Merasakan keintiman dengan putrinya merupakan pengalaman yang mencairkan es; air terjun kecil dari puncak bukit dekat rumah orang tuanya, tiga puluh menit berkendara dari Kochi, lembut dan berkilauan. Di musim panas, itu menjadi kumpulan tetesan kecil. Namun saat musim hujan, airnya meluap. Aliran sungai yang mengalir dari bukit di antara rimbunnya tumbuh-tumbuhan, tanaman merambat, dan semak-semak tinggi, dikelilingi pohon kelapa, mangga, dan nangka, menjadi daya tarik wisata: kehijauan, udara bersih, kicauan burung, tupai lompat, dan burung beo hijau berparuh emas. Menyaksikan tupai melompat dari satu dahan pohon mangga ke dahan lainnya ibarat pemain bola voli terlatih yang memukul bola. Tupai adalah akrobat terbaik, karena mereka mampu melakukan lompatan vertikal dan horizontal yang akan mempermalukan Christopher Reeve di Superman. Hewan misteriusnya yang paling menakjubkan adalah tupai, dan dia sering bertanya-tanya bagaimana hewan itu bisa memanjat pohon dan dengan mudah bergelantungan terbalik. Itu adalah rahasia baginya sampai suatu hari dia bertanya pada Karan sambil melihat seekor tupai memanjat pohon kurma Pulau Canary di samping balkon mereka. Dalam beberapa menit, Karan mendapatkan temuan penelitian di The New York Times.

Tupai memiliki kaki belakang yang kokoh untuk memberikan tenaga penggerak yang kuat. Pergelangan tangan kaki belakangnya memiliki sambungan ganda dan dapat dipanjangkan sehingga tupai dapat membalikkan arah kakinya dan berlari ke bawah pohon secepat ia berlari ke atas. Cakar yang kecil dan tajam serta kaki belakang yang dapat dibalik membantu tupai bergelantungan terbalik kapan pun ia mau. Cakarnya yang tajam juga memungkinkan tupai menemukan tempat berlabuh yang aman di mana saja. Menjelaskan temuan penelitian, Karan tertawa.

"Kita harus seperti tupai," katanya sambil menatap Amaya.

Dia terlihat bingung seolah-olah dia menyesal telah berkomentar tentang hal itu. Namun Amaya mengamati bahwa tupai suka membuat jeritan tupai, seperti tupai di Barcelona suka memanjat dan menuruni pohon kurma di Pulau Canary. Bertahun-tahun kemudian, dia teringat tupai-tupai itu dan kata-katanya setiap kali dia memeluk Supriya dalam imajinasinya.

Dia senang pergi ke puncak bukit bersama Supriya untuk menyaksikan air terjun dari atas sambil melamun. Cintanya pada putrinya bagaikan air terjun yang indah, tidak pernah berkurang sama sekali.

Amaya berterima kasih kepada Rose dan Shankar Menon atas dua peristiwa unik dalam hidupnya—yang pertama menamainya Amaya. Banyak temannya di Spanyol yang memberitahunya bahwa itu adalah salah satu nama Spanyol yang paling indah. Hampir semua orang yang dia kenal di Madrid dan negara Basque menyatakan bahwa nama itu sangat cocok untuknya. Teman-temannya senang melihatnya, memanggilnya "Amaya". Dia sering mendengar pernyataan bahwa dia memperoleh nama Spanyol dan penampilan Spanyol. Dia sangat menawan dan menawan bagi sebagian orang Spanyol, seperti Ines Sastre dan Amaia Urizar.

Namun, namanya berasal dari bahasa Basque, berharga, atau sangat menawan, kata seorang pramugari di bandara San Sebastian ketika Amaya pergi untuk studi wisata bersama teman-temannya di sekolah. Bertentangan dengan apa yang dikatakan gurunya yang berbahasa Spanyol ketika belajar di standar kelima di sekolah dasar Madrid, kata-kata pramugari lebih otentik. Suku Basque bangga dengan tanah mereka, yang terletak di Pyrenees, hingga Teluk Biscay, antara Spanyol dan Prancis. Mereka mencintai sebidang tanah itu seperti hati mereka sendiri. Bahasa mereka unik, sangat berbeda dengan bahasa lain di Eropa.

Tradisi yang dipegang berusia lebih dari lima ribu tahun, budayanya menyatu dan kuat. Saudara perempuan dan istri mereka sangat berbakat, setara dengan laki-laki dalam segala hal, seperti perempuan Viking. Laki-laki Basque itu garang, cinta kebebasan, mandiri, cerdas, dan atletis. Identitas terpisah yang mereka miliki sama sekali berbeda dengan orang Eropa lain di sekitar mereka. Amaya adalah salah satu nama indah mereka, yang dicuri oleh orang Spanyol, kata Ainhoa, seorang anggota aktif organisasi perjuangan kemerdekaan.

Amaya lebih menyukai nama depannya daripada Menon, nama terakhirnya. Dia lahir di Barcelona ketika Rose sedang tur ke sana dari Madrid. Dia ingin membuat sketsa bangunan paling terkenal yang dirancang oleh Antoni Gaudi saat bekerja sebagai desainer struktur di sebuah firma arsitektur di Mumbai. Suaminya, seorang perwira senior di Kedutaan Besar India di Spanyol, menemani istrinya dalam semua perjalanannya, karena ia juga harus sering bepergian ke seluruh Spanyol, sehubungan dengan tugas resminya.

Ketika keluarga Menon mengunjungi La Sagrada Familia, basilika di Barcelona, Rose melahirkan putrinya di dalam gereja. Karena persalinan terjadi begitu tiba-tiba, tanpa tanda-tanda peringatan, kedua Menon menjadi bingung dan bahkan tidak siap menyambut kedatangan bayi mereka. Pendeta gereja memberi tahu mereka bahwa bayi mereka adalah satu-satunya anak yang lahir di kawasan suci La Sagrada Familia. Dia sangat berharga di mata Tuhan, meskipun banyak bayi dibawa ke basilika untuk dibaptis setiap minggunya. Seorang biarawati anggota Suster Loreto yang tiba-tiba muncul disana, menggendong bayi tersebut dan segera memindahkan ibu dan anak tersebut ke biaranya di sebelah gereja. Rose dan bayinya yang baru lahir tinggal di biara selama sepuluh hari, karena bayinya lahir enam minggu sebelumnya; dia membutuhkan observasi dan perawatan medis yang konstan. Biarawati bernama Amaya itu menggendong bayi itu. Untuk menghormati biarawati tersebut, Rose dan Shankar Menon menamai putri mereka Amaya; Namun, mereka memanggilnya Mol, sayangku, dalam bahasa Malayalam.

Amaya sangat menyukai La Sagrada Familia, Biara Loreto yang sama indahnya, kota Barcelona yang penuh warna, megah, dan semarak di Mediterania, serta kota Catalan yang merdu. Dia juga menyukai negara Basque, masyarakatnya, bahasa merdu mereka, Euskara, serta tradisi dan budaya mereka sejak masa kecilnya.

Di Barcelona, di luar basilika, ada sebuah penimbunan raksasa di tepi jalan utama, dan Amaya berdiri di depannya selama satu menit setiap kali dia mengunjungi tempat kelahirannya. Surat-surat tersebut menyampaikan makna yang kuat, *Barcelona di Catalonia, dan Kami berbicara bahasa Catalan.* Demikian pula, terjadi penimbunan di seluruh Basque Country, setiap sepuluh kilometer, yang menyatakan: *Kami adalah Bangsa Merdeka bernama Euskadi, dan Kami Berbicara Euskara.*

Amaya mengenyam pendidikan dasar di Madrid di sebuah sekolah yang dikelola oleh Suster Loreto. Bahkan sebagai seorang pelajar, dia memiliki nafsu berkelana yang melekat. Ketika ayahnya mengundurkan diri dari Dinas Luar Negeri India dan bergabung dengan perusahaan multinasional sebagai analis informasi, dia memiliki lebih banyak kesempatan untuk bepergian bersama orang tuanya ke seluruh Eropa; dia menikmati kunjungan singkat mereka di kota-kota besar selama liburannya. Mengamati banyak orang, lingkungan sekitar, gaya hidup, tradisi dan budaya mereka secara dekat selama tamasya tersebut merupakan pengalaman yang luar biasa. Dia menyukai kemandirian mereka dan memperkuat keyakinannya bahwa kebebasan menjadikan manusia; kebebasan tidak dapat dipisahkan dari keadilan. Barcelona, Pamplona dan San Sebastian menyukai kemandirian dan keaslian mereka. Langit, udara, air, dan lingkungan Catalonia dan Basque memiliki daya tarik yang unik, dan ia merasakan kebebasan di mana pun di sudut Catalonia dan negara Basque.

Ketika dia berumur tiga belas tahun, Shankar Menon menerima posisi baru sebagai pemimpin redaksi *The Word* , yang diterbitkan di Mumbai, dan Amaya bergabung dengan sekolah menengahnya di kota tersebut. Dia memupuk kenangan yang jelas tentang Spanyol seperti seorang ahli penenun Kannur, menjalin motif-motif cerah di alat tenunnya dengan melilitkan benang pakan dengan bijaksana. Madrid, Barcelona, dan kawasan Basque di Pyrenees menjadi lamunan menyenangkan dengan berfantasi bepergian ke sana dan berkomunikasi dalam bahasa Spanyol, Prancis, Inggris, Euskara, dan Catalan.

Di Mumbai, dia lebih suka bergabung dengan sekolah yang diberi nama sesuai dengan nama seorang santo Basque yang, sebagai perwira militer di kerajaan Navarre, telah memimpin pasukannya dan mengalahkan garnisun Spanyol dalam Pertempuran Pamplona pada awal abad keenam belas. Selanjutnya, ia mendirikan Serikat Yesus dan enam rekannya.

Namanya Ignazio Loiolakoa, dan dalam bahasa Latin ia dipanggil Ignatius de Loyola.

Setelah matrikulasi, Amaya bergabung dengan sekolah menengah atas di sebuah perguruan tinggi unggulan, St. Xavier's, yang namanya diambil dari nama salah satu pendiri Serikat Yesus. Dia tahu Xavier adalah seorang Basque dari Navarre, seorang profesor di Universitas Paris, dan rekan Ignatius Loyola. Dia berada di Goa dan Kerala selama beberapa tahun sebagai misionaris.

Para Jesuit mendorong Amaya dalam berbicara di depan umum, dan dia muncul sebagai orator yang handal. Setiap kali berpidato di sebuah pertemuan, penonton meneriakkan "Amaya, Amaya," yang menciptakan gaung di dalam dinding ruang konferensi besar di St. Xavier's dan di kepala para guru serta teman-teman siswanya. Dia dapat berbicara dengan meyakinkan, menjelaskan pro dan kontra dari suatu isu, dimana ide-ide yang dia ketahui dirangkai secara ringkas dan masuk akal. Para pekerja partai politik memintanya untuk bergabung dengan mereka; dengan demikian, ia akan meningkatkan kemampuannya dan meyakinkan orang-orang tentang apa yang diyakininya, selain menerapkan ide-ide tersebut untuk kepentingan negara. Ada juga undangan dari banyak LSM yang memintanya untuk bergabung dengan mereka guna memperkuat upaya mereka.

Ia bukannya tidak menyukai politik namun lebih mencintai jurnalisme, bangga menjadi jurnalis, isu kedua yang ia syukuri kepada orang tuanya. Ketika dia menetap di Mumbai bersama orang tuanya, dia ingin menjadi berani, obyektif, dan analitis. Membaca editorial yang ditulis ayahnya di *The Word* setiap pagi adalah hal pertama yang dia lakukan. Itu adalah salah satu surat kabar paling dihormati di India, dan dia menghargai setiap kata yang ditemukan di dalamnya, meskipun dia masih muda. Merenungkan artikel, kata demi kata, kalimat demi kalimat; sering kagum dengan kejelasan ide, kekuatan pesan yang disampaikan, frasa pendek dan gaya bahasa yang luar biasa. Setiap komentar di editorial ayahnya dipahat secara menarik untuk memproyeksikan pemikiran yang sempurna, mencerminkan wajah masyarakat di sekitarnya. Dengan demikian, ia menjadi kekuatan dahsyat dalam kehidupan putrinya dengan mengukir pola pikir rasional, mencerminkan pikiran yang matang dan otak yang maju. Ayahnya tetap tegar, bahkan ketika menghadapi godaan dan gejolak. Ia mempunyai suara sendiri, menolak menjadi antek orang kaya, dan mempunyai kekuatan politik.

Bagi Amaya, ayahnya menghargai data faktual dan integritas pribadi lebih dari apa pun, tidak pernah menerima pengaruh politik dan sosial atau tekanan psikologis saat dia berdiri sendiri seperti Pilar Batu di Kodaikanal. Setiap hari Minggu, dia menulis kolom bernama *The Pillar Rocks* di halaman ketiga surat kabar tersebut, dan setiap pembaca membuka halaman tiga untuk membacanya sebelum melihat sekilas berita utama di halaman pertama. Sebagai pemimpin redaksi, Shankar Menon menolak untuk menuruti partai yang berkuasa atau oposisi, yang sebagian besar terdiri dari "politisi yang tidak tercerahkan, buta huruf, kriminal, kasar dan arogan."

Selama dua puluh tahun, Menon bertugas di dinas luar negeri di London, Tokyo, Canberra, Rio, Beijing dan Madrid. Dia adalah penerjemah terkemuka mengenai peristiwa-peristiwa hukum, sosial, ekonomi dan politik di negara tempat dia ditugaskan kepada pemerintah di negara asalnya. Pihak berwenang mempercayai interpretasi yang dia berikan. Pemerintah menyusun kebijakan luar negerinya terutama berdasarkan analisis Shankar Menon. Namun, ia mengundurkan diri dari Dinas Luar Negeri India karena campur tangan beberapa menteri, karena mereka menginginkan hasil yang sudah dicontohkan. Jadi, mereka bisa mendapatkan keuntungan finansial dan politik dari informasi yang tidak diautentikasi ketika pemerintah berurusan dengan negara di bidang ekonomi tempat Menon bekerja.

Jurnalisme dan panjat tebing adalah kegemaran Shankar Menon semasa muda. Setiap tahun di Loyola, Ahmedabad, dia menghadiri perkemahan musim panas di institut panjat tebing di Gunung Abu selama dua bulan, mempelajari pentingnya memanjat bebatuan di pegunungan Aravalli, terutama yang menghadap ke Danau Nakki. Saat ia masih menjadi mahasiswa baru di Institut Jurnalisme, Bangalore, para mahasiswanya melakukan studi banding di Tamil Nadu. Ideologi partai politik Dravida menjadi tema kajian mereka. Saat mengunjungi Kodaikanal, beberapa teman sekelasnya menantang Shankar untuk mendaki Pillar Rocks, tanpa mengetahui latar belakang panjat tebingnya di Gunung Abu. Mereka mengatakan kepadanya bahwa tidak ada seorang pun yang berhasil mencapai puncaknya, dan mereka yang mencoba menaklukkan monolit menakjubkan itu tidak akan pernah mendapat kesempatan lagi untuk berjalan di bumi. Shankar membutuhkan waktu tujuh jam untuk melewati granit raksasa itu. Dari puncaknya di selatan terdapat Lembah Kambum dan Kuil Madurai Meenakshi. Kuil Palani dan kota di sekitarnya berada di utara. Di sebelah barat terdapat perbukitan hijau Munnar; timur, ada Sekolah Tinggi Filsafat Jesuit di Shenbaganur. Shankar senang berdiri di puncak dan ingin berada di megalit itu untuk waktu yang lama. Menaiki kolom vertikal itu membuatnya menjadi pahlawan di antara teman-teman kampusnya, dan mereka mencoba mengganti namanya menjadi Shankar Rocks. Namun, bertahun-tahun kemudian, Menon menyebut postingannya *The Pillar Rocks* .

Bergabung dengan Dinas Luar Negeri juga menjadi tantangan bagi Shankar Menon. Dia luar biasa, cerdik dan kompeten, dan atasan serta bawahannya menghormatinya karena integritasnya dan merasa bangga padanya. Di London, ia bertemu Rose, seorang arsitek yang berspesialisasi dalam menggambar dan mendesain. Saat keduanya berbicara bahasa Malayalam, mereka langsung menjalin kedekatan dan hubungan baik. Mereka menikah di kantor pencatatan, Thrissur, dan Amaya lahir setelah lima belas tahun menikah.

Di Kedutaan Besar India di Madrid, Menon memiliki seorang perwira muda Spanyol yang pekerjaan utamanya menerjemahkan dokumen Spanyol, Prancis, Catalan, dan Euskara ke dalam bahasa Inggris, dan dia adalah Elixane. Dia mengunjungi rumah Menon bersama putri dan suaminya setiap kali keluarga Menon mengadakan pesta untuk kolega dan keluarga mereka. Alasne, putri Elixane, seumuran dengan Amaya, dan keduanya menjadi teman dekat karena mereka bersekolah di kelas yang sama di sekolah yang sama. Amaya mempelajari Euskara dari Alasne, dan dia dapat berbicara seperti penutur asli mana pun di negara Basque. Rose dan Shankar Menon menyukai Elixane dan keluarganya, dan mereka sering mengunjungi rumah leluhur Elixane di San Sebastian di Teluk Biscay. Elixane dan Hugo, suaminya, menceritakan kisah, sejarah, bahasa, budaya, tradisi dan perjuangan kemerdekaan masyarakat Basque dari Spanyol dan Prancis dalam berbagai perjalanan mereka. Mereka memimpikan sebuah negara yang terdiri dari seluruh wilayah Basque di Perancis dan Spanyol. Amaya bepergian bersama orang tuanya, Elixane, Alasne dan Hugo ke Araba, Biscay, Gipuzkoa, Navarre, Bayonne, dan Iparralde wilayah Basque yang tersebar di Spanyol dan Prancis. Dia tumbuh dengan mendengarkan kisah-kisah hak asasi manusia dan kepahlawanan masyarakat Basque. Lambat laun, Amaya menjadi Basque dalam nama, bahasa, dan semangatnya. Dari Rose dan Shankar Menon, Amaya belajar bagaimana mandiri dan mengambil keputusan sendiri. Orangtuanya senang; putri mereka dapat berdiri.

Amaya mempelajari pelajaran dasar hak asasi manusia dalam perjalanan bersama orang tuanya dan temannya Alasne.

Setelah lulus di bidang jurnalisme, Amaya bergabung dengan Fakultas Hukum, Bengaluru, untuk LLB-nya. Bertahun-tahun kemudian, ketika ia menjadi pengacara di pengadilan tinggi, bidang favoritnya adalah hak asasi perempuan. Setelah menyelesaikan LLB-nya, Amaya pergi ke Barcelona dengan beasiswa untuk meneliti berita tentang hak asasi manusia di surat kabar dan saluran berita TV di Spanyol. Di sana, di kantin universitas, suatu hari, dia bertemu Karan. Pertemuan itu mengubah hidupnya sepenuhnya, melampaui imajinasinya, dan dia menghabiskan satu tahun bepergian ke London dan kota-kota besar lainnya di Eropa, mencari putrinya. Dia yakin putrinya ada di suatu tempat di sana, bersama ayahnya.

Amaya pergi ke rumah orang tuanya dalam keadaan depresi berat. Tidak ada yang bisa memahami kesepian, rasa sakit dan penderitaannya kecuali ibunya, Rose, yang mengambil cuti panjang dari perusahaannya di Mumbai untuk menemani putrinya. Shankar Menon berada di Mumbai bersama *The Word* dan terus-menerus menghubungi putrinya. Rose menyarankan Amaya menghadiri program pelatihan Vipassana sepuluh hari untuk menenangkan pikirannya. Dia tidak bereaksi dan menatap ibunya lama sekali. Kemudian dia tertawa keras, tapi tawa itu berubah menjadi jeritan yang menyayat hati setelah beberapa waktu. Rose memeluk putrinya berulang kali; menghabiskan siang dan malam bersamanya. Di tahun kedua, sekali lagi Rose mengulangi permintaannya. Amaya merenungkan kata-kata ibunya dan duduk diam selama berhari-hari bersama. Dia pergi ke puncak bukit, menyaksikan matahari terbenam, memandangi pepohonan, dan memeluk mereka untuk merasakan detak jantung mereka. Mencium bunga tanpa memetiknya, dia berjalan di sekitar semak-semak. Ingin menyentuh dan merasakan segalanya, kehijauan, air yang mengalir, udara, cahaya, bahkan kegelapan, ia mengamati dengan rasa ingin tahu penyu dan kelinci, berlari mengejar kupu-kupu, dan bermain petak umpet dengan bayangan. Melihat sarang burung pipit dan burung kukuk, dia berlari pontang-panting dan mencoba bernyanyi seperti burung kukuk. Air terjunnya semakin tipis ketika dia memasukkan kakinya ke dalam air untuk merasakan alirannya. Tupai-tupai itu berusaha menyembunyikan kacang yang mereka kumpulkan.

Sesekali, Rose bergabung dengan Mol-nya; dia berbicara tentang masa kecilnya, teman-temannya, sekolah, perguruan tinggi dan universitasnya. Dia mendengarkannya dengan rasa ingin tahu dan heran. Rose membantunya berbicara, mencurahkan kesedihannya, membuka hatinya dan menenangkan pikirannya. Setelah mendengarkannya sambil melingkarkan lengannya di leher seperti seorang teman, Rose menceritakan kisah-kisah tentang orang tua, saudara kandung, dan teman-temannya. Ini adalah sebuah berbagi yang intim, yang membantu membuka pandangan batin kehidupan mereka. Perasaan mempunyai tempat yang besar dalam kehidupan dan merupakan inti dari keberadaan seseorang. Dalam banyak situasi, perasaan harus mengalahkan alasan. Rose menjelaskan bahwa rasionalitas ibarat tulang-tulang dalam tubuh, sedangkan perasaan ibarat darah dan daging. Manusia tidak rasional dalam situasi kehidupan yang intim; keputusan manusia tidak rasional, Amaya akan bereaksi, dan Rose menyetujui putrinya. Pilihan pakaian, makanan, dan kata-kata yang digunakan dalam percakapan sehari-hari didasarkan pada perasaan, tambah Rose. Amaya menjelaskan bahwa bidang studi yang dipilih, pendidikan, teman di sekolah, perguruan tinggi, karier, tempat tinggal, rumah, bacaan koran, dan acara TV yang ditonton, semuanya bergantung pada perasaan. Bahkan dalam memilih wakil seperti perdana menteri atau presiden, emosi memainkan peran yang dominan, tambah Rose.

"Dalam hidup, alasan akan bersembunyi di pinggiran," kata Rose.

Amaya akan memandang ibunya seolah dia setuju dengannya.

"Terakhir, dalam memilih pasangan hidup, rasionalitas tidak mendapat tempat. Perasaan dominan saat papaku memilihmu sebagai pasangannya, begitu juga sebaliknya, aku yakin," demikian pernyataan Amaya.

"Itu benar. Psikolog mengatakan sekitar sembilan puluh lima persen keputusan manusia didasarkan pada perasaan, bukan alasan. Anda mungkin menyebutnya prasangka, tapi pada akhirnya, itu semua adalah perasaan. Pengeboman Hiroshima dan Nagasaki adalah akibat dari perasaan. Banyak orang Amerika keturunan Jerman dan tidak ingin memusnahkan tanah leluhur orang tua mereka. Jadi, mereka lebih memilih untuk menguji bom tersebut di Jepang. Selain itu, orang Jepang adalah orang asing; Orang Amerika percaya bahwa membunuh orang asing bukanlah masalah. Jadi, pemboman Jepang tidak menimbulkan penderitaan yang berkepanjangan bagi pihak yang menang, analisis Rose.

"Aku setuju denganmu, mama; bahkan keputusanku memilih Karan adalah atas dasar perasaan yang murni dan sederhana. Tidak ada sedikit pun alasan," kata Amaya. Rose memandangi putrinya sambil memeluknya, tahu Mol senang dipeluk. Keduanya bisa merasakan sejuknya angin dan lembutnya gumaman air terjun.

Pada tahun ketiga, Rose kembali membujuk putrinya untuk mengikuti kursus sepuluh hari tentang Vipassana sambil duduk di dekatnya dan berkata, "Dalam gambar dan desain arsitektur, terdapat kesadaran yang dibayangkan. Kita sebut saja pikiran struktur bangunan yang diusulkan karena tidak lain adalah pikiran manusia yang memberikan keutuhan, kesatuan dan kesatuan pada suatu bangunan. Pikiran adalah alasan keindahan, dinamisme, dan keagungan suatu struktur. Itu menarik Anda, memaksa Anda untuk menontonnya dan membujuk Anda untuk menikmati kemegahannya. Pikiran yang dibayangkan suatu struktur harus tenang dan tenang untuk mencapai keaslian dan semangat strukturalnya. Ia harus memikat udara, menggoda cahaya, dan mengundang keaktifan di interiornya. Ketenangan, martabat, dan kepribadian bangunan ini menjadikannya indah selamanya. Lihatlah La Sagrada Familia, Taj Mahal, dan Kuil Padmanabha; semua memiliki pikiran khayalan, kesadaran yang tenang, dan ketenangan batin. Jika ketenangan itu hilang, akibatnya adalah kekejaman. Anda mungkin pernah melihat ribuan bangunan tidak menyenangkan seperti itu di setiap sudut kota. Mereka kurang ketenangan dan musik batin. Saat Anda melihat Angkor Wat, Istana Versailles, atau Kastil Neuschwanstein, Anda melupakan segalanya; Anda hanya berkonsentrasi pada satu hal, bukan bangunannya, melainkan jiwa bangunannya. Anda tersesat tetapi di hadapan kemutlakan. Faktanya, Kuil Meenakshi adalah simbol alam semesta. Untuk mencapai kesatuan dengan kosmos, Anda harus tenang. Pikiran manusia bukanlah realitas yang dibayangkan; ia berkembang melalui perubahan jutaan tahun. Ini bukan kecerdasan Anda, melainkan realitas independen yang terjalin dengan otak Anda; Anda bisa menyebutnya kesadaran dalam tindakan. Hanya dengan mengendalikan pikiran Anda, Anda dapat mencapai kesadaran penuh itu. Jika tidak, Anda akan mengembara tanpa henti di semua sudut dan sudut dunia batin yang tak terbatas ini. Pikiran yang tidak terkendali menjalin ilusi yang mendatangkan kesedihan, penderitaan, dan kesakitan karena ia mencoba menganalisis situasi sesuai keinginannya. Hasilnya adalah perjuangan tanpa akhir, usaha sia-sia, pencarian tanpa tujuan, perjalanan tanpa jalan."

Setelah mendengarkan Rose, putrinya akan memandang ibunya. Mata Rose dipenuhi empati. Kata-kata seorang arsitek itu mulai bergema di otak putrinya berulang kali.

Mereka akan duduk dekat dengan air terjun, dan kata-kata sang ibu mengalir bersamanya.

"Jika kamu tidak ada, maka tidak akan ada apa pun. Tanaman hijau, air terjun, burung dan hewan, matahari, bulan dan bintang, dan pada akhirnya alam semesta ini adalah produk otak Anda. Ketika Anda mengenal mereka, mereka menjadi ada. Segala sesuatu memiliki makna hanya melalui kecerdasan, pikiran, dan kesadaran Anda. Namun pikiran Anda bisa menjadi gila, dan Anda sulit mengendalikannya. Seringkali pikiran mulai menahan Anda dan membawa Anda berkeliling. Hal ini memaksa Anda untuk memikirkan hal yang tidak terpikirkan, dan Anda menjadi budaknya. Jadilah bosnya dengan mengendalikan pikiran Anda. Anda perlu menjalani pelatihan yang intens dan ketat untuk mengendalikannya. Ingat; pikiran Anda bisa menjadi musuh nomor satu. Kepribadian, individualitas, dan eksistensi Anda dihasilkan dari tiga realitas yang independen namun saling bergantung. Mereka adalah tubuh, kecerdasan, dan pikiran Anda. Tanpa tubuh, otak dan pikiran tidak akan ada. Tanpa pikiran, Anda menjadi sayuran dan tidak dapat bertahan hidup. Ketika pikiran mengendalikan tubuh dan kecerdasan, Anda menjadi budak. Jadi, Anda harus mengarahkan pikiran Anda pada kebahagiaan, kepuasan, dan aktualisasi. Selama proses evolusi, DNA kita tumbuh, berkembang, dan berubah."

Perbincangan itu akan berlangsung lama dengan senyuman dan pelukan, putri dan ibu saling mendengarkan seolah-olah berbicara untuk pertama kalinya setelah lama berpisah.

Ibarat Bumi yang semarak, sang ibu akan memeluk putrinya sambil duduk. Perasaan hangat dan cinta akan mengalir bagaikan air terjun yang tak henti-hentinya, sinar mentari sore setelah mendung, angin sepoi-sepoi di samping badai, ceria, semarak dan membelai hati pepohonan, tumbuh-tumbuhan, dan dedaunannya. Anak perempuan itu akan mendekatkan kepalanya ke perut ibunya untuk mendengarkan musik batin rahimnya. Dia menyukai rahim indah yang menggendongnya sejak saat salah satu di antara sejuta sperma yang berlari kencang dan cemas bertemu dengan sel telurnya yang berharga dan berevolusi menjadi makhluk baru yang pincang, berpikiran, dan identitas terpisah. Menggabungkan dengan harmoni inti itu, dia akan mendengarkan pembicaraannya. Suaranya seperti tourniquet yang menenangkan di hatinya yang terluka.

"Kecerdasan manusia berkembang secara bertahap; butuh waktu jutaan tahun. Sekarang kami telah membuktikan bahwa kecerdasan bisa ada tanpa pikiran. Kecerdasan komputer jauh lebih unggul daripada kecerdasan manusia. Ketika komputer mulai menciptakan pikiran, manusia akan menuruti komputer. Pikiran adalah entitas yang paling kuat di alam semesta ini. Namun kita perlu mengendalikan pikiran, mengembangkannya, dan menyalurkannya. Vipassana adalah metode untuk mengendalikan dan membentuk pikiran. Ini seperti melatih tubuh. Anda perlu menyadari bahwa tubuh, kecerdasan, dan pikiran adalah bagian dari diri Anda. Anda adalah keutuhan; kamu adalah masternya. Ia terus-menerus menyadari diri sendiri dan tidak membiarkan tubuh, kecerdasan, atau pikiran mendominasi Anda. Anda, sebagai pribadi, melampaui semuanya. Ketika Anda mengendalikan dan membentuk pikiran Anda, produktivitas Anda meningkat seratus kali lipat, dan Anda merasa bahagia dengan penampilan, bagian, kemampuan, dan kapasitas tubuh Anda. Anda memanfaatkan kecerdasan Anda untuk kebutuhan Anda, menjadi lebih berempati, dan berupaya meringankan penderitaan manusia." Pada akhirnya, Rose akan menjelaskan bahwa kita perlu mengatasi rasa sakit dengan ikut putrinya berjalan di tengah hujan.

Musim hujan datang di bulan Juni dengan keajaiban dan keindahannya, ketika pagi hari tampak seperti malam hari, awan berkabut di atas gunung seperti tsunami di Samudera Hindia dan buah nangka yang lezat, sarang lebah madu raksasa. Air terjun itu semakin cepat dan keras seperti derap kawanan bison albino bertanduk hitam yang megah di Lembah Manjampatti. Guntur bergema di antara rumah-rumah batako di perbukitan hijau yang bergelombang. Benih-benih bambu yang tertidur di dalam rahim bumi bergetar dengan ekspektasi akan datangnya pelukan tetesan air hujan yang menembus menembus lumpur yang lembut dan segar. Burung-burung merak berputar-putar, dan burung kukuk mencari sarang untuk bertelur di dalam dedaunan semak-semak kopi yang melimpah, di mana tandan kacang merah kehijauan tampak seperti tumpah ruah yang tak terhitung jumlahnya dengan euforia yang gemilang. Ibu dan putrinya melompat, berputar, dan bergoyang, membasahi diri mereka saat hujan deras dan bersinar di halaman bungalo tepi sungai mereka. Suasananya basah, air ada dimana-mana, daun kelapa tampak basah kuyup oleh tetesan-tetesan air. Satu-satunya pohon sequoia yang dibawa Rose dari pegunungan Sierra Nevada tampak megah. Pertaruhan berlanjut, dan mereka tertawa terbahak-bahak, melihat penampilan patung satu sama lain. Ini adalah pertama kalinya dalam tiga tahun Amaya tertawa. Rose memeluk putrinya dan mencium pipi dan matanya yang basah.

"Aku sayang kamu, Mol," seru Rose.

"Aku sayang kamu, mama," kata Amaya sambil membelai dan membuka ulotrichous ibunya, menutup matanya dan menciumnya.

Merupakan sebuah ziarah bagi Rose untuk bepergian bersama putrinya di tengah tanaman hijau yang dikelilingi oleh hamparan air yang luas di danau Vembanad, Kuttanad, Alappuzha, Kovalam dan Idukki, karena Amaya mencintai alam. Saat mengemudi, Rose berbicara tentang kehidupan, maknanya, diri, dan kekuatan luar biasa yang dimilikinya. Suatu hari, saat duduk di pantai Kovalam, dia berkata tentang perlunya memiliki pikiran yang tenang untuk menjalani hidup yang anggun. Saat berada di perbukitan Thekkady dan Munnar, Rose mengingatkan putrinya akan potensi mendapatkan kembali dirinya melalui Vipassana. Amaya tetap diam; dia merenung selama berhari-hari bersama dan memutuskan untuk pergi ke Nalanda untuk menghadiri pelatihan Vipassana selama sepuluh hari.

Itu adalah awal dari sebuah perubahan. Amaya mengambil ransel dan pergi meditasi Vipassana. Nalanda masih baru. Dia mendengarkan gurunya dengan cermat selama sepuluh hari, mengikuti semua instruksi, dan mencoba yang terbaik untuk melakukan latihan, tampaknya tidak terpengaruh. Dalam beberapa hari, terjadi perubahan dalam dirinya, transformasi internal tercermin dalam tindakan dan persepsinya. Dia berkonsentrasi pada nafasnya, hanya mengalami nafasnya saja, dan menjadi satu dengan nafasnya. Itulah keberadaannya. Itu adalah penguasaan atas pikiran. Guru membantunya menjelajahi cara-cara mediasi baru, dan dia mengulangi latihan tersebut ribuan kali. Pikirannya berhenti mengembara, tetap bersamanya, dan mematuhi setiap instruksinya. Dia bisa mengendalikan proses berpikirnya dan menarik batasan. Pikiran mematuhi setiap instruksi perintahnya, dan akhirnya, dia dapat berkonsentrasi penuh.

Amaya kembali ke rumah sebagai orang baru. Rose senang melihat penampilan percaya diri, pose, ketenangan hati dan kesadaran dirinya. Dia menghabiskan waktu berjam-jam untuk berbagi dan berdiskusi dengan ibunya dan berjalan-jalan di puncak bukit, menyentuh air terjun yang tenang. Air terjun itu megah, dan dia bisa menikmati kekuatan dan keindahan batinnya. Tupai-tupai itu masih di sana, melompat dari pohon ke pohon. Dia tersenyum, memperhatikan mereka. Tupai-tupai yang memanjat dan turun di pohon kurma Pulau Canary menghilang, dan Amaya berevolusi menjadi manusia baru; meditasi Vipassana-nya berlanjut setiap pagi dan sore. Dalam beberapa minggu, dia mendaftar sebagai pengacara. Dia berusia dua puluh delapan tahun ketika dia mulai berpraktik di pengadilan distrik dan tinggi. Pelayanan profesionalnya hanya tersedia bagi perempuan, korban penipuan laki-laki, korupsi, kekerasan, pemerkosaan dan penelantaran.

Amaya adalah seorang pengacara sukses yang memperdebatkan kasusnya dengan penuh semangat setelah persiapan yang cermat, mempelajari kemungkinan pro dan kontra dari argumen lawannya. Dia berdiri bersama perempuan, dan pendiriannya selalu profesional, berdasarkan hukum dan keputusan pengadilan tinggi dan mahkamah agung. Dia yakin bahwa tidak ada perempuan yang akan menjadi korban penipuan laki-laki seperti yang dia derita. Dia tidak pernah menunjukkan simpati kepada pria yang kasar dan memakai banyak topeng.

Setelah membeli sebuah vila di kota, lima menit berkendara dari pengadilan, Amaya melengkapi perpustakaannya dengan banyak buku hukum, jurnal, dan penilaian penting terhadap perempuan. Berdekatan dengan perpustakaan, dia memiliki ruang pertemuan dengan kliennya; di sebelahnya ada ruang tunggu tempat sekitar sepuluh klien bisa duduk. Biaya yang dikenakannya cukup kecil dan terjangkau oleh kliennya; bagi banyak orang, dia muncul di hadapan pengadilan tanpa memungut biaya. Ia selalu menjaga hubungan profesional dengan klien, kolega, dan stafnya, namun pengertian terpancar dari tindakannya terhadap perempuan yang kurang mampu, tertindas dan tereksploitasi yang meminta penyelesaian hukum. Ia mengevaluasi setiap situasi secara objektif, mempertimbangkan sudut pandang hukum dan dampak psikologis argumennya.

Wawancara dan diskusi dengan klien sangat penting, yang membantu mengingat fakta. Usai mendiktekan lamaran tertulis, ia mengarahkan juniornya untuk menyiapkan berkas perkara. Ia mengizinkan beberapa juniornya untuk hadir bersamanya saat mewawancarai klien dan mendiktekan permohonan pengadilan agar juniornya dapat belajar dan mengembangkan kapasitas menjadi pengacara terbaik di masa depan ketika mereka berpraktik secara mandiri. Amaya hanya menerima pengacara perempuan sebagai juniornya; menjaga pertumbuhan profesional mereka. Dalam waktu lima tahun, banyak lulusan hukum yang bersedia menjadi juniornya. Setelah berdiskusi secara pribadi dengan mereka, dia memilih orang-orang yang paling layak dan berkomitmen.

Ada sekitar sepuluh staf yang mengelola kantornya, semuanya perempuan. Amaya memperlakukan mereka semua dengan hormat; membayar imbalan yang wajar kepada setiap orang, jauh lebih besar daripada pembayaran yang diberikan oleh orang-orang yang mempunyai kedudukan serupa. Pelanggannya meningkat drastis, dan beban kerja juga meningkat. Amaya melakukan meditasi Vipassana selama satu jam setiap hari setelah dia bangun jam empat. Itu membantunya mengendalikan pikiran, pikiran, dan keinginannya. Pikirannya jarang berkeliaran, dan dia bisa mengembangkan rasa cinta yang mendalam kepada putrinya tanpa memikirkan penderitaan yang dialaminya. Amaya melakukan meditasinya selama satu jam sebelum tidur untuk membantunya tidur nyenyak. Meskipun dia tidak pernah membencinya, dia memaafkan Karan, sebuah keputusan yang menantang. Amaya berjuang selama bertahun-tahun untuk mencapai tahap stabilitas tersebut dan menjalankan praktik hukumnya dengan serius, dan dia tahu bahwa itulah satu-satunya cara dia dapat memberikan keadilan kepada kliennya dan dirinya sendiri.

Kasus-kasus yang dikemukakannya merupakan contoh persuasif dalam praktik hukum di hadapan pengadilan. Setiap kali dia muncul di hadapan hakim, pengadilan dipenuhi dengan pengacara lain, bahkan senior, guru, dan mahasiswa dari fakultas hukum yang berbeda. Kadang-kadang, hakim merasa sulit untuk mengajukan pertanyaan klarifikasi, dan tidak ada kesempatan bagi Amaya untuk kalah dalam kasusnya. Pada tahun kesepuluh praktiknya, dia memiliki seorang pengacara junior, efisien, berpengetahuan luas, dan berkomitmen. Dia adalah Sunanda, dan Amaya sangat memercayainya. Setiap kali Amaya pergi menghadiri seminar, konferensi, dan hadir di pengadilan di kota lain, Sunanda mengelola kantor Amaya dan mewakili Amaya di depan pengadilan. Sunanda memiliki kunci cadangan kediaman, kantor, dan mobil Amaya.

Amaya menjadi vegetarian ketika dia mulai melakukan meditasi Vipassana. Dia tidak membenci makan daging tetapi memutuskan bahwa vegetarian cocok untuk kehidupan pribadinya. Dia tinggal sendirian dan mengundang staf dan juniornya untuk makan bersamanya di akhir pekan. Mereka memasak berbagai hidangan bersama-sama dan menikmati pesta dengan musik dan tarian karena mereka menganggap hidup adalah perayaan kebahagiaan dan kebersamaan. Dia membuat pengaturan yang diperlukan agar mereka yang menghadiri pestanya kembali ke rumah mereka pada pukul sembilan.

Pelayanan masyarakat menjadi bagian integral dari rutinitasnya ketika ia bergabung dengan perguruan tinggi hukum setempat untuk menanamkan kesadaran hukum di kalangan ibu rumah tangga dan perempuan dari kelas pekerja. Dengan keyakinan kuat bahwa pengetahuan tentang hak-hak dasar, prinsip-prinsip arahan kebijakan negara dan berbagai undang-undang tentang perkawinan, warisan, pengasuhan, perlindungan anak dan perceraian akan membantu perempuan menjalani kehidupan yang bermartabat, ia bekerja dengan perempuan. Amaya meluangkan waktu untuk berbicara kepada siswa sekolah dan perguruan tinggi kapan pun dia bisa bertemu dengan mereka di institusi pendidikan mereka. Sebuah perguruan tinggi pekerjaan sosial secara rutin mengundang Amaya untuk menyampaikan ceramah tentang dampak undang-undang terhadap organisasi masyarakat dan kesejahteraan sosial. Dia menjadi bagian dari pekerjaan perguruan tinggi untuk anak-anak terlantar dan buta huruf.

Piano memberi Amaya kebahagiaan luar biasa. Dia memainkannya berjam-jam bersama di akhir pekan. Ibunya mengajari Amaya bermain piano; kemudian, Sisters of Loreto memperkenalkannya kepada komposer hebat. Dia adalah anggota aktif grup konser di sekolah, yang menyajikan program di berbagai pusat kebudayaan di Madrid setiap bulan. Di Loyola dan St Xavier's, dia mempunyai banyak kesempatan bermain piano. Namun di Fakultas Hukum Bengaluru, dia sibuk dengan studinya, perdebatan hukum, peradilan semu dan kegiatan kesadaran hukum.

Di Kochi, saat berpraktik hukum, Amaya mengembangkan perpustakaan terpisah untuk fiksi. Penulis favoritnya adalah Madhavikutty karena ekspresi mendalamnya tentang kebangkitan seksual, simbolisme, dan analisis psiko-sosial tentang tempat perempuan dalam masyarakat Kerala. Di antara penulis cerita pendek, dia paling menyukai Zacharia karena ide-idenya yang non-konformis dan eksplosif yang mengungkap obskurantisme seksual, politik dan agama serta karakter Kafkian. Kisah-kisah yang melenyapkan penderitaan memiliki daya tarik tersendiri dalam bacaannya karena terdapat pencarian berkelanjutan untuk hidup tanpa penderitaan, tidak hanya untuk dirinya sendiri tetapi juga untuk orang lain. Meskipun demikian, hal tersebut merupakan cita-cita utopis, yaitu hidup tanpa penderitaan, karena penderitaan merupakan bagian yang tidak dapat dipisahkan dari kehidupan manusia. Hanya melalui penderitaan seseorang dapat bertumbuh, menciptakan pengetahuan dan menjalani pengalaman yang memuaskan. Namun ada kerinduan abadi dalam dirinya untuk melampaui penderitaan. Baginya, fiksi lebih dekat dengan kehidupan daripada analisis sosiologis, peristiwa kehidupan, atau teorema ilmiah apa pun. Dalam dunia novelnya, terdapat konsep keadilan. Hal ini bermula dari individu, dan terjadi saling berbagi keadilan antar individu. Keadilan bukan hanya tujuan tetapi juga jalan. Kebenaran dan keadilan berjalan beriringan; jika mereka berkonfrontasi, berdirilah dengan keadilan, karena kebenaran itu ideal dan tidak ada, namun keadilan itu praktis. Dia tidak khawatir tentang keadilan penuh pada saat ini karena keadilan itu tidak ada.

Keadilan merupakan gagasan yang kuat dalam kehidupan manusia, dipraktikkan dalam kehidupan sehari-hari, dan bagian dari keadilan itu lengkap dan tidak lengkap secara bersamaan. Itu sebabnya dia menyukai novel Toni Morrison. Karakternya berusaha mencapai keadilan secara utuh sambil merasa puas dengan keadilan yang dialami pada waktu tertentu. Di Kafka, keinginan untuk hidup adalah hal yang terpenting. Kehidupan bergema bahkan selama eksekusi sang protagonis, sebuah pencarian untuk hidup. Membaca Camus memberikan refleksi yang tiada habisnya. Manusia tidak perlu menunggu akhir untuk merasakan keadilan secara totalitas, karena keadilan bersifat total dalam setiap momen kehidupan. Pencarian keseluruhan-dalam-bagian inilah yang menjadi alasan hasrat manusia.

Pada peringatan dua puluh tahun praktek di pengadilan tinggi, Amaya mengundang seluruh rekannya, Sunanda dan juniornya, untuk makan malam di rumahnya. Dia sudah menjadi pengacara senior, dan namanya diusulkan menjadi hakim pengadilan tinggi. Tapi Amaya dengan sopan menolaknya karena dia bisa menjelaskan hukum di hadapan hakim yang bisa membantu ratusan perempuan yang sangat membutuhkan uluran tangan. Pesta yang dia atur adalah pertemuan sekitar dua puluh orang. Makanannya vegetarian, dengan berbagai hidangan, termasuk nasi-pulav dan payasam. Usai pesta, saat para tamu berangkat, ada panggilan di ponselnya, namun Amaya tidak bisa hadir. Lima belas menit kemudian, ada telepon lagi ketika dia sendirian. Orang yang sama menelepon lagi, nomornya terungkap.

Amaya menerima telepon itu.

"Halo," panggil seseorang dari seberang sana. Itu adalah suara seorang wanita.

"Halo," jawab Amaya.

"Maaf mengganggu anda, Bu. Saya Poornima, dari Chandigarh," katanya.

"Ya, Poornima, apa yang bisa saya bantu?" Amaya bertanya.

"Bu, apakah Anda Amaya?" tanya Poornima.

"Ya, aku Amaya. Apa yang kamu inginkan, Poornima?" dia bertanya.

"Maaf Bu, menanyakan pertanyaan pribadi. Saya harus memintanya untuk memberikan ketenangan pada pikiran saya." Poornima terdengar jujur.

"Katakan padaku, mengapa kamu ingin mengetahui detailku?" Amaya bertanya.

"Nyonya, apakah Anda jatuh cinta dengan seorang pria muda?"

Pertanyaan yang bodoh. Namun, ada guntur di benak Amaya. Dia jatuh cinta dengan seorang pria muda. Namun tidak ingin mengingat kembali kegelisahan dan rasa sakit yang ditimbulkannya. Dia menolak merenungkan kejadian-kejadian tidak manusiawi di masa lalu yang membuatnya kewalahan seperti banteng Spanyol tanpa tombak untuk bertahan. Dia mencoba mengendalikan pikirannya. Tenang saja, jangan membuatku kewalahan, katanya dalam hati. Kemudian dengan suara pelan, dia bertanya pada dirinya sendiri: *siapa ini?* Dia ingin melibatkan pikirannya dalam memecahkan teka-teki, menjadi mitra aktif dalam pemecahan masalah dan berperilaku sebagai pelayannya.

"Poornima, semua wanita membawa kenangan masa lalunya. Hampir semua orang jatuh cinta pada seseorang, seorang pangeran yang bersinar. Aku juga punya masa laluku." Kata-kata Amaya lembut dan lembut.

"Apakah kamu mengenal ayahku secara pribadi?" Itu adalah pertanyaan yang lugas tanpa embel-embel apa pun.

Namun ada getaran di Poornima, terlihat dari suaranya. Ada sesuatu yang sangat menyiksa; ada sesuatu yang memanipulasi kedamaiannya; dia mencoba untuk mendapatkan kembali ketenangannya.

"Bu, ayahku kenal seseorang bernama Amaya. Sepertinya dia sangat dekat dengannya, atau dia tidak dapat dipisahkan. Saya menghubungi seratus Amaya di Spanyol selama tiga bulan terakhir, nama Spanyol, Basque. Bahkan saya menelepon skor di bagian lain Eropa. Anda dapat membayangkan penderitaan saat menghubungi orang asing melalui telepon. Itu adalah sebuah krisis eksistensial seolah-olah saya tidak tahu apa yang harus diharapkan, apa yang tidak boleh dilakukan. Kadang-kadang aku benar-benar kecewa, kehabisan kekuatan mental, keseimbangan, dan harapan. Secara nyata, itu adalah perjuangan hidup dan mati. Perjuangan untuk bertahan hidup ini akan membuat saya lumpuh secara mental; penderitaannya tak tertahankan, mengerikan dan merusak. Setiap hari, beberapa orang balas membentak saya. Itu adalah pengalaman paling mengerikan dalam hidup saya. Bahkan di India, saya menghubungi belasan orang dengan nama ini. Bu, saya sangat senang. Akhirnya, kamu tidak meneriakiku."

Amaya bisa mendengar isak tangis Poornima yang berlanjut selama beberapa detik. Itu seperti suara yang menusuk hati, sebuah pengalaman yang meledak-ledak. Dia mengetahuinya dengan baik. Dia mengalami penderitaan yang sama selama empat tahun setelah penculikan Supriya. Amaya merasakan empati yang mendalam terhadap Poornima.

"Bu, izinkan saya menelepon Anda besok sekitar pukul delapan tiga puluh malam. Pikiranku gelisah dan bersemangat sekarang karena aku merasa sulit berbicara. Tapi saya sangat senang. Saya sangat meminta maaf kepada Anda karena menelepon Anda setelah jam sembilan malam. Saya berterima kasih kepada Anda, Bu. Selamat malam, Bu," kata Poornima.

"Anda bebas menelepon saya besok pukul delapan tiga puluh malam. Selamat malam, Poornima."

Ada getaran di dalam dirinya yang terdalam. Dia telah jatuh cinta pada Karan, tapi itu terjadi dua puluh lima tahun yang lalu. Penderitaannya sangat berat, dan Poornima mungkin juga mengalami penderitaan yang sama; kesedihannya adalah miliknya. Rasa sakit yang tiada henti, rasa berat yang menghancurkan diri sendiri, keinginan untuk mengetahui, dan upaya putus asa untuk mengatasi tembok keputusasaan sungguh tak tertahankan. Bagaimana mengalami dunia di luar penderitaan. Pada masa itu, dia ingin terbang seperti burung camar ke pulau-pulau yang jauh, tanpa mengepakkan sayapnya, di mana tidak ada penderitaan,

Tiba-tiba, dia mengendalikan pikirannya, kembali ke dunia nyata, dan menghindari kehilangan suasana mental dan ketenangannya. Saat melakukan Vipassana, dia kembali tenang dan tidak memikirkan Poornima. Sekali lagi tidak ada kegelisahan dalam pikirannya. Meditasi sehari-hari merupakan upaya mengenal diri tanpa memikirkan apa pun. Vipassana melampaui pikiran, dan tidak ada yang bisa dirasakan. Dia tidak perlu khawatir. Hal itu tidak membantu pikirannya tetap damai, produktif, dan bertenaga. Dia menyukai alam semesta yang hampa, di mana tidak ada yang ada. Itu kosong tetapi memiliki potensi untuk memiliki segalanya. Amaya berkonsentrasi pada napasnya. Dia sendirian dan mengalami otak, kepala, wajah, payudara, jantung, paru-paru, hati, lambung, usus, rahim, alat kelamin, sel telur, tulang, jutaan sel, dan darah bersirkulasi di dalamnya masing-masing dengan kehidupan. Ada kecerdasan, pikiran dan kesadaran. Tapi dia berbeda dari semua orang. Pribadi Amaya berbeda, unik, melampaui semua bagiannya, melampaui totalitasnya. Dia ada secara mandiri. Ada kesadaran akan keberadaan, kesadaran akan keberadaan dan kedekatan pencerahannya. Itu adalah ketajaman dalam kepenuhannya.

Panggilan Putri

Saat itu hari Senin. Pesta bersama rekan-rekannya malam sebelumnya berlangsung anggun. Setelah Vipassana pagi hari, Amaya memeriksa rincian kasus yang terdaftar pada hari itu di pengadilan yang berbeda. Ada tujuh kasus di tiga pengadilan; dua untuk penerimaan, tiga untuk sidang awal untuk memberikan keringanan sementara dan dua untuk sidang terakhir. Salah satunya adalah kasus Sunita yang berusia empat puluh delapan tahun, yang dieksploitasi secara finansial oleh suaminya. Ketika suaminya memutuskan untuk menikah dengan akuntan mudanya, Sunita memahami gawatnya situasi. Perselingkuhan telah terjadi antara suaminya, seorang pengusaha kaya dan akuntannya selama beberapa tahun sebelumnya, saat mereka menghabiskan liburan bersama di Maladewa, Bali dan tempat-tempat eksotis lainnya.

Bertahun-tahun yang lalu, Madhav adalah seorang penjaga toko kosmetik di salah satu jalur menuju stasiun kereta api. Dia biasa berjongkok di toko kecilnya, karena tidak ada ruang untuk berdiri tegak. Madhav menjual berbagai produk kecantikan kepada wanita; dia mempunyai bakat untuk menarik perhatian orang muda dan orang tua; dia berbicara kepada mereka dengan sopan, dan mereka selalu menemukan senyuman di bibirnya. Anak perempuan dan perempuan yang bersekolah lebih memilih toko kecantikan Madhav karena semua yang mereka butuhkan tersedia di sana. Sunita melihatnya duduk di tokonya setiap pagi sambil berlari menuju stasiun kereta untuk naik kereta pagi untuk sekolahnya.

Beberapa kali, Sunita membeli sabun, *kajal* dan krim dari Madhav saat kembali. Dia berbicara dengan lembut padanya setiap kali dia pergi ke tokonya; pendekatannya menyenangkan. Setelah setahun, suatu hari, dia melamar Sunita; Madhav, saat itu berusia dua puluh lima tahun, dan Sunita, dua puluh tiga tahun, telah menjadi guru sekolah dasar selama dua tahun. Dia berdiskusi dengan ayahnya, seorang duda dan pensiunan guru sekolah, tentang Madhav. Ayahnya mengatakan dia tidak keberatan karena Sunita mengenal Madhav selama setahun terakhir. Kalau dia laki-laki baik, silakan saja, sang ayah meyakinkan anak semata wayangnya. Sunita dan Madhav meresmikan pernikahan mereka di kuil lingkungan dalam waktu seminggu. Madhav berada di apartemen sewaan satu kamar bersama dua orang lainnya, dan dia segera pindah ke tempat Sunita, sebuah flat dua kamar milik ayahnya di pinggiran kota. Kehidupan pernikahan awal mereka adalah emas, karena Madhav adalah seorang suami yang penuh kasih dan perhatian. Sunita mendorongnya untuk membuka toko yang lebih luas di lokasi yang lebih nyaman.

Sunita memberi Madhav cek sebesar satu juta rupee pada ulang tahun kedua pernikahan mereka, yang dia tabung dari gajinya. Itu adalah awal yang baik bagi Madhav, yang menamai perusahaan barunya Sunita Beauty Care. Dalam waktu lima tahun, dia membuka dua toko lagi di berbagai bagian kota. Sementara itu, Sunita menjual flat dua kamarnya, karena ayahnya sudah tiada, dan dengan uang tersebut, Madhav membeli rumah baru atas namanya.

Pada tahun kesepuluh, Madhav memulai unit perawatan rambut Ayurveda untuk memproduksi dan memasarkan minyak kecantikan rambut untuk wanita. Dia mengklaim bahwa minyak yang dia hasilkan membantu menumbuhkan rambut yang gelap, berkilau, dan sehat secara melimpah. Inisiatif baru ini belum pernah terjadi sebelumnya; sebuah unit manufaktur ultramodern mekanis dibuka dengan dua puluh lima pekerja dalam waktu tiga tahun di pinggiran kota. Madhav menunjuk setengah lusin MBA untuk memasarkan produknya ke seluruh negeri.

Sunita melanjutkan pekerjaannya, sekarang menjadi kepala sekolah sebuah sekolah dasar, dan dia mengamati perubahan bertahap dalam perilaku Madhav, yang berhenti berbagi kamar dengan Sunita. Sunita selalu sendirian di rumah saat Madhav sedang tur atau sibuk dengan bisnisnya. Jarang berbicara dengan istrinya dan tidak berbagi atau kebersamaan, Madhav mulai memaksa istrinya untuk bercerai. Dia membangun vila dengan lima kamar tidur di pinggiran kota dan pindah ke sana sendirian dalam waktu satu tahun. Ketika putri sulungnya, seorang dokter menetap di kota lain, dan yang lainnya pergi ke luar negeri untuk mendapatkan gelar MBA, Sunita mengalami penolakan dan kesepian. Madhav siap mengembalikan satu juta milik Sunita, tidak lebih. Sunita bertemu Amaya dan mengajukan tuntutan ganti rugi dan tunjangan yang layak karena dia tidak puas dengan putusan pengadilan keluarga. Petisi tersebut masuk dalam daftar sidang terakhir pada hari itu.

Saat sedang memeriksa berkas perkara, Amaya tiba-tiba teringat akan panggilan telepon yang diterimanya dari Chandigarh malam sebelumnya.

Siapa Poornima? Apakah dia nyata? Amaya berpikir keras selama beberapa waktu. Saat memasuki ruangan Amaya, salah satu juniornya mengungkapkan keterkejutannya melihat Amaya dalam refleksi mendalam, hal yang tidak biasa dilakukan Amaya di pagi hari.

Juniornya ada di sana untuk berdiskusi dengan Amaya tentang permohonan penerimaan Khadijah Mohammed Kuttyhassan. Khadijah berusia dua puluh delapan tahun dan menikah dengan Mohammed Kuttyhassan, tiga puluh enam tahun. Dia melahirkan tiga anak perempuan dan dua anak laki-laki. Kuttyhassan memiliki kedai teh di dekat pasar ikan, yang bisnisnya menghasilkan seribu rupee sehari, dan delapan ratus di antaranya adalah keuntungannya. Dia memberikan tiga ratus rupee kepada Khadijah, masing-masing dua ratus rupee kepada dua istri sebelumnya dan tujuh anaknya. Dia menikmati segelas alkohol buatan lokal, yang harganya sekitar lima puluh rupee, dan lima puluh sisanya dia bayarkan kepada Nabeesa, yang dia kunjungi setiap dua minggu sekali selama sekitar satu jam. Kuttyhassan menikahi Khadijah ketika dia berusia empat belas tahun setelah menyerahkan akta kelahiran Khadijah palsu, mengklaim bahwa dia berusia delapan belas tahun.

Seminggu sebelum Khadijah bertemu Amaya, Kuttyhassan meminta Khadijah dan anak-anak mereka untuk mengosongkan rumahnya karena dia telah mengucapkan talak tiga terhadap Khadijah berdasarkan hukum pribadi Muslim; melihat gadis lain yang duduk di kelas delapan di sekolah kota. Bersama kelima anaknya, Khadijah menjadi tunawisma; satu-satunya pilihannya adalah mengikuti Nabeesa. Amaya meminta juniornya memberitahu Khadijah untuk hadir di pengadilan. Amaya menjelaskan kepada juniornya bahwa talak tiga adalah tindak pidana; undang-undang tersebut memberikan hukuman penjara tiga tahun bagi seorang pria Muslim yang melakukan kejahatan tersebut. Amaya mengatakan kepada juniornya bahwa hukuman penjara tidak akan menyelesaikan masalah Khadijah dan anak-anaknya, karena mereka membutuhkan tempat tinggal dan penghidupan yang layak. Tidak ada kemungkinan mendapatkan kompensasi dari Kuttyhassan karena dia tidak punya uang. Amaya meminta juniornya mencarikan pekerjaan bagi Khadijah untuk menghidupi dan menaungi anak-anaknya. Sementara itu, perlu untuk mencari fasilitas penitipan anak untuk dua anaknya yang masih kecil dan taman kanak-kanak untuk dua anaknya. Seorang anak bersekolah di kelas satu di madrasah setempat, sebuah sekolah dasar.

Amaya dengan cermat meninjau ketujuh berkas perkara dan mendiskusikan hukum yang terkait dengan kasus tersebut serta kemungkinan argumen untuk dipertimbangkan pengadilan. Dia yakin untuk menekankan argumennya. Desakannya selalu ringkas dengan penalaran logis, menekankan pada upaya hukum. Terdapat konsistensi dan kejelasan dalam presentasi kasus Amaya di pengadilan, karena bersifat analitis, transparan dan obyektif, berdasarkan hukum dan preseden yang diperbolehkan.

Saat berkendara menuju pengadilan, Amaya mengingat kembali pembicaraannya dengan Poornima dari Chandigarh. Dia pernah ke kota itu dua kali; yang pertama untuk konferensi tentang sintesis amnio dan penghapusan bayi perempuan yang belum lahir agar dapat mempunyai anak laki-laki dari orang tua India, yang kedua untuk mewakili seorang perempuan yang ditinggalkan di pengadilan untuk mendapatkan kompensasi yang layak dari suaminya. Ada keakraban dalam suara Poornima seolah dia sudah mendengarnya berkali-kali. Lebih dari itu, itu menyentuh hatinya.

Amaya hadir di hadapan pengadilan dalam semua kasus, dan hasilnya melebihi ekspektasi. Pengadilan memutuskan Sunita berhak menerima lima puluh persen real estat, perusahaan, saham, dan kekayaan lainnya dari Madhav. Dia bebas untuk mendekati pengadilan tertinggi dalam waktu dua puluh satu hari untuk menantang putusan tersebut. Amicus curiae yang ditunjuk oleh pengadilan akan melaksanakan perintah tersebut, kata pengadilan.

Permohonan Khadijah diajukan untuk sidang terakhir, dan pengadilan mengarahkan Kuttyhassan untuk membayar pembayaran harian sebesar lima ratus rupee kepada Khadijah dan anak-anak mereka. Pengadilan memerintahkan Kuttyhassan untuk mengosongkan rumahnya sampai sidang terakhir, mengizinkan Khadijah dan anak-anak mereka untuk menempatinya. Khadijah menangis kegirangan dan tak mampu mengucapkan terima kasih kepada Amaya atas bantuannya.

Kasus Leena Mathew unik, dan pengadilan mengumumkan keputusan akhir. Orang tua Leena adalah petani dengan tanah seluas dua hektar di perbukitan Idukki. Mereka merasa kesulitan untuk menyediakan makanan, pakaian, dan pendidikan yang cukup bagi ketiga anak mereka, satu perempuan dan dua laki-laki, yang jauh lebih muda dari Leena. Leena harus berjalan sekitar delapan kilometer untuk mencapai sekolahnya, menyeberangi beberapa sungai, yang berbahaya saat musim hujan. Akibat tanah longsor, hujan deras sering terjadi di perbukitan sekitar perkebunan teh. Leena berjalan tanpa alas kaki selama sepuluh tahun; menyelesaikan matrikulasinya dengan cemerlang. Para biarawati yang mengelola sekolah tersebut mendorong Leena untuk melanjutkan sekolah menengah atasnya selama dua tahun, dan dengan dukungan keuangan mereka, Leena menyelesaikannya dengan posisi pertama di distrik tersebut. Para biarawati mengizinkan Leena untuk tinggal di asrama beasiswa untuk mempersiapkan ujian masuk medis. Leena termasuk di antara lima puluh kandidat teratas yang mengikuti tes masuk ketika hasilnya tiba. Segera, Leena bergabung dengan perguruan tinggi kedokteran di Bengaluru; beasiswanya cukup untuk semua pengeluarannya.

Leena menyelesaikan wisuda dan masternya dalam waktu tujuh tahun, dengan spesialisasi di bidang THT. Segera, Dr Leena bergabung sebagai ahli bedah di rumah sakit ternama dengan gaji yang besar. Dia mengirimkan hampir seluruh penghasilannya kepada orang tuanya; saudara laki-lakinya menerima pendidikan yang sangat baik dengan dukungannya. Dr Leena membantu orang tuanya membangun sebuah vila di dekat kota. Membantu orang tua dan saudara-saudaranya adalah satu-satunya keinginan Dr Leena, sehingga ia lupa menikah untuk berkeluarga, karena ia selalu mengkhawatirkan kesejahteraan mereka. Dr Leena ingin menghidupi orang tuanya di masa tuanya. Kakak laki-lakinya menikah, menetap di kota lain dan melupakan kakak perempuan mereka, yang menghabiskan hidupnya demi kemajuan mereka. Sayangnya, Leena mengalami kecelakaan saat berkendara ke tempat kerjanya. Cederanya parah; tangan kanannya lumpuh. Leena berusia lima puluh delapan tahun dan menggunakan kursi roda pada bulan-bulan pertama.

Ketika dia sampai di tempat mendiang orang tuanya, saudara laki-lakinya, istri dan anak-anaknya menolak Leena masuk ke rumah. Dengan bantuan beberapa pekerja sosial, Leena menyewa apartemen dua kamar dan membuka klinik di salah satu kamar. Dalam sebulan, Leena bertemu Amaya, membahas masalahnya dan meminta Amaya menangani kasusnya dan mengajukan upaya hukum. Kedua saudara laki-lakinya menjadi responden. Amaya menjelaskan kepada pengadilan secara rinci kesulitan kliennya dan implikasi hukumnya terhadap kehidupan seorang dokter yang penuh kasih dan berhati sederhana, seorang ahli bedah terkenal. Amaya menyoroti dampak kasus tersebut terhadap generasi muda di masyarakat dan kehidupan keluarganya. Secara sistematis membela hak-hak kliennya, mengungkap dan menghancurkan argumen-argumen yang secara hukum tidak dapat dipertahankan yang diajukan oleh lawannya, Amaya yakin bahwa peradilan sepenuhnya berada di pihak kliennya. Dalam putusan akhir, pengadilan memerintahkan tergugat untuk mengosongkan rumah yang dibangun oleh saudara perempuannya untuk orang tuanya dengan segera menyerahkan kepemilikan dan kepemilikannya kepada Dr Leena Mathew. Pengadilan juga memerintahkan mereka untuk membayar seratus ribu rupee setiap bulan kepada Dr Leena, sebagai kompensasi seumur hidup karena telah merawat dan mendidik mereka dengan nyaman sejak masa kanak-kanak. Ini merupakan kemenangan gemilang bagi Amaya dan kliennya.

Amaya sampai di rumah pada pukul lima sore. Dia akan tiba di kantornya pada pukul enam, dan semua juniornya akan berada di sana. Waktunya dari jam delapan pagi sampai jam lima sore, lalu dari jam enam sampai jam delapan. Dia ingin memberi mereka pelatihan ketat untuk mempelajari keterampilan dalam praktik hukum, termasuk mewawancarai klien dan mengumpulkan bukti dokumenter yang diperlukan. Mengarsipkan dokumen secara kronologis, menyajikannya di hadapan senior, menyusun petisi, menyiapkan lampiran dan membuat salinan dalam jumlah yang cukup juga merupakan tugas mereka. Mengajukan pertimbangan pengadilan, hadir dalam persidangan, dan mencatat putusan pengadilan juga tidak kalah pentingnya. Langkah terakhir adalah mengumpulkan salinan putusan yang telah disahkan dari kantor kepaniteraan.

Junior-juniornya memperhatikan cara Amaya memperdebatkan suatu kasus selama persidangan, dokumen spesifik yang dia tunjukkan di depan pengadilan, serta kata-kata dan konsep hukum yang dia gunakan. Terakhir, Amaya mencoba membantah argumentasi lawan dan cara membela kliennya dengan menekankan pada ketentuan konstitusi, berbagai peraturan perundang-undangan, dan kasus hukum.

Amaya memperhatikan seorang wanita muda duduk di ruang tunggu ketika memasuki kantornya. Juniornya memberi tahu Amaya bahwa wanita tersebut adalah asisten profesor di salah satu perguruan tinggi kota dan ingin mendiskusikan kasusnya. Dalam waktu lima belas menit, Amaya meneleponnya dan meminta menjelaskan masalahnya. Mereka berdiskusi selama satu jam. Nama wanita itu adalah Teresa Joseph; dia telah lulus dalam bidang sains dan pasca sarjana fisika dari universitas terkenal. Setelah mendapat beasiswa, Teresa mencari gelar doktor di universitas Ivy League di AS. Meski ada tawaran pekerjaan yang menggiurkan dari universitas dan lembaga penelitian di luar negeri, Teresa kembali ke India untuk bekerja di negaranya. Sementara itu, ia menerbitkan dua artikel di jurnal internasional peer-review.

Dalam waktu dua bulan setelah kembali ke India, Teresa mengikuti seleksi untuk posisi asisten profesor di sebuah perguruan tinggi yang berafiliasi dengan universitas milik uskup Katolik di sebuah kota. Peraturan universitas dan Komisi Hibah Universitas, badan tertinggi dalam pendidikan tinggi India, bersifat wajib bagi perguruan tinggi tersebut. Gaji dosen dan staf administrasi berasal dari pemerintah negara bagian. Teresa menyukai pengajaran, penelitian, dan bimbingan penelitiannya kepada mahasiswa pascasarjana. Para siswa mempunyai pendapat yang tinggi tentang pengetahuan, keterampilan dan sikapnya.

Dalam waktu enam bulan setelah bergabung dengan perguruan tinggi tersebut, manajemennya mulai memaksa Teresa membayar suap sebesar lima juta rupee untuk mengonfirmasi pengangkatannya. Jika dia tidak mampu membayar lima juta sekaligus, pilihannya adalah membayar setengah dari gaji pokok bulanannya sampai dia pensiun. Teresa menolak untuk menurutinya, dan uskup segera menghentikan kebaktiannya. Karena dia adalah seorang ibu tunggal, dia akan menjadi contoh buruk bagi para siswa karena Teresa tidak mengungkapkan bahwa dia adalah seorang ibu tunggal selama wawancara, yang menjadi alasan penghentian layanannya. Belakangan, Teresa menyadari bahwa semua staf pengajar dan administrasi membayar banyak suap untuk pengangkatan atau pengukuhan mereka dalam pelayanan. Teresa tidak memiliki penghasilan untuk menghidupi ibunya yang berusia dua tahun dan seorang janda, yang merawat anak tersebut.

Korupsi merajalela dalam pengangkatan pengajar dan staf lainnya di sekolah dan perguruan tinggi yang dijalankan oleh manajemen swasta, termasuk kelompok agama, meskipun pemerintah membayar gaji staf tersebut. Sebagian besar lembaga pendidikan, rumah sakit, dan lembaga amal di Kerala adalah milik kelompok swasta, komunitas keagamaan, dan organisasi. Pengaruh mereka dalam pemilihan dewan legislatif negara bagian sangat besar. Tidak ada entitas seperti itu yang menganggap menerima suap jutaan rupee sebagai kejahatan dan secara etis merupakan tindakan yang tidak dapat diterima. Universitas, UGC, dan pemerintah jarang bertindak melawan manajemen yang salah. Jadi, ada persetujuan diam-diam untuk melakukan perbuatan salah yang serius. Situasi Teresa terlihat jelas ketika ia harus meninggalkan India untuk menjalani kehidupan yang bermartabat; jika tidak, hanya pengadilan yang dapat membantunya menghukum uskup atas kesalahannya. Amaya meminta juniornya segera menyelesaikan langkah-langkah yang diperlukan untuk mengosongkan keputusan manajemen yang menghentikan jasanya.

Dua klien lagi sedang menunggu di sana. Ia berdiskusi dengan mereka dan meminta juniornya melihat berkas perkara mereka untuk ditindaklanjuti. Pada pukul delapan tiga puluh, teleponnya berdering; telepon itu dari Poornima.

"Selamat malam, Bu; saya Poornima dari Chandigarh. Kemarin aku meneleponmu. Maaf Bu, sekali lagi mengganggu Anda." Itu adalah suara yang cerah dan berbeda. Itu adalah suara yang familier seolah-olah dia telah mendengarnya berkali-kali dalam imajinasi, mimpi, dan saat terjaga.

"Ya, Poornima, selamat malam. Aku ingat pembicaraan kita."

"Bu, saya tidak tahu bagaimana memulainya. Kamu selalu ada dalam hidupku. Aku bisa merasakanmu dan mengalamimu sepanjang hidupku. Itu adalah sebuah perasaan, sebuah kenyataan yang tak terlihat, bukan sebuah khayalan. Anda adalah perasaan yang kuat dalam diri saya; Aku bisa merasakanmu; Aku tidak lengkap tanpamu. Selama tiga bulan terakhir, saya meyakinkan diri sendiri bahwa Anda ada di suatu tempat di dunia ini. Anda juga adalah manusia dalam daging dan darah, seseorang yang bisa berpikir, bertindak, dan merasakan emosi kehidupan yang kompleks."

Ada perasaan menyatu dengan orang yang sedang berbicara. Seolah-olah Poornima adalah bagian dari hidupnya, dan ada ikatan yang tak terpisahkan di antara mereka.

"Kasihanma, aku bisa memahami perasaanmu. Tapi tolong beritahu saya apa sebenarnya yang ingin Anda katakan kepada saya."

"Bu, saya sulit mengungkapkannya secara verbal, tapi izinkan saya menjelaskannya. Aku butuh bantuanmu, kehadiranmu. Penderitaanku akan abadi tanpamu, dan aku tidak bisa membayangkan penderitaan seperti itu. Ini akan menjadi akhir dari keberadaanku."

"Kasihanma, aku merasa sulit untuk memahaminya. Bisakah Anda menjelaskannya?"

"Bu, ayah saya sudah tidak sadarkan diri selama tiga bulan terakhir. Hanya Anda yang bisa membantunya mendapatkan kembali kesadarannya." Kata-kata Poornima sederhana saja.

Amaya menganggap permintaan itu aneh. Dia bukanlah seorang ahli saraf, bahkan bukan seorang dokter yang memberikan bantuan untuk memulihkan kesadaran seseorang. Ayahnya membutuhkan perawatan medis ahli, pengujian ilmiah, verifikasi, analisis dan interpretasi situasi mental dan fisiknya. Seorang praktisi hukum tidak memiliki pelatihan untuk melakukan pekerjaan itu. Paling-paling, dia bisa membantu ayah dan anak perempuannya melindungi hak-hak mereka secara hukum. Tapi dia tidak bereaksi terhadap Poornima, tidak ingin menyakitinya, karena mencoba menghilangkan penderitaan adalah suatu kebutuhan, tugas utama.

"Poornima, aku mungkin tidak bisa banyak membantumu dalam hal ini. Anda perlu mendapatkan layanan dari ahli saraf, dokter, dan psikolog terbaik. Selidiki secara menyeluruh kejadian masa lalu dalam hidupnya, meskipun itu tidak penting. Seringkali peristiwa yang tampaknya tidak penting dapat menyebabkan penderitaan mental pada seseorang." Itu adalah nasihat yang mengungkapkan keprihatinan.

"Bu, itulah alasan spesifik saya mendekati Anda. Bagi saya, Anda adalah ahli saraf dan psikolog terbaik untuk membantu ayah saya sadar kembali." Poornima tepat.

Kata-kata Poornima memang menarik, namun tidak nyata. Mereka menarik, memesona bagi pendengarnya, diam-diam memikat untuk memercayai aspek-aspek kehidupan tertentu dalam dunia realitas yang dibayangkan dengan menerimanya sebagai fakta, padahal hal itu tidak ada. Kata-kata Poornima hanyalah ilusi karena dia menciptakannya tanpa objektivitas otentik dan tetap menjadi mitos. Dia mengembangkan legenda dari kecemasan, kekhawatiran, dan harapannya di luar fakta dengan percaya bahwa itu asli. Kesalahpahaman menjadi nyata baginya dan dapat menyebabkan paranoia. Terjadi keheningan yang lama.

"Bu, sekali lagi saya minta maaf karena kurang jelas. Pikiranku gelisah, dan aku gagal mengungkapkan pikiranku secara rasional. Izinkan saya menjelaskan. Ayah saya tidak sadarkan diri; sesekali dia memanggil 'Amaya, Amaya.' Dia ingin mengatakan sesuatu kepadaku sambil menatap tajam ke arahku. Dia memohon kepada saya untuk mendengarkannya baik-baik. Aku hanya ingin tahu apa itu Amaya. Saya tidak dapat memahami maknanya."

Terdengar isakan pelan; Poornima penuh dengan emosi. Keheningan panjang terjadi setelahnya. Sekali lagi, terjadi keributan, tusukan yang hebat. Meskipun dia setengah sadar, dia menyebutkan namanya, dan putrinya menceritakan kejadian tersebut.

"Bolehkah aku tahu siapa nama ayahmu?" Keheningan pecah; kata-katanya jelas.

"Dia adalah Dr. Acharya."

Itu adalah nama yang familiar; Amaya sudah mendengarnya berkali-kali, karena dia adalah pimpinan sebuah perusahaan farmasi di Chandigarh. Dia bertanya tentang namanya untuk membantu Poornima saat dia menyebutkannya.

"Apakah dia seorang praktisi medis?"

"Dia adalah seorang ahli bedah saraf, dengan spesialisasi dalam pemetaan otak dan rekonstruksi otak. Ayah saya mengambil alih perusahaan setelah kematian kakek saya." Poornima sangat spesifik.

Acharya Pharmaceuticals adalah perusahaan manufaktur obat terkenal secara global, salah satu lembaga penelitian terkemuka. Terdapat artikel tentang pencapaian ilmiahnya dalam mengembangkan vaksin dan obat untuk memperbaiki otak manusia yang rusak. Dia telah membaca dengan penuh minat sebuah artikel hukum-medis di jurnal peer-review tentang obat yang sangat sukses yang dirancang perusahaan untuk demensia, khususnya untuk Alzheimer. Namun karena memiliki efek samping yang menyenangkan, pihak berwenang melarang obat dan vaksin tersebut. Hal ini menyebabkan perasaan halusinasi yang mirip dengan situasi kehidupan pada enam puluh lima hingga tujuh puluh persen subjek yang diteliti. Data menunjukkan delapan puluh satu persen subjek yang mengonsumsi obat tersebut selama seminggu dapat menciptakan "suasana hati yang tidak biasa". Segala sesuatu dalam hidup tampak cerah, nyaman, dan halus bagi orang-orang seperti itu. Belakangan, muncul keberatan dan ketakutan yang kuat di kalangan kalangan medis dan peneliti bahwa obat tersebut dapat disalahgunakan untuk memanipulasi otak. Meskipun demikian, obat ini tidak menyebabkan kerusakan fisik, mental atau psikologis pada seseorang, kecuali penggunaan obat yang berlebihan dapat menyebabkan seseorang mengalami koma selama berminggu-minggu. Perusahaan menarik obat tersebut segera setelah diperkenalkan.

"Tapi aku tidak tahu apa yang kamu harapkan dariku. Apa peran saya? Sejauh yang saya lihat, saya tidak ada hubungannya dengan masalah Anda. Tapi katakan padaku bagaimana aku bisa membantumu?" Amaya sangat eksplisit.

Poornima terus berbicara. Dia menjelaskan bahwa Dr Acharya mengalami kecelakaan mobil tiga bulan lalu dan tetap tidak sadarkan diri. Sepeninggal istrinya yang mendadak, dia tidak sanggup menanggung kehilangan tersebut. Mereka menikah muda saat menyelesaikan studi sarjana kedokteran. Mereka berdua pergi ke Inggris untuk pasca kelulusan; kemudian, ayahnya pergi ke AS, meneliti rekonstruksi dan perbaikan otak, dan ibunya bergabung dengannya karena dia tidak dapat hidup terpisah. Mereka selalu jatuh cinta. Namun bahkan setelah tujuh tahun menikah, ibunya tidak dapat hamil, dan hal ini sangat mengganggunya. Dia menjadi depresi, pemurung dan kesepian, dan suaminya tidak dapat menanggung penderitaan istrinya. Psikiater memperingatkan istrinya bisa mengembangkan kecenderungan bunuh diri. Dia dengan bijaksana meyakinkan istrinya bahwa mereka akan memiliki anak dalam waktu dua tahun. Dan mereka pergi ke Eropa selama dua tahun untuk menikmati matahari dan pasir Mediterania serta mendapatkan ketenangan pikiran. Pada akhir tahun kedua, Poornima lahir. Kemudian, mereka masing-masing menghabiskan beberapa bulan di Manchester, Frankfurt, Amsterdam dan Praha selama setahun. Setelah kembali ke Chandigarh, Dr Acharya mengambil alih kepemimpinan perusahaan farmasi.

Amaya mendengarkan Poornima dengan penuh perhatian. Saat itu sudah jam sembilan, dan penelepon meminta izin untuk meneleponnya keesokan harinya pada pukul delapan tiga puluh.

Apa perannya dalam cerita tersebut, dan mengapa Poornima meneleponnya? Jawabannya adalah sebuah kesunyian yang menyedihkan bahwa Poornima memiliki kehidupan yang jelas dan rumit seperti kehidupannya sendiri.

Meskipun demikian, ada kegelisahan yang tidak dapat dijelaskan di dalam hati, sebuah pertanyaan yang tajam dan mengejutkan yang menusuk namun menenangkan. Tidak dapat disangkal bahwa itu adalah ketenangan yang penuh semangat, indah, dalam keabadian, dan Amaya mengangkat dirinya ke biosfer baru metanoia.

Setelah menjalani Vipassana, dia tidur pada pukul sepuluh.

Ada setengah lusin kasus yang terdaftar pada hari itu. Amaya memeriksa daftar yang disiapkan oleh juniornya, sekali lagi membaca isu-isu utama dan mencatat argumen inti pembelaan. Biasanya, ia menyampaikan keluhan pemohon secara tematis, menekankan pada hukum, menekankan pada manfaat dan keabsahan hukum, dan pada akhirnya menekankan pelanggaran hak dalam konteks kebebasan, kesetaraan dan kesempatan yang sama. Kasus-kasus yang diwakilinya bersifat obyektif dan dinamis; para hakim sering kali menghargai keringkasan, spontanitas, dan ketajaman hukumnya.

Keunggulannya di bidang hukum dihasilkan dari disiplin ketat selama bertahun-tahun dan keterlibatan kritisnya dengan klien, hakim, dan pengacaranya. Amaya tidak pernah merasa malu untuk menerima ketidaktahuannya terhadap fakta spesifik atau sudut pandang hukum yang dikemukakan. Dia belajar dari pengalaman bahwa penerimaan terhadap ketidaktahuan meningkatkan rasa hormat dan kepercayaannya. Argumen di depan pengadilan bukan sekedar eksposisi pengetahuannya; itu menerapkan hukum pada kasus yang sedang dibahas. Bagian yang paling penting adalah argumen yang dibutuhkan untuk mendapatkan keputusan yang menguntungkan. Dengan demikian, ia mengembangkan lingkungan hukum sekaligus psikologis di hadapan para hakim dan pemaparan fakta, berdasarkan hukum kasus yang secara tegas terkait dengan pembelaan yang diajukan. Dia juga meneliti apakah undang-undang kasus tersebut mengikat hakim yang menangani masalah tersebut. Amaya sangat berhati-hati dalam mengatur waktu, karena argumen tidak boleh terlalu pendek, dan menganggap argumen tersebut tidak memiliki substansi atau terlalu panjang sehingga dapat mengalihkan perhatian juri. Sama hati-hatinya dalam menunjukkan rasa hormat kepada lawannya, dia mencuri rasa hormat semua orang.

Amaya menghadiri kompetisi peradilan semu di berbagai kota saat di sekolah hukum, dan teman sekelasnya Surya Rao serta lainnya selama tiga tahun berturut-turut. Seluruh latihan meniru pengacara dan hakim ketua di pengadilan sebenarnya. Hal ini memberi Amaya peluang dinamis untuk pengembangan keterampilan dan praktik, sehingga menghadapi situasi rumit yang akan dihadapi seorang pengacara. Bagaimana menangani perkara di tingkat banding, dalam putusan, seperti meneliti, mengumpulkan data yang relevan, menganalisa permasalahan, menetapkan hukum perkara, menyusun rancangan, pengajuan tertulis dan argumen akhir. Amaya menyambut baik permasalahan yang belum terselesaikan atau putusan apa pun yang terkesan kontroversial.

Saat mengikuti kompetisi peradilan semu di Kolkata, Amaya dengan tegas memperjuangkan kesetaraan perempuan di tempat ibadah. Di beberapa tempat ibadah, ada tradisi perempuan usia menstruasi, sepuluh hingga lima puluh tahun, tidak diperbolehkan masuk, dan dilarang masuk. Praktek tersebut didasarkan pada keyakinan bahwa dewa tersebut adalah seorang bujangan. Wanita usia menstruasi akan menggoda dewa, kehilangan kesuciannya. Amaya dengan tegas menentang tradisi tersebut dan berdoa kepada pengadilan untuk memberikan kesetaraan antara perempuan dengan laki-laki. Penentangnya berpendapat bahwa pelarangan masuknya perempuan merupakan praktik kuno dan harus dihormati, karena ini merupakan praktik penting di tempat ibadah tersebut. Yang terpenting, itu adalah keyakinan yang kuat dari beberapa pengikut dewa tersebut.

Amaya berpendapat menstruasi pada seorang wanita adalah hal yang wajar dan tidak najis untuk melawan lawan-lawannya. Menstruasi, sebuah fakta biologis, adalah langkah pertama menuju kehamilan seorang anak. Bahkan semua laki-laki lahir dari perempuan yang sedang menstruasi. Kalau perempuan haid itu najis dan kotor, bagaimana bisa mereka masuk tempat ibadah kalau perempuan haid itu najis? Dengan menolak masuknya perempuan, berarti ada penyangkalan terhadap kesetaraan dan kesempatan yang sama bagi perempuan. Oleh karena itu, praktik tersebut meniadakan hak asasi perempuan. Itu adalah penolakan masuk bagi perempuan berusia sepuluh hingga lima puluh tahun, meskipun mereka mungkin bukan kelompok usia menstruasi. Jadi, praktik tersebut merupakan negasi terhadap peran perempuan. Amaya berpendapat bahwa pelarangan terhadap perempuan bukan hanya pada menstruasi saja; mereka menyerang kebebasan perempuan yang diabadikan dalam konstitusi. Penolakan apa pun yang didasarkan pada tradisi dan rubrik tidak berarti apa-apa jika dibandingkan dengan hak asasi manusia, martabat perempuan, kesetaraan, dan kesempatan yang sama. Perampasan hak berdasarkan tradisi bukan hanya sesuatu yang tidak jelas tetapi juga kuno.

Penyangkalan tersebut didasarkan pada mitos, legenda, dan prasangka. Hal ini berujung pada pelanggaran hukum negara demokrasi. Praktik keagamaan yang didasarkan pada mitologi, takhayul, dan penolakan terhadap hak-hak dasar perempuan dalam konstitusi mempertanyakan makna keberadaan manusia. Amaya mengutip putusan pengadilan tentang Dargah di Mumbai. Dalam putusannya, pengadilan dengan tegas mengatakan: "Perempuan diizinkan memasuki tempat suci Dargah setara dengan laki-laki." Oleh karena itu, larangan tersebut "bertentangan dengan hak-hak dasar".

Konstitusi India menjamin kebebasan, kesetaraan, dan kesempatan yang sama bagi setiap warga negara. Perempuan segala usia di India harus mempunyai kesempatan untuk menikmati hak-hak tersebut setara dengan laki-laki. Oleh karena itu, ia berpendapat perlu adanya tempat ibadah tertentu yang mencabut larangan terhadap perempuan. Penyajian lisannya obyektif, faktual, berdasarkan hukum, kuat dan inspiratif.

Di malam hari, banyak klien baru. Salah satu di antara mereka adalah seorang mahasiswa hukum dari sebuah perguruan tinggi berusia awal dua puluhan, Kamala. Berafiliasi dengan universitas, perguruan tinggi tersebut memiliki sekitar seribu mahasiswa, dijalankan oleh manajemen swasta. Itu memiliki program LLB tiga tahun, lima tahun, LLM dua tahun dan MBA di bidang administrasi peradilan. Para mahasiswanya berasal dari tempat yang jauh, dan perguruan tinggi tersebut memiliki dua asrama besar yang terpisah untuk pria dan wanita di kampusnya yang luas, terletak dua jam perjalanan dari kota di kawasan semi-hutan. Kantor manajemen berada di kampus. Ketuanya adalah seorang pria yang belum menikah, berusia sekitar enam puluh lima tahun, dengan kepribadian seperti dewa. Dia menjadi menteri di kabinet selama lima tahun, telah mengembangkan kontak yang luas dan mengumpulkan kekayaan serta kekuasaan tak terbatas. Para birokrat lokal, seperti pemungut cukai, kepala polisi, petugas pendapatan dan beberapa hakim, adalah murid spiritualnya. Penghuni asrama, terutama perempuan, sering bergosip, ketuanya, predator seks, menjalani kehidupan sembunyi-sembunyi, dan asrama, seraglio-nya. Mereka yang tidur dengannya menerima bantuan khusus dan beasiswa, menjalani gaya hidup mewah, namun para korban tetap bungkam.

Kamala datang menemui Amaya untuk menceritakan pengalaman mengerikannya. Dia berasal dari keluarga kelas menengah ke bawah, tempat ayahnya bekerja di perkebunan teh; ibunya sudah tidak ada lagi dan memiliki dua adik laki-laki. Kamala harus bermalam bersama ketua selama tiga bulan sebelumnya. Setiap malam, pada pukul sepuluh, pengiring wanita pribadinya diam-diam memasuki asrama dan membawa Kamala. Pada awalnya, Kamala menyangkal; ketua menyerangnya secara fisik dan membuatnya tunduk. Dalam dua hari, Kamala harus menyetujui keinginannya namun bersikap brutal saat berhubungan seks. Seringkali Kamala harus melakukan aktivitas tidak wajar bersamanya, dan tidak ada kemungkinan untuk kabur dari kampus.

Dua minggu kemudian, Kamala membahas perbudakan seks yang dialaminya dengan seorang teman dekatnya. Dia menyarankan Kamala merekam percakapan ketua dengan menggunakan alat perekam kecil yang ditempel di pakaiannya, selain mengambil foto sambil memaksanya. Kamala memasang kamera tersembunyi di kancing blus dan alat perekam suaranya. Amaya mendengarkan Kamala dalam keheningan total. Itu tentang kejahatan yang dilakukan oleh seseorang yang memegang posisi penting dalam masyarakat. Seorang perampok seks tidak pernah menghormati martabat perempuan dan dapat melakukan kekerasan serta membunuh korbannya. Untuk menyembunyikan kejahatannya, dia bisa menggerakkan langit dan bumi secara bersamaan. Para elite politik, pemuka agama, dan birokrat sangat memihak para perampok tersebut. Pengetahuannya didapat dari berbagai kasus yang ditanganinya selama dua puluh tahun sebelumnya.

Kamala merekam percakapan tersebut beberapa malam dan mengambil foto di kamar ketua. Amaya mengatakan dia ingin mendengarkan rekaman percakapan tersebut dan melihat gambar-gambarnya untuk memverifikasi apakah mereka dapat melawan pengawasan hukum.

Karena ujian akhir telah dilaksanakan, Kamala tidak kembali kuliah. Amaya meminta para juniornya segera menyiapkan berkas perkara dan menjanjikan bantuan profesional kepada Kamala.

Dua biarawati ada di sana untuk menemui Amaya; salah satu di antara mereka lebih unggul. Mereka memperkenalkan diri kepada Amaya, memberitahunya bahwa biara mereka, yang terletak di pedalaman desa, memiliki empat biarawati. Dua di antaranya adalah guru di sekolah yang dikelola keuskupan dan menerima bantuan gaji dari pemerintah. Dua orang lainnya bekerja di sebuah klinik milik mereka di desa yang sama. Kongregasi religius mereka beranggotakan empat puluh enam biarawati, semuanya bekerja di daerah pedesaan dan daerah kumuh. Pastor paroki bertindak sebagai manajer setempat dan ketua sekolah. Para biarawati menghadapi masalah yang parah karena pendeta terus-menerus melecehkan salah satu biarawati karena alasan seksual. Dia pernah melakukan pelecehan seksual terhadap biarawati itu ketika dia pergi ke kantornya. Gangguan tersebut semakin tidak tertahankan, dan para biarawati memberi tahu uskup secara tertulis beberapa kali. Namun tidak ada tanggapan dari uskup, dan sikap diamnya sangat bungkam. Tampaknya dia secara implisit mendukung petualangan seksual para pendeta bujangan atau perilaku predator seksual, yang menyiratkan bahwa wajar bagi para biarawati untuk memenuhi keinginan pendeta.

Para biarawati takut untuk memberontak melawan uskup karena dia adalah kepala spiritual dan duniawi mereka. Karena bergantung secara finansial padanya, para biarawati menjadi helot, karena uskuplah yang mempunyai hak menentukan dalam klinik dan kehidupan sehari-hari mereka. Karena tidak mempunyai mata pencaharian lain, para biarawati tidak dapat meninggalkan kongregasinya. Meninggalkan kehidupan berkeluarga dengan menerima kehidupan dalam keperawanan, ketaatan dan kemiskinan, mereka menjadi yatim piatu, tanpa pilihan untuk memiliki kehidupan yang bermartabat. Atasannya agak emosional saat menjelaskan dilema tersebut. Dia mengatakan, ini bukan pertama kalinya para biarawati menjadi korban kriminal pendeta. Mereka memohon agar Amaya membantu mereka dengan mengirimkan pemberitahuan peringatan rahasia kepada pastor paroki. Setelah merenung sejenak, dia setuju untuk meneruskan pesan tertulis kepada pendeta itu.

Saat membaca emailnya, Amaya menemukan email dari ibunya. Dia menerima email rutin dari Rose setidaknya sekali seminggu, karena dia suka menulis surat yang panjang. Tampaknya penglihatannya masih sempurna, meski Rose sudah berusia delapan puluhan. Amaya senang membaca pesan-pesannya karena redamansi yang diungkapkan meluap-luap di setiap kata. Rose sering mengutip puisi dan anekdot serta mengirimkan gambar bangunan yang dirancangnya di berbagai kota. Sesekali, dia menulis tentang masa kecilnya yang dihabiskan di Kottayam.

Berbeda dengan ibunya, ayahnya lebih suka menelepon Mol-nya, dan Amaya sangat senang mendengarkan cerita-ceritanya yang tak terlukiskan. Shankar Menon pensiun dari *The Word*, kembali ke Kerala, bergabung dengan Rose, dan menetap di rumah desa mereka dengan air terjun mewah di sisinya yang menciptakan tanaman hijau subur dengan banyak flora dan fauna di sekitarnya.

Saat itu sekitar pukul delapan tiga puluh, dan Amaya merasa senang dengan pekerjaan hari itu. Tiba-tiba teleponnya berdering. Telepon itu dari Poornima.

Ayah Putri

Poornima mengalami penderitaan mental traumatis. Hal ini mungkin dimulai dengan kematian ibunya tiga tahun lalu, dan kecelakaan mobil ayahnya mungkin memperburuk keadaan. Keadaan ayahnya yang tidak sadarkan diri selama berbulan-bulan telah mempengaruhi kedamaian dan kesejahteraannya. Namun kesedihannya lebih dari itu, karena dia menyadari masalah aneh yang berkaitan dengan ibu, ayah, dan dirinya sendiri. Dia ingin tahu apa sebenarnya itu. Ibunya tinggal bersama suaminya saat sedang mencari gelar doktor di California. Dia mengalami depresi ketika dia menyadari, dia tidak bisa hamil bahkan setelah bertahun-tahun bersama. Peringatan psikiater membuat Dr Acharya ketakutan. Dia ingin menghindari tragedi dengan cara apa pun. Jadi, dia membawa istrinya ke Marseille dan Barcelona dan menghabiskan dua tahun di sana. Di sana, di Barcelona, mereka memiliki putri mereka Poornima. Namun Poornima tidak mengerti mengapa ayahnya mengulangi nama Amaya ketika dia setengah sadar selama satu atau dua detik. Itu adalah sebuah misteri baginya, mencari tautan penghubung. Dia yakin tautan itu bisa menyelamatkan nyawa ayahnya.

"Hai Bu, selamat malam. Saya Poornima." Begitu Amaya mengangkat telepon, terdengar suara yang jelas dan jelas.

"Hai, Poornima," Amaya menjawab panggilannya.

"Bu, maaf mengganggu sekali lagi. Pikiranku sangat gelisah; perlu untuk berbicara dengan Anda. Saya ingin mengetahui fakta tertentu untuk menyelamatkan nyawa ayah saya," tambah Poornima.

Ada keheningan intuitif di Amaya.

"Bu, aku menyayangi ayahku sama seperti ibuku. Saya tidak bisa membayangkan hidup tanpa dia. Kematian ibu saya telah mempengaruhi dia, dan dia masih menderita. Saya yakin Anda dapat mengembalikan kesadaran penuhnya. Mungkin dia sedang mencarimu, ingin bertemu denganmu," kata Poornima.

Amaya mendengarkannya dalam diam.

"Dengar, Poornima, aku tidak kenal ayahmu. Saya belum pernah bertemu dengannya. Saya rasa saya tidak bisa membantunya mendapatkan kembali kesadarannya. Tapi aku turut prihatin dengan penderitaanmu. Penderitaan psikis adalah bentuk tragedi terburuk." Amaya tenang, dan kata-katanya terukur.

"Maafkan saya karena menanyakan beberapa pertanyaan pribadi kepada Anda. Silakan." Itu adalah permohonan dari pihak lain.

"Ya, silahkan."

"Bu, apakah Anda berada di Spanyol?"

"Mengapa kamu menanyakan pertanyaan ini? Apa hubungannya dengan ketidaksadaran ayahmu?" Setelah jeda, Amaya bertanya.

"Saat ayahku mengulang namamu, hari demi hari, aku bertanya-tanya apa arti kata Amaya. Saya mencari kemana-mana untuk mengetahui artinya. Seseorang memberitahuku Amaya adalah nama Spanyol. Lalu saya mencari di Google; menyadari bahwa itu adalah bahasa Basque, yang dipinjam oleh orang-orang Arab ketika mereka menaklukkan Spanyol. Bahkan wahyu itu tidak memecahkan misteri tersebut. Saya meninjau secara menyeluruh semua makalah yang berhubungan dengan ayah saya sejak masa kuliahnya. Tidak ada satupun yang menyebutkan tentang Amaya. Tapi aku bisa mendengarnya memanggil 'Amaya' setiap kali dia setengah sadar. Sulit untuk menguraikannya, tapi saya rasa itu adalah nama Anda. Tiba-tiba aku tersadar; Amaya ada hubungannya denganku; Saya perlu mencarinya, menemukannya." Sekali lagi, Poornima mengucapkan kata demi kata, seolah setiap suku kata penuh makna.

"Itu mungkin nama yang umum di seluruh Spanyol. Di tempat lain di Eropa, nama ini menjadi populer. Bahkan di India, beberapa orang mungkin memilikinya. Jadi, tidak ada kaitan logis kalau orang yang dicari ayahmu itu adalah aku," jelas Amaya.

"Saya tidak bisa membuat kesimpulan yang masuk akal. Tapi mohon maafkan saya karena menanyakan pertanyaan pribadi. Apakah kamu lahir di Barcelona?" Poornima sekali lagi meminta maaf.

"Ya. Saya lahir di Barcelona," jawab Amaya.

"Untunglah. Sekarang saya bisa menyelesaikan masalahnya. Ketika saya tidak bisa mendapatkan petunjuk apa pun tentang Amaya dalam dokumen ayah saya hingga masa tinggalnya di AS, saya dengan cermat meneliti dua tahun yang dihabiskan orang tua saya di Marseille dan Barcelona. Di salah satu buku catatannya, saya melihat selembar kertas;

di sana tertulis: 'Amaya.' Bu, saya merasa lega melihat secarik kertas kecil itu. Itu sangat berharga, jauh lebih berharga daripada perusahaan farmasi kami." Kata-kata Poornima bergema dengan keyakinan.

"Tapi itu tidak membuktikan apa pun tentang hubunganku dengan orang tuamu," tegas Amaya.

"Ya, itu tidak membuktikan. Biarkan saya mencari lebih banyak bukti. Bolehkah saya menelepon Anda besok jam delapan tiga puluh?" Poornima memohon.

"Ya, Poornima, jika aku bisa mengurangi penderitaanmu." Jawabannya sangat jelas.

"Bu, saya senang berbicara dengan Anda. Saat aku merasakan kamu berada di sisi lain, aku merasa mengenalmu selamanya. Selamat malam, Bu."

"Selamat malam, Poornima. Hati-hati di jalan."

Keesokan harinya, saat berada di kantor, sedang memeriksa rincian kasus yang terdaftar pada hari itu, tiba-tiba Poornima muncul dalam pikirannya. Dia bertahan, meneliti seperti seorang detektif, siap menyajikan fakta yang dapat diverifikasi. Poornima menguji keaslian setiap kata yang diucapkannya; menunjukkan empati dan rasa hormat terhadap orang lain. Dia mungkin telah menjalani sosialisasi yang memadai secara instan dan menginternalisasikan nilai-nilai yang dianggap penting oleh orang lain. Poornima curiga orang yang dia ajak bicara mungkin memiliki hubungan yang tidak terduga dengan orang tuanya; hubungan itu sangat berharga bagi mereka. Setiap kata Poornima penuh dengan misteri rasa syukur dan berharap dapat menghancurkan ilusi apa pun.

Orangtuanya tinggal di Marseille dan Barcelona selama dua tahun untuk membawa kedamaian dalam pikiran ibunya. Ibunya mungkin menerima bantuan medis di Marseille, Barcelona atau keduanya. Bisa untuk bantuan psikis dan fisik dalam mengatasi trauma mental karena tidak bisa hamil atau pengobatan medis agar bisa hamil. Seperti yang diklaim Poornima, masa tinggal orangtuanya di Marseille dan Barcelona berhasil; itu memiliki akhir yang bahagia. Dia lahir di Barcelona pada akhir tahun kedua mereka tinggal di sana. Namun hari-hari mereka di sana juga menciptakan misteri bagi putri mereka. Dan dia telah mencoba mengungkap rahasianya sejak ayahnya mengalami kecelakaan mobil. Dia tetap tidak sadarkan diri, dan setiap kali dia setengah sadar selama beberapa detik, dia menyebut namanya, Amaya. Alam bawah sadar ayahnya memiliki gambarannya, dan dia mengingatnya di setiap momen dalam hidupnya. Amaya-lah yang bisa membantu ayahnya sadar kembali. Poornima mencari Amaya, mengira dia adalah temannya, tertanam dalam ingatannya. Menghadirkannya di hadapannya akan menyembuhkannya karena dia dapat membantunya mengenang hari-hari menyenangkan bersamanya. Poornima percaya Amaya memiliki kekuatan, keajaiban, dan kedekatan untuk membantu ayahnya memulihkan kesadaran penuhnya. Dia ingin menemukan kebenaran murni yang menghancurkan teror yang menjeratnya, menghilangkan obsesi untuk menelepon orang tak dikenal bahkan pada jam-jam yang tidak biasa, dan bersatu dengan kedamaian untuk menenangkan pikirannya. Tersirat dalam panggilannya juga terdapat keinginan yang tak henti-hentinya untuk mengungkap wajah itu.

Amaya bersandar ke belakang di kursinya. Ada Poornima, Dr Acharya dan istrinya. Meskipun ibu Poornima sudah tiada, gambaran mentalnya masih jelas. Dr Acharya tidak sadarkan diri, tidak mampu mengungkapkan kebutuhannya secara verbal. Lain kali dia akan menanyakan Poornima tentang nama depan ayahnya. "Kenapa kamu begitu penasaran? Mengapa kamu ingin tahu nama depannya?" Dia mempertanyakan niatnya. Namun, dia ingin mengetahui lebih banyak tentangnya untuk membantu Poornima mengatasi cobaan mentalnya. Amaya mencoba menggantikan Karan di tempat Dr Acharya. Ada kenangan yang jelas tentang Karan. Dia adalah pria tegap berusia akhir dua puluhan; dia bertemu dengannya untuk pertama kalinya di kantin universitas. Sepertinya dia sedang mencari seseorang.

Barcelona berkilauan. Amaya tiba di kampus universitas di Barcelona seminggu sebelum bertemu Karan. Dia membekali dirinya untuk mempelajari pemberitaan media secara metodis tentang pelanggaran hak asasi manusia di Spanyol. Beasiswa di tangannya mencerahkan usahanya. Dia benar-benar tertarik pada jurnalisme dan hak asasi manusia dan memutuskan untuk mempelajari fenomena tertentu dengan mengumpulkan data kuantitatif. Penelitian ini membahas bagaimana hak asasi manusia tercermin dalam artikel surat kabar, editorial, dan saluran berita TV yang secara eksklusif membahas penentuan nasib sendiri masyarakat tertindas.

Hak asasi manusia merupakan cita-cita yang luhur, namun jurnalisme yang sarat dengan preferensi individu, masyarakat, ekonomi dan politik sering kali mengalihkan perhatian masyarakat karena paksaan elitis. Insiden-insiden pelanggaran hak asasi manusia muncul di media untuk kepentingan tidak langsung seseorang yang hidup dalam kantong-kantong kekuasaan dan politik yang eksklusif. Kelompok underdog yang tersegregasi di ujung lain spektrum menjadi korban, meskipun para elit dengan keras menyangkal peran mereka dalam menindas massa. Kebencian diwujudkan dengan nada jahat dalam maraknya pelanggaran hak asasi manusia, dan perpecahan semakin melebar dengan tingkat yang sangat mengerikan. Pelanggaran yang berdampak pada banyak orang menjadi berita yang layak untuk melindungi kepentingan orang-orang yang dirahasiakan. Dalam beberapa situasi, pelanggaran hak asasi manusia dilakukan secara terselubung dan ditekan oleh kekuatan yang tidak diketahui. Pelanggaran hak asasi manusia yang menyimpang akan menjadi masalah seluruh bangsa dalam keadaan tertentu. Amaya ingin menganalisanya selama satu tahun dan kemudian kembali ke India untuk praktek hukum.

Barcelona adalah tempat yang luar biasa untuk ditinggali; Amaya mengenal kota itu sejak dia lahir di sana dan menghabiskan masa kecilnya di Madrid. Beberapa universitas di Barcelona menduduki peringkat teratas di Eropa. Mendaftar untuk beasiswa di universitas membantu Amaya karena dia bisa berbahasa Catalan, Euskera, dan Spanyol, dan universitas membuat pengambilan keputusan menjadi lebih mudah. Badan wawancara Sekolah Jurnalistik mengungkapkan kegembiraannya menerima Amaya. Dia mendapat kamar berperabotan lengkap di asrama, tempat siswa pria dan wanita berbaur siang dan malam. Kehidupan kampus sangat mendebarkan karena terdapat lingkungan pembelajaran dan penelitian yang ketat. Arsitekturnya sangat indah, dan Amaya teringat kunjungannya ke kampus bersama ibunya. Rose menyukai gaya gotik, menciptakannya kembali dengan teknologi baru dan memadukannya dengan bangunan rumahan tradisional di Kerala.

Makanan Mediterania, udara segar, dan sinar matahari yang cerah memiliki keajaiban tersendiri. Galeri seni di kampus dikunjungi ratusan pengunjung setiap hari, termasuk mahasiswa, dosen, dan wisatawan. Kehidupan malam semarak dan penuh warna dengan musik, tarian, film, drama satu babak, pameran budaya, debat, pertemuan dan kompetisi.

Tapi tidak ada yang mengintip kehidupan pribadi orang lain. Ada kebebasan mutlak, kesetaraan dan kesempatan yang sama. Universitas, yang berusia sekitar lima ratus lima puluh tahun, menawarkan banyak program studi, dengan mahasiswa dari hampir seluruh negara Eropa. Selusin siswanya berasal dari India, dan Amaya adalah satu-satunya di Sekolah Jurnalisme. Keinginannya untuk belajar di universitas muncul ketika dia pertama kali mengunjungi universitas tersebut beberapa tahun yang lalu bersama ibunya. Kampus ini terletak di dalam kota dekat Placa Catalunya dengan sekitar tujuh puluh program sarjana dan lebih dari tiga ratus lima puluh program magister. Fakultas Jurnalisme memiliki semua teknologi dan fasilitas modern untuk melakukan penelitian yang dikenal secara internasional. Amaya mendapati perpustakaannya dilengkapi dengan ribuan buku, jurnal, terbitan berkala, dan surat kabar, dan vellichorenya sangat menarik dan bersemangat. Perpustakaan digitalnya luar biasa. Amaya menghabiskan banyak waktu di perpustakaan.

Belakangan, Amaya mulai mengunjungi saluran TV, kantor surat kabar, dan lembaga komunikasi lainnya di berbagai kota di Spanyol bersama Karan, yang dia percayai dan cintai lebih dari apa pun. Dan selama dua puluh empat tahun berikutnya, Amaya mencari putrinya dan ayahnya, Karan. Itu adalah pengejaran abadi yang dimulai di bangsal bersalin di sebuah rumah sakit Barcelona. Catatan rumah sakit menyebutkan bahwa Karan, ayah bayi yang baru lahir, memindahkan bayinya ke rumah mereka pada hari kedelapan belas. Rumah itu, yang mereka sebut Teratai, adalah tempat cinta dan kebahagiaan, tempat Amaya dan Karan menghabiskan satu tahun bersama. Dia memiliki kenangan yang jelas saat pergi ke rumah sakit bersama Karna. Dan atas izin pihak rumah sakit, Karan membawa pulang bayi tersebut. Bayinya sehat dan sehat walafiat, meski Amaya sempat koma saat melahirkan. Karena bayi baru lahir telah menjalani pemeriksaan kesehatan wajib dan menerima semua vaksinasi yang diperlukan, maka tidak diperlukan perawatan bayi di bangsal bersalin ketika ibu dalam keadaan koma. Dan rumah sakit mengizinkan Karan membawa pulang bayinya, dan ibunya tetap koma selama dua puluh dua hari. Namun dia tidak pernah bisa melihat wajah putrinya ketika dia sadar dari koma. Saat berkendara menuju lapangan, Amaya mengingat kembali penderitaannya.

Hari itu Amaya dan Sunanda mewakili seorang wanita bernama Parvati, yang berusia awal tujuh puluhan. Setelah delapan tahun menikah, ketika berusia dua puluh enam tahun, dia kehilangan suaminya akibat tanah longsor saat musim hujan di desa mereka. Dia tetap tidak menikah untuk menjaga anak satu-satunya dan menyekolahkannya dan kuliah, meskipun dia kesulitan mengumpulkan dana yang cukup. Bertahun-tahun kemudian, dia membangun sebuah rumah dengan tiga kamar tidur dan kamar mandi dalam. Putranya mendapat pekerjaan bergaji tinggi di sebuah bank di kota terdekat dan menikah dengan rekannya. Parvati menjaga kedua putra mereka, membersihkan rumah, memasak makanan, dan mencuci pakaian semua orang selama dua puluh lima tahun berikutnya. Saat itu, cucu-cucunya mendapat pekerjaan dan merantau ke kota lain. Ketika Parvati berusia enam puluh delapan tahun, putra dan menantunya pergi berziarah ke Varanasi, Vrindavan dan banyak tempat suci lainnya di India utara. Mereka membawa Parvati bersama mereka karena mimpinya adalah pergi berziarah.

Dua bulan kemudian, ketika putra dan menantunya kembali, Parvati tidak bersama mereka. Mereka memberi tahu kerabat, teman, dan tetangga bahwa ibu mereka pingsan di tepi sungai suci Gangga ketika mengunjungi Varanasi dan meninggal. Menurut adat istiadat agama, mereka mengkremasi jenazah dan abunya serta membenamkannya di sungai suci. Putra Parvati menyerahkan akta kematian, yang ditandatangani oleh seorang pendeta dan otoritas tempat kremasi, kepada pemerintah kota untuk memindahkan rumah tersebut atas namanya. Dalam seminggu, dia mengadakan acara keagamaan untuk mengenang mendiang ibunya, diikuti dengan makanan sesuai adat.

Suatu malam, setelah tiga tahun, seorang wanita tua muncul di desa tempat tinggal putra Parvati. Meski kelelahan, penduduk desa bisa mengenalinya dengan pakaian yang tidak bersih. Dia adalah Parvati. Saat berada di Vrindavan di Mathura, putra dan menantunya meninggalkan Parvati di tengah kerumunan dan menghilang. Parvati mencari mereka selama berhari-hari bersama. Dia tidak tahu ke mana harus pergi atau mencari tahu tentang putranya. Tanpa mengetahui bahasa Hindi, dia tidak dapat berkomunikasi dengan siapa pun. Namun dia yakin putranya akan datang dan menyelamatkannya dari kesengsaraan suatu hari nanti. Karena lapar dan lelah, Parvati pergi ke rumah para janda, yang dikelola oleh kuil. Masih ada ribuan janda lainnya yang dibuang oleh anak-anaknya. Parvati tinggal di sana selama dua tahun, suatu hari melarikan diri dari tempat penampungan dan naik kereta api. Dia bepergian ke banyak tempat selama setahun. Saat sampai di stasiun kereta Vijayawada, Parvati bertemu dengan seorang perawat yang hendak pergi ke Kerala.

Dia mengatakan kepada perawat bahwa dia ingin pergi ke Kerala tetapi tidak punya uang. Perawat mengambil tiket kereta api, membeli makanan, dan pergi ke Kerala. Dia membantu Parvati naik bus ke desanya. Parvati mempunyai kisah yang memilukan untuk diceritakan. Itu adalah kisah penipuan dan pengabaian oleh putranya. Amaya menerima pembelaan Parvati terhadap putra dan menantunya, dan itu adalah hari sidang terakhir.

Kasus lain yang melibatkan Amaya adalah kasus anak di bawah umur berusia empat belas tahun. Guru Madrasah, seorang lelaki berusia lima puluh tujuh tahun, menghamilinya. Dia memperkosa korbannya selama dua tahun, dan mengatakan kepadanya bahwa yang dia lakukan adalah perawatan yang membuatnya lebih cerdas, yang akan membantunya belajar bahasa Arab dengan mudah. Setelah argumen awal, pengadilan menetapkan satu hari lagi untuk sidang terakhir.

Dua hari berikutnya adalah hari libur pengadilan, Sabtu dan Minggu, dan junior serta staf kantor Amaya bebas dari Jumat malam hingga Senin pagi. Amaya memeriksa majalah dan majalah yang diterima selama seminggu. Hari Sabtu digunakan untuk menyelesaikan pekerjaan pribadi, membersihkan rumah, bermain piano, membaca novel, menulis email, dan menonton film.

Dia sangat menikmati film Harry Potter karena dia telah membaca semua bukunya. Amaya sangat menyukai Jennifer Lawrence di *The Hunger Games* . Sesekali, Amaya menonton bagian tertentu dari *Dua Belas Tahun Seorang Budak* ; mengagumi Madina Nalwanga di *Queen of Katwe* . Itu bersifat simbolis dan diyakini bahwa setiap gadis kecil dapat mencapai kehebatan dengan tepat. Amaya menilai penampilan Reese Witherspoon di *Wild* luar biasa. Amaya telah menulis ulasan tentang *Suffragette* di surat kabar lokal, dan Carey Mulligan, Meryl Streep, Ann Marie Duff, dan Helena Bonham Carter tetap menjadi aktor idealnya.

Menonton film Malayalam yang berpusat pada perempuan adalah kegemarannya. Dia tahu sebuah film memiliki daya tarik yang luar biasa ketika pahlawan wanitanya mendapatkan peran utama untuk berakting. Penanganan emosi yang halus, seperti cinta, rasa sakit hati, kecemasan, kesakitan, penderitaan, ketakutan, dan harapan yang dilakukan oleh perempuan di Malayalam, tidak ada bandingannya. Amaya menganggap Parvathy Thiruvothu dan Manju Warrier adalah aktor kelas dunia, setara dengan Meryl Streep atau Angelina Jolie. Parvathy di *Uyare* dan Manju Warrier di *Lucifer* adalah pilihan terbaiknya. Amaya menyukai Kavya

Madhavan di *Perumazha* dan merasa Kavya tidak mendapat cukup kesempatan untuk mengekspresikan bakat aktingnya yang luar biasa. Di antara para aktor masa lalu, Amaya lebih menyukai Sheela di Chemmeen, Sharada di *Iruttinte Athmavu* , dan Monisha di *Nakhakshathangal* . Dia menyukai film-film Bollywood lama; aktor favoritnya adalah Smita Patil dan Shabana Azmi.

Amaya sendirian di kantornya. Malam itu tenang; dari jendela, dia bisa melihat lampu-lampu jalan dalam siluet dahan-dahan pohon tinggi yang ditumbuhi tanaman hijau. Tiba-tiba, dia teringat akan rumah masa kecilnya di Madrid di dalam kompleks Kedutaan Besar India dan sekolahnya di pinggiran kota. Ada banyak pohon di halaman sekolah. Para biarawati sangat berhati-hati dalam memiliki vegetasi yang melimpah, yang mereka yakini akan menciptakan lingkungan belajar yang lebih baik bagi para muridnya. Amaya sangat mencintai seorang biarawati bernama Alisa, guru sainsnya. Alisa memiliki bakat alami dalam berdiskusi tentang sains dan menjelaskan setiap konsep secara sistematis dengan contoh-contoh yang tepat. Oleh karena itu, beliau menginisiasi siswa untuk berpikir dan mengembangkan kesimpulannya, menjadikan mereka mandiri. Pengajarannya bersifat holistik dalam penciptaan pengetahuan, keterampilan dan sikap, karena tidak pernah menjadi tempat pengumpulan informasi.

Alisa adalah adik perempuan yang langsung mengasuh Amaya setelah kelahirannya di Basilica de la Sagrada Familia di Barcelona. Mendengar Amaya bercerita, Alisa tertawa kegirangan dan memeluk Amaya. Itu adalah awal dari hubungan yang dekat dan sehat, dan biarawati itu mengajari Amaya untuk berpikir mandiri, mengambil keputusan, mengevaluasi situasi secara objektif, dan menafsirkan peristiwa dan gagasan. Tapi Amaya gagal hanya sekali karena dia tidak bisa menilai orang yang paling penting dalam hidupnya karena gagal mengevaluasinya. Tapi itu tidak mudah untuk ditentukan karena dia berbeda dari hampir semua orang, gagah, berani, dan dinamis. Amaya sangat memercayainya dan tidak pernah mengharapkan sesuatu yang bertentangan dengan keyakinannya yang sudah mengakar pada manusia. Seperti dewa Yunani Pistis, dia datang ke dalam hidupnya, personifikasi kepercayaan, kejujuran, dan keyakinan.

Suatu malam, di kantin Sekolah Jurnalistik, Amaya sedang menikmati secangkir kopinya. Kemudian dia melihatnya, seorang pria muda yang menarik, tinggi dengan rambut hitam tergerai sampai ke daun telinganya. Dia tampak seperti sedang mencari seseorang.

"Hai," sapanya sambil menatap Amaya.

"Hai," jawab Amaya sambil menatapnya. Penampilannya sangat memukau.

"Bolehkah saya duduk," sambil menunjuk kursi kosong di meja kopi di sampingnya, dia meminta izin padanya.

"Tentu saja, tolong," kata Amaya.

"Saya Karan," setelah duduk kokoh di kursi sambil mengulurkan tangan kanannya, dia memperkenalkan dirinya.

"Senang bertemu denganmu, Karan; Saya Amaya," sambil berjabat tangan dengannya, katanya.

"Itu nama yang indah. Senang bertemu denganmu, Amaya, "ucapnya sambil tersenyum. Sangat menyenangkan melihat wajahnya sambil tersenyum. Dia memiliki penampilan yang bermartabat dan menarik, pikirnya.

"Terima kasih, Karan; itu Basque. Tapi orang Spanyol mengklaimnya, begitu pula orang Arab," kata Amaya.

"Kamu terlihat cantik, paling menawan dari siapa pun yang pernah saya lihat di Spanyol. Dari mana asalmu?" Sambil memujinya, dia bertanya.

"Saya dari Kerala," kata Amaya.

Saya juga dari India tapi menetap di sini, berbisnis," jelas Karan.

"Saya sedang melakukan penelitian di Fakultas Jurnalisme tentang hak asasi manusia," tambah Amaya.

"Oh itu bagus. Anda seorang intelektual sekaligus aktivis sosial," kata Karan.

Bahasa Inggrisnya memiliki aksen Amerika. Lalu mereka minum kopi bersama.

"Saya minum banyak kopi. Kami memiliki kesamaan. Mari kita mulai dari sini," kata Karan.

Amaya memandang Karan. Wajahnya seperti patung yang dipahat, sesuatu yang luar biasa; mata magnetisnya memiliki cahaya yang langka.

"Mari kita minum kopi bersama setiap hari," saran Karan.

"Tentu," kata Amaya seolah menunggu undangan. Dia memiliki keinginan untuk bertemu dengannya lagi.

"Amaya, aku akan kembali besok jam segini; senang bertemu denganmu, kata Karan.

"Aku akan berada di sini," janji Amaya.

Dia bangkit dan berjalan pergi. Dari punggungnya, dia tampil anggun; rambutnya yang gelap tergerai memiliki getaran yang menggoda. Tapi Amaya tidak pernah tahu kenapa dia berjanji untuk bertemu dengannya lagi dan tidak mengerti kenapa. Itu mungkin terjadi secara mendadak. Itu adalah keputusan yang dibuat oleh pikirannya, bukan kecerdasannya. Dia pikir tidak ada tujuan atau motif yang tidak disadari. Dia mungkin telah menekan dorongan tersebut saat masih di sekolah dan perguruan tinggi. Sibuk dengan hukum dan perdebatan hukum di sekolah hukum. Di peradilan semu, Surya Rao adalah pasangan utamanya. Siswa laki-laki ada di sekelilingnya tetapi melakukan pembicaraan pribadi dengan mereka adalah ide yang aneh, meskipun itu wajar bagi semua orang. Karena popularitasnya, dia mungkin bisa menahan keinginan tersebut. Tiba-tiba Amaya berada di lingkungan baru; Kehadiran Karan sungguh menggoda, penampilannya megah saat menginjakkan kaki di hadapannya. Dia menyukainya; ingin ngobrol panjang lebar dengannya, karena itu mempesona.

Amaya membawa Karan dalam pikirannya sepanjang malam, karena kehidupan malam di kampus mungkin telah menciptakan keinginan untuk memiliki teman laki-laki. Itu memikat karena cahaya yang lebih terang, musik yang lebih keras, dan keintiman yang dekat. Harapan menyelimutinya, dan ada kerinduan untuk bertemu seorang pria, dan Karan adalah temannya. Meskipun demikian, Amaya khawatir apakah dia akan muncul keesokan harinya karena dia merasa dia bisa mengisi ketidakhadiran teman laki-lakinya. Perasaannya adalah hasil ketertarikan terhadap pria kekar, tapi itu saja tidak bisa tumbuh dalam cinta sejati, karena dia tidak ingin terus berada di dunia kegilaan. Tapi, memikirkan dia adalah pengalaman yang menyenangkan. Meskipun dia ingin melampaui keinginannya, dia mendambakan keintiman fisik, percikan ketertarikan seksual, yang tidak dapat dia tolak. Amaya lama memikirkan Karan; dia senang memeluknya dan bercinta dengannya. Sepanjang hari, saat mengadakan kolokium, dia mencoba melupakannya, tapi itu adalah tugas yang sulit karena dia sesekali muncul dalam pikirannya.

Malam tiba, dan Amaya menunggunya di kafetaria. Dengan cepat dia muncul, tersenyum lebar. Ada seikat bunga mawar di tangannya.

"Hai Amaya," dia mendoakannya dari jauh.

"Hai, Karan," dia membalas dan berdiri dengan penuh harap, matanya berbinar.

"Senang bertemu denganmu, Amaya. Sungguh menyenangkan bertemu denganmu lagi." Dia sangat bersemangat. Lalu dia dengan lembut meletakkan seikat mawar di tangannya.

"Terima kasih, Karan, untuk mawar yang cantik. Mereka segar dan indah, "katanya.

"Kamu jauh lebih cantik dari mawar ini. Itu sebabnya aku datang menemuimu, berbicara denganmu, untuk bersama wanita cantik ini selama berjam-jam." Kata-katanya memesona, pikir Amaya.

Mereka minum kopi bersama lalu keluar. Amaya merasakan kehadirannya semakin kuat, dan dia senang berjalan di sisinya. Labirin jalan setapak tampak menarik, dan mereka berjalan bermil-mil bersama, berbagi cerita, peristiwa, konsep, dan ide. Sebelum berangkat, sekitar pukul sebelas, dia mengambil telapak tangannya dan menciumnya.

"Aku sayang kamu, Amaya, sampai jumpa besok," katanya.

"Aku mencintaimu, Karan," katanya tetapi terkejut dengan kata-katanya. Dia bertanya pada hatinya apakah dia mencintainya, dan hati itu memberikan jawaban yang tegas. Dia memperhatikannya berkuda; itu adalah perasaan yang menghangatkan hati. Dia berdiri di sana, menatap sampai dia menghilang di balik Patung Harapan di pintu masuk sekolah.

Kesan pertama Amaya terhadap Karan adalah kepribadiannya yang penuh teka-teki. Itu adalah kebingungan, pada awalnya, perasaan terjebak dalam rayuan, memikat pikiran, membujuk hati dengan bujukan tubuh yang tidak terlalu terang-terangan. Pada hari kedua setelah bertemu dengannya, dia mencari wataknya lebih dari sekedar ketertarikan fisik, menekankan reaksi, sikap, kejujuran, kebaikan, perasaan dan kecerdasannya. Dia mengevaluasinya dan menegaskan bahwa dia adalah orang yang penuh hormat, rendah hati, memberi semangat, dan tidak menghakimi. Sebelum tidur, dia bertanya pada hatinya apakah dia mengambil keputusan yang salah, dan hatinya menyuruhnya untuk mengikuti keinginannya.

Keesokan harinya, Karan menelepon Amaya dan mengajaknya makan malam bersamanya di sebuah restoran di tepi pantai. Amaya berkata dia senang bisa pergi bersamanya. Karan mencapai sekitar pukul setengah lima dan bertanya apakah Amaya merasa nyaman mengendarai pembonceng. Kata-katanya lembut, dan dia menggumamkan persetujuannya. Sungguh perasaan yang menyenangkan bagi Amaya untuk pergi bersama Karan. Kota itu tampak memesona, megah. Musim panas di Barcelona sedang mencapai puncaknya, dan orang-orang menikmati malam bersama keluarga dan teman. Setiap jalan mengadakan perayaan dengan musik dan tarian. Restoran dan kafetaria penuh sesak.

Dalam dua puluh menit, mereka sudah sampai di pantai. Barcelona adalah surga bagi pecinta pantai; Amaya mengetahuinya ketika dia berkali-kali mengunjungi kota itu bersama orang tuanya. Ada penabuh genderang, pemain biola, pesulap, penjual nyanyian, dan seniman pasir. Karan memarkir BMW GS-nya di luar restoran dan dengan lembut membantu Amaya turun. Restoran itu memiliki pengaturan tempat duduk yang anggun, dan mereka mengambil meja sudut dengan dua tempat duduk, yang telah dia pesan sebelumnya.

"Amaya, aku adalah pria paling bahagia di dunia. Sekarang aku memilikimu. Selama setahun terakhir, saya intens mencari pasangan, dan pencarian itu berakhir ketika saya bertemu wanita cantik ini, "Karan memulai percakapan.

"Aku juga senang bertemu denganmu, Karan. Kamu menaklukkan hatiku tanpa aku sadari telah jatuh cinta padamu," tambah Amaya.

"Terima kasih, Amaya; Anda luar biasa, cerdas, berpendidikan, memikat. Anda masih muda, bersemangat, ceria dan mengundang." Dengan senyum menawan, kata Karan.

"Umurku dua puluh tiga," kata Amaya. Tapi dia tidak tahu mengapa dia memberitahunya berapa umurnya. Ada sedikit penyesalan di hatinya yang menusuknya.

"Saya berusia dua puluh sembilan tahun, namun penantian yang lama hingga pertemuan tak terduga dengan seorang wanita cantik ini membuahkan hasil yang positif. Sekarang kamu di sini bersamaku. Ini adalah pengalaman yang kaya. Saya merasa dikuatkan dengan persahabatan Anda." Kata-kata Karan memberikan efek psikologis tertentu pada pikiran Amaya, seolah-olah dia sedang memberi sugesti. Segala sesuatu dengan Karan tampak menyenangkan; encomiumnya membungkus Amaya dengan janji-janji yang tidak dapat dijelaskan dan komitmen pribadi yang rumit. Melihat Karan memiliki efek magnetis. Dia mengungkapkan cintanya padanya dan memercayai setiap kata-katanya, dan rambut hitamnya yang tergerai memiliki dampak dunia lain dalam pikirannya. Amaya berada di bawah pengaruh mantra untuk waktu yang lama.

Karan meminta Amaya untuk memberi perintah, dan dia memilih Bacalla, olahan ikan tradisional di Catalonia. Hidangan kedua adalah bakso yang dimasak dengan sotong dengan kuah kental. Ada ayam dengan kentang tumbuk, lalu lobster biryani. Terakhir, mereka menikmati kopi hitam panas tanpa gula. Amaya dan Karan berbicara sambil makan dan tetap di restoran sampai jam delapan. Kemudian mereka melakukan perjalanan jauh di pantai selama satu jam dan kembali ke asrama universitas sekitar tengah malam. Sebelum berangkat, Karan meminta izin Amaya untuk memeluknya.

"Karan, aku mencintaimu. Kamu dan aku berteman selamanya." Kata-katanya menggugah, dan dia mengucapkannya sambil tersenyum. Lalu tiba-tiba tertarik ke arahnya; dia melemparkan tubuh lincahnya ke dalam pelukannya. Kebahagiaan kedekatannya merupakan sesuatu yang baru bagi Amaya.

"Terima kasih, Amaya," bisiknya. Sambil mencondongkan tubuh ke arahnya, dia bisa melihat rambut hitam lebatnya yang berbau seperti anggur kuno di kebun anggur eksotis di Pyrenees, halus dan menawan. Saat dia menyembunyikan wajahnya di dadanya, dia menarik tubuhnya ke arahnya dalam cengkeraman yang erat dan lembut, tetapi Amaya menganggapnya indah, lembut, mengenyangkan, dan menyenangkan.

"Amaya-ku, aku mencintaimu," katanya lagi. "Hari ini adalah hari paling berharga dalam hidupku," katanya sambil meletakkan dagunya di telapak tangannya dan mengangkatnya untuk melihat matanya yang gelap.

Dia tersenyum.

Selamat malam sayang," gumamnya.

"Selamat malam, Karan," sapa Amaya padanya. Tapi dia mengerang pada perpisahan yang akan datang yang dia sadari dari gerakan bibirnya.

Mengapa dia merasa tertarik pada Karan? Mengapa dia bersikap seolah-olah dia sudah mengenalnya sejak lama, Amaya berdebat dalam dirinya. Apakah dia mencintainya, atau hanya sekedar tergila-gila? Amaya tidak merasakan jalan keluar dari hubungan itu, seolah-olah terjerat dalam jaringan emosi. Perasaan tercekik menguasai dirinya sejenak. Namun dia segera mengoreksi perasaannya dengan menyatakan bahwa tersedak disebabkan oleh fase ketakutan yang bersifat sementara. Itu tidak ada hubungannya dengan hubungan pedih yang telah dia jalin dengannya, sisa makanan, aroma yang tertinggal di udara, dan jejak parfumnya.

Bersamaan dengan kegembiraan, itu adalah perasaan cemas yang sekilas tentang masa depan, kesan yang menekan saat berpelukan dengan sensasi keabadian yang menggetarkan, tanpa kekhawatiran yang bersifat sementara. Amaya merasa cintanya lebih dari sekadar cinta, bukan karena tampan, tapi akibat keputusan rasional. Dia mengalami cinta yang tumbuh sebagai kepercayaan yang diilhami oleh perhatian Karan. Amaya membandingkan betapa cintanya lebih besar dari cinta ibunya kepada suaminya. Amaya benar-benar jatuh cinta pada Karan tanpa ragu-ragu.

Ketertarikannya pada Karan adalah sebuah janji yang telah membentuk ikatan yang luar biasa; dia ingin tetap dalam janji itu selamanya, di dalam dirinya sendiri. Dia bisa memikirkan hal lain, meskipun dia tidak tahu apa-apa tentang pria itu. Kepercayaan sudah cukup untuk afiliasi yang kuat, dimana pendahulunya tidak penting.

Keesokan paginya, ada telepon dari Karan. "Sayang, datanglah dan tinggallah bersamaku, dan kita akan bersama."

"Tentu saja, Karan, aku senang tinggal bersamamu," jawabnya. Dia merasa tidak perlu menganalisis niatnya untuk mengambil keputusan yang terukur.

"Kemasi barang-barangmu; Saya akan tiba di sana jam enam sore.

"Aku akan siap, Karan," jawabnya.

Karan tumbuh dalam dirinya, mengubah kerinduan dan hasrat tersembunyinya menjadi avatar. Dia memiliki keinginan untuk melahapnya saat dia meringkuk dalam waktu lama, berpikir bahwa seseorang akan merebutnya jika dia tidak bertindak cepat. Rasa takut mengubah dirinya, menyingkapkan dorongan-dorongan bawah sadar yang muncul di dalam dirinya namun memberinya kekuatan yang belum pernah ia alami sebelumnya. Tidak mungkin untuk menarik diri darinya karena dia memiliki nilai dan tujuan yang sama. Dia mulai mengagumi kualitas suaminya, percaya bahwa suaminya menghargai dirinya dan preferensi mereka yang saling menguntungkan dan suka sama suka.

Sesuai janji, Karan sampai pada pukul enam sore. Dia memeluk Amaya dengan pelukan lembut.

"Amaya, aku mencintaimu. Kamu terlihat sangat menawan; Aku mencintaimu sepenuhnya, katanya.

Kata-katanya ajaib; mereka masuk jauh ke dalam hati Amaya, membongkar keraguan dan ketakutannya. Dia bisa melihat dirinya sendiri di dalam dirinya karena dia adalah cerminnya, dan dia mulai menegaskan kembali dirinya sebagai orang dengan banyak kualitas dan kemampuan yang dia hormati.

Karan membawa barang bawaannya ke mobilnya; tidak mengizinkan Amaya memegang satupun dari mereka; menempatkannya dengan hati-hati di dalam mobil BMW-nya. Dia membuka pintu mobil dan memintanya untuk duduk di kursi di sebelah pengemudi. Di dalam mobil, Karan tersenyum, mencium telapak tangan kanannya, dan bergumam, "Aku sayang kamu, sayangku. Saya beruntung memiliki Anda, karena Anda adalah permata yang tak ternilai harganya."

"Terima kasih, Karan sayang," jawab Amaya.

Dalam waktu dua puluh menit, mereka mencapai halaman sebuah vila kecil namun dirancang dengan baik di seberang Pantai Nova Mar Bella.

"Selamat datang di Lotus, Amaya," ucapnya sambil membuka pintu mobil.

Itu adalah perasaan baru bagi Amaya. Dia dan Karan sendirian di sebuah rumah dekat pantai di Barcelona. Karan meraih tangan Amaya dan membawanya masuk. Itu adalah ruang tamu, yang disebutnya ruang duduk, dengan karpet Iran dari dinding ke dinding, dan berperabotan lengkap. Sebuah lampu gantung di tengah, TV yang terpasang di dinding, jam kakek yang megah, dan perabotan kayu berukir indah menghiasi ruangan itu.

"Sayangku, ini rumah kita," dia dengan lembut memeluknya dan mencium bibirnya. Amaya merasa nyaman dan gila, karena itu adalah perasaan yang mencengangkan, sensasi menggoda yang menyatu di setiap sel tubuhnya.

Karan membawanya berkeliling rumah. Ruang makan bersebelahan dengan dapur modern sehingga Amaya langsung merasa seperti di rumah sendiri. Di sebelah dapur ada gudang dan ruang cuci. Di dekat ruang makan terdapat kamar tidur utama mereka, dan kamar tidur lainnya berada di samping ruang duduk. Studi Karan berada di sisi lain, dengan banyak buku tentang sepak bola, klub sepak bola, dan pasar saham. Ada bukaan dari ruang duduk menuju kolam renang marmer yang tertata rapi dengan tembok tinggi di tiga sisinya untuk menjaga privasi.

"Aku membeli rumah ini atas namamu, Amaya sayang. Itu disewakan kemarin; Kupikir sebaiknya kita tinggal di rumah kita sendiri," kata Karan sambil menyerahkan surat registrasi dan kunci cadangan kepada Amaya. Ada nada gembira dalam kata-katanya. Pemerintah kota Barcelona menandatangani dokumen tersebut. Dia membaca namanya, Amaya Menon, dua puluh tiga tahun, warga negara India.

"Karan," panggilnya. Kata-katanya penuh dengan kegembiraan. "Kamu seharusnya mendaftarkan rumah itu, Lotus kami, atas namamu."

"Amaya, aku mencintaimu." Dia memeluknya sekali lagi. Dia berhati-hati agar tidak meremasnya, dia memperhatikan.

Karan memasak daging domba dengan irisan tomat, bawang bombay, dan jamur dalam minyak zaitun untuk makan malam. Amaya memasak nasi jeera. Ada anggur, putih dan merah. "Minumlah anggur putih setelah makan malam setiap hari; itu baik untuk pencernaan dan tidur nyenyak. Penelitian mengatakan anggur putih lebih disukai oleh wanita," menawarkan anggur putih, kata Karan.

"Apa yang dikatakan penelitian ini?" Amaya bertanya.

"Belum ada temuan mengenai manfaat white wine. Namun ada keyakinan kuat bahwa anggur putih membantu wanita hamil, menjalani kehamilan bebas masalah, serta memiliki bayi yang sehat dan cerdas," jelas Karan.

Melihat Karan, Amaya tersenyum. "Kalau begitu, saya lebih suka minum anggur putih setiap hari," katanya.

Setelah makan malam, mereka mendengarkan BBC dan CNN, acara favorit Kiran; Amaya juga menyukainya. Sebelum tertidur, mereka berhubungan seks berkali-kali. Itu adalah pengalaman terindah bagi Amaya, dan dia tahu Karan berhati-hati agar tidak menyakitinya saat bercinta. Lalu, Amaya tidur di sisinya.

"Hai, Amaya," Karan meneleponnya keesokan paginya sekitar pukul enam, sambil membawa secangkir kopi yang masih mengepul. Keduanya duduk di sofa kamar tidur dan menyesap kopi. Amaya tersenyum sambil menatap Karan.

"Hai, Karan, sayang kamu," katanya. Kedekatannya dengan dia seperti romansa dalam persahabatan. Dia sudah tahu dia telah menjadi sahabatnya. Komitmen Amaya adalah kesetiaan, saat dia memutuskan untuk bersamanya. Ia sadar kebersamaan mereka akan mengalami pasang surut, namun hubungan mereka akan menjadi sebuah perjalanan dalam kejujuran. Dia yakin Karan mencintainya.

Ikatannya yang tiba-tiba dengan Karan seperti jatuh cinta. Cara dia menyeruput kopi memiliki kekuatan yang memukau. Dia merasa bersemangat dan sibuk dan selalu ingin bersamanya. Dia mengatakan kepadanya bahwa dia tidak akan pergi ke universitas selama seminggu dan tetap bersamanya. Karan menyetujui sarannya dan tersenyum seolah dia telah memutuskan sepenuhnya karena cintanya. Tanpa diduga, Amaya ingin memeluk Karan; dia suka bercerita tentang Madrid, orang tuanya, dan kelulusannya dari Mumbai dan Bengaluru. Dia tahu beberapa kejadian sepele, tetapi dengan menceritakannya kepada Karan, dia merasa perlu untuk menjadi satu dengannya dan kehilangan identitasnya yang terpisah.

Setelah sarapan, mereka bergandengan tangan pergi ke balkon selatan, tempat Karan memainkan pianonya. Dia bisa melihat pantai dari galeri timur dan selatan, dan banyak turis sudah menikmati musim panas. Beberapa pohon kurma Pulau Canary berada di dalam dinding kompleks Lotus, dan tupai-tupai berkeliaran di batang dan dedaunannya. Dia merasakan Karan berdiri di sisinya, dan dia berbalik ke arahnya dan memeluknya; dia merasa seolah-olah dia jatuh cinta padanya. Setelah menciumnya, dia membantunya membuka pakaian. Berdiri di sana, mereka bercinta, yang merupakan tindakan paling menyenangkan dalam hidupnya.

Kemudian mereka duduk di depan piano dan memainkan Franz Schubert bersama. Karan bermain sangat baik, dan setelah lima belas menit, Amaya berhenti bermain dan memperhatikan gerakan jarinya. Dia mulai menjalin fantasi tentang hubungan mereka. Itu adalah dunia yang penuh warna, musik, tarian, dan realitas imajinasi. Memang ada daya tarik magnetis, kedekatan dan komitmen, meski terkadang ia merasa tidak rasional. Tapi dia suka berpegang teguh pada mereka. Perasaan Karan berpengaruh padanya, dan dia melampaui dunia lamunan. Dia tahu butuh beberapa hari lagi untuk mengatasi fantasi seperti itu.

Kadang-kadang, berada di luar kendalinya untuk tidak tenggelam dalam dunia perenungan tentang kehidupan mereka bersama; Adapun Amaya, itu adalah cinta pada pandangan pertama, dan dia menyerahkan dirinya sepenuhnya kepada Karan. Dia membayangkan dia berjalan dan bergerak dengan cara tertentu, berdiri diam dengan anggun, dan menyukai segala sesuatu yang bersamanya.

"Karan," dia memanggilnya tiba-tiba.

"Ya, Amaya?" dia bertanya sambil melihat ke sampingnya.

"Kamu memainkan piano dengan sangat baik," katanya.

"Kamu adalah pemain piano yang lebih baik, Amaya sayang," sambil memeluknya, katanya.

"Terima kasih, Karan sayang," jawabnya.

Dia pergi bersama Karan untuk belajar. "Amaya, saya membeli dan menjual saham klub sepak bola Eropa. Ini adalah bisnis yang sangat menguntungkan. Anda harus memiliki pengetahuan yang memadai tentang sejarah masing-masing klub, klub penggemar, pertandingan yang mereka mainkan, nama dan latar belakang pemain, serta nilai pasar. Saya memulainya setahun yang lalu dan menghabiskan setidaknya enam jam setiap hari hari ini. Saya membeli rumah, mobil, sepeda, dan semuanya dari uang yang saya hasilkan dari pasar saham." Kata-katanya tenang, penuh kasih sayang dan memesona.

Ruang belajar yang dilengkapi komputer dan peralatan elektronik lainnya ini tampak seperti studio musik.

Sekitar jam empat sore, mereka pergi ke kolam renang. Karan suka berenang telanjang; usul Amaya melepaskan pakaiannya. Sungguh mengasyikkan menyaksikan Karan berenang seperti seorang profesional. Amaya bergabung dengannya, tapi dia masih pemula dalam berenang. Mereka berada di kolam sampai pukul enam, dan Karan mengeringkan tubuhnya dengan handuk katun. "Kamu terlihat cantik; seluruh tubuhmu bagus, Amaya, "ucapnya sambil menyeka rambut basahnya. Lalu dia memeluknya, dan dia merasa dia dan Karan hanya memiliki satu tubuh.

Malam itu menyenangkan, dan angin sepoi-sepoi bertiup kencang. Amaya dan Karan berjalan-jalan, berbagi cerita dan peristiwa. Dia menunjukkan rasa hormat terhadap Karan karena dia tahu dia memiliki perasaan yang sama dengannya. Dia ingin sekali berada dekat dengan tubuhnya sambil berjalan sambil terus memikirkannya. Terkadang dia membayangkan berada jauh darinya; dia mengalami kesusahan yang luar biasa, jadi dia memegang erat telapak tangan kirinya sambil berjalan.

Amaya tidak menyukai kesedihan, kecemasan, dan kesepian, tetapi kegembiraan bersama Karan dan rasa takut kehilangan dia tetap ada, dan hal-hal itu mengganggu pikirannya tanpa peringatan. Saat berbicara, dia melihat wajahnya dan menyadari bahwa dia mendengarkannya dengan penuh perhatian. Lalu dia membayangkan Karan tidak bisa berbuat salah, memercayai hubungannya dengan dia tanpa kesalahan. Mereka adalah pasangan yang sempurna, ditakdirkan selamanya. Tiba-tiba, dia ingin menceritakan kisah pribadinya.

"Karan," panggilnya.

"Ya, sayang," sambil menatapnya, dia menjawab dan berhenti berjalan.

"Apakah kamu kenal Karan? Saya lahir di dalam Katedral Sagrada Familia."

"Benar-benar?" Ada banyak kejutan dalam kata-katanya.

Mereka duduk di atas pasir, saling berpandangan, dan dia menceritakan kisahnya. Karan sangat ingin mengetahui semua yang terjadi pada Amaya kesayangannya. Mata melebar; dia menghargai setiap kata-katanya seolah-olah tidak ada orang lain yang pernah menceritakan kisah yang begitu intim, menarik, dan ajaib. Tidak ada orang lain di pantai yang luas dan ramai itu. Sambil mencondongkan tubuh ke arahnya, Karan mengungkapkan keheranannya ketika dia mengatakan bahwa seorang biarawati bernama Amaya menggandeng tangannya segera setelah dia lahir. Dia bisa melihat seorang biarawati dengan jubah putih yang ceria, suka membantu dan lembut, menggendong bayi yang berharga di tangannya seperti seekor ular yang memegang permata paling berharga di mulutnya dalam cerita Panchatantra.

"Amaya, ayo kita pergi menemui Suster Amaya," Karan mengungkapkan keinginannya untuk bertemu dengan biarawati tersebut.

Baiklah, ayo kita pergi menemuinya," ajaknya sambil tersenyum dan mendukung saran Karan.

"Bagaimana kalau kita pergi besok?" Dia bertanya.

"Tentu saja," dia menyatakan persetujuan dan kesiapannya.

Tiba-tiba, terjadi serangkaian guntur dan kilat. Amaya melompat dari kursinya dan menarik kembali pikirannya dari pantai Barcelona. Hujan mulai turun; dia bisa melihat puncak pohon yang basah kuyup dari kantornya. Guntur sesekali, kilat, dan angin kencang terus berlanjut. Dia mendengar sesuatu jatuh di luar gerbang tembok kompleks rumahnya. Dia pergi ke jendela yang berdekatan dengan pintu utama dan melihat ke luar. Ada dahan pohon tumbang di dekat pintu masuk utama. Angin terus bertiup; tanpa diduga, telepon berdering. Poornima menelepon, pikirnya.

Janji

Ada masalah kemanusiaan yang kompleks yang ingin Poornima sampaikan. Hal ini tak henti-hentinya menghancurkan kedamaiannya, memaksanya untuk mencari jawaban yang mungkin memuaskan pencariannya untuk menemukan seseorang yang mencari ayahnya. Poornima mungkin berpikir bahwa seseorang dapat membantunya memulihkan kesadarannya. Penderitaan Poornima sangat mendalam dan tak terbayangkan.

"Hai," kata Amaya setelah mengangkat telepon.

"Hai Bu, selamat malam. Saya Poornima, dari Chandigarh. Maaf merepotkanmu lagi. Kemarin kubilang padamu aku akan mencari lebih banyak bukti tentang orang yang namanya berulang kali disebutkan ayahku ketika dia setengah sadar, meskipun dia sering kali koma. Saya telah mencari orang itu selama tiga bulan terakhir. Saya yakin Anda adalah orang itu." Poornima tepat.

"Apakah kamu punya bukti?" Amaya bertanya.

"Apakah kamu kuliah di universitas di Barcelona?" tanya Poornima.

"Tentu saja, saya kuliah di Universitas Barcelona," jawab Amaya.

"Itu bukti saya, Bu; kamu adalah orang yang aku cari." Suara Poornima memiliki nada kepastian dan kegembiraan.

Ada serangkaian guntur dan kilat, dan telepon menjadi kosong. Listrik juga mati dan kegelapan pekat membanjiri seperti badai dari Laut Arab. Amaya mengambil senter selulernya, pergi ke pintu utama dan melihat seluruh area gelap. Menghidupkan inverter yang tidak terpakai menjadikan kantor dan tempat tinggal menjadi terang. Teleponnya masih tidak aktif. Namun, ada kegelisahan yang tidak dapat diduga; sesuatu yang sangat besar menekan kepala, sebuah tusukan misterius di dalam hati. Poornima ingin membagikan hasil pencariannya tentang ayahnya dan wanita yang dikenalnya. Mereka bertemu di Barcelona, tepatnya di universitas. Itu tentang hubungan pribadi dan intim yang dia kembangkan dan hargai yang tidak dia ungkapkan kepada siapa pun. Poornima memeriksa file dan buku harian lamanya untuk membantunya. Itu bukan untuk mengintip kehidupan pribadinya. Dia berhati-hati untuk tidak menghakiminya, melontarkan fitnah yang tidak berdasar terhadap ayahnya. Dia tidak dapat melanjutkan pembicaraan; itu berakhir dengan tiba-tiba. Telepon rumah gagal karena guntur dan kilat. Poornima akan menelepon keesokan harinya. Antisipasi yang tiba-tiba ini tampak tak terbatas namun tak berwujud, menghancurkan kedamaian yang begitu besar dan berat seperti dampak topan yang menghancurkan.

Saat melakukan Vipassana, Amaya mengendalikan pikirannya yang bermasalah; berkonsentrasi pada dirinya yang terdalam, keberadaannya, keberadaannya. Dia melampaui rasa sakit dan kesedihan, penderitaan dan keputusasaan. Itu bukanlah kegembiraan, kegembiraan, kepuasan, tapi kedamaian murni, ketiadaan dalam kepenuhannya. Dia memusatkan perhatian pada pikirannya, melayang dalam kehampaan, dan terjadilah kebahagiaan, pengalaman Nirwana.

Amaya tidur nyenyak sampai jam empat pagi. Sekali lagi, dia menjalani satu jam Vipassana dan mengalami ketenangan, suatu tahap ketenangan tanpa emosi apa pun, yang bukan merupakan penyangkalan, melainkan ketiadaan. Vipassana memungkinkan dia untuk melakukan penyulingan pada pekerjaannya sepanjang hari untuk melakukan kepuasan dan kesadaran pekerjaannya. Itu bukanlah tugas atau tanggung jawab, melainkan sebuah perjalanan melalui pengurangan penderitaan, baik penderitaan dirinya sendiri maupun penderitaan orang lain, perjalanan kesadaran tertinggi, mengalami diri dalam kepenuhannya.

Teknisi departemen kelistrikan memperbaiki sambungan yang rusak di pagi hari; telepon juga berfungsi seperti biasa. Setelah sarapan, Amaya menyapu seluruh rumahnya dan bermuram durja. Butuh waktu sekitar tiga jam untuk menyelesaikan pekerjaan tersebut. Kemudian dia mencuci pakaiannya di mesin otomatis yang dilengkapi dengan sistem setrika otomatis. Setelah minum kopi, dia mulai membaca novel favoritnya. Ceritanya tentang pencarian seorang gadis akan pendidikan, karier, dan kehidupan bahagia. Dia adalah putri seorang janda yang melakukan pekerjaan kasar untuk mencari nafkah. Gadis kecil itu pandai dalam pelajarannya; gurunya menyemangatinya, dan ada yang memperhatikan bahwa dia bisa melukis dengan baik. Setelah mendapatkan beberapa pelatihan dasar, gadis itu mulai melukis gambar-gambar surealistik. Saat di tahun terakhir sekolah menengahnya, dia mulai memamerkan lukisan di balai kota. Ratusan orang mengunjungi pameran; gadis itu bisa menjual selusin karya seninya, cukup untuk biaya kuliahnya. Kemudian dia mulai pergi ke berbagai kota di India dan luar negeri untuk pameran.

Tiba-tiba Amaya mulai bepergian bersamanya sambil membaca. Dia memindahkan dirinya ke dunia yang berbeda. Dia bertemu orang lain, tinggal di kota besar, dan berbicara dalam bahasa baru. Baginya, membaca menciptakan kembali keterlibatan pribadi dalam narasi. Kemudian dia melakukan perjalanan ke masa lalunya ke Barcelona.

Dia bersama Karan dalam perjalanan menemui biarawati bernama Amaya. Memasuki Sagrada Familia yang megah merupakan pengalaman yang mengharukan, dan dia membawa Karan ke katedral. Dia dilahirkan di sana dua puluh tiga tahun yang lalu; dia kembali menceritakan kisahnya.

"Amaya, kamu sangat beruntung; Anda adalah orang pertama dan mungkin satu-satunya orang yang lahir di kawasan suci ini," kata Karan.

"Ya, Karan, aku merasa menyatu dengan gereja ini dan sekarang menyatu denganmu." Kata-katanya bersinar dalam cinta, terbenam dalam kepercayaan.

"Kamu sangat berharga bagiku, final dari pencarianku. Saat pertama kali bertemu denganmu di kafetaria, aku menyimpulkan bahwa ini adalah akhir perjalananku. Betapa beruntungnya saya," sambil berkata, Karan memeluk Amaya.

"Kami berdiri dan berpelukan di tempat saya dilahirkan. Suatu kebetulan yang indah," seru Amaya.

"Tentu. Di sini kami merasakan pemenuhan persatuan kami," kata Karan.

"Ayo, kita pergi ke Biara Loreto, yang berada di kompleks yang sama, di sisi lain," sambil menggandeng tangan Karan, saran Amaya.

Dia mengatakan kepadanya lagi bahwa dia telah menghabiskan sepuluh hari pertama hidupnya di biara ketika mereka sampai di pintu masuk biara. Para biarawati merawat ibu dan bayinya yang baru lahir dengan kasih sayang yang mendalam.

"Amaya, kamu penuh cinta. Aku belum pernah melihat orang yang bisa mencintai sepertimu. Dan kamu mempercayaiku seperti anak kecil. Kamu mungkin mendapatkan sifat-sifat ini dari para biarawati," sambil memeluk Amaya Karan sambil tersenyum. Dia menyukai senyumnya.

Ketika ditanya tentang Suster Amaya, seorang biarawati tua memberi tahu mereka bahwa dia berada di San Sebastian. Amaya dan Karan segera memutuskan untuk pergi ke San Sebastian, lima ratus enam puluh tujuh kilometer dari Barcelona. Karan memberi tahu Amaya bahwa mereka bisa sampai di sana dalam waktu enam jam. Amaya menyarankan agar mereka menghabiskan sore dan malam di Zaragoza, sebuah kota yang indah dalam perjalanan. Karan senang mendengar lamaran Amaya.

Karan meminta Amaya untuk mengambil kemudi. Jaraknya tiga ratus dua belas kilometer dari Barcelona ke Zaragoza. Dia mengatakan mereka menghabiskan sepanjang hari bersama mereka dan menyarankan agar mereka mengemudi agak lambat, mengamati pemandangan di kedua sisi jalan raya dan mencapai Zaragoza pada pukul empat sore. Karan duduk di sebelah Amaya dan berbicara tentang pedesaan. Namun bagi Amaya, pusat ketertarikannya adalah Karan, karena dia ingin melekat padanya, sebuah ekspresi dari hubungan intimnya. Itu adalah keinginan yang kuat untuk keintiman fisik, persatuan yang lebih dalam, dan berbagi secara intens satu sama lain. Saat dia memikirkan kebutuhannya sendiri, dia memperhatikan kebutuhan suaminya, menghargai kebahagiaannya dan selalu memikirkan untuk bersamanya dan bepergian bersamanya. Dia ingin menerima perhatian, persetujuan, dan kontak fisik untuk mengekspresikan emosi yang intens, termasuk kasih sayang, persatuan seksual, dan kegembiraan. Keberadaannya adalah untuk menyatu dengannya.

Amaya tahu bahwa tambatan budaya dan ekspektasinya mendorong jatuh cinta, dan konsep cinta yang telah dia bayangkan sebelumnya sejalan dengan emosi dan tindakannya. Gairah seksualnya yang meningkat adalah hasil dari cinta yang mendalam antara orang tuanya. Itu membantu menumbuhkan keintiman erotis yang intens dengan Karan dimanapun dia bertemu dengannya atau kapanpun dia berada di hadapannya. Tiba-tiba perasaan itu meledak dengan perasaan menggairahkan, yang telah dia pendam selama bertahun-tahun.

Mengemudinya menyenangkan karena Karan bersamanya. Kehadirannya merupakan kekuatan dinamis untuk bergerak maju di sepanjang jalan, dan tujuannya adalah dia. Lahan pertanian dan rumah-rumah mewah di kedua sisi tampak ajaib, tetapi tidak dapat menarik perhatian Amaya karena dia sepenuhnya berkonsentrasi pada Karan.

Sekitar tengah hari, mereka berhenti di dekat sebuah restoran jalan raya yang terhubung dengan pompa bensin di wilayah Aragon. Setelah mengisi mobil, mereka pergi ke restoran dan memesan Ternasco panggang dan seporsi kecil daging domba muda dalam akar obat. Amaya menganggap borage dengan kentang enak dan memberi tahu Karan bahwa borage dikenal sebagai ratu sayuran. Rebusan sayur campur dengan potongan daging putih sungguh nikmat. Terakhir, mereka menikmati buah persik dengan anggur, sepiring buah persik yang dimaserasi dalam anggur merah dengan kayu manis. Amaya dan Karan menghabiskan lebih dari satu jam di restoran. Setelah makan siang, Karan mulai mengemudi, dan di banyak tempat, mereka berhenti untuk mengamati perbukitan rendah, sungai, lahan pertanian, dan kebun anggur.

Pada pukul lima sore, mereka sampai di Zaragoza dan menginap di sebuah hotel di tepi Sungai Ebro. Amaya berdiri di dekat jendela, menghadap ke sungai. Karan mendekatinya dan memeluknya, dan dia memandang Karan dan berkata, "Selalu bersamaku, jangan pernah tinggalkan aku sendirian." Melihat Amaya, Karan tersenyum dan mencium bibirnya. Dia merasa seolah menjadi satu dengan Karan.

"Apakah kamu mencintaiku, Karan?" dia bertanya tiba-tiba, tahu pertanyaannya tidak ada artinya. Namun hatinya ingin sekali mendapat jawaban tegas darinya, atau dia ingin mendengar dari Karan, "Aku mencintaimu, Amaya sayang."

Sambil menekannya erat ke dadanya, Karan berkata, "Aku mencintaimu, Amaya, lebih dari aku mencintai hatiku. Kamu adalah nafasku."

"Aku juga mencintaimu," katanya penuh semangat. "Lihatlah Murallas Romanas, Tembok Romawi. Seseorang telah memberitahuku; bahwa seorang mayor tentara Romawi membangunnya untuk istrinya. Dia sangat mencintainya."

"Amaya, aku senang membangun istana untukmu." Dia menunjukkan padanya Palacio de la Aljafería di seberang sungai.

"Kalau begitu aku akan meminta ibuku untuk membangun jembatan batu yang lebih megah dari Punte de Piedra di atas Sungai Ebro," sambil tertawa seperti seorang gadis, kata Amaya.

"Aku suka kepolosanmu Amaya; kamu terlalu tidak bersalah." Dia mencium pipinya.

"Saat kamu memercayai seseorang tanpa keraguan sedikit pun, kamu menjadi naif, tanpa egoisme," jawab Amaya.

Saat malam tiba, mereka berkeliling kota, bergabung dengan kerumunan. Mereka makan malam di restoran terbuka di tepi sungai, dikelilingi taman, dan menikmati ayam cabai, hidangan daging unggas dengan saus cabai, merica, bawang bombay, dan tomat. Bacalao ajoarriero adalah olahan ikan halus yang luar biasa dengan rasa yang unik. Keduanya menikmati sup sayur. Kemudian mereka minum kopi hitam panas dan kembali ke kamar mereka sekitar pukul sebelas tiga puluh. Sambil berbaring di samping Karan, meletakkan tangan kirinya di dada telanjangnya, Amaya berpikir dia beruntung, beruntung memiliki pria yang mencintainya dan bisa dia cintai. Dia bersikap positif dalam semua ide, perkataan, dan tindakannya dan mendorongnya untuk bebas dari rasa khawatir. Amaya tahu betul bahwa Karan fokus pada perasaannya dan memahami sedikit kesedihan dan kecemasannya. Kata-katanya memiliki kekuatan dan vitalitas yang menenangkan, dan dia senang mendengarkannya berulang kali, menghabiskan seluruh waktunya bersamanya. Dia sadar; bahwa mereka menghabiskan waktu melakukan sesuatu, mereka berdua menikmatinya. Karan memiliki perhatian yang luar biasa; dia penuh kasih sayang secara fisik, selain kata-katanya yang penuh kasih. Dalam sentuhan, belaian dan bercinta, ia tidak memiliki hambatan dan selalu memikirkan kesukaan Amaya. Dalam semua aktivitasnya, dia adalah yang pertama baginya.

Karan mendengarkan saat dia berbicara dan mengizinkannya berbicara sebelum dia berbicara. Dia mencoba memahami semua yang dia katakan. Dia menemukan kebahagiaan dan kepuasan dengan mendorongnya untuk mengendarai mobil atau bermain piano, yang dia nikmati. Karan bisa membuatnya tertawa; dia pandai melontarkan lelucon dan tertawa. Dalam keterbatasan waktu kebersamaannya, beliau terkadang mengutarakan ketidaktahuannya, menunjukkan minat untuk memperluas ilmunya dan tidak pernah merasa malu untuk meminta saran dan keahliannya. Selain itu, dia tidak ragu-ragu untuk meminta bantuannya, yang menurutnya Amaya memiliki pemahaman atau keterampilan yang lebih baik.

Amaya dan Karan berangkat ke San Sebastian keesokan harinya setelah sarapan. Dalam waktu satu jam, mereka memasuki negara Basque. Lahan pertanian di kedua sisi jalan raya sungguh indah. Ada kebun apel dan kebun anggur. Amaya senang mengemudi; dia berbicara tanpa henti kepada Karan tentang kunjungannya ke negara Basque bersama orang tuanya ketika dia masih pelajar. Mereka sesekali berhenti untuk menyaksikan arsitektur luar biasa canggih yang muncul bahkan di kota-kota kecil. Istirahat makan siang diadakan di Pamplona, di mana mereka menikmati sup ikan, yang dikenal sebagai marmitako, dengan tuna, kentang, bawang bombay, merica, dan tomat. Ikan cod goreng dalam minyak zaitun dengan cabai merah memiliki rasa yang enak. Mereka menikmati txistorra, sosis berbahan dasar babi, dan untuk hidangan penutup, leche frita.

Setelah makan siang, Karan mulai mengemudi ke arah utara, dan Amaya mengawasinya mengemudi. Sekitar pukul empat sore, mereka sampai di San Sebastian dan langsung menuju biara untuk menemui Amaya, sang biarawati. Pada pemeriksaan, seorang religius meminta mereka menunggu di ruang tamu setelah mengetahui mereka ingin bertemu Suster Amaya. Dalam waktu lima menit, seorang biarawati paruh baya memasuki ruangan dan segera, dia dapat mengenali wanita yang mengenakan jeans dan kaos oblong.

"Amaya," serunya dan berlari ke arah Amaya dan memeluknya. Amaya merasa nyaman dalam pelukannya untuk waktu yang lama. Biarawati itu mencium Amaya dan mengungkapkan kegembiraannya bertemu dengannya.

"Madre," Amaya memanggil biarawati itu.

"Amaya, kamu sudah menjadi seorang wanita, persis seperti ibumu. Saya sangat senang bertemu dengan Anda," seru biarawati itu.

"Saya sangat gembira, Madre; temui Karan, pasangan hidupku," Amaya memperkenalkan Karan pada Suster Amaya.

"Bagaimana kabarmu, Karan," sambil berjabat tangan dengan Karan, biarawati itu menyapanya.

"Bagaimana kabarmu, Madre," jawab Karan.

"Amaya terus-menerus membicarakanmu. Dia bilang padaku kamulah orang pertama yang menyentuhnya. Setelah memotong tali pusar, Anda membawanya dan secara pribadi memindahkan ibu dan anak tersebut ke biara Anda. Dan mereka berada di Loreto selama sepuluh hari," kata Karan.

"Ya Tuhan, Amaya, kamu sudah menceritakan semuanya padanya. Betapa hebatnya Anda; kamu adalah wanita yang sangat cantik; Terakhir kali kita bertemu adalah di Madrid sebelum Anda berangkat ke India. Sekarang aku bertemu denganmu setelah sepuluh tahun. Ini adalah mimpi yang menjadi kenyataan," seru biarawati itu.

"Iya Madre, Karan mengutarakan keinginannya untuk bertemu denganmu," sambil menatap Karan, kata Amaya.

"Karan, kamu sangat beruntung; Amaya adalah satu di antara sejuta," kata Suster Amaya.

"Iya, Madre" Karan membuka tas bahunya dan mengambil bungkusan kecil yang dibungkus kertas emas. "Nyonya, ini hadiah kecil untukmu," kata Karan.

"Karan, itu tidak perlu." Dia menerima hadiah dari Amaya dan Karan.

"Madre, kamu bisa membukanya dan lihat apakah kamu menyukainya," kata Amaya.

Suster Amaya membuka kotak kecil itu dan mengeluarkan rosario emas dengan salib platinum. "Kelihatannya sangat indah; terima kasih, Amaya, Karan, atas hadiah cantiknya; Saya menghargainya tetapi secara pribadi tidak dapat menggunakannya. Itu akan disimpan di museum kami untuk mengenang kunjungan Anda," kata biarawati itu sambil memandang Karan dan Amaya.

Kemudian Suster Amaya mengajak mereka ke ruang makan dan menyajikan kopi serta makanan ringan. Duduk, mereka berbicara lama sekali. Setelah penyegaran, Suster Amaya menunjukkan kepada mereka kapel, ruang seminar, ruang konferensi, perpustakaan dan taman. Sebelum mengucapkan selamat tinggal, Suster Amaya berjalan ke mobil bersama mereka. "Amaya, sungguh kejutan yang menyenangkan bertemu denganmu. Kamu selalu ada di hatiku," ucapnya sambil memeluk Amaya.

"Terima kasih Madre atas kasih sayangmu, karena mengingatku dan menjagaku di hatimu," kata Amaya sambil mencium pipi Suster Amaya.

"Karan, senang bertemu denganmu. Kalian berdua adalah pasangan yang menarik. Saya berharap Anda mendapatkan waktu yang bermanfaat di masa depan." Dia berjabat tangan dengan Karan.

"Terima kasih, Nyonya; silakan datang ke tempat kami ketika Anda mengunjungi Barcelona," Karan meminta Suster Amaya.

"Tentu, saya senang bertemu dengan Anda lagi," Suster Amaya meyakinkan.

"Selamat tinggal, Madre," kata Amaya

"Selamat tinggal," jawab Suster Amaya.

Amaya dan Karan pergi ke pusat kota dan check in di hotel. Mereka tidak keluar karena sudah jam delapan dan makan malam di restoran di lantai dasar. Perjalanan pulang dimulai pukul enam pagi; Amaya duduk di kursi pengemudi dan membicarakan ratusan hal saat mengemudi. Setelah seratus lima puluh kilometer, mereka sarapan di kios, dan pada siang hari, makan siang di restoran dekat pompa bensin. Setelah istirahat satu jam, Karan mulai mengemudi dan mencapai Barcelona pada pukul lima sore. Amaya membuka pintu samping rumah dari tempat parkir mobil dengan kunci cadangan yang diberikan Karan padanya.

"Amaya, terima kasih atas perjalanannya yang menyenangkan," saat memasuki rumah, kata Karan.

"Saya harus berterima kasih, Karan, atas cinta, persahabatan, dan kebersamaan Anda. Sungguh menyenangkan bepergian bersama Anda. Kamu sangat perhatian," sambil mencium pipinya, kata Amaya.

Selama satu jam mereka habiskan di kolam renang. Airnya dingin, meski musim panas sedang berada di puncaknya. Amaya menikmati berenang telanjang bersama Karan yang memiliki pesona unik. Kemudian mereka memasak sayur pulav, kembang kol dan bayam dengan kentang, dan setelah makan malam, mereka bermain piano selama satu jam. Karan menyaksikan dengan takjub gerakan jari Amaya di keyboard. Dia memerankan Chopin, favoritnya, dan Karan bisa mengetahui komposernya dari musiknya. Kemudian, Karan berperan sebagai Clara Schumann.

Amaya bangkit dari kursi ketika buku itu terlepas dari tangannya. Kesadaran bahwa dia berada di Kochi, bukan di Barcelona dua puluh lima tahun yang lalu, mengejutkannya sejenak. Setelah menyelesaikan pekerjaannya, dia memeriksa emailnya dan kemudian membaca dua artikelnya yang diterbitkan di surat kabar lokal sekitar pukul enam. Salah satunya adalah persamaan hak bagi perempuan dalam hak patennya; yang kedua adalah tentang eksploitasi perempuan dalam agama. Dia mengharapkan telepon dari Chandigarh dan sangat ingin tahu apa yang ingin dikatakan Poornima. Dalam lima menit, panggilan itu datang.

"Bu, selamat malam; Saya Poornima."

"Hai, Poornima," jawab Amaya.

"Karena pembicaraan kami terganggu, saya tidak dapat melanjutkan pembicaraan saya; Saya tidak ingin mengganggu Anda nanti," Poornima menjelaskan.

"Kemarin, saya bertanya apakah Anda kuliah di universitas di Barcelona; Anda memberikan jawaban tegas bahwa Anda adalah seorang mahasiswa di universitas tersebut. Saya melihat catatan di dokumen ayah saya bahwa dia bertemu dengan Anda," jelas Poornima.

"Apa isi catatan itu? Apa kata spesifiknya?" tanya Amaya.

"Ketemu Amaya di kantin universitas," Poornima membaca dari catatan itu.

"Tetapi itu tidak berarti apa-apa; ratusan orang mengunjungi kafetaria setiap hari; mungkin ada banyak sekali perempuan yang memiliki nama Amaya, karena nama tersebut merupakan nama yang umum tidak hanya di universitas tetapi di seluruh Spanyol," kata Amaya. Tapi dia punya keraguan yang mengganggu di benaknya. "Apakah Poornima mencari Amaya Menon? Siapa Poornima?" Amaya berdebat di dalam dirinya. Namun dia tidak ingin menanyakan pertanyaan pribadi lagi kepada Poornima. Biarkan dia membawa lebih banyak bukti identitas Amaya.

"Saya sangat ingin tahu. Saya yakin Amaya, yang ayah saya kenal di universitas Barcelona, dapat membantu ayah saya sadar kembali. Ini penting bagi saya. Mohon bantuannya," pinta Poornima.

Memberi harapan palsu pada Poornima adalah tindakan yang salah, selain itu masalah serius terkait identitas asli seseorang. Amaya tidak ingin mengaku dirinyalah orang yang bertemu ayahnya di kantin universitas di Barcelona atau mendorong Poornima untuk menyodorkan kesimpulannya pada seseorang tanpa bukti yang sah dan dapat diverifikasi.

"Bu, izinkan saya memeriksa semua dokumen lama. Sulit mencari catatan tulisan tangan yang berumur seperempat abad. Selain itu, saya tidak mengetahui adanya catatan atau dokumen seperti itu. Tapi aku akan melakukan pencarian. Saya bertekad untuk menemukan Amaya, yang ayah saya temui di universitas. Hanya dia yang bisa membantu ayahku. Jika tidak, saya tidak akan mendapatkan kedamaian," kata Poornima.

"Bukti yang kuat sangat penting dalam kasus seperti ini," kata Amaya.

"Bu, bolehkah saya berbicara dengan Anda besok pada jam segini?" Poornima memohon.

"Sama-sama, Poornima," jawab Amaya.

"Terimakasih bu; Selamat malam."

"Selamat malam, Poornima."

Poornima menderita, dan Amaya mempunyai tekad untuk membantu Poornima. Suatu kali dia menderita kesedihan yang tak terbayangkan selama bertahun-tahun bersama, namun dia mengatasinya dengan bantuan ibunya. Kegigihannya begitu kuat, menembus dan melemahkan. Rose tenang, dipersonifikasikan, dan bisa merasakan kesedihan putrinya dan berempati padanya. Identifikasi murni Rose dengan putrinya mengangkat Amaya ke dunia kesadaran baru, yang dihasilkan dari pemahaman total akan kebutuhannya. Rahasianya adalah mengetahui perasaan orang yang menderita tanpa menyalahkan atau menghakimi.

Menganggap Rose setara adalah pengetahuan baru yang belum pernah dialami Amaya semasa kecil atau dewasa muda. Kata-katanya yang lembut, tindakannya, kepeduliannya terhadap penderitaan putrinya dan kesiapannya untuk melatih dan mengendalikan pikirannya mengubah segalanya. Amaya kagum dengan kemungkinan Vipassana yang disarankan oleh ibunya. Itu adalah alam semesta yang berbeda; aneh tapi nyata, Vipassana secara drastis mengubah fokus kehidupan Amaya ketika dia menyadari ada masalah dalam diri seseorang. Transformasi terjadi dengan mengendalikan pikiran seseorang, selapis demi selapis, daun demi daun. Rose mengatakan kepada Amaya bahwa itu bukanlah suatu penemuan, melainkan ciptaan dalam diri seseorang, karena tidak ada yang sudah ada sebelumnya. Belajar mengatur pikiran adalah sebuah perjalanan menuju kesendirian, perjuangan melawan kesendirian yang dibentuk oleh ketidakhadiran seseorang yang Amaya suka temui.

Dia melatih dirinya untuk menghilangkan kesengsaraan dan penderitaan dengan hidup sendiri. Selama bertahun-tahun, ketidakhadiran Supriya merupakan pukulan bagi kepekaan dan impian Amaya. Setelah mengevaluasi apa yang terjadi, Amaya menjadi sadar bahwa dia tidak dapat menghilangkan kekurangan Supriya, kesadaran kuat akan kenyataan yang dia kenali tanpa perasaan.

"Terima kenyataan dalam ketelanjangan mereka, jangan lari darinya, hadapi dengan keberanian dan tekad, jalani hidup damai dan produktif," saran Rose.

Ciptakan makna dalam hidup dan cobalah mencapainya melalui upaya yang konsisten. Merangkul rasa takut, kecemasan, kekhawatiran, kemarahan, dan balas dendam akan menghancurkan perdamaian, menambah penderitaan dan gagal membedakan yang nyata dari yang tidak nyata. Kesadaran itu adalah kekuatan; tidak ada yang bisa menghancurkannya ketika seseorang menjadi penguasa takdirnya. Jika dia tidak waspada, kesepian akan kembali melahapnya, membuat hidup tidak berarti dan menuntun pada jalan penderitaan. Ketika dia merasakan situasi seperti itu, dia mengendalikan pikirannya untuk tidak berkelana dan bermain piano selama berjam-jam karena musik dapat menenangkan pikirannya dan menghubungkannya dengan alam semesta. Amaya menciptakan musik yang menenangkan dan menenangkan.

Kesepian yang dia alami sangat menghancurkan sebelum dia mulai bermeditasi pada diri sendiri, keberadaannya, kewaspadaan dan keberadaannya. Segera setelah hilangnya Supriya, perasaannya terutama tentang tidak adanya cinta dan hilangnya keterikatan, yang menciptakan kesengsaraan, frustrasi dan penderitaan di hatinya. Tidak ada jalan keluar, tidak ada secercah harapan karena langit gelap dan menakutkan. Hal ini mengurangi kemampuan penalaran Amaya, karena dia berulang kali gagal berkonsentrasi dan membuat keputusan pribadi yang paling mudah sekalipun. Kehidupan sehari-hari berubah menjadi kumuh dan kotor serta menimbulkan rasa mual dalam segala hal. Kemampuannya dalam memecahkan masalah berkurang, mendorongnya menuju kepercayaan diri negatif dan depresi. Hilangnya Karan, bersama dengan Supriya, mengukir luka yang tak tersembuhkan di hatinya, dan langkah kakinya yang melemah terdengar seperti lonceng kematian dalam kehidupan keluarga. Amaya mencoba melarikan diri dari dirinya sendiri, tapi bayangan Karan mengikutinya kemana-mana; ketakutan akan kenyataan tumbuh seperti seekor raksasa. Ketakutan akan segalanya mengejarnya, dan pada saat yang sama, kebenaran mulai menghilang darinya. Itu adalah konfrontasi demi kepemilikan Supriya, bergulat dengan ketiadaan. Hal ini menciptakan kengerian dan rasa melarikan diri akibat rasa takut, malu, dan rasa mengasihani diri sendiri yang ekstrem.

Amaya membenci hubungan dan benci mempercayai siapa pun, karena persahabatan adalah latihan yang sia-sia baginya. Keterasingannya tak berdaya tanpa kesadaran akan kebersamaannya dengan Supriya. Amaya memudar dalam dirinya. Dia mencoret-coret identitasnya, membenci keberadaannya dan memprovokasi dirinya dengan perasaan sakit hati yang meledak ketika dinamit meledak berulang kali. Penipuan itu melampaui imajinasinya, dan janji-janji itu hancur berkeping-keping. Itu adalah sebuah malapetaka, karena tujuan hidupnya mengalami trauma di depan matanya. Meski sudah menjadi seorang ibu, ia tidak bisa menyentuh putrinya dan tetap dekat dengan hatinya. Berjuta-juta kali ia membayangkan putrinya merangkak, melangkah kecil, berjalan berkeliling dan berlari kesana kemari. Dan Amaya menjadi putrinya, dan Supriya menjadi Amaya.

Akhirnya, Rose membantu Amaya mengatasi trauma tersebut, menghilangkan keberadaan trauma tersebut dari benaknya.

Itulah alasan Amaya ingin membantu Poornima mengatasi kegelisahannya. Itu adalah motif yang sama yang ingin Amaya izinkan perempuan untuk memperjuangkan keadilan, dan perjuangan hukumnya selalu merupakan kisah ketidakberpihakan bagi perempuan. Dia telah membantu ratusan wanita untuk bangkit dan merasakan kemandirian, harga diri, dan martabat selama dua puluh tahun terakhir. Kasus-kasus yang ia perjuangkan di berbagai pengadilan mencerminkan tekadnya untuk membebaskan perempuan dari perbudakan seks, eksploitasi dan penindasan serta mempersiapkan mereka menghadapi kenyataan dan menghadapi lingkungan yang tidak manusiawi. Ketidakberpihakan adalah hal yang manusiawi dan harus dijunjung tinggi dalam segala hal, dan slogannya adalah diskriminasi yang baik dan berpihak pada perempuan.

Minggu pagi cerah; Amaya sudah memutuskan untuk mengunjungi rumah orang tuanya, yang berjarak tiga puluh menit berkendara dari kota ke daerah semi perkotaan. Rose dan Shankar Menon berada di pintu masuk utama menunggu Amaya, karena mereka tahu dia akan pulang sekitar pukul sepuluh pagi; itu adalah latihan yang biasa dia lakukan. Ibunya bekerja sebagai arsitek ketika Shankar Menon bertugas di luar negeri pada pemerintah India. Setelah mengundurkan diri dari pekerjaannya di pemerintahan, Rose kembali bersama suaminya ke India. Di Mumbai, Shankar Menon menjadi editor *The Word* selama bertahun-tahun, dan Rose bergabung sebagai arsitek penuh waktu di sebuah firma di Malabar Hills. Design-Glory, firma tempat Rose bekerja, menghargai gaya uniknya yang menggabungkan arsitektur Gotik dan gaya India selatan, pola dasar Kerala, dengan arsitektur kontemporer. Design-Glory hanya mengkhususkan diri dalam menggambar dan pengembangan desain, dan memiliki klien dari seluruh India dan luar negeri. Setelah Rose bergabung dengan perusahaan tersebut, jumlah pelanggannya meningkat tiga kali lipat.

Amaya memeluk orang tuanya yang berusia delapan puluhan dengan penuh kasih sayang, yang tampak sehat dan hangat. Saat bekerja sebagai editor *The Word* , Shankar Menon adalah profesor tamu di banyak sekolah jurnalisme dan menulis beberapa buku tentang politik, jurnalisme, dan kebebasan. Bukunya, *The Freedom to Write* dan *The Editor Who Dares* , memberikan kontribusi jurnalisme yang luar biasa. Dia mengatakan kepada Amaya bahwa dia telah menyelesaikan draf pertama buku lain berjudul *The Unknown Journalist* tentang reporter yang bekerja di lapangan. Shankar Menon adalah seorang humanis yang memperjuangkan hak asasi manusia dan kesetaraan; Amaya mengetahuinya sejak kecil dan mewarisi banyak kualitasnya. Dia mengagumi editorial dan kolom lainnya, yang merupakan ekspresi kuat dari pencarian manusia akan kebebasan dan keadilan. Dia tidak memuja siapa pun, tidak takut pada siapa pun, dan menertawakan para diktator dan otokrat yang muncul dari demokrasi. Dengan menganalisis data statistik selama bertahun-tahun, ia mengungkap orang-orang yang menghasut kekerasan, menyampaikan pidato kebencian, terlibat dalam hukuman mati tanpa pengadilan dan pogrom, serta membuktikan bahwa mereka menjadi menteri yang berkuasa. Namun, mereka adalah orang-orang hampa dengan tumpukan ketakutan, takut pada segalanya, bahkan pada bayangan mereka. Sebagai editor, Menon mengungkap hubungan penjahat-politisi dan penjahat yang berkembang menjadi politisi dan eksekutif. Untuk melindungi demokrasi, protes itu penting, tulisnya. Ia menyimpulkan bahwa masyarakat yang lupa melakukan protes adalah budaya yang bodoh dan mati. Bagi Shankar Menon, penemuan ilmiah paling signifikan adalah mendeteksi kebebasan dan kesetaraan.

Demikian pula, bagi Menon, cara paling sehat untuk melindungi demokrasi adalah dengan melakukan protes di depan umum. Politisi yang meninggikan diri mereka ke tingkat ketuhanan memberi makna kosmis pada rutinitas dan tindakan mereka sehari-hari; mereka melakukan segalanya demi kejayaan mereka, klaim mereka. Akibatnya, bagi seorang antek, setiap kata-kata dari pemimpin politiknya membawa potensi kenabian, dan dengan demikian kebenaran menghilang di tengah-tengah pemujaan terhadap pahlawan, sebuah ekspresi post-truth.

Setiap minggu Amaya mengunjungi orang tuanya. Dan sebulan sekali, mereka pergi bersama Amaya dan tinggal bersamanya di Kochi selama beberapa hari. Bagi Amaya, orang tuanya adalah teman terdekatnya; mereka juga menganggapnya sebagai sahabat mereka. Rose dan Shankar mengungkapkan kegembiraan khusus saat bertemu putri mereka. Seringkali Rose dan Menon duduk dekat dengan putri mereka dalam pelukan erat, saling meletakkan tangan di bahu satu sama lain, menikmati kebersamaan yang menenangkan. Mereka menghabiskan waktu berjam-jam untuk berbagi pandangan dunia, mengkaji isu-isu hukum dan sosial, serta mendiskusikan teknologi terkini, penemuan ilmiah, keajaiban arsitektur, investigasi jurnalistik, buku, musik, seni, hak asasi manusia, dan keadilan sosial. Terkadang mereka mengenang kehidupan Madrid, kunjungan mereka ke Barcelona, negara Basque dan berbagai kota di Eropa. Percakapan mereka selalu diakhiri dengan berbagi kehidupan pribadi, kesehatan, keinginan, pekerjaan, dan masa depan.

Amaya akan bergabung dengan orang tuanya memasak makan siang, makanan vegetarian ala Kerala, dengan appam, nasi, masakan berbeda, sambar, papad, dan payasam. Ruang makan merupakan perpanjangan dari dapur, dan duduk bersama, saling bertatap muka, dan berbagi makanan, terasa mengikat dan memikat. Setelah minum teh dan makanan ringan pada pukul empat sore, mereka berjalan-jalan menuju air terjun. Rose dan Shankar Menon tidak kesulitan mendaki bukit tersebut. Air terjun yang megah dan tanaman hijau sangat menakjubkan saat musim hujan sedang aktif. Amaya bisa melihat gedung-gedung tinggi baru di sisi lain bukit. Mereka khawatir bangunan-bangunan baru akan muncul di atas perbukitan dan merusak ketenangan dan keasrian air terjun tersebut.

Rose dan Shankar Menon memeluk putri mereka sebelum Amaya menyalakan mobilnya untuk berangkat.

"Mama, Papa, sayang kamu," ucapnya sambil mencium mereka berdua.

"Aku sayang kamu, *Mol* sayang," kata Rose.

"Aku sayang kamu, Amaya," kata Shankar Menon.

Saat berkendara kembali ke Kochi, Rose dan Shankar Menon serta kehidupan mereka di desa mendominasi pikiran Amaya. Mereka bahagia dengan diri mereka sendiri dan kehidupan yang mereka jalani. Kemudian Poornima muncul dengan jelas, dan cara dia berbicara, karena dia memiliki tujuan yang jelas, seperti seorang detektif, suaranya memiliki intonasi yang tepat. Kata-kata Poornima tidak tergesa-gesa, dan dia menghormati orang yang dia ajak bicara; dia tidak pernah sombong, selalu rendah hati, tanda sosialisasi dan didikan yang memadai.

Amaya yakin Poornima akan meneleponnya dengan membawa beberapa bukti. Pada pukul delapan tiga puluh, telepon berdering; Amaya tahu Poornima sedikit bersemangat mendengar suara itu.

"Bu, saya punya bukti kuat bahwa ayah saya bertemu dengan Anda di kantin universitas," kata Poornima.

"Apa buktinya, Poornima?" Amaya bertanya, jantungnya berdebar kencang. Ada keinginan untuk mengetahui lebih banyak tentang kisah Poornima.

"Saya dapat menemukan beberapa catatan tentang Amaya di arsip ayah saya, dan saya sangat yakin itu tentang Anda." Kemudian Poornima membaca yang pertama: "Bertemu Amaya pada tanggal 2 Agustus."

Ada getaran di sekujur tubuh Amaya dan gagasan hancur bahwa ada entitas tak terkendali yang menyeruputnya melalui terowongan sempit. Dalam kekosongan tanpa batas yang disebabkan oleh torrent, dia mengalami ketidakjelasan yang luar biasa. Dan dia bergerak melewati kehampaan yang mulus, mengalami keadaan tanpa bobot yang membatu, terjalin dalam tindakan menaklukkan sesak napas yang semakin berkurang.

Amaya duduk di kursi dengan ikatan dan memerintahkan pikirannya untuk bersikap dan tenang. Duduk di kursi, dia mengingat kembali pertemuan pertama itu. Saat itu pada hari Rabu, tanggal dua Agustus, sembilan belas sembilan puluh lima.

"Poornima, apa bukti kedua?" Setelah mendapatkan kembali ketenangannya, Amaya bertanya.

"Ini tentang kunjunganmu ke rumahnya, Lotus." Poornima berhenti tiba-tiba.

Amaya tidak dapat mempercayai telinganya karena dia pergi untuk tinggal bersama Karan pada hari Jumat, tanggal 5 Agustus.

"Tolong beritahu saya nama lengkap ayahmu," pinta Amaya.

"Dia adalah Karan Acharya," jawab Poornima.

Amaya duduk diam selama beberapa detik.

"Nyonya, Anda menyimpan beberapa rahasia tentang ayah saya. Hanya Anda yang bisa membantunya. Dia terus-menerus menyebut namamu," Poornima sangat ingin memohon bantuan.

"Poornima, apakah kamu satu-satunya anak ayahmu?" tanya Amaya.

"Ya, saya anak tunggal Dr Eva dan Karan Acharya. Pada tanggal tiga puluh satu Juli sembilan belas sembilan puluh enam, saya lahir di Barcelona," kata Poornima.

"Kasihanma," Amaya memanggil namanya seolah dia ingin mengatakan sesuatu lagi tapi terhenti.

"Ya, Bu," jawaban Poornima terdengar seperti sebuah pertanyaan.

"Kasihanma, aku Amaya; kamu sedang mencariku. Katakan padaku, apa yang bisa aku bantu?" tanya Amaya.

"Bu, mohon segera datang ke Chandigarh. Temui ayahku. Saya yakin ayah saya akan mengenali kehadiran Anda. Dia akan sadar kembali. Silakan ambil penerbangan carteran jika tidak ada penerbangan langsung dari Kochi ke Chandigarh. Saya bisa membayar semuanya. Ayah saya adalah salah satu orang terkaya di negara ini, jadi uang bukanlah masalah." Poornima khawatir dalam meyakinkan Amaya.

"Kapan saya harus datang ke Chandigarh?" Amaya bertanya.

"Silakan mulai hari ini; jika tidak, besok. Saya bisa datang ke Kochi dan mengantar Anda ke Chandigarh dengan pesawat pribadi kami jika Anda tidak keberatan." Poornima meminta maaf.

"Saya seorang pengacara; sekitar empat puluh kasus terdaftar sepanjang minggu, mulai hari Senin. Bagi klien saya, petisi mereka adalah masalah hidup dan mati. Kasus ini berdampak pada keluarga mereka juga, dan saya bertanggung jawab atas mereka," jelas Amaya mengenai kondisinya.

"Bu, ayah saya mungkin meninggal. Silakan datang," pinta Poornima.

"Saya ingin menghilangkan penderitaan klien saya, yang merupakan prioritas saya. Jika Anda bersikeras, saya bisa mengunjungi tempat Anda pada hari Sabtu." Amaya sangat tepat.

"Saya berterima kasih kepada Anda, Bu. Ada satu alasan lagi kenapa saya meminta Anda segera datang ke Chandigarh. Saya khawatir akan keselamatan ayah saya; hidupnya dalam bahaya. Banyak pesaing profesional yang tidak dapat mencerna pertumbuhan perusahaan farmasi kita yang belum pernah terjadi sebelumnya. Mungkin ada seseorang di perusahaan kita yang bekerja untuk mereka. Saya telah menunjuk dokter dan perawat paling tepercaya untuk merawatnya. Lagipula, aku menghabiskan banyak waktu bersama ayahku." Ada sedikit kesedihan dalam kata-kata Poornima.

"Kamu harus sangat berhati-hati dalam melindungi ayahmu. Senang mengetahui Anda memercayai orang-orang di sekitarnya. Ngomong-ngomong, saya bisa naik penerbangan dari Kochi ke Delhi, lalu penerbangan lanjutan ke Chandigarh. Jangan khawatir tentang perjalanan saya; Saya akan mengaturnya, "kata Amaya.

"Tentu. Bu, "Bolehkah saya menelepon Anda besok jam delapan tiga puluh malam?"

"Tentu, selamat malam, Bu."

"Selamat malam, Poornima," jawab Amaya.

Tiba-tiba, terjadi keheningan total. Eva adalah nama yang Karan masukkan dalam catatan rumah sakit, bukan Amaya; fotokopi paspor, visa, tanggal lahir, alamat tempat tinggal dan dokumen lainnya. Bayi yang lahir adalah putri Eva dan Karan.

seru Amaya. Itu adalah jeritan tanpa suara, tapi jantungnya meledak, penderitaannya sangat hebat. Amaya kehilangan kendali atas dirinya untuk pertama kalinya dalam dua puluh tahun; pikirannya menentukan persyaratannya. "Biarkan saya menangis dan menangis, menghapus rasa sakit dan kesengsaraan saya selama dua puluh empat tahun terakhir," katanya. Amaya duduk disana lebih dari dua jam tanpa memikirkan apapun, hanya mengalami kehampaan dan kegelapan total.

Sekali lagi, dia berada di sebuah terowongan dengan ribuan poros penghubung yang ramping. Jurang keabadian melahap segalanya. Tapi seorang bayi menangis entah dari mana. Amaya ingin menjangkau anak itu dan berlari tanpa pernah mencapai tujuan. Teriakan itu semakin keras; ribuan orang melolong, melolong, dan menjerit seperti rubah di tengah hiruk-pikuk badai sebelum musim hujan. Jeritan itu semakin riuh dan menakutkan. Suara gemuruh tsunami meredam jeritan tersebut. Tembok air yang mendekat setinggi langit dan kekuatannya dapat menghancurkan segalanya dan menghancurkan apa pun yang menghalangi jalannya. Itu sangat dingin, dan dia mengalami mengambang di atas ombak selama berjam-jam bersama. Rasanya seperti mati rasa yang membuat lubang hidung, tenggorokan, paru-paru dan perut pecah.

Amaya dapat melihat ratusan rumah terpisah, dan dia mencoba menjangkau salah satunya. Entah bagaimana, dia memasuki sebuah rumah besar di mana hanya perempuan yang mengenakan sari putih dan kepala gundul yang menolak manusia. Karena tidak diinginkan, putra-putra mereka membuang mereka di kuil.

"Hari-hari kita tinggal menghitung; kami tidak berhak hidup sebagai manusia karena kami janda," teriak mereka serempak.

"Tetapi kejandaan itu akan datang kepadamu suatu hari nanti; kamu tidak punya jalan keluar," teriak seorang wanita buta yang bayinya sedang menyusu.

"Jangan mengutuk dia," keluh wanita lain.

"Tidak dapat dipungkiri bahwa Anda harus menjadi seperti itu hari ini atau besok. Robot akan mengumpulkan tubuhmu, membuangnya ke celah yang dalam, lalu membusuk seperti tikus," kata wanita pertama seolah sedang membaca kitab suci. "Hidup adalah perjuangan yang sia-sia. Jika Anda mencoba memberi makna padanya, tidak ada yang akan menerimanya," lanjut wanita buta itu.

Menjanda sama saja dengan kematian, tapi sepertinya seseorang tidak bisa menyamakan kedudukan. Perempuan akan menderita dan mati; bumi akan bebas dari mereka. Ketika perempuan menghilang, laki-laki juga akan menghilang. Terdapat hewan-hewan yang dapat berbicara dan berpikir selama empat juta tahun terakhir. Butuh waktu setengah juta tahun bagi mereka untuk bisa berjalan. Penciptaan sebuah bahasa membutuhkan waktu lebih dari satu juta tahun. Mereka menjajah seluruh penjuru planet ini, memburu Neanderthal, jatuh cinta pada wanita mereka, menghasilkan beberapa hibrida, dan memusnahkan hampir semua hewan di Australia dan Amerika. Mereka menemukan api, bijih besi, senjata, memasak dan bertani. Agama berkembang dengan dewa-dewa, inkarnasi, kelahiran perawan, pengorbanan, pedang bersinar, serangan malam di ratusan oasis, pembantaian orang-orang Yahudi, mengubah agama perempuan mereka, pernikahan anak, perang salib, jihad dan Taliban.

Para pendiri agama memimpin tentara, menyerang orang-orang yang damai dan membantai ribuan orang. Mengangkat wanita dan gadis kecil sebagai istri dan selir, mereka menyebarkan agama, dan di mana-mana ribuan kepala dipenggal dengan pedang berlumuran darah, seperti hewan kurban di altar. Para pemenang membangun tempat ibadah berdasarkan realitas khayalan dan menyebutnya penuh kebajikan. Entitas fiksi tersebut meneror manusia dan mulai memutuskan segalanya untuk mereka. Wanita adalah milik para pemenang, dan mereka menjanjikan surga di mana gadis-gadis muda berpenduduk padat demi kesenangan duniawi dan aliran minuman keras. Banyak yang kehilangan akal karena penistaan agama yang dilakukan oleh para pendeta, maulwi, dan penipu. Mereka menyusun mitos, menulis ulang legenda, mendistribusikan buku-buku sihir, memusnahkan budaya dan artefak kuno, dan memusnahkan orang-orang yang menolak untuk percaya. Akhirnya manusia ada di sini, menunggu planet tanpa manusia. Janda yang bayinya sedang menyusu itu terus meratap, menjadi korban kaum fanatik agama yang mencabut matanya saat hamil. Mereka menembak suaminya karena pergelangan kakinya terbuka saat dia berjalan bersamanya.

Ada monster di terowongan sebelah; Amaya bisa melihat secercah cahaya di belakangnya dari kejauhan. Tapi baginya mengatasi binatang yang berdiri seperti gunung, membawa terowongan di atas kepalanya adalah hal yang sangat berat. Dia merangkak ke arahnya untuk menghindari pengawasannya, tapi butuh waktu berjam-jam untuk melewati kakinya. Monster itu menjaga kamp konsentrasi bagi wanita muda yang menjadi budak seks. Anda harus melawan binatang itu dan membunuhnya untuk menyelamatkan orang-orang yang diperbudak yang tersembunyi di kamp. Dunia tidak mengetahuinya; ada kamp konsentrasi untuk budak seks, dengan jutaan orang membusuk. Dia memanjat tembok untuk memasuki lapangan. Sungguh pemandangan yang mengerikan, belum pernah terjadi tragedi kemanusiaan seperti itu. Semua wanita telanjang, kepala dicukur; tidak ada seorang pun yang tangan dan kakinya dirantai pada tiang besi. Dalam tahap pembusukan, dia bisa melihat tangan mereka yang terpenggal, saling bertumpuk, seperti gunung, di dekat pintu masuk. Adegan menjengkelkan itu menghancurkannya.

Para budak seks mulai menangis seperti monyet yang ketakutan, sebuah pengalaman yang menyayat hati. Dia memutuskan rantai itu satu per satu. Butuh waktu ribuan tahun untuk menyelesaikan tugas tersebut.

Mereka berlari menuju gerbang seperti badai dan melahap monster itu karena mereka semua lapar. Kebisingan dahsyat yang ditimbulkan oleh keributan itu bergema di seluruh sudut kamp konsentrasi. Ini adalah sebuah pembebasan, perjuangan kemerdekaan bagi perempuan yang dieksploitasi dan dirantai. Amaya bergabung dengan mereka, dan mereka bergerak seperti dinding awan.

"Amaya," sambil menepuk bahunya, dia berbicara pada dirinya sendiri, sangat terkejut setelah berbicara dengan Poornima. Saat itu tengah malam. Dia merindukan Vipassana untuk pertama kalinya dalam dua puluh satu tahun, karena kekacauan dalam pikirannya begitu kuat. Sulit untuk berjongkok, menjaga lengan dalam posisi lotus di paha dan bermeditasi; susah tidur juga, padahal dia berusaha menutup kelopak matanya. Dia tahu dia sedang berbicara dengan putrinya, yang dia impikan sepanjang waktu terjaganya selama dua puluh empat tahun sebelumnya. Ada kerinduan yang tak ada habisnya untuk bertatap muka, berbicara dengannya, memeluknya. Namun kegembiraan batin saat berbicara dengan Poornima telah hilang.

Ada perasaan tidak terikat, keinginan untuk menjaga jarak emosional dari Poornima, memungkinkan dia untuk memiliki kehidupan, kebahagiaan dan kepuasan. Namun, dia ingin Poornima menghilangkan penderitaannya, jika mungkin, dengan bertemu ayahnya. Berbagi hidupnya dengan Poornima bukanlah hal yang layak, karena dia tidak bisa menjadi putrinya. Poornima bukanlah orang yang dibelai ibunya di dalam hatinya, yang telah diimpikannya selama sekitar seperempat abad. Supriya adalah miliknya untuk Amaya, tapi Poornima milik orang lain. Tiba-tiba Karan menjadi orang asing, orang luar. Karan, yang dia temui di universitas, adalah seorang yang lembut, penuh kasih sayang, dinamis, seorang pendamping dan sahabat. Tapi Karan, yang menghilang bersama putri mereka, adalah alien.

Kemudian Amaya tidur dan bangun jam enam setelah tiga jam tidurnya terganggu. Ini adalah pertama kalinya setelah bertahun-tahun dia tidur larut malam. Dia bisa melakukan Vipassana selama satu jam, dan pikirannya akan terkendali. Setelah meditasi, ada kegembiraan karena bisa menghilangkan batu besar dari hatinya selamanya. Dia menikmati kebebasan itu sepenuhnya.

Hak-Haknya Dan Kehidupannya

Setelah kembali dari San Sebastian, Amaya merasakan kegembiraan batin yang unik dan ikatan yang lebih dalam dengan Karan. Amaya mengira dia mengenalnya sejak kecil, dan mereka selalu bersama di mana pun. Dia mulai menyukai identifikasinya dengan sepak bola, klub sepak bola, pasar saham, sepeda motor, mobil dan penilaiannya terhadap orang lain tetapi masih membenci adu banteng. Kesatuan dan kebersamaannya semakin hari semakin bertambah. Keterkejutan Amaya tak ada habisnya saat menyadari bahwa mereka memiliki banyak kesamaan. Itu membantunya lebih memahami cinta Karan. Dia membuatkan kopi di tempat tidur ketika mereka bangun pagi-pagi sekali, dan dia sangat menyukainya. Karan bersikeras membuat sesuatu yang istimewa untuk sarapan setiap hari. Dia menggoreng tepat sasaran untuk sarapan. Amaya lebih menyukai telur orak-arik dengan capsicum, irisan bawang bombay, sepotong kacang mete, cengkeh, kapulaga, sedikit kayu manis dan sedikit garam. Rasanya enak.

Amaya memakan sasarannya karena dia tidak ingin menyakiti Karan. Dia makan siang di kantin universitas setiap kali dia pergi ke Sekolah Jurnalisme. Karan dan Amaya menyiapkan makan malam bersama; makan bersama Karan selalu menjadi pengalaman yang mengharukan. Dia berbagi cerita tentang apa pun di bawah matahari, melontarkan lelucon, dan menyanyikan lagu cinta Hindi oleh Mohammed Rafi untuk Dev Anand di *Tere Ghar Ke Samne* . Karan sangat khusus membersihkan dan mengepel dapur sendiri setiap hari setelah memasak makanan terakhir. Amaya pergi ke universitas setiap pagi; dia sibuk dengan bisnis sahamnya sepanjang sisa hari itu.

Seminggu sekali, mereka mengosongkan kolam renang dan membersihkannya dengan deterjen ramah lingkungan. Tinggal bersama Karan adalah pengalaman yang menyenangkan; tidak ada yang perlu dikhawatirkan dan tidak ada yang salah dengan hidupnya bersamanya. Kadang-kadang Amaya merasa Karan terlalu mencintainya. Dia ingin bertengkar dan berkelahi dengannya, yang diperlukan untuk kebersamaan seumur hidup, berbagi realitas kehidupan. Kehidupan tanpa perdebatan dan perselisihan menciptakan sedikit kekecewaan dalam benaknya. Saat duduk sendirian di perpustakaan universitas, sesekali dia menganggap Karan adalah sebuah misteri, karena tidak ada orang yang begitu perhatian, penuh kasih sayang, dan sempurna. Kadang-kadang, dia meminta Karan untuk bertarung dengannya sesekali. Mendengar seruan Amaya, Karan pun tertawa.

"Terkadang kamu harus tidak sependapat denganku, menyakiti egoku, dan membuatku menangis. Anda mengubah hidup saya bebas masalah dan kebersamaan kita sempurna. Saya telah melihat orang tua saya bertengkar, tetapi setelah setengah jam, mereka menjadi teman. Ada keindahan dalam pertengkaran seperti itu," jelas Amaya.

Saat tur, mengunjungi kantor surat kabar, saluran TV, perpustakaan dan arsip untuk mengumpulkan data untuk penelitiannya tentang hak asasi manusia, Karan menemaninya, karena dia tidak ingin meninggalkannya sendirian. Dia sangat baik dalam mengatur pemesanan hotel dan jadwal perjalanan Amaya. Dia menunjukkan kesediaannya untuk melakukan pekerjaan sekop. Hidup bersama Karan adalah simfoni yang sempurna, tapi dia merasa takut akan kesempurnaannya. Ada ketakutan yang sangat besar bahwa keadaan seperti itu akan membawa tragedi dan penderitaan yang tak terbayangkan. Ketika Amaya memberi tahu Karan tentang ketakutan dan kecemasannya, dia memeluknya erat-erat, menjaganya tetap dekat di hatinya. Amaya menyukai bau tubuhnya. Dengan menyentuh hidungnya di ketiak pria itu, dia menikmati ekstasi yang membahagiakan, hasil sampingan dari kesatuan pelukannya. Kemudian, mereka bercinta; berbagi itu menakjubkan. Mereka tumbuh sebagai sahabat. Itu adalah romansa dalam persahabatan, keintiman dalam berbagi, kohesi dalam kepercayaan, dan Karan secara bertahap berkembang menjadi Amaya dan Amaya, Karan.

Karan memberi tahu Amaya bahwa dia ingin mentransfer sejumlah uang ke rekening banknya untuk membeli mobil guna melanjutkan ke universitas dan pengumpulan data untuk penelitiannya. Setelah memberikan nomor rekening kepada Karan, sebuah Mercedes Benz baru ada di garasi mereka dalam waktu dua hari. Amaya menemukan cukup uang untuk membeli sesuatu yang sama mahalnya saat memverifikasi saldo banknya. Namun dia agak bingung melihat transfer yang dilakukan oleh "seorang teman yang tidak mau mengungkapkan identitasnya". Amaya tertawa dan menyebut Karan "pria misterius". Karan tertawa.

Mereka menghabiskan waktu berjam-jam di balkon selatan dengan piano Disklavier. Itu adalah piano akustik tradisional yang dipadukan dengan teknologi modern. Amaya memainkan pelajaran piano pertamanya di Upright milik Rose. Sebuah Grand di Sekolah Loreto di Madrid tampak mengesankan, dan Amaya menghabiskan banyak waktu bermain keyboard yang indah. Karan percaya bahwa bermain piano membantu menyinkronkan koordinasi tangan-mata, meningkatkan ketangkasan, dan mengurangi tekanan darah tinggi serta laju pernapasan. Bermain piano secara signifikan mengurangi penyakit jantung dan meningkatkan respons kekebalan tubuh serta ketangkasan jari, telapak tangan, dan tangan. Ini mempertajam keterampilan konsentrasi, membuat otak lebih aktif dan penuh perhatian. Amaya tahu Karan berbicara dari hatinya tetapi seperti seorang dokter. Dia sadar bahwa bermain piano membantunya mendengarkan musik yang dihasilkannya. Pianis melakukan banyak hal sekaligus, membaca lagu, mendengarkan nada yang Anda mainkan, dan melatih pedal secara bersamaan. Karan mengatakan piano bisa mengajari Anda cara mengoordinasikan kehidupan, keinginan, dan masa depan seseorang. Amaya mengira dia mungkin telah membaca artikel dan buku tentang manfaat bermain piano secara fisik dan medis.

Para biarawati di sekolah Loreto, Madrid, menekankan manfaat mental atau spiritual. Mereka adalah guru musik luar biasa yang fokus pada pengembangan dan internalisasi budaya piano. Mereka mengatakan kepada Amaya bahwa bermain piano itu mudah; seseorang bisa bermain dengan duduk dan menekan tombol. Musik adalah fenomena alam, bahasa Semesta. Para biarawati menjelaskan bahwa galaksi, bintang, dan planet berkomunikasi melalui musik karena itulah satu-satunya bahasa yang dapat mereka pahami. Ketika Tuhan menciptakan Alam Semesta, Dia berbicara dalam musik, dan alam semesta mempelajari setiap nada dan memainkannya sendiri selama miliaran tahun. Musik itu bergema di seluruh penjuru alam semesta, dan ketika alien mengunjungi planet kita, mereka berbicara dalam notasi musik, kata para biarawati sambil tersenyum. Bermain piano mengubah otak manusia, kata Karan. Karan menganggap semua hewan, termasuk lumba-lumba, simpanse, gajah, sapi, anjing, kucing, burung merak, ayam, bahkan tikus, dapat mengekspresikan kegembiraannya sambil mendengarkan musik piano. Memainkan piano dan musiknya menstimulasi otak, meningkatkan pikiran, dan mendorong semua orang untuk menikmati hidup; Amaya teringat kata-kata ibunya.

"Bermain piano meningkatkan kesadaran aural dengan mengenali nada, interval, dan akord serta mengembangkan kepekaan nada," jelas Karan.

"Amaya, tingkat energimu akan selalu lebih tinggi. Saat bermain piano, sebagai seorang pianis, koneksi saraf baru bertambah," kata Karan suatu hari, sambil duduk di teras dan minum teh sore.

"Ini membantu otak dan fungsinya, seperti berpikir sehat, konsentrasi lebih baik, dan tindakan sukses," lanjut Karan.

Amaya memandangnya seolah dia sedang berbicara seperti seorang ahli saraf. Menurutnya, otak yang kuat adalah pusat kenangan yang menyenangkan, kesadaran yang menenangkan, ucapan yang menarik, bahasa yang kuat, dan respons emosional yang terkendali. Amaya memandang Karan dengan kagum; penjelasannya tepat dan ilmiah.

"Bermain piano akan membuat Anda tetap waspada secara mental, muda, dan bersemangat," kata Rose kepada Amaya ketika mereka berada di Madrid. Rose adalah guru piano pertamanya, yang memainkannya dengan sangat baik, dan Shankar Menon menghargai bakatnya, duduk berjam-jam di sisinya sambil bermain. Rose memiliki Upright, dibeli dari toko piano di Bagley's Lane, London, dengan banyak koleksi piano berharga. The Upright adalah piano yang luar biasa; bagian tubuhnya terbuat dari berbagai jenis kayu. Papan suaranya terbuat dari kayu cemara, yang paling bergema karena elastisitasnya. Papan suara piano dibuat melengkung dan memiliki mahkota, seperti kerucut speaker. Maple untuk pin-block karena memiliki tingkat stabilitas yang tinggi. Kedelapan puluh delapan kunci itu terbuat dari kayu cemara dan sepotong kayu. Casingnya terbuat dari kayu ek, dan pinggirannya merupakan kombinasi kayu maple dan mahoni. Bagian luar dan tiang belakangnya terbuat dari kayu eboni.

"Ilmuwan hebat adalah musisi yang hebat," kata Rose kepada putrinya sambil mengajarinya cara membaca nada dan bermain dengan kedua tangan. Amaya adalah pembelajar yang cepat, dan para biarawati di sekolah Loreto mendorong Amaya untuk menguasai keterampilannya.

Setelah kembali dari Barcelona dan pulih dari depresi, Amaya terus bermain piano sambil tinggal bersama ibunya di rumah desa mereka, menghadap ke air terjun. Selama tiga tahun yang dihabiskannya bersama ibunya, Rose secara konsisten berusaha menciptakan lingkungan musik dalam kehidupan Amaya yang hancur. Ketika Amaya pindah ke Kochi untuk mengambil praktik hukum, Rose menghadiahkannya piano

Steinway Art Grand baru. Amaya memainkannya berjam-jam bersama setiap hari Sabtu, hari libur, dan Minggu malam. Musik ajaib yang diciptakan dalam hidupnya sungguh luar biasa, dan bersama dengan Vipassana, musik itu mengubah hidupnya sepenuhnya. Namun, satu pemikiran terus terlintas di benaknya sebagai secercah harapan, bertemu dengan Supriya tercinta.

Telepon itu datang pada pukul delapan tiga puluh. "Bu, salam hangat dari Chandigarh. Saya Poornima," suara itu bergema.

"Hai, Poornima," jawab Amaya.

"Saya tidak bisa tidur tadi malam; Saya sedang memikirkan tentang kunjungan Anda ke Chandigarh. Ini akan menjadi akhir pencarianku. Saya yakin Anda ada di suatu tempat, Anda mengenal ayah saya, dan Anda dapat membantu ayah saya. Tapi tetap saja, saya tidak bisa mencernanya; aku bisa menemukanmu; Aku berbicara denganmu." Kata-kata Poornima penuh dengan realisasi diri dan harapan.

"Poornima, satu-satunya niatku adalah membantumu mengatasi penderitaanmu. Jika kunjungan saya ke tempat Anda membantu Anda dalam hal ini, itu sangat berharga." Jawaban Amaya memiliki sikap acuh tak acuh. Dia tahu dia telah melampaui dunia yang penuh kesakitan, kesedihan dan depresi, di mana hidup adalah ekspresi dari kewajiban, membantu orang lain mencapai harga diri. Poornima perlu mencapai kondisi kesadaran di mana dia bisa merasakan tidak adanya penderitaan, kecemasan dan depresi, dan Amaya ingin membantu Poornima.

"Bu, Anda baik sekali. Meskipun demikian, saya tidak tahu bagaimana hubungan Anda dengan ayah saya atau dalam konteks apa ayah saya berhubungan dengan Anda. Tapi satu hal yang pasti, ayahku tidak bisa melupakanmu, karena kamu sudah tertanam dalam ingatan dan kesadarannya. Itu mungkin rasa terima kasih yang tidak diungkapkan atau akibat dari perasaan bersalah yang terpendam, atau bahkan hal lain. Anda ada di dalam dia, saya yakin, "cerita Poornima.

Amaya merenung sejenak dan mengevaluasi kata-kata yang diucapkan Poornima, nadanya, niatnya dan latar belakangnya. Meski memberi isyarat lurus, namun ada maksud untuk menjalin hubungan antara dua orang yang dimaksud. Pikiran hukum Amaya membuat asumsi. Tapi tidak perlu membuat pernyataan atau bereaksi tentang hal itu, dan terjadi keheningan yang lama.

"Bolehkah saya mengajukan pertanyaan pribadi?" Poornima memohon dengan suara rendah.

"Ya," jawab Amaya.

"Apakah Anda memiliki seorang anak perempuan?"

"Ya," jawab Amaya segera.

"Kamu memanggilnya apa; berapa umurnya, dan apa yang dia lakukan?" Tampaknya Poornima ingin mengetahui banyak hal untuk menjalin hubungan positif dengan Amaya.

"Namanya Supriya. Dia berumur dua puluh empat tahun, seusiamu. Dan saya tidak tahu apa yang dia lakukan, mungkin dia seorang profesional." Amaya sesingkat dan seobjektif mungkin.

Sekali lagi, terjadi keheningan seolah tidak ada lagi yang perlu dibicarakan atau mereka berada di jalan buntu.

"Selamat malam, Bu. Maaf aku kurang jelas, kalau tidak aku bisa menyakiti perasaanmu," Amaya mendengar dari ujung sana. Pikirannya gempar karena ia menyesal mengungkapkan nama dan umur putrinya.

Amaya dengan hati-hati memeriksa kasus-kasus yang terdaftar untuk hari berikutnya. Ada empat permohonan untuk masuk, tiga untuk sidang awal dan satu untuk sidang akhir. Dia memeriksa semua file dan mencatat isu-isu penting dalam argumen tersebut. Kasus persidangan terakhir adalah seorang wanita berusia dua puluh tahun. Divya, pihak yang berperkara, mengajukan permohonan kompensasi yang sesuai untuk dirinya dan putrinya yang berusia satu tahun dari Abdul Kunj, tiga puluh dua tahun. Dia meninggalkan Divya setelah berselingkuh dengannya. Divya mulai tinggal bersama Abdul Kunj, seorang pengusaha kaya, setelah menjalin hubungan intim dengannya selama beberapa tahun. Umat Hindu, orang tuanya menentang penantiannya bersama Abdul Kunj, seorang Muslim, namun mereka enggan menyetujuinya ketika mereka mengetahui Divya telah hamil selama enam bulan. Abdul Kunj telah menikah dan memiliki empat anak; dia tidak bisa menikahi Divya secara sah tetapi menyimpannya di rumah dua kamar dekat gudangnya. Setelah melahirkan, Abdul Kunj menganiaya Divya secara fisik karena melahirkan seorang anak perempuan, dan dalam waktu dua minggu, dia meninggalkan ibu dan anak tersebut.

Orang tua Divya menolak menerimanya, dan dia menghabiskan banyak malam di tempat pembuangan sampah yang ditinggalkan, terinfeksi anjing liar sampai biarawati Bunda Teresa menyelamatkannya. Amaya bertekad untuk mendapatkan keadilan bagi Divya karena dia mengetahui ratusan kasus serupa di seluruh Kerala.

Amaya sedikit geli melihat email Poornima keesokan harinya. Suratnya panjang, dan Poornima memulai dengan permintaan maaf karena tidak meminta izin Amaya untuk mengiriminya email. Dia mengklarifikasi bahwa dia mendapatkan alamat email Amaya dari artikel terbaru yang diterbitkan Amaya di *majalah* Hak-Hak Perempuan dan Kehidupan Perempuan. Saat mengunjungi Chandigarh, Poornima ingin menceritakan fakta spesifik untuk membantu Amaya mengenal keluarga Dr Acharya.

Ada cerita singkat tentang keluarga Poornima. Dia dibesarkan di Chandigarh dengan orang tua yang penuh kasih dan perhatian. Hingga kelas sepuluh, dia berada di sekolah yang dikelola oleh para biarawati, dan mereka mengajarinya untuk menjadi manusia yang baik. Meskipun sepenuhnya sibuk dengan rumah sakit yang terhubung dengan Pusat Penelitian Farmasi Dr Acharya, ibunya, seorang dokter, memiliki cukup waktu untuk merawat Poornima. Itu tidak berlebihan; Poornima belajar arti cinta dari ibunya.

Ayahnya, Dr Karan Acharya, adalah CEO Perusahaan Farmasi Dr Acharya, dan setelah kematian ayahnya, dia mengambil tanggung jawab sebagai Ketua. Sebagai seorang pemuda, dia mewakili Punjab dalam tim sepak bola yang menang sebanyak tiga kali. Dr Acharya adalah pemain piano yang brilian, dan rumah mereka bergema dengan musik dari komposer ulung romantis terhebat. Saat meraih gelar doktor di bidang neurologi dan mengembangkan obat untuk Alzheimer, ia meneliti efek musik terhadap fungsi otak.

Orang tua Poornima tidak dapat dipisahkan, dan cinta mereka memiliki keindahan yang mempesona. Mereka bertemu muda, jatuh cinta satu sama lain dan menikah. Ibunya tidak bisa hamil selama sekitar tujuh tahun, sehingga dia menjadi depresi. Pasangan itu mengambil cuti panjang selama tiga tahun, Dr Acharya bersama istrinya pergi ke Marseille, dan ibunya menjalani perawatan di sana. Dr Acharya menghabiskan satu tahun sendirian di Barcelona, membeli dan menjual saham klub sepak bola di tahun kedua. Karena ia sudah menjadi miliarder, dan perusahaan farmasi berjalan dengan baik di bawah kepemimpinan ayahnya, sungguh mengejutkan ia memasuki pasar saham. Karena alasan yang tidak diketahui, komentar Poornima, dia mungkin bertindak seolah-olah sibuk membeli dan menjual saham klub sepak bola.

Amaya berhenti membaca sebentar. Kebohongan orang yang dipercaya telah merusak individualitas, kepribadian, dan martabat kemanusiaannya. Amaya membaca paragraf berikutnya sekali lagi. "Selama tiga bulan terakhir, saya mencari Anda, dan begitu saya berbicara dengan Anda, saya mulai serius menyelidiki dokumen-dokumen tertulis, bahkan secarik kertas, yang secara spesifik menyebutkan nama Anda. Aku bisa menemukan namamu di pinggir berkas yang ditulis sekitar dua puluh lima tahun yang lalu oleh ayahku. Saat Anda menantang saya untuk menunjukkan dokumen asli, saya mencari dan mengetahui tentang kunjungan pertama Anda ke rumah ayah saya di pantai Barcelona. Namun tidak ada catatan transaksi apa pun yang dilakukan pada bisnis sahamnya. Ada catatan mengenai pengiriman uang dari India untuk membeli rumah, mobil, dan untuk memenuhi pengeluaran lainnya, di bawah tanggung jawab, pengeluaran bisnis untuk perusahaan farmasi." Setelah membaca, Amaya berhenti lagi. Poornima tidak pernah bisa melacak catatan bisnis sahamnya, dan itu adalah fakta.

Pada pertengahan tahun kedua orangtuanya tinggal di Eropa, Poornima lahir di Barcelona. Namun dia tidak mengerti mengapa ibunya yang sedang hamil pergi ke Barcelona untuk melahirkan. Terdapat fasilitas perawatan ibu dan anak yang lengkap di rumah sakit terkenal di Marseille; ibunya sedang dirawat di sana.

Itu adalah penipuan yang terencana dengan baik, sebuah kasus tipu daya yang dilakukan oleh orang yang paling dipercaya, dipedulikan, dan dicintai Amaya. Dia mengalami penderitaan saat membaca; rasa sakit itu mencoba menguasainya. "Diam, tenang." Dia mencoba mengendalikan pikirannya.

"Bu, ada sesuatu yang misterius pada kelakuan ayah saya. Bagaimana dia bisa meninggalkan istrinya yang sedang hamil di Marseille untuk tinggal sendirian di Barcelona? Lalu dia mulai bertemu denganmu. Saya tidak punya bukti untuk menjalin hubungan antara ayah saya dan Anda. Tapi aku mencari lebih banyak bukti yang mungkin tersembunyi di dalam arsip ayahku. Saya menggalinya, membaca setiap coretan. Saya ingin membantu ayah saya sadar kembali; catatan kecil akan membantunya dalam proses ini. Saya sangat yakin Anda adalah satu-satunya orang yang dapat membantunya." Amaya selesai membaca email itu sambil menghela nafas.

Amaya memukul meja dengan tinjunya yang terkepal. Rasa sakit yang luar biasa menembus tubuh. Dia telah mengalami rasa sakit yang sama ribuan kali ketika dia mengoceh di jalanan, taman dan stasiun kereta api di Barcelona, London, Jenewa, Wina dan Helsinki selama lebih dari setahun. Dia mengalami kesulitan mencari bayinya yang baru lahir. Itu adalah perburuan abadi, pencarian yang menyedihkan. Di sela-sela persinggahannya yang patah hati, kegelapan yang begitu mengerikan mengisi kekosongannya. Dia berevolusi menjadi manusia yang dibenci, pengembara tanpa tujuan yang kehilangan identitasnya. Tidak mengintip ke mana pun selama berjam-jam duduk di Hyde Park, berjalan tanpa tujuan di stasiun kereta Jenewa, menyanyikan lagu pengantar tidur sambil berjalan di tepi sungai Danube di Wina, dia merendahkan dirinya ke tingkat yang tidak manusiawi. Rasa sakit yang dia alami ribuan kali lebih hebat daripada penderitaan Oizys, dan tidak ada manusia yang mungkin menderita lebih dari itu.

Amaya tersedu-sedu sambil tetap meletakkan kepalanya di atas meja. Di Helsinki, seorang mahasiswa duduk di dekatnya dan bertanya, "Mengapa kamu begitu putus asa? Mengapa kamu menangis? Ada banyak kesedihan di matamu." Dia membantu Amaya membersihkan wajahnya dengan saputangan. "Tolong jangan menangis lagi. Jangan duduk di sini terlalu lama; hari mulai gelap dan dingin. Apa yang bisa saya bantu? Silakan ikut dengan saya dan minum kopi," pintanya. Amaya pergi bersamanya. Restorannya hangat, kopinya mengepul dan bergizi. Dia mengantar Amaya ke lobi hotelnya. "Hati-hati, tetap hangat," katanya sambil menepuk bahu Amaya. "Saya Esabel; jika Anda mempunyai masalah, saya ada di kota ini, siap melayani Anda, kapan saja." Esabel memberinya sebuah kartu. Dia adalah seorang mahasiswa sarjana yang melakukan pekerjaan paruh waktu di sebuah restoran. Penghiburan yang dialami Amaya bersama dirinya bersifat abadi dan pedih. Amaya bisa merasakan kehangatan hati di jantung Helsinki, kota manusia yang bahagia. Sambil menyantap sarapan, Amaya teringat akan wajah ramah Esabel.

Setelah sarapan, Amaya pergi ke kantor; juniornya akan tiba di sana pada pukul delapan pagi. Amaya menjalani hari yang sibuk, saat dia tampil di depan bangku yang berbeda. Sunanda membantu Amaya dalam kasus Divya di hadapan dua hakim, dan pertengkaran berlanjut selama dua jam di sore hari. Tergugat telah menunjuk salah satu pengacara termahal dari Delhi. Dia mencirikan kehidupan Divya dengan tidak bermoral, menelanjanginya, dan membutuhkan waktu sekitar satu jam untuk melemparkan lumpur ke seluruh tubuhnya, yang menurut istilah hukum membengkak. Amaya tidak membutuhkan banyak waktu untuk menunjukkan tubuh Divya yang dianiaya dan wajahnya yang memar ke pengadilan; berdasarkan berbagai undang-undang, Amaya membantah fitnah lawannya dan secara meyakinkan menegaskan hak-hak Divya. Dalam putusannya, pengadilan bersifat kategoris dan meminta Abdul Kunj membayar ganti rugi sebesar sepuluh juta rupee kepada Divya, selain menyetorkan sepuluh juta rupee atas nama Divya ke bank tertentu untuk perawatan, perlindungan, dan pendidikan anak tersebut.

Saat dalam perjalanan pulang, ada Barcelona. Setiap hari dia sangat ingin pulang ke rumah sekitar pukul enam sore dari universitas. Karan sedang berada di ruang kerjanya, sibuk berdagang saham. "Amaya, aku mencintaimu; Bagaimana harimu? Apa tadi kamu makan?" Dia biasa menanyakan banyak pertanyaan berbalut kasih sayang. Setiap malam begitu Amaya sampai di rumah, Karan memeluknya dan mencium bibirnya. Mereka minum teh sore bersama; setahunya, Karan selalu menunggunya untuk minum teh dan makanan ringan. Restoran Punjabi dan Bengali di Barcelona secara rutin menyediakan samosa, namak para panggang, bedmi puri raseela aloo, atau chatpati aloo chat untuk camilan.

Amaya percaya kehangatan dan cinta yang diungkapkan Karan tidak berubah dan menikmati kepercayaan dalam pelukannya, yang tidak dia ketahui selama masa kuliahnya. Banyak remaja putra yang mengungkapkan keinginannya untuk bersama Amaya, agar memiliki ikatan yang langgeng, namun Amaya mengatakan "tidak" tanpa syarat kepada semua orang. Dia tidak mempunyai pacar atau teman untuk berbagi kehidupan, meskipun psikologi kompleksnya menuntut hal itu selama masa remajanya. Sebagai hasil dari kemandirian, Amaya menolak mengikatkan dirinya dengan seseorang, menjalani hidup bersama, karena Amaya tidak punya alasan untuk meninggalkan kesendiriannya. Dia tidak kesepian atau mengalami kesepian dan tidak pernah berpikir untuk bereksperimen dengan . Tak pernah terpikir olehnya untuk mendengarkan panggilan hati untuk memiliki seorang pendamping.

Tidak menyadari bahwa mengembangkan identitas seseorang dapat meningkatkan harga diri, dia tidak pernah menyadari pentingnya memiliki persahabatan yang erat, yang mengarah pada perkembangan fisik, emosional dan sosial. Setelah kembali dari Barcelona, selama tahun-tahun depresinya, Amaya mengingat kembali kemungkinan kekecewaan yang ditimbulkannya terhadap beberapa pria muda yang mendekatinya untuk kesenangan erotis atau orang lain dengan keinginan untuk menjalin hubungan yang langgeng. Dia bersikap kasar kepada banyak orang atau sombong karena dia terlalu percaya diri dengan bakatnya, terutama dalam debat, berbicara di depan umum, memimpin diskusi ilmiah, dan kefasihan dalam mengekspresikan diri dalam banyak bahasa. Pujian dan kekaguman yang diterima dari orang lain membuat Amaya cuek dengan pengertian pemuda. Dia hanya punya satu teman di sekolah, Alasne, yang mengajarinya berbicara bahasa Euskera. Namun Amaya tidak menyadari bahwa persahabatan dengan teman sekelasnya akan mendorongnya untuk memperkuat ekspektasi yang sehat dalam memilih pasangan hidup yang tepat. Penolakannya untuk memiliki teman memengaruhinya dalam membangun landasan yang kuat bagi hubungan orang dewasa yang sukses. Sehingga berdampak negatif pada pemilihan pasangan hidup oleh banyak orang. Pilihan pribadinya adalah miliknya sendiri, karena dia tidak pernah membicarakannya dengan siapa pun, bahkan dengan Rose.

Tidak sekali pun dia memahami bahwa persahabatan dekat dengan setidaknya beberapa orang akan membantunya mendekati mereka pada saat dibutuhkan dan membekalinya dengan ketahanan yang lebih baik. Ketika dia bersama ibunya di desa selama tiga tahun, sebuah kesadaran muncul di benaknya; dia rindu memiliki teman-teman dengan minat, bakat, penampilan, nilai-nilai, dan keyakinan berbeda yang dapat membantunya menilai Karan.

Ada kenangan yang jelas tentang Anurag, teman sekelasnya, saat mengambil jurusan jurnalisme di Mumbai sebagai mahasiswa sarjana. Beliau adalah seorang pengisi acara, organisator dan pemimpin dalam semua program dan kegiatan. Siswa, serta guru, menyukainya; beberapa mengagumi dan memujanya. Dalam studinya, Anurag mempunyai rencana yang jelas untuk masa depannya, untuk bekerja dengan ayahnya, yang memiliki saluran berita TV yang sedang berkembang di kota tersebut. Politisi, birokrat, industrialis, dan bintang film menjadi pengunjung studionya. Anurag senang menjadi pusat perhatian dengan menjadi pencipta opini dan pengambil keputusan di masyarakat, menentukan politisi dan pembuat kebijakan masa depan. Banyak siswa laki-laki dan perempuan yang selalu berada di dekatnya seperti pengiringnya. Amaya menjaga jarak dengan Anurag, tetapi dia berulang kali mengagumi keunggulan akademis Amaya, kualitas berbicara di depan umum, kemampuan berdebat, dan kematangan emosi.

Amaya merasa terbebani dengan peluang baru yang dimiliki kampusnya untuk memulai hidup baru, karena kampus ini merupakan tempat baru yang dikelilingi oleh banyak wajah baru, namun berteman dengan mereka bukanlah prioritasnya. Meskipun demikian, Anurag bertekad untuk memiliki banyak teman, karena dia tahu bahwa minat dan kepribadian yang sama mempunyai pengaruh penting dalam menentukan masa depan. Ia ingin belajar dari Amaya dalam mengembangkan ide dan mengungkapkannya secara meyakinkan dan tegas, sehingga dapat membekas dalam ingatan penonton. Selain itu, Anurag menghargai perusahaan Amaya, namun Amaya lebih memilih untuk menjaga jarak hormat dan percaya pada hubungan profesional. Anurag ingin menghabiskan lebih banyak waktu bersama Amaya dan menikmati aktivitas bersama dengannya. Dia ingin mengembangkan hubungan yang langgeng dengan Amaya; itu disengaja, membuatnya bahagia. Dia berusaha sekuat tenaga untuk membuat Amaya tertawa setiap kali ada kesempatan.

Anurag yakin; dua bulan pertama tahun pertamanya sangat penting dalam membangun hubungan yang langgeng. Dia menyediakan dirinya untuk Amaya bahkan untuk keperluan kecil dan bersamanya di acara kampus. Hampir di semua kesempatan, Anurag menjadi peserta aktif, seperti pekan guru ketika para profesor memperkenalkan diri dan memberikan sosialisasi tentang mata kuliah yang mereka tawarkan atau klub kopi di mana para profesor mengundang mahasiswa yang menyerahkan makalahnya. Dia secara implisit mendorong Amaya untuk berbicara dengannya. Festival musik, pertunjukan amal, drama, piknik, dan kegiatan sosial lainnya, Anurag mengikuti Amaya, dan acara semacam itu memberinya kesempatan interaksi alami.

Ada banyak organisasi kampus di mana Amaya menjadi anggotanya, dan Anurag selektif dalam bergabung. Asosiasi semacam itu memberikan interaksi berulang di antara para anggotanya, dan Anurag berusaha berada di dekat Amaya dengan sengaja. Kegiatan kampus yang tidak terstruktur memiliki lebih banyak peluang untuk komunikasi yang lebih baik dan lebih dekat, dan proyek kelompok memberikan banyak peluang untuk bertukar ide. Jadi, Anurag sengaja memilih proyek di mana Amaya menjadi anggotanya agar lebih dekat dengannya. Pada akhir tahun kedua, Anurag menyarankan Amaya untuk magang di saluran berita TV ayahnya selama satu bulan karena dia tahu itu mungkin merupakan kesempatan yang baik untuk menjalin persahabatan yang langgeng dengannya. Banyak mahasiswa yang melamar magang di sana, namun yang terpilih sedikit. Ketika Amaya memutuskan untuk melamar pelatihan di saluran berita TV, Anurag merayakannya sebagai wahyu baginya; dia tidak membencinya.

Lambat laun, Anurag memulai ikatan yang hangat dengan Amaya dan mengundangnya ke festival dan kumpul-kumpul keluarga, seperti perayaan ulang tahun, Deepawali, Ram Navami, Sri Krishna Jayanti, Hari Tahun Baru dan Ganesh Chaturthi di vila luas milik orang tuanya. Anurag selalu menunjukkan minatnya untuk menjemput Amaya dari rumahnya di Bandra, berkendara melintasi jalan-jalan Mumbai yang sibuk hingga Perbukitan Malabar, tempat tinggal orang tuanya, bersama kedua saudaranya. Anurag bangga dengan rumah megahnya yang menghadap Marine Drive. Kunjungan pertama Amaya adalah dalam rangka perayaan ulang tahun saudara kembarnya, Anupama dan Aparna, yang merupakan siswa SMA di tempat Anurag. Mengundang Amaya satu minggu sebelumnya untuk makan malam, dia mengatakan hanya anggota keluarga yang akan hadir karena dia tahu betul Amaya tidak menyukai orang banyak. Amaya pertama kali bertemu dengan ayah Anurag, seorang yang terpelajar. Dia membuat Amaya betah, mendiskusikan situasi politik di negara tersebut. Ibu Anurag memiliki gelar master di bidang ilmu komputer dan bekerja dengan sebuah LSM yang menyebarkan literasi komputer gratis kepada perempuan di berbagai daerah kumuh di Mumbai. Dia memeluk Amaya dengan lembut saat dia memasuki rumah; keramahannya, kesederhanaan dan keterbukaannya mengejutkan Amaya. Anupama dan Aparna menceritakan banyak cerita tentang sekolah mereka, guru, dan biarawati yang mengelola sekolah dan mencium pipi Amaya.

Itu adalah perayaan ulang tahun yang sederhana namun penuh pertukaran kasih sayang. Amaya menyukai kebersamaan dengan Anupama dan Aparna, yang menyanyikan lagu-lagu kebaktian Marathi dan beberapa lagu film Hindi. Nampaknya semua orang menikmati makan malam tersebut dan mengapresiasi kehadiran Amaya. Ibu Anurag bertanya tentang Rose dan senang mendengar bahwa dia adalah seorang arsitek dari Cornell yang bekerja di London, Madrid dan Mumbai. Ayah

Anurag sangat menghargai Shankar Menon dan The Word, yang dia edit. Anurag tetap diam selama makan malam, mendengarkan percakapan orang tuanya dengan Amaya. Meskipun itu adalah pesta ulang tahun, Amaya menjadi pusat perhatian, dan Anupama Aparna bereaksi sesuai dengan itu.

"Amaya, ayo lagi," kata ibu Anurag saat Amaya berterima kasih kepada mereka karena telah mengundangnya. Dia mempersembahkan dua lukisan kepada Anupama dan Aparna, perlombaan perahu di Alappuzha dan Kathakali.

Saat sampai di rumah di Bandra, Anurag berbicara dengan Amaya dan mengungkapkan kebahagiaan mengunjungi tempatnya. Usai pesta ulang tahun, Amaya mengunjungi rumah Anurag berkali-kali. Anupama dan Aparna akrab dengan Amaya dan mengungkapkan kegembiraan atas kehadirannya. Ibu mereka berperilaku terhadap Amaya seolah-olah dia adalah anggota keluarga.

"Amaya, hidup adalah apa yang kita buat; pada saat yang sama, itu dibuat oleh teman. Kami telah berteman selama tiga tahun terakhir; Aku mengundangmu untuk menjalani hidupku bersamaku, dan aku siap menjalani hidupku bersamamu." Kata Anurag kepada Amaya di bulan terakhir semester akhir dengan penuh harapan.

Itu sebuah permohonan, Amaya menyadari. Anurag adalah teman baik, dewasa dan berkomitmen. Dia mempunyai emosi, keinginan dan prospeknya sendiri, namun Amaya tidak pernah membalasnya dengan perasaan ketertarikan dan kasih sayang. Hubungannya dengan Anurag seperti seorang teman dan tidak lebih dari itu.

"Anurag, kamu adalah temanku dan akan tetap menjadi teman; Saya tidak pernah memikirkan hal lain selain itu," kata Amaya.

"Aku bisa menunggumu seumur hidupku. Beri aku sepatah kata pun; kamu adalah permata berharga yang sangat berharga. Kita bisa melakukan hal-hal besar dalam hidup; sebagai sebuah tim, kami akan sukses. Ayo, mari kita membangun kehidupan," pinta Anurag.

"Maafkan aku, Anurag. Hubunganku denganmu profesional; Saya tidak punya niat lain. Tolong mengerti aku; kamu luar biasa, cerdas, tampan, pekerja keras, dan dewasa. Anda adalah orang dengan niat baik, harapan, dan ketulusan yang sangat besar. Aku merasakan rasa sayangmu padaku, jujur, dan tidak ada tipu daya dalam dirimu," jelas Amaya.

"Amaya, aku tidak akan pernah bisa melupakanmu. Kamu akan berada di hatiku selamanya; Aku sangat mencintaimu. Perasaanku untukmu dan kamu sendiri. Saya tidak pernah berpikir untuk meminta orang lain menjadi pasangan saya, pendamping seumur hidup saya. Di dalam dirimu, aku melihat kepenuhan hidup; masa depan kita akan gemilang. Tapi saya tahu Anda punya rencana lain dalam hidup Anda; Anda tidak berpikir untuk membangun persahabatan yang langgeng saat ini. Saya doakan semoga sukses, masa depan cerah," kata Anurag. Amaya bisa merasakan kesedihan yang mendalam dalam suaranya.

"Terima kasih, Anurag, atas pengertianmu. Kami tetap berteman selamanya," kata Amaya.

"Jika Anda mengubah niat Anda, tolong beri tahu saya. Saya bisa menunggu selamanya," kata Anurag.

"Anurag, silakan lanjutkan rencanamu; jangan tunggu aku. Sampai jumpa," jawab Amaya.

"Sampai jumpa, Amaya," jawab Anurag.

Malam itu, Amaya menerima telepon dari ibu Anurag. "Amaya, kami selalu mencintaimu, dan kamu adalah anggota keluarga kami semua. Kami semua sangat merindukanmu, karena kami tidak bisa menganggap orang lain sebagai pasangan hidup Anurag. Kami punya banyak mimpi, kalian berdua bekerja di saluran berita TV kami, mengembangkannya menjadi institusi yang hebat. Aku tidak bisa melupakan-mu."

"Nyonya, saya mencintai kalian semua; rasa hormatku padamu melampaui batas. Tapi keputusanku sudah final," jawab Amaya.

"Aku mencintaimu selamanya," katanya dengan gemetar.

Amaya mengingat kata-katanya sejak lama, terutama saat dia bersama ibunya, Rose, di rumah desa mereka, dan Amaya memperhatikan air terjun tersebut mengeluarkan suara gemuruh yang sama di bulan-bulan musim panas. Ia menangis dari dalam hatinya.

Surya Rao berbeda, berpenampilan berbeda, berperilaku berbeda, dan berbicara dengan cerdas. Dia adalah teman sekelas Amaya di sekolah hukum. Tinggi dan kurus, dia memiliki kecerdasan paling tajam dan mampu menganalisis masalah sosial dan hukum dengan cermat. Surya adalah pendamping Amaya dalam banyak kompetisi peradilan semu, dan mereka bepergian bersama ke banyak kota. Dia berbicara tanpa emosi, hanya mengandalkan hukum dan putusan pengadilan tinggi dan mahkamah agung yang ada.

Amaya bertemu Surya di hari pertama, berdiri sendirian di pojok koridor fakultas hukum. Seperti Amaya, ia tidak mempunyai teman dekat, berkeliaran sendirian di kampus, atau duduk berjam-jam bersama di perpustakaan. Dia bisa mengajukan pertanyaan yang paling tajam, menyoroti beragam persoalan yang mendasari suatu masalah hukum. Guru harus berpikir untuk menjawab atau menyalurkan diskusi yang diikuti Surya. Surya jarang membantah argumennya, mengkonfrontasi orang lain dengan argumen sepele atau mempermalukan lawan-lawannya; dia tidak pernah berbicara tanpa rasa hormat. Penjelasannya bersifat terbuka sehingga orang lain dapat melanjutkan diskusi dan menganalisanya secara rasional. Surya adalah tipikal profesional hukum, seorang introvert yang pendiam dan termenung dalam bertransaksi.

Surya tidak tertarik untuk menjalin persahabatan dengan Amaya atau menunjukkan preferensi atas kehadirannya. Namun, ketika mereka bersama-sama untuk sidang semu, debat atau berbicara di depan umum sebagai sebuah tim, dia sangat menaruh perhatian pada kesejahteraan Amaya. Beliau adalah seorang orator yang hebat, membahas hak asasi manusia dan keadilan secara ringkas dan jelas, dan para hadirin menunjukkan minat yang luar biasa terhadap pidato dan keilmuannya. Baginya, kesejahteraan mayoritas tidak boleh mengesampingkan keadilan, karena keadilan tidak tunduk pada tawar-menawar politik. Saat berdebat mengenai Konstitusi India, Surya berpendapat bahwa Konstitusi bukanlah instrumen moral yang mandiri karena keputusan majelis konstitusi tidak pernah menjamin keadilan perjanjian bagi semua pihak. Ia mencontohkan suku-suku di India yang tidak ada satu pun yang berusaha menegakkan hak-hak mereka; karenanya, keadilan tidak diberikan kepada mereka. Konstitusi merupakan kesepakatan yang dibuat oleh sekelompok orang tertentu, namun tidak menetapkan undang-undang yang disepakati semua orang; oleh karena itu, pemberontakan suku-suku untuk mencapai keadilan adalah hal yang wajar. Konstitusi merupakan kesepakatan yang saling menguntungkan karena merupakan tindakan sukarela, juga keputusan laki-laki dan perempuan yang menjadikannya otonom. Namun suku-suku tersebut bukanlah mitra yang setara dan saling menguntungkan, dan tidak ada layanan timbal balik; akibatnya, tidak ada persyaratan yang adil. Anggota Majelis Konstitusi lainnya berpendidikan tinggi, berkedudukan tinggi, berpengaruh, pandai bicara, dan berkuasa, yang tidak dimiliki oleh suku-suku tersebut. Oleh karena itu, suku-suku tersebut tidak mempunyai kewajiban untuk menghormati hukum yang tidak adil. Bagi suku-suku tersebut, Konstitusi gagal mewujudkan kata-kata yang secara umum memberikan kekuatan moral pada kontrak; oleh karena itu, secara moral lemah. Daya tawar partai-partai di dalam badan yang menyetujui Konstitusi tidak seimbang dalam hal keuntungan suku. Kelompok-kelompok berbeda yang membuat Konstitusi mengabaikan suku-suku tersebut, menyangkal otonomi suku dan cita-cita timbal balik. Kelompok yang mengesahkan Konstitusi bersikukuh pada sudut pandangnya, tidak terlibat dalam sudut pandang suku. Sejak saat itu, Konstitusi tidak menjamin kesetaraan atau kesempatan yang setara.

Usulan Surya menimbulkan perdebatan sengit di kalangan penonton; ada yang menyebutnya anti-nasional, orang yang menentang India. Kakek buyut Surya, anggota Kongres Nasional India dan pejuang kemerdekaan, menghabiskan beberapa tahun bersama Mahatma Gandhi di Sevagram. Dia melakukan perjalanan bersamanya ke banyak bagian India dan mengorganisir orang-orang melawan Inggris. Dia menjalani hukuman penjara di penjara pusat Yerawada selama empat tahun karena ikut serta dalam perjuangan kemerdekaan. Memiliki lebih dari seribu hektar lahan pertanian di Telangana, ia, sebagai tuan tanah, memiliki kemurahan hati untuk membagikan sembilan ratus lima puluh hektar kepada para buruh yang bekerja di pertaniannya dan mereka yang tidak memiliki tanah. Putranya bergabung dengan Partai Komunis India karena ia kecewa dengan kebijakan kelas penguasa yang anti-miskin dan meninggal di penjara. Ayah Surya bergabung dengan gerakan Maois, Partai Komunis Revolusioner, untuk merebut kekuasaan negara melalui mobilisasi massa dan pemberontakan bersenjata.   Dia bekerja di antara suku-suku di Andhra Pradesh, Odisha dan Bastar selama lebih dari empat puluh tahun, melawan personel paramiliter pusat. Ibu Surya bekerja di pertanian selama delapan hingga sepuluh jam setiap hari, merawat ketiga anaknya, dan mendidik serta mengindoktrinasi mereka dengan cerita dan gagasan ayah mereka tentang kesetaraan, kesempatan yang setara, hak asasi manusia dan keadilan. Surya menjadi seorang Maois yang berkomitmen, bertekad untuk memperjuangkan keadilan bagi suku-suku tersebut. Surya dengan cepat mendapatkan beasiswa dan masuk ke lembaga pendidikan ternama karena ia cemerlang di bidang akademik.

Amaya dan Surya memutuskan untuk melakukan proyek kerja lapangan selama satu bulan di antara suku-suku di Chhattisgarh. Surya menyarankan wilayah Sukma di distrik Dantewada, karena ayahnya bekerja di sana selama lebih dari lima belas tahun. Saat Surya menceritakan kisah tersebut kepada Amaya, ia merasa penasaran ingin mengenal suku tersebut dan mengungkapkan keinginannya untuk bekerja. Karena tidak mengetahui latar belakang Maois Surya, fakultas hukum mendorong Surya dan Amaya untuk melakukan proyek kerja lapangan antar suku. Sungguh mengerikan melihat keadaan sosial dan ekonomi masyarakat di Sukma. Hampir semua laki-laki, perempuan dan anak-anak di banyak desa menderita eksploitasi tidak manusiawi yang dilakukan oleh pemerintah, perusahaan pertambangan, pengusaha, petugas kehutanan, pemilik toko, birokrat dan politisi. Orang-orang yang sangat miskin tinggal di rumah-rumah bata atau bambu yang bobrok. Sebagian besar suku yang tinggal bersama Amaya dan Surya adalah orang-orang yang terusir dari pemukiman lain. Pemerintah menyerahkan tanah leluhur mereka kepada para cukong pertambangan, yang mendirikan pabrik pertambangan batu bara, bijih besi, batu kapur, dolomit, bijih timah, bauksit, dan semen. Banyak desa mengatakan kepada mereka bahwa warganya akan diusir dari komunitas mereka saat ini dalam waktu singkat karena pemerintah telah memberikan lahan tersebut untuk pertambangan. Ribuan suku berada dalam kelaparan dan kemiskinan ekstrem, yang merupakan salah satu kasus pelanggaran hak asasi manusia terburuk. Penyerangan fisik dan pemerkosaan adalah hal biasa; banyak anak yang lahir dalam situasi seperti itu, dan tragedi kemanusiaan yang disaksikan Amaya sungguh di luar imajinasinya. Kebanyakan orang tidak punya apa-apa untuk dimakan; banyak perempuan dan anak-anak meninggal saat mencari akar dan daun yang bisa dimakan di hutan. Tanpa adanya sekolah, banyak anak yang masih buta huruf. Fasilitas pelayanan kesehatan tidak ada, dan masyarakat terlihat kecil, lemah dan sengsara.

Amaya dan Surya tinggal bersama keluarga suku dan pergi bersama mereka mengumpulkan akar, daun, benih, dan madu dari hutan. Sesekali, mereka mengumpulkan ranting-ranting kering untuk dimasak dan membawanya di atas kepala. Mereka bergabung dengan para perempuan memasak akar-akaran dan daun-daunan yang dikumpulkan dari hutan di udara terbuka untuk dijadikan kayu bakar atau di dapur kecil yang menempel di rumah mereka, yang tidak memiliki ventilasi. Sejumlah besar suku menderita akibat eksploitasi dan penindasan ekstrem dari para elit di pemerintahan atau pebisnis. Amaya berbicara dengan sejumlah besar perempuan dan anak-anak, terutama menanyakan tentang kesehatan dan cara membesarkan anak

Setelah makan malam yang sedikit, hampir seluruh penduduk desa berkumpul untuk menari mengelilingi api unggun di bagian tengah desa bersama pria, wanita, dan anak-anak. Surya menyapa mereka dalam dialek antara menyanyi dan menari, menjelaskan perlunya pemberontakan demi perubahan struktural. Program kesejahteraan pemerintah dan kerja sosial yang dilakukan oleh LSM menghasilkan pembangunan sosial dan ekonomi yang terbatas. Namun perubahan yang mereka lakukan tidak efektif karena gagal mencapai hak asasi manusia dan keadilan. Surya memperdebatkan pendapatan, kekayaan, kekuasaan politik, dan peluang bagi suku yang tidak pernah mereka nikmati.

Meski demikian, Surya menegaskan mereka tidak memperdagangkan hak-hak dasar dan kebebasan demi keuntungan ekonomi. Karena kesenjangan sosial dan ekonomi yang ekstrim, pemerataan pendapatan dan kekayaan diperlukan. Selain itu, tanah tempat tinggal suku-suku tersebut selama ribuan tahun adalah milik leluhur mereka, dan tidak ada pemerintah yang mempunyai wewenang untuk mengusir mereka dari sana. Ketika kekayaan yang tercipta dari tanah adat dialihkan kepada orang-orang yang berpengaruh dan kaya secara politik, Surya menuntut prinsip kesetaraan, seperti pembagian kekayaan untuk kepentingan semua orang, terutama mereka yang berada di lapisan masyarakat bawah. Distribusi kekayaan dan peluang tidak boleh didasarkan pada hukum yang sewenang-wenang; oleh karena itu, kekayaan yang dihasilkan oleh para baron pertambangan harus dimanfaatkan untuk kepentingan kelompok yang paling tidak mampu, seperti suku-suku tersebut.

Orang-orang berkerumun di dalam gubuk kecil mereka saat hujan lebat, guntur, dan angin kencang. Tiba-tiba beberapa pemuda berlari dan berkata dengan suara pelan, "Polisi, polisi." Perempuan dan anak-anak mulai menangis dengan keras, dan laki-laki berlari dan menghilang ke dalam hutan. Pemuda itu membantu Amaya dan Surya berlari secepat mungkin hingga mencapai jurang, dan di bawah batu, mereka bersembunyi sepanjang malam. Surya mengatakan kepada Amaya, polisi bersenjata menggerebek dusun-dusun tersebut setidaknya sekali dalam enam bulan, menembaki pemuda tanpa pandang bulu dan dalam prosesnya, setiap desa telah kehilangan puluhan pemuda. Tidak ada kesempatan untuk mengeluh karena suku-suku tersebut berada di bawah kekuasaan pemerintah. Rasa hormat Amaya terhadap Surya semakin bertambah selama mereka tinggal di desa Sukma. Dia adalah seorang pria yang memperjuangkan keadilan bagi umat manusia yang tertindas, memberontak melawan pemerintah yang menindas karena menyalahgunakan kekuasaannya dalam menundukkan suku-suku dengan menolak keadilan.

"Amaya, setelah menyelesaikan studi hukum saya, saya akan kembali ke tempat ini, tinggal bersama orang-orang ini dan mencoba menciptakan kesadaran di dalam diri mereka. Saya akan memperjuangkan kesetaraan, pemerataan kesempatan, dan pemerataan kekayaan yang saya anggap adil," sambil duduk di bawah batu, kata Surya.

Amaya menatap Surya. Matanya bagaikan obor yang terlihat saat kilat menyambar di dalam hutan yang membakar pucuk-pucuk pohon cemara. Surya sudah menjadi anggota suku tersebut. "Surya, aku mengagumi ketulusan, dedikasi, dan visimu," jawab Amaya.

"Siapa saya tidak penting, tapi apa yang dibutuhkan orang-orang ini sangatlah penting. Saya mengundang Anda untuk bersama saya untuk tujuan itu, dan kita akan bekerja sama. Anda dan saya bisa menjadi kekuatan yang tangguh; kita akan berhasil mencapai keadilan bagi massa yang tertindas dan tidak bersuara ini." Kata-kata Surya akurat, tegas, dan objektif. Mereka memantul dari kanopi granit, yang tampak seperti banyaknya pohon beringin besar di tengah desa. Amaya tidak tahu bagaimana harus berkata atau bereaksi, meskipun hal itu bergema di telinganya.

"Surya, aku sangat menghormati dan mengagumimu dan pekerjaanmu, tapi aku punya rencanaku sendiri. Sebagai jurnalis HAM, saya bisa memberikan pencerahan kepada masyarakat, birokrasi, dan pemerintahan. Panggilan saya berbeda," jelas Amaya.

"Baiklah, Amaya, tapi kupikir," kata Surya.

Mengingat hari-hari bersama Surya seperti mengunyah buah gooseberry, pahit-pedas-asam-manis. Malam di dalam persembunyian di bawah bebatuan, tengah malam, saat kunang-kunang menerangi perbukitan yang dipenuhi pepohonan dalam karnaval alam yang menyatu dengan cakrawala, disewa oleh suku-suku Dantewada, bagaikan sejuta lampu bianglala yang terputus-putus pada masa Matadero Madrid, memiliki daya tarik yang unik selama bertahun-tahun.

Namun di Barcelona, Karan menangkap Amaya dengan penampilannya yang mirip Zeus, membuatnya terpesona dengan kata-katanya yang menggoda dan menjeratnya dalam pelukannya yang memikat, tanpa mengungkapkan niatnya. Amaya percaya dan percaya padanya, dan dia berdiri seperti mercusuar, berkilauan bahkan di malam hujan seperti gua Dantewada yang dibayangi. Amaya melakukan perjalanan bersama Karan ke Madrid untuk mengumpulkan data untuk penelitiannya dari lima surat kabar yang bisa menyamai *The Print*, yang diedit oleh ayahnya, dan setengah lusin saluran berita TV yang menyaingi Anurag. Seperti biasa, Karan membuat itinerary, memesan tiket pesawat dan kamar hotel, mengatur jadwal kunjungan lapangan, wawancara, mengunjungi tempat wisata, hiburan, dan terakhir adu banteng. Amaya tidak menyukai adu banteng, tapi itu adalah pilihan Karan. Dia ingin pergi bersamanya kemanapun dia pergi. Karan meluangkan banyak waktu untuk mengatur kegiatan dan kunjungan setiap hari selama sepuluh hari di Madrid.

Kebebasannya

Madrid telah banyak berubah dalam sepuluh tahun terakhir, kata Amaya. Bandara ini memiliki tampilan yang memesona, jalanan luar biasa bersih, dan lalu lintas diatur. Kota ini bersinar dengan lampu dan iklan, bangunan-bangunan yang sangat indah, arsitektur yang menakjubkan, dan teknologi terlihat di mana-mana. Hotel mereka berada di Jalan Serrano di Salamanca, dan Amaya belum pernah tinggal di lingkungan mewah seperti itu sebelumnya, namun Karan langsung merasa seperti di rumah sendiri. Dia merasa nyaman dengan segalanya, dan Amaya yang berhati-hati merasa nyaman. Setelah makan malam di restoran taman, mereka berjalan-jalan keliling kota. Amaya bisa mengenali lingkungan tempat dia menghabiskan masa kecilnya selama tiga belas tahun. Jalanan penuh dengan orang; beberapa tidak macet, dan suasana festival ada di hampir semua persimpangan dengan musik, tarian, dan hiburan lainnya.

Amaya dan Karan berbincang tanpa henti, berbagi cerita, melakukan observasi dan menikmati kebersamaan satu sama lain. Berjalan bersamanya adalah pengalaman yang menyenangkan; dia ingin bersamanya selamanya, bergerak menuju ketidakterbatasan. Sekitar tengah malam, mereka kembali ke hotel. Torre Bankia, Torre Picasso, Torre de Madrid, Kapel Torre Espacio dan menara banyak gereja dan katedral terlihat dari jendela kamar mereka di lantai dua puluh delapan.

Sesuai jadwal, Amaya mewawancarai seorang reporter senior yang menangani masalah hak asasi manusia di sebuah surat kabar, salah satu surat kabar tertua di Spanyol. Reporter itu mulai berbicara dalam bahasa Inggris tetapi beralih ke bahasa Spanyol, karena mengetahui Amaya fasih berbahasa Spanyol. Dia mengajukan pertanyaan, dan reporter menjawab semua pertanyaannya secara objektif dan memuaskannya. Reporter membawa Amaya dan Karan ke arsip dan menunjukkan banyak artikel dan cerita peristiwa yang berhubungan dengan hak asasi manusia. Terdapat perpustakaan dengan lebih dari seratus ribu buku, berbagai tema dan jurnalisme, politik, agama, seni, budaya, ekonomi dan mata pelajaran terkait lainnya. Museum yang terhubung dengan perpustakaan itu luar biasa. Mereka menghabiskan waktu sekitar satu jam untuk melihat-lihat berbagai pameran. Reporter tersebut memberikan kata sandi digital kepada Amaya untuk menggunakan perpustakaan selama dua belas bulan, yang membantunya membuka situs surat kabar tentang hak asasi manusia selama lima tahun sebelumnya. Amaya memberinya patung Kathakali yang sangat indah yang terbuat dari kayu Devadaru dari Kerala. Kunjungannya ke kantor surat kabar berlangsung sekitar empat jam. Saat perhentian berikutnya adalah di studio saluran berita TV pada malam hari, Amaya dan Karan kembali ke hotel. Karan telah menyewa SUV selama sepuluh hari; nyaman untuk mengunjungi tempat yang berbeda.

Mengunjungi kantor saluran TV tersebut membuatnya memikirkan kembali keaslian berita yang muncul di media. Pembawa acara TV mengatakan kepada Amaya bahwa peristiwa apa pun dapat diproyeksikan berdasarkan pandangan dan ideologi orang-orang yang membuat program tersebut. "Tidak ada kebenaran obyektif, karena fakta yang menyimpang menciptakan ilusi karena suatu peristiwa tidak pernah ada; yang terjadi adalah interpretasi," jelas pembawa berita. Ia memiliki pengalaman kerja selama delapan belas tahun di saluran berita yang sama dan meragukan keberadaan berita sebagai berita. Bahkan mereka yang menonton acara TV lebih suka menonton penjelasannya. Sebuah gambar atau video mendapat makna hanya dengan klarifikasi dari pembawa berita atau reporter. "Suatu peristiwa, tanpa penjelasan, tidak memiliki makna dan keaslian. Ibarat seorang seniman yang memberi nama pada lukisannya dengan tanda tangannya, karya seni menjadi tidak berharga tanpa detail tersebut. Dalam sebuah acara TV, baik acara politik, ledakan bom di pasar, atau acara keagamaan, gambar, kombinasi warna, sudut pandang, dan lain-lain, mempunyai makna sesuai dengan penjelasannya. Bahkan adegan pembunuhan bisa menjadi peristiwa keberanian, narasi patriotik, atau pengkhianatan, apa pun penafsirannya. Jadi, kebenaran ada pada si pengamat; dia sendiri yang menciptakan nilai, keaslian, dan maknanya," lanjut pembawa acara tersebut. Baginya, tidak ada hak asasi manusia di luar konsep keberadaan manusia, tidak ada Tuhan di luar tempat tinggal manusia, dan tidak ada bangsa selain kelompok sosial. Ketika seseorang mengatribusikan sebuah makna, ia mengasumsikan sebuah ideologi tertentu; karenanya, tidak ada nilai yang ada selain manusia secara individu.

Usai makan malam di restoran, Amaya dan Karan berjalan menuju Taman El Retiro, tempat ratusan anak muda berjalan-jalan berpasangan atau dalam kelompok kecil. Amaya dan Karan duduk di bangku menghadap air mancur, merenungkan kata-kata pembawa acara TV. Amaya merasa sulit menerima banyak usulannya. Namun bagi Karan, sebagian besar gagasan yang diungkapkan oleh pembawa berita mewakili kenyataan, karena kebutuhan individu adalah perhatian utama. Amaya merasa terkejut; Pandangan Karan berbeda dengan pandangannya untuk pertama kalinya. Meskipun demikian, dia menghormati Karan atas cintanya.

"Karan, bagi saya keadilan adalah wujud kecintaan kami terhadap masyarakat, masyarakat yang menderita karena penindasan," kata Amaya saat mereka duduk di bangku cadangan.

"Kita tidak bisa mendapatkan keadilan dengan berpikir secara abstrak; itulah yang didefinisikan oleh individu; orang itu adalah aku," jawab Karan.

"Preferensi individu atau komunitas mungkin bersifat menindas individu atau kelompok lain," kata Amaya.

"Keadilan dimulai dari saya dan berakhir pada saya. Prioritas saya adalah pasangan saya, anak-anak, orang tua, saudara kandung, dan anggota keluarga lainnya. Pada tahap selanjutnya, meluas ke komunitas dan masyarakat. Jadi, preferensi individu adalah kriteria utama," jelas Karan.

"Apakah mungkin untuk menjunjung tinggi nilai-nilai yang melekat pada kemanusiaan? Jika keadilan adalah masalah individu dan keluarganya, apa yang akan terjadi pada masyarakat luas dan keberadaannya? Jika Anda menolak kemanusiaan dan menerima keprihatinan individu dan komunitas, kebebasan, kesetaraan, dan kesempatan yang sama akan hilang selamanya," Amaya mengungkapkan ketakutannya.

"Tidak ada kebebasan yang ada selain kebebasan individu. Kesetaraan dan kesempatan yang setara tidak ada artinya dalam masyarakat di mana individu kehilangan identitasnya. Seseorang mencintai keluarganya, dan setiap individu mempunyai gagasan tentang kesejahteraan rakyatnya. Cinta terhadap kemanusiaan tidak ada artinya, dan tidak seorang pun dapat melakukannya karena hal itu bersifat utopis; itu tidak mungkin ada. Ketika ada individu, di situ ada keluarga, komunitas, dan bangsa." Karan bersifat kategoris.

"Apakah maksud Anda kebebasan, kesetaraan, dan keadilan hanya terbatas pada individu dan tidak memiliki arti dalam konteks yang lebih luas?" Amaya mengajukan pertanyaan.

"Tentu saja, dalam semua konteks, individu adalah yang utama. Saya memberi warna, suara, rasa dan makna pada Semesta. Alam semesta ada karena aku ada. Jika saya tidak ada di sana, itu akan hilang. Jadi, semuanya individual-centric," melihat Amaya, jelas Karan.

"Bagaimana kamu membedakan kebaikan orang lain dengan kebaikanmu?" tanya Amaya.

"Kecemasan, kekhawatiran, kesakitan, kesedihan, kebahagiaan, kegembiraan dan harapan saya adalah milik saya. Tidak ada yang bisa memahami makna utuhnya karena saya memberi konotasi dan intensitas. Ketika saya membaginya dengan orang-orang saya, mereka sebagian memahaminya. Sebagai seorang individu, saya membentuk emosi saya dan melihat orang lain dalam siluet kerangka yang saya kembangkan. Siapa saya dan apa yang terjadi pada saya adalah keprihatinan saya berdasarkan makna persepsi saya; tidak ada yang bisa membaginya secara total. Jika orang lain menemukan kepuasan dalam struktur yang saya buat, mereka mungkin akan memahami saya dengan lebih baik. Tapi saya unik, dan orang lain bebas mengembangkan strukturnya sesuai keinginan dan harapannya. Membayar orang lain atas jasa mereka sepenuhnya, lebih dari yang mereka harapkan atau layak terima. Dalam proses ini, setiap orang akan menikmati kebebasan, kesetaraan, dan keadilan dengan caranya masing-masing," analisis Karan.

"Maksud Anda, individu adalah perhatian utama, dan masyarakat tidak relevan?" Amaya bertanya.

"Di luar itu, bagi saya, saya adalah yang utama dalam semua konteks. Saya menyertakan orang-orang saya, komunitas saya, dan negara saya. Saat aku mencintaiku, aku mencintai mereka. Tidak ada cinta yang muncul dengan meniadakan orang yang mencintai. Saya adalah protagonis dari cerita saya, pahlawan dari tindakan saya; semua narasi tentang rakyatku dan aku," kata Karan.

"Bagaimana Anda melihat orang-orang yang dekat dengan Anda?"

"Saya melihat saya dengan siapa saya dekat. Hal-hal yang mereka sayangi penting bagi saya, dan saya akan melakukan apa pun untuk mencapainya, jadi apa yang benar dan salah tidak relevan dalam konteks itu." Karan tidak memenuhi syarat dalam jawabannya.

"Bagaimana Anda menjelaskan tanggung jawab Anda terhadap kemanusiaan secara luas?" Amaya bertanya.

"Saya tidak mempunyai tanggung jawab terhadap kemanusiaan, karena kemanusiaan sebagai satu kesatuan tidak ada. Ini adalah konsep tanpa bentuk, panjang, lebar atau kepadatan. Yang ada adalah individu, Anda dan saya. Jika setiap individu menjaga dirinya sendiri, tidak akan ada masalah yang tersisa. Selain itu, saya tidak bisa mencintai seseorang yang tidak saya sadari; mereka tidak ada. Misalnya, saya tidak menyukai bunga yang mungkin ada di hutan belantara Siberia, lumba-lumba di Teluk Benggala, atau penguin di Antartika. Konsep cinta kemanusiaan hanyalah sebuah mitos. Saat mengebom Hiroshima dan Nagasaki, Henry Truman tidak memikirkan kemanusiaan. Stalin membunuh lebih dari sepuluh juta manusia dalam darah dan daging. Hitler tidak segan-segan membasmi jutaan orang Yahudi di kamar gas di Auschwitz, Tembinka, Belzec dan Chelmno. Di bawah pemerintahan Mao, jutaan orang tewas di pedesaan Tiongkok. Setelah pemisahan India, umat Hindu dan Muslim membantai lebih dari sepuluh juta umat manusia. Churchill bertanggung jawab atas kematian lebih dari enam juta orang India selama kelaparan di Bengal, dan orang-orang Spanyol membunuh jutaan orang di Amerika Latin pada abad keenam belas. Perancis, Belgia dan Jerman melakukan hal yang sama di Afrika. Apa yang dilakukan Iran di Yaman dan Suriah juga sama. Yang menderita akibat kejahatan, terorisme, perang dan pendudukan adalah individu, bukan kemanusiaan," jelas Karan.

"Apakah kebebasan memilih bagi seorang individu merupakan syarat bagi masyarakat yang adil?" tanya Amaya.

"Kebebasan adalah pilihan individu, karena memerlukan tanggung jawab. Bagi sebagian orang, kebebasan adalah perbudakan, karena mereka lebih memilih untuk tetap menjadi penjilat atau diperbudak. Tidak ada prinsip kebebasan di luar individu. Menjalani hidup untuk mencapai kebahagiaan adalah kebebasanku, bukan berarti hidup mempunyai tujuan yang tetap. Setiap saat kita menciptakan suatu tujuan, individu bebas berpikir, meskipun dia tidak menyadari apa yang akan terjadi di masa depan.

"Meskipun demikian, kita berusaha untuk mencapai masa depan, melupakan masa depan yang sudah ada sebelumnya dalam diri kita. Jadi, menjalani hidup berarti melakukan sebuah pencarian, sebuah keinginan yang mengetahui kegunaannya. Saat dihadapkan pada hambatan dan jalan buntu, saya mendesain ulang dengan tepat agar sesuai dengan pilihan saya. Tujuan saya mencakup orang-orang saya sendiri dan saya.

Tidak ada moralitas di luar pilihan saya, karena moralitas tidak dapat ada tanpa tindakan seseorang. Moralitas apa pun di luar individu sama abstraknya dengan kemanusiaan, dan moralitas yang ada di luar diri saya tidak mengganggu saya. Yang penting bagi saya adalah interpretasi saya terhadap kehidupan," jelas Karan. Amaya merasa argumennya jelas, konsepnya didasarkan pada keyakinan tertentu yang dia pegang teguh.

"Bagaimana Anda menjelaskan pilihan yang Anda buat? Misalnya, Anda memutuskan untuk mengundang saya untuk tinggal bersama Anda, dan sekarang kita menjadi mitra. Kami saling mencintai dan percaya." Amaya penasaran ingin tahu.

"Pilihan saya bersifat interpretatif, apa yang saya rasakan baik bagi orang-orang yang saya rasakan kesatuannya. Anda adalah orang asing; sekarang, kamu adalah bagian dari hidupku. Itu adalah keputusan yang disengaja; tentu saja, semua keputusan bersifat egois karena individu mengevaluasi manfaat yang mereka peroleh dari pilihan tersebut. Anda juga mungkin merasa seperti itu, dan keputusan Anda juga merupakan hasil dari motif egois Anda karena Anda mungkin merasa pilihan Anda akan menguntungkan Anda. Motif egois adalah garis hidup dalam suatu hubungan. Cinta, kepercayaan, dan empati adalah produk dari keputusan yang menguntungkan diri sendiri. Cinta sebagai cinta atau kepercayaan sebagai kepercayaan tidak ada. Anda mungkin berempati terhadap seseorang atau masyarakat, tetapi empati mengungkapkan ketidakdewasaan dan kelemahan Anda. Itu menyakitkan dan menyakitkan, mempengaruhi kepribadian Anda, menghancurkan harga diri Anda. Merasa sedih terus-menerus dan mengembangkan kecenderungan negatif dalam hidup adalah hasil dari empati. Awalnya, Anda bermaksud membantu seseorang, tetapi lambat laun Anda mulai membenci orang itu karena kemarahan dan depresi Anda. Kita perlu tumbuh melampaui empati karena hubungan profesional selalu menguntungkan semua orang. Rasa cinta terhadap anggota keluarga adalah hasil dari cinta diri. Di sini cinta berarti rasa hormat. Pilihanku untuk memilikimu adalah pertimbangan dalam diriku tentang apa yang baik untuk keluargaku dan aku."

"Karan, sekarang aku bisa lebih memahaminya. Kamu mencintaiku karena kamu mencintai dirimu sendiri," jawab Amaya.

"Tepat. Saya yakin hal ini juga berlaku pada kasus Anda. Jika kamu tidak mencintai dirimu sendiri, kamu tidak bisa mencintaiku atau orang lain. Diri adalah pusat keberadaan kita. Saya membuat cerita tentang kebutuhan saya, dan saya ada; kamu hanya ada dalam cerita yang aku buat tentang diriku sendiri. Dalam setiap detik hidup saya, saya mengevaluasi dan menciptakan kembali cerita dan kebutuhan orang lain. Saya dapat merasakan keberadaan saya dengan individu lain yang tidak terpisahkan, yang menjadikan hidup saya holistik. Itulah rahasia kepemilikan, pilihan utama dalam hidup seseorang. Sebut saja keanggotaan intim dalam kelompok terkecil yang dilakukan oleh dua orang. Amaya, akhir-akhir ini, kamulah orang itu dalam hidupku. Tapi itu bisa berubah." Perkataan Karan jelas dan konsisten, pikir Amaya.

"Jadi, Karan, tidakkah kamu mempertimbangkan nilai, identitas, dan orientasi, yang mungkin membuatmu menerima tanggung jawab sebagai manusia tak dikenal?" tanya Amaya.

"Tidak, Amaya, aku tidak suka memikul tanggung jawab seperti itu. Saya menghargai orang-orang di dekat saya, yang dapat saya rasakan, sentuh, lihat, dan dengar. Penderitaan dan kegembiraan mereka adalah milikku; Saya tidak bisa memisahkan diri dari mereka. Alam semesta saya terbatas pada orang-orang terdekat saya dan saya; tidak ada seorang pun yang ada selain itu karena saya tidak mengenal mereka. Sampai saya bertemu mereka, saya tidak mempunyai ketertarikan dengan mereka; mereka tidak ada untukku. Secara historis, sistem kasta sudah ada selama lebih dari lima ribu tahun, dan beberapa bagian manusia diperlakukan lebih buruk daripada hewan yang dikurung. Tapi saya tidak bertanggung jawab karena saya tidak menyetujui atau berhubungan dengannya. Dalam konteks yang lebih luas, saya tidak bertanggung jawab atas kejahatan nenek moyang saya, negara atau agama. Tak seorang pun dapat meminta pertanggungjawaban orang-orang Arab masa kini atas pemenggalan kepala suku Bani Qurayza dan pembantaian serta pemusnahan komunitas-komunitas Yahudi yang tersebar di oasis-oasis Arab yang dilakukan Muhammad dan tentaranya dalam penggerebekan malam hari. Demikian pula, Anda tidak bisa menyalahkan Paus Fransiskus atas perang salib melawan umat Islam. Selain itu, melakukan apa yang benar bagi saya bukanlah kejahatan, karena itu adalah hukum kelangsungan hidup."

Setidaknya di beberapa bagian, pandangan Karan tidak pantas bagi Amaya, tapi dia tidak berkomentar. Setelah tiga bulan berpacaran, untuk pertama kalinya Karan berbicara tentang keyakinan pribadinya, dan itu merupakan wahyu bagi Amaya. Dia mengalami kekhawatiran dan kecemasan yang tidak terekspresikan tentang masa depan, dibalut rasa takut. Namun, Amaya mencintai Karan dan memercayai keasliannya. Ketika mereka kembali ke hotel sekitar tengah malam, Karan memeluk Amaya dan berkata, "Aku sayang kamu, Amaya." Dan melihat Karan, Amaya tersenyum dan mencium pipinya.

Kehadiran Karan mengangkat semangat Amaya, namun diskusi dengannya setelah bertemu dengan pembawa berita TV mengganggunya seolah-olah ada yang salah dengan persepsinya tentang hak asasi manusia dan keadilan. Amaya menghadapi dua keyakinan yang bertentangan dengan nilai-nilai yang diinternalisasikan, membentuk pertanyaan-pertanyaan yang tidak konsisten dan jawaban-jawaban yang bertentangan. Hasilnya adalah perjuangan abadi dalam menerima ideologi Karan, tapi dia mencintainya sebagai pribadi. Amaya tahu dia jujur, murah hati, penuh kasih sayang dan menginspirasi dan bisa merasakan ketidaksepakatan dengan sistem nilainya. Sejak kecil, Amaya mengalami kecerdasan intuitif yang mendalam karena pengaruh orang tuanya. Rose mencintai kemanusiaan dalam segala dimensi, ekspresi dan warnanya, seperti musik, tari, seni, arsitektur, pakaian, makanan, budaya, perayaan, festival, kelompok dan orang banyak. Dia berempati dengan orang lain dan kesedihan mereka.

Shankar Menon rasional dalam mengatasi masalahnya. Kesuksesannya sebagai personel dinas luar negeri dan kemudian sebagai editor disebabkan oleh objektifitasnya, analisis ilmiah terhadap fakta, dan sikap positifnya. Dia menghormati pengetahuan yang diciptakan melalui penelitian dan menafsirkan perilaku manusia dengan menerapkan metode ilmiah. Menolak dominasi pikiran, dia berkonsultasi dengan hatinya dan menerima keputusan cerdas dari kepala. Rose dan Shankar Menon sangat percaya bahwa hati mereka membawa kecerdasan superior, unsur penting dalam mengetahui sesama manusia dan perasaan mereka. Bentuknya halus dan abstrak namun dapat mengenali aspirasi, kebutuhan, dan rasa kebersamaan manusia. Kecerdasan hati menjadikan seseorang unik dan berbeda dari hewan lainnya, yang mendefinisikan empati, amal, pelayanan sosial, komunikasi dan komitmen yang lebih mendalam untuk mencapai keadilan bagi semua. Kebenaran berkembang di dalam hati, tumbuh dalam keinginan untuk membantu sesama manusia dan memupuk tindakan-tindakan yang baik. Bagi mereka, hati adalah rahim tempat moralitas tumbuh dan berkembang melalui mendengarkan musik kasih sayang. Tanpa memperhatikan hati, individu akan menjadi tidak memuaskan dan tidak autentik. Kehidupan yang tidak berperasaan adalah kehidupan yang kacau, tanpa tujuan, tanpa cinta dan sia-sia. Rose sering mengatakan kepada Amaya bahwa kaum fasis, teroris, politisi korup, fundamentalis agama, dan orang-orang egois tidak punya hati. Shankar Menon berpendapat bahwa menyeimbangkan hati dan kepala sangat penting untuk kehidupan yang sukses. "Dengarkan hati dan kepalamu secara bersamaan," katanya pada Amaya. Ketika tidak ada keseimbangan antara hati dan kepala, maka timbullah konflik.

Amaya tumbuh di lingkungan yang menjunjung tinggi hati dan kepala, dan dia menginternalisasi nilai-nilai yang diwarisi dari Rose dan Shankar Menon. Selain itu, pendidikannya didasarkan pada nilai-nilai moral dan etika di Loreto. Xavier dan Fakultas Hukum menorehkan humanisme yang tak tergoyahkan. "Semakin terpahatnya keyakinan, gagasan, ekspektasi, keinginan, dan impian yang dimiliki seseorang, semakin tinggi kemungkinan terjadinya konflik," kata Shankar Menon kepada putrinya ketika ia mengungkapkan keinginannya untuk menekuni jurnalisme saat wisuda. "Seorang jurnalis yang teliti dapat dengan mudah mengenali kebejatan dalam masyarakat, terutama dalam bidang politik, keuangan, praktik hukum, dan agama. Jalani suatu profesi hanya jika hatimu menginginkannya dan pikiranmu mendukungnya," ayahnya memperingatkan. Amaya siap menghadapi dunia dengan keberanian, dan Rose serta Shankar Menon adalah cita-cita dan pahlawannya.

Perkataan Karan menantang standar yang dipegang Amaya. Dia tahu dia tidak melakukan apa pun untuk mengurangi cintanya atau memicu konflik antarpribadi. Sebaliknya, kasih sayangnya lebih dari yang dia harapkan, dan itu sudah mencapai tahap kesempurnaan. Namun, ada perasaan tidak nyaman dan kebingungan mengenai nilai-nilai mereka, karena terdapat dua keyakinan yang berlawanan mengenai tanggung jawab sosial dan kemanusiaan. Amaya tahu kegelisahannya agak abstrak dan tidak ada hubungannya dengan kehidupan sehari-hari dengan Karan. Analisisnya adalah Karan ingin menjalani hidup semaksimal mungkin dan mendorong Amaya untuk melakukan hal yang sama, mengabaikan apa yang terjadi di sekitar mereka dan mengabaikan penderitaan umat manusia. Karan tak mau melakukan perubahan apa pun untuk keluar dari zona nyamannya dengan merangkul kaum kurang beruntung sebagai bagian tak terpisahkan dalam hidupnya.

Hal ini menciptakan perang dalam pikiran Amaya, dan dia menjadi sadar akan konflik dalam dirinya. Dia ingin mendengarkan hatinya, suara intuitifnya; Meski begitu, dia tidak ingin hati mendominasi dirinya, membuatnya emosional. Amaya meminta kepalanya untuk mendengarkan suara hatinya dan membuang pikirannya sama sekali. Menurutnya, menerima lapisan terakhir hati adalah hal yang penting, bersamaan dengan keputusan rasional berdasarkan realitas obyektif. Dia memutuskan untuk meninggalkan pikirannya yang berubah-ubah, mempertimbangkan penilaian positif dan negatif, menentukan prioritasnya, dan mengidentifikasi keyakinan salah apa yang memicu dan memengaruhi keputusannya. Dengan tegas, dia mengevaluasi sinyal hatinya sebagai alasan konflik internalnya dan akhirnya memutuskan untuk membalas cinta yang dia terima dari Karan, untuk menjalani hidup bahagia dan memuaskan bersamanya. Ini adalah kesadaran bahwa pendapatnya tentang keterpisahan dari umat manusia pada umumnya tidak mempengaruhi kehidupannya; sebaliknya, mereka membantunya memahami Karan sebagai individu.

Amaya menikmati setiap momen yang dihabiskan bersama Karan. Setelah lima hari wawancara dan pengumpulan data, mereka memutuskan untuk mengunjungi sekolah Loreto pada malam hari, tempat Amaya menyelesaikan sekolah dasarnya. Usai memarkir mobil, mereka berjalan menuju pintu masuk utama, dan dari sana Amaya bisa melihat bangunan bergaya gotik yang dibangun pada abad keenam belas. Dia merasakan kegembiraan khusus saat memasuki lokasinya, merasakan kenikmatan batin karena Karan bersamanya. Dia bisa melihat setengah lusin biarawati dan memulai percakapan dengan seorang biarawati yang agak tua, yang senang mengetahui Amaya adalah murid Loreto. Sambil memperkenalkan Karan padanya, keduanya berbasa-basi. Biarawati itu memberi tahu mereka bahwa dia orang Prancis, pendatang baru di Madrid dan sebelumnya bekerja di Prancis, Swiss, dan Austria. Biarawati itu membawa mereka ke sana ketika Amaya mengungkapkan keinginannya untuk mengunjungi ruang musik dan bermain piano. Amaya mencium Grand tempat dia belajar musik klasik. Amaya mengajak Karan bermain dengannya, dan keduanya bermain sebentar. Amaya mempunyai pengalaman yang luar biasa/nostalgia, dan dia berterima kasih kepada biarawati tersebut atas kebaikannya. Kemudian Amaya menunjukkan kepada Karan berbagai ruang kelas tempat dia belajar, perpustakaan, laboratorium, dan taman bermain. Sambil minum kopi dan bizcocho di kantin sekolah, dia banyak berbagi cerita dengan Karan.

Amaya suka berjalan melewati labirin kota bersama Karan. Di persimpangan dengan taman kecil, mereka melihat sepasang suami istri sedang bermain biola; wanita itu memiliki peran utama.

"Betapa indahnya permainan mereka," kata Karan.

"Iya memang terdengar seperti lagu cinta, cinta antara cewek dan cowok," jawab Amaya.

"Ya, Amaya, kamu bisa merasakannya dengan baik. Ini memang lagu cinta dengan sedikit kesatriaan. Mungkin lagu seorang prajurit yang jatuh cinta pada gadis desa atau laki-laki yang bertemu gadis di pasar. Tapi kedengarannya luar biasa," kata Karan.

Sekelompok kecil orang sedang mendengarkan musik dalam keheningan. Putri pemain biola mungkin berusia sepuluh hingga dua belas tahun, berdiri di pintu masuk taman dengan kupon putih. Amaya melihat orang-orang membayar maksimal dua ratus peseta. "Anda dapat membayar berapa pun jumlahnya. Kamu bebas masuk tanpa membayar," kata gadis kecil itu sambil tersenyum. Saat Karan memberinya tiga ribu peseta, gadis itu terkejut.

"Senora, senor, gracias (Nyonya, Pak, terima kasih)," kata gadis itu.

"Dios Bendiga (Tuhan memberkatimu)," jawab Karan.

"Senor, deje que lenga un hijo pronto (Pak, biar segera punya anak)," kata gadis itu.

"Una nina como tu (Anak perempuan sepertimu)," jawab Karan.

Amaya memandang Karan sambil tersenyum. Karan juga tersenyum.

Karan memang sebuah misteri. Dia mengasihi semua orang, membantu yang membutuhkan dan murah hati.

Mereka berdiri di sana, mendengarkan musik selama satu jam. Itu adalah pertunjukan yang luar biasa; Amaya merasa terpesona dengan musik yang mereka mainkan.

"Musik menghubungkan manusia, hewan, dan burung. Ini adalah ekspresi alam; pada akhirnya, itu milik kosmos," komentar Karan saat berkendara kembali ke hotel.

"Dengarkan baik-baik; ada musik di mana-mana; itu mencakup segalanya dan meluas hingga keabadian, tanpa batas," kata Amaya.

"Saya setuju dengan Anda, Amaya; musik membentuk perilaku masyarakat, merangsang kecerdasan, memberi energi pada pikiran, dan menghidupkan kembali kehidupan," jelas Karan.

"Dengan mengekspresikan emosi, musik membuat kita sehat, menuntun kita untuk bertumbuh, menciptakan kesadaran dan menanamkan stabilitas. Kekuatan musik secara langsung memasuki pikiran pendengarnya, melunakkan struktur internalnya dan mengarah pada konfigurasi yang menggembirakan. Tampak perubahan bertahap pada diri pendengarnya, yang menjadi substansial seiring dengan ketenangan pikiran. Musik bisa ada tanpa pendengar, tapi hanya pendengar yang bisa memberikan makna dan kepuasan pada musik. Jadi, ada saling ketergantungan antara pemain biola, musik yang dihasilkannya, dan pendengarnya," analisis Amaya.

Karan memandang Amaya dan tersenyum. "Aku mengagumimu, Amaya; kata-katamu indah. Kita manusia memberi arti pada segalanya. Arti musik berbeda dari individu ke individu. Masa kanak-kanak adalah waktu terbaik untuk menumbuhkan kecintaan terhadap musik, masa paling tepat untuk menciptakan makna karena ekspresinya dapat masuk jauh ke dalam pikiran anak tanpa adanya perlawanan." Kata-kata Karan sederhana dan autentik, pikir Amaya.

Amaya tahu budaya memengaruhi musik dan mengembangkan suasana, menghadirkan ketenangan, menciptakan keluasan, kedalaman, dan keindahan musik yang tak terbatas. Karena mencakup setiap seni, ciri-ciri emosi utama musik serupa di setiap masyarakat, meskipun reaksinya berbeda. Hal itu disebabkan beragamnya persepsi emosi manusia dan maknanya. Dalam beberapa budaya, lingkungan emosional mempunyai nuansa tersendiri; dan ekspresi musik lebih spesifik. Amaya menyadari bahwa struktur musik artikulasi ritme, penonjolan dan tempo mempengaruhi pikiran dan interaksi masyarakat dalam suatu masyarakat. "Emosi menciptakan perubahan fisik dan psikologis dalam diri seseorang," kata Amaya sambil menatap Karan.

"Itu benar. Musik dapat mengurangi kecemasan, rasa sakit, penderitaan, kekhawatiran, kecenderungan bunuh diri dan banyak perasaan negatif lainnya dalam diri seseorang," jawab Karan.

Ketika mereka sampai di hotel, Karan memeluk Amaya dan berkata, "Kamu mengungkap musisi yang bersembunyi di dalam hatiku."

"Kau merombakku dan mengurai cintaku," sambil menatap wajahnya, jawab Amaya.

Wawancara dan kunjungan ke saluran berita TV, arsip dan perpustakaan berjalan dengan baik. Amaya mengumpulkan cukup data untuk pekerjaan awalnya, dan Karan menyatakan minatnya untuk mengkodifikasi data tersebut untuk mengubahnya menjadi bentuk tabel untuk interpretasi. Dia merasa senang mengetahui Karan bisa menganalisis data statistik dan menerapkan berbagai tes.

Tinggal dua hari lagi; hari terakhir adalah untuk adu banteng. Karan telah membeli dua tiket barisan depan di bawah naungan, dekat matador dan aksi, dan banteng itu adalah Toro Bravo, seekor banteng aduan. Hari terakhir mereka tinggal di kota ini adalah untuk mengunjungi tempat-tempat bersejarah yang penting di dalam dan sekitar Madrid. Yang pertama di pagi hari adalah Kuil Debod, kuil dewa Mesir Amun sekitar abad kedua SM. Amaya tahu Mesir menyumbangkan Kuil ke Spanyol pada tahun seribu sembilan ratus enam puluh delapan. Amaya dan Karan berjalan mengelilingi bangunan megah itu selama kurang lebih dua jam, lalu ingin melihat Estacion De Atocha. Tiba-tiba Amaya merasakan kegelisahan, mual, dan kelelahan. "Karan," panggilnya. Segera Karan menggandeng tangannya dan berjalan menuju tempat parkir mobil. Saat berada di dalam mobil, ia menyeka wajah Amaya dengan handuk sambil berusaha muntah. "Amaya, sepertinya kamu hamil," kata Karan sambil berkendara menuju dokter kandungan.

Setelah menjalani beberapa tes dan penyelidikan selama kurang lebih dua puluh menit, dokter kandungan keluar dan berkata kepada Karan sambil tersenyum, "Kamu akan menjadi seorang ayah, selamat."

"Terima kasih dokter atas kabar baiknya. Aku sangat ingin mengetahuinya. Ini kabar yang paling membahagiakan bagi kami," kata Karan penuh semangat.

"Silahkan masuk," kata dokter pada Karan sambil berbalik.

"Hai, Amaya, selamat. Senang sekali," sambil mencium pipinya, kata Karan. Amaya tersenyum.

"Terima kasih, Karan, atas cintamu," jawabnya.

"Saya orang paling bahagia di dunia." Dia menciumnya lagi.

"Dia perlu istirahat lagi, biarkan dia di sini sekitar tiga jam," kata dokter pada Karan.

"Tentu, dokter," jawab Karan.

Karan menunggu di luar. Saat Amaya keluar, dia tersenyum. "Karan, aku baik-baik saja; Aku mencintaimu, katanya.

"Aku mencintaimu, Amaya tercinta. Aku tidak menyangka. Anda membawa; bayi kami mendengarkan kami." Karan memeluknya. Dia bersemangat, Amaya menyadarinya.

"Kamu perlu berhati-hati dan istirahat. Saya akan mengerjakan semua pekerjaan rumah tangga," kata Karana sambil mengemudi sambil menatap Amaya.

Amaya tersenyum lagi. "Hai, kamu tertidur. Sesampainya di hotel, kamu bisa tidur nyenyak, "kata Karan.

Begitu mereka sampai di hotel, Karan membantu Amaya berbaring. Dia memperhatikannya tidur. Ketika Amaya bangun setelah satu jam, Karan memeluknya dengan lembut. "Aku mencintaimu, Amaya. Saya tidak punya kata-kata untuk mengungkapkan kebahagiaan saya," tambahnya.

"Saya senang, Karan; itu adalah cinta kami, jawabnya.

Mereka makan malam di kamar. "Anda perlu makan makanan sehat; menambah berat badan itu baik, agar cepat pulih dan menyusui bayinya, "sambil menatap matanya, kata Karan.

"Tentu saja, Karan," katanya sambil tersenyum.

Mereka membatalkan tiket adu banteng dan melanjutkan penerbangan ke Barcelona selama satu hari. Sesampainya di rumah, Karan memeluk Amaya, menekannya ke tubuhnya. "Aku mencintaimu." Dia bisa mendengar litani lembutnya. Amaya mengamati perubahan pada Karan; sampai hari sebelumnya, dia adalah sahabat dan pasangan hidupnya, tapi dengan cepat dia berubah menjadi seorang ibu, saudara perempuan, ayah, saudara laki-laki, suami dan anak laki-laki. Karan sangat khusus memesan makanan bergizi dari restoran terbaik. Dia berkonsultasi dengan Amaya tentang kesukaannya sehari-hari dan menyiapkan daftar tiga kali makan dan dua camilan sehat. Daftar tersebut termasuk buah-buahan dan sayuran segar, serta cairan. Dia memberi tahu Amaya bahwa makanan dan camilannya harus mengandung kalsium, zat besi, dan banyak vitamin utama. Ikan merupakan komponen utama, dan dia bersikeras menghindari makanan yang membahayakan pertumbuhan bayi. Makanan tersebut antara lain ikan yang mengandung merkuri tinggi, ikan olahan, telur mentah, kafein, kecambah, dan produk yang tidak dicuci. Karan selalu makan bersama Amaya dan berhati-hati agar makanannya bergizi, terasa enak, dan kaya vitamin. Dia tidak mengizinkan Amaya melakukan pekerjaan apa pun selama bulan pertama untuk menjalani hidup bebas stres.

Karan menceritakan kepada Amaya bahwa pembuahan spermanya dengan sel telur Amaya terjadi di ampula tuba falopi, dan hasilnya adalah sel telur yang telah dibuahi, bayi mereka. Lalu tiba-tiba, dia berkata, "Dia perempuan."

"Bagaimana kamu bisa tahu?" tanya Amaya.

"Karena aku memiliki keinginan yang dalam untuk memiliki anak perempuan yang mirip denganmu," jawab Karan.

"Oh, Karan," seru Amaya.

"Aku sayang kamu, Amaya," ulangnya.

"Anak perempuan adalah hadiah paling berharga yang bisa diberikan seorang wanita kepada dunia ini," kata Amaya sambil menatap Karan.

"Putri kami adalah hadiah untuk keluarga kami," kata Karan.

"Dia akan menjadi permata," jawab Amaya.

"Dia akan menjadi yang paling cantik, seperti kamu," prediksi Karan.

"Karan, sayang," kata Amaya dan tertawa.

Karan memesan tiga kursi yang bisa disesuaikan untuk Amaya, masing-masing untuk ruang makan, ruang duduk, dan ruang belajar.

Untuk bulan pertama, Karan melarang Amaya masuk universitas. Sepanjang bulan kedua, dia menemui Amaya di Sekolah Jurnalisme, menunggu pengunjung di ruang tamu bersama sepanjang hari, dan berhati-hati dalam makan bersama Amaya. Mulai bulan ketiga, dia mendorong Amaya untuk mengemudi. Karan membantunya mandi air hangat dan mengeringkan rambut serta tubuhnya dengan handuk bersih. Mereka berjalan-jalan di pantai bergandengan tangan di malam hari, dan dia selalu berada di sisinya. Usai jalan-jalan, Karan membantu Amaya berenang bersamanya di kolam renang mereka dalam keadaan telanjang agar sang bayi bisa merasakan keindahan dan kelincahan air. Selama tiga bulan pertama, Karan sama sekali tidak melakukan hubungan seks. Begitu mereka mulai bercinta, dia berhati-hati agar tidak menyakiti Amaya dan janinnya. Lambat laun ia mengurangi frekuensi bercinta dua minggu sekali, dan mulai minggu ke dua puluh enam, terjadi pantangan total.

Karan memilih rumah sakit terbaik dengan bangsal bersalin terbaik untuk pemeriksaan dan perawatan medis Amaya. Amaya mengunjungi dokter kandungan setiap empat minggu sekali hingga minggu ke dua puluh enam. Dari minggu ke dua puluh enam sampai ke tiga puluh dua, kunjungan dilakukan setiap tiga minggu sekali, dan dari minggu ke tiga puluh dua sampai ke tiga puluh enam, dilakukan setiap dua minggu, dan sekali setiap minggu selama tiga puluh enam minggu hingga melahirkan. Dokter kandungan berbicara dengan Amaya dan Karan tentang persiapan kedatangan bayi mereka. Dia memungkinkan mereka menghitung kehamilan Amaya dari hari pertama menstruasi terakhirnya dan meminta mereka untuk mengharapkan bayinya kapan saja setelah minggu ketiga puluh tujuh. Dokter memberi tahu Amaya bahwa pembuahan terjadi dua minggu setelah hari pertama menstruasi terakhirnya, dan butuh waktu lima hingga tujuh hari agar sel telur yang telah dibuahi dapat menetap di dalam rahim. Setelah pemeriksaan USG pada minggu kesembilan dan memverifikasi ukuran rahim, vagina dan perut, dokter memberi tahu Amaya dan Karan bahwa mereka dapat mengharapkan bayi pada awal minggu pertama bulan Agustus.

Pada akhir pekan, Amaya dan Karan melakukan perjalanan jauh, jauh ke desa-desa Catalonia, di perbatasan Perancis di kebun apel dan negara kebun anggur. Pada suatu hari, Karan memberi tahu Amaya bahwa mereka akan pergi mencicipi anggur, dan mereka berpakaian santai seolah-olah itu adalah acara informal; mereka berhati-hati untuk tidak memakai wewangian apa pun. Karan punya rencana mencicipi, tapi Amaya belum punya rencana sebagai pemula. Meski belum pernah ikut mencicipi wine, Amaya merasa bersemangat.

"Ada ratusan kebun anggur tempat Catalonia bertemu Roussillon," Karan memberi tahu Amaya bahwa orang Catalan di kedua sisi adalah pembuat anggur yang hebat saat memasuki kilang anggur.

"Apa yang akan kita lakukan di sini?" tanya Amaya.

"Kami akan mencicipi anggur," jawab Karan.

"Benar-benar? Jika saya mencicipi anggur merah, apakah itu akan mempengaruhi bayi kami?" Amaya mengungkapkan kegelisahannya.

"Anda hanya mencicipi anggur putih, yang Anda konsumsi setiap hari. Anggur merah terbaik dalam jumlah minimal tidak menimbulkan masalah apa pun, "jawab Karan.

"Apakah ada temuan ilmiah?" Amaya bertanya.

"Belum ada temuan yang terverifikasi, namun beberapa penelitian membuktikan anggur merah tidak menimbulkan efek buruk pada ibu dan janin. Jutaan wanita mengonsumsi wine setiap hari di Italia, Spanyol, Prancis, dan California; banyak di antaranya adalah ibu hamil. Tentu saja, anggur tidak membahayakan bahkan bagi ayahnya." Karan tertawa.

Amaya dan Karan dapat melihat sejumlah perempuan dan laki-laki muda sedang mencicipi anggur di ruang terbuka.

"Bagaimana kita mencicipi anggur?" Amaya bertanya.

"Ada empat langkah; lihat, cium, cicipi, dan nilai," kata Karan.

"Anda harus menjadi ahli dalam semua kategori ini," Amaya membuat pernyataan.

"Semua orang memulai sebagai pemula tanpa pengetahuan sebelumnya. Anda mengembangkan pengetahuan, keterampilan dan sikap dalam mencicipi anggur untuk jangka waktu yang lama. Pertama, periksa warna, opasitas, dan kekentalan anggur, yaitu kekentalan, kelengketan, kelengketan, dan kelengketan anggur. Saat mereka membotolkan anggur, setiap botol memiliki nama, rincian kebun anggur, lokasi dan jenis anggur, dan seseorang dapat menemukannya dalam waktu lima menit. Tapi saat Anda mencicipi wine dari gelas, tidak ada detail yang diberikan," jelas Karan.

"Bagaimana cara membedakan aroma wine?" Amaya bertanya.

"Baunya memberi tahu Anda tentang jenis anggur yang digunakan; bisa bersifat primer, sekunder, dan tersier dalam berbagai dimensi kaya dan lemah, menarik atau mengasyikkan," tambah Karan.

"Kedengarannya bagus. Saya mengagumi pengetahuan Anda tentang wine, "menghargai Karan, kata Amaya.

"Selera Anda bisa membedakan rasa apa pun. Rasa asamnya bersifat basa menurut beberapa parameter karena anggur agak asam; rasanya berubah dari kebun anggur ke kebun anggur, wilayah ke wilayah dan benua ke benua. Teksturnya bisa ditentukan dengan lidah, karena ada rasa yang bertahan lama, tapi ada pula yang hanya bertahan sebentar," jelas Karan.

"Karan, bagaimana kamu menentukan kualitas anggur?" tanya Amaya.

"Keputusan Anda tentang anggur bergantung pada banyak karakteristiknya. Pertama, Anda harus memutuskan apakah itu seimbang atau tidak tertahankan, terlalu asam atau beralkohol, tonik atau basah. Anda memutuskan apakah anggur yang Anda cicipi itu unik, tangensial, atau sementara. Keputusan paling penting adalah karakteristiknya yang bersinar dan apakah Anda menyukainya. Ini seperti menghakimi seorang wanita." Karan memandang Amaya dan tersenyum. "Ayo, kita pergi dan mencicipi wine," kata Karan, membawa Amaya ke ruang mencicipi wine.

Mereka mencicipi banyak kategori anggur yang berbeda dan memutuskan catatan evaluasinya. Karan memperkenalkan Amaya kepada pembuat anggur dan mendiskusikan anggur yang dia cicipi sambil menyerahkan catatannya kepada pembuat anggur. Sebelum berangkat, dia membeli dua puluh kotak anggur merah putih berisi empat botol.

Saat memarkir mobil di garasi sekembalinya dari lapangan, Amaya teringat botol-botol yang dibeli dari kilang anggur di perbatasan Catalonia-Prancis. Mereka tetap berada di garasi Barcelona selama dua hari karena Karan hanya dapat memindahkan lima kotak ke ruang bawah tanah ruang makan mereka pada hari pertama.

Malam itu Amaya kedatangan dua klien baru. Elizabeth adalah lulusan ilmu rumah tangga berusia tiga puluh tahun dan ibu dua anak, berusia lima dan tiga tahun. Suaminya, Thomas, tiga puluh lima tahun, kepala sebuah biro perjalanan kecil, selalu sibuk mengatur kunjungan ke tanah suci. Empat kali setahun, Eropa untuk kelompok yang terdiri dari empat puluh lima hingga lima puluh orang. Dia mengatur semua kunjungan dan bepergian bersama kelompok. Sekitar tujuh tahun yang lalu, Thomas memulai biro perjalanan tersebut dengan dukungan finansial dari James, seorang pendeta Katolik dari sebuah kongregasi keagamaan. James menginspirasi Thomas, teman kuliahnya, yang memberikan konsep biro perjalanan karena James pernah belajar teologi dan gerejawi di Italia, Jerman, dan Belgia. Dia memiliki koneksi di tanah suci dan Eropa. James sering mengunjungi kantor biro perjalanan, sebuah ruangan yang menyatu dengan rumah Thomas. Pada tahun-tahun awal, Thomas dan James membuat rencana untuk berjam-jam bersama, setiap kunjungan dengan cermat, dan agensi tersebut mencapai kesuksesan besar. Ketika layanannya gemerlap, ratusan orang masuk daftar tunggu dalam waktu dua tahun, dan Thomas menjadi bahagia dan kaya.

Sementara itu, James mulai berselingkuh dengan Elizabeth, dan keduanya menikmati keintiman seksual setiap hari. Setiap kali Thomas pergi bersama rombongan ke tanah suci dan Eropa, James menghabiskan malam bersama Elizabeth, dan dia yakin James adalah ayah dari kedua anaknya. Kemudian, James dipindahkan ke Wina dan bekerja dengan superior jenderal di kantor internasional kongregasi religiusnya. Sebelum berangkat, James berjanji pada Elizabeth bahwa dia siap menikahinya dan akan membawa dia serta anak-anak mereka ke Eropa, asalkan Thomas tidak ada lagi. Elizabeth ingin tinggal bersama James di Eropa tetapi tidak ingin menyingkirkan Thomas. Amaya mendengarkan Elizabeth dengan sabar. Ketika Elizabeth menyelesaikan narasinya, Amaya merenung selama beberapa waktu. Kemudian dengan suara pelan, dia menyarankan Elizabeth untuk menemui psikolog klinis sedini mungkin.

Fatima, dua puluh lima tahun, berpenampilan menakutkan. Dia menggigil dan histeris seolah takut akan sesuatu saat Amaya memintanya duduk. Sambil duduk di tepi kursi, Fatma menceritakan kisahnya. Fatima adalah seorang guru sekolah dasar di sebuah sekolah yang dikelola oleh perusahaan kota selama lima tahun; dia menikah dengan Yusuf Muhammad ketika dia berumur enam belas tahun. Dalam waktu enam bulan setelah pernikahan mereka, Yusuf pergi ke Qatar untuk bekerja di unit pendingin besar dengan gaji yang bagus. Dia mengunjungi rumah sekali setiap tahun dan menghabiskan satu bulan bersama Fatima, namun mereka tidak mempunyai anak bahkan setelah sembilan tahun. Yusuf memiliki orang tua, empat saudara perempuan sudah menikah, dan empat saudara laki-laki di Dubai dan Kuwait tinggal bersama keluarga mereka.

Karena Fatima adalah seorang guru sekolah dan mendapat gaji dari pemerintah negara bagian, Yusuf tidak mau membawa Fatima ke Qatar. Selain itu, sebagai anak bungsu, Yusuf dekat dengan orang tuanya, dan dia tahu, jika Fatima tidak ada, orang tuanya yang lanjut usia, terutama ibunya yang terbaring di tempat tidur, akan sendirian, karena usia mereka sudah lebih dari enam puluh lima tahun. Setelah Yousuf berangkat ke Qatar, ayahnya mulai melakukan pelecehan seksual terhadap Fatima, dan memperkosanya setiap hari. Ketika keadaan menjadi tidak tertahankan baginya, dia menolak, dan pada saat seperti itu, dia berjanji untuk memindahkan rumah tersebut atas nama Fatima dan Yusuf. Belakangan, dia mengancamnya; dia akan memberi tahu putranya bahwa Fatima secara seksual mengganggu lelaki yang lebih tua itu, memaksanya untuk tidur dengannya. Fatima tidak mau mengungkapkan alasan penderitaannya kepada suaminya karena suaminya tidak mau mempercayainya. Baginya, orang tuanya adalah anugerah luar biasa dari Allah. Fatima memberi tahu Amaya bahwa dia ingin mengajukan cerai dan hidup sendiri. Namun dia takut terhadap ayah mertuanya dan kelompok Islam fundamentalis atas serangan fatal, bahkan di lingkungan sekolah. Amaya mengarahkan juniornya untuk mengumpulkan semua dokumen terkait; mengajukan permohonan ke pengadilan untuk meminta perlindungan polisi bagi Fatima selain perceraian dan tunjangan yang sesuai.

Setelah satu jam menjalani Vipassana, Amaya membaca emailnya dari Poornima. Itu tentang penelitian doktoral ayahnya di sebuah universitas di California. Dr Acharya mulai meneliti pengobatan penyakit Alzheimer setelah lulus di Inggris dan akhirnya mengembangkan obat yang efektif selama masa doktoralnya. Dia melakukan pengujian di banyak negara dalam berbagai situasi pada orang yang menderita demensia. Setelah obat dilarutkan dalam anggur putih, berikan kepada pasien selama atau setelah makan malam. Hasil tesnya positif di mana-mana, dan Perusahaan Farmasi Dr Acharya hampir meluncurkannya ke pasar. "Ayah saya adalah seorang ilmuwan hebat; obat yang diciptakannya adalah obat yang efektif untuk penyakit Alzheimer. Saya yakin dia akan mendapat hadiah tertinggi dalam bidang kedokteran," tulis Poornima.

Sekelompok peneliti menemukan bahwa obat tersebut dapat disalahgunakan untuk memikat otak orang biasa, sehingga menimbulkan ekstasi, euforia, dan ilusi. Jadi, ada kemungkinan menakutkan bagi para praktisi medis, pemimpin politik, penganut agama fanatik, atau psikopat untuk menyalahgunakannya dengan mengambil otoritas dan kekuasaan dalam membentuk otak manusia sesuai keinginan mereka. Konsekuensinya akan sangat buruk dan menghancurkan, mereka menyimpulkan. Hal ini mengakibatkan obat tersebut ditarik dari peredarannya, melarang proses pembuatannya dan melarang publikasi isinya.

"Terus terang, ayah saya tidak bertanggung jawab atas penyalahgunaannya," pungkas Poornima.

"Kau tidak mengetahui kebenarannya, Poornima," pikir Amaya. Dia merenung setelah membaca email tersebut. Sekali lagi, dia memikirkan tentang botol anggur putih yang dibeli Karan dari kilang anggur di Catalonia utara di perbatasan Roussillon, yang ditata rapi di ruang bawah tanah ruang makan mereka di Barcelona.

Hamil Dengan Seorang Putri

Kehamilan adalah keterlibatan indah cinta Karan, pengalaman transfigurasinya di dalam rahim Amaya, dimulai dengan percikan, pembengkakan kehidupan baru. Itu adalah saat yang menakjubkan; Amaya merenungkan pertemuan pertamanya dengan Karan, konsepsi bayi mereka dalam dirinya, dan proses pertumbuhannya. Berulang kali, Amaya memikirkan kesatuannya dengan Karan, ikatan tak terpisahkan, dan benang harapan yang menghubungkannya dengan Karan sepanjang momen terjaganya. Ketenangan kehadirannya, di dalam dan di sekelilingnya, sungguh mencengangkan. Karan menyempurnakan kesadarannya, memfokuskan persepsi, merevitalisasi energi, dan memancarkan harapan dengan meningkatkan kepercayaannya padanya. Ke mana pun dia bergerak, apa pun yang dilihatnya, warna-warna baru membuatnya tertarik, dan visi kehidupan tumbuh dalam dirinya. Ia ada dimana-mana seperti semilir angin yang sejuk, aroma Andalusia, bunga melati malam yang berbunga dengan keharumannya yang khas. Amaya menarik diri ke dunia Karan, bingung dengan kehadiran magisnya, dan dia jarang memikirkan tentang kehidupan yang tumbuh di dalam dirinya.

Amaya tidak peduli dengan rasa mualnya yang sering terjadi di bulan-bulan awal, mengira Karan ada di sana untuk merawatnya; sentuhan kasihnya akan mengurangi semua dampak buruk dari kegelisahan fisik yang berulang. Saat pertama kali mendengarkan detak jantung bayi tersebut, Amaya mengira itu adalah detak jantung Karan karena ia bersembunyi di dalam perutnya. Meski mengalami sakit punggung kronis, perubahan suasana hati, dan perasaan yang terus-menerus naik turun, Karan tetap ada di sana sambil mencium pipi, leher, telapak tangan, dan perutnya serta memijatnya dengan kapas yang dibasahi air hangat. Dia bermain piano selama berjam-jam dan membantu Amaya duduk di sisinya untuk bermain bersamanya. Karena tidak sendirian, dia merasakan keyakinan pada cinta Karan yang tanpa syarat dan kehadirannya yang terus menerus. Setiap kali dia merasa kesal secara emosional karena alasan yang tidak diketahui atau secara fisik tidak dapat menyesuaikan diri, dia menghiburnya dengan duduk di sampingnya, memegang tangannya, memijat kakinya dan mendengarkan gerakan bayi dengan mendekatkan telinganya ke perutnya yang membuncit. Amaya menikmati kedekatan Karan dan merindukan sentuhan lembutnya karena jejaknya menenangkan dan mengurangi ketegangan otot dan gejolak emosi.

Karan memberi tahu Amaya bahwa putri mereka yang tumbuh di dalam dirinya akan terlihat seperti Amaya dengan mata berbinar. Dia tahu bayi itu akan sangat berharga bagi Karan karena dia bangga atas kehamilannya, hubungan, dan keintimannya dengannya. Dia yakin keduanya sehat secara finansial dan akan memberikan masa depan yang bahagia bagi anak mereka. Karan menyemangati Amaya untuk bergembira dan tetap sehat, meski dengan perasaan ragu, khawatir, sedih, sedih dan tidak menyenangkan. Dia mendesaknya untuk memikirkan pengalaman menyenangkan, membayangkan wajah bayi yang belum lahir tersenyum, menggerakkan tangan dan kakinya. Karan menjelaskan kepada Amaya cara mempersiapkan persalinan terlebih dahulu, dan dia mengira Karan adalah Amaya yang sedang menjalani kehamilan. Dia memesan parfum yang sangat indah; aromanya membangkitkan kenangan bercinta yang indah dengan perasaan kesatuan dan kepercayaan yang tak ada bandingannya. Karan membantu Amaya duduk dalam posisi lotus dalam yoga dan bermeditasi sejak bulan pertama. Dia juga duduk bersamanya, dan dia mengalami kedekatan yang menggemparkan dengan Karan, menghilangkan stres, mengendalikan kecemasan, dan meningkatkan kesadaran diri. Saat melakukan pranayama, Amaya hanya merasakan tiga orang di alam semesta: Karan, sang bayi, dan dirinya sendiri. Dia juga bisa merasakan kebaikan mengalir dari Karan seperti aliran sungai yang tak ada habisnya, meluas ke seluruh penjuru kosmos.

Amaya terkejut saat mengetahui dari bank ada transfer sebesar dua ratus ribu dolar ke rekeningnya yang dilakukan oleh "teman yang tidak mau disebutkan namanya". "Mengapa Anda mentransfer sejumlah besar uang ke rekening saya? Apa yang akan saya lakukan dengan itu?" Amaya bertanya pada Karan.

"Kamu akan membutuhkannya," kata Karan sambil tersenyum.

"Kamu selalu ada bersamaku; Saya tidak punya biaya apapun," jawab Amaya.

"Uang akan memberimu kekuatan. Dalam situasi yang tidak kami prediksi, hal ini akan membuat Anda tetap aman," kata Karan.

"Jadi bisa digunakan untuk biaya rumah sakit," tegas Amaya.

"Untuk itu, saya punya dana yang cukup," jawab Karan.

Amaya tersenyum sambil menatap Karan. Tapi ada kesedihan yang tidak diketahui dalam pikirannya, tapi dia segera melupakannya.

Makanan rumahan yang disukai Amaya, dan Karan memasak sarapan, makan siang, dan makan malam. Dia senang melihatnya memasak dan bergabung dengannya dalam memotong sayuran kental yang lezat. Meskipun awalnya Karan memilih bullseye, dia suka membuat telur dadar, tapi dia juga berubah menjadi telur dadar selama kehamilannya. Dia mengocok telur dengan garam, merica, masing-masing sepotong cengkeh, kapulaga, cabai hijau, cabai, dan beberapa lembar daun ketumbar. Setelah menuangkan minyak zaitun ke dalam wajan anti lengket, dia menuangkan telur kocok ke dalamnya, dan ketika sudah tampak keemasan, dia membalik telur dadarnya dua kali agar renyah. Karan dan Amaya memakannya dari penggorengan, dan keduanya menikmatinya. Karan tak lupa memasukkan potongan kecil telur dadar berbalut roti dan keju ke dalam mulut Amaya. Ada ikan goreng, daging domba matang, nasi merah, dan sayuran lezat untuk makan siang.

Teh Darjeeling ada di sana pada malam hari dengan samosa atau kachori, yang mereka ambil sambil berdiri di balkon timur. Setelah berjalan-jalan di pantai, berenang selama satu jam di kolam renang terasa menyegarkan, dan mereka bermain piano kapan pun mereka mau. Mendengarkan musik lembut saat makan malam adalah hal yang biasa karena keduanya yakin bayi akan menyukainya. Mereka menonton berita selama setengah jam setelah makan malam, dan Karan sangat teliti. Amaya tidur nyenyak. Kadang-kadang, dia memijat dahi, tangan, dan kakinya serta menyanyikan lagu-lagu cinta Hindi dengan suara pelan sambil menyandarkan kepalanya di pangkuannya. Mereka terus menikmati secangkir kopi panas yang mengepul setiap pagi segera setelah Amaya bangun, yang disiapkan oleh Karan.

Dari minggu ke dua puluh enam hingga ke tiga puluh dua, Karan pergi bersama Amaya ke universitas setiap hari dan menghabiskan sepanjang hari di ruang tamu bersama Sekolah Jurnalisme. Dia membantu Amaya menyusun data ke dalam bentuk tabel, menganalisisnya dengan uji statistik, dan mengkomputerisasi seluruh tesis. Amaya melakukan diskusi mendalam dengan pembimbing penelitiannya sebelum menyelesaikan pekerjaannya. Setelah minggu ketiga puluh dua, Amaya ada di rumah, dan setiap minggu bersama Karan, dia mengunjungi dokter kandungan. Karan mencatat setiap perkataan dokter dan mengumpulkan obat-

obatan yang diresepkan dari apotek rumah sakit. Sejak awal kehamilan Amaya, Karan dengan cermat mengikuti semua instruksi, memberikan obat kepada Amaya. Amaya tidak mempedulikan obat apa yang harus dia minum dan kapan, karena Karan mengetahui segalanya, dia mengaturnya seperti perawat yang waspada dan setia menjaga pasiennya.

Sementara itu, Amaya menyelesaikan penelitiannya dan menyerahkan tesisnya untuk dinilai ke universitas setelah mendapat persetujuan pembimbingnya. Nama Karan tertera di ucapan terima kasih dan nama pengawas. Sejak kecil, Amaya telah dengan cermat menyelesaikan pekerjaannya dengan baik dan tepat waktu. Menyelesaikan pekerjaannya tepat waktu membantu Amaya bersinar sebagai salah satu pengacara terkemuka di pengadilan tinggi. Para hakim menganggapnya sebagai pengacara yang jujur, yang tidak pernah mencoba menyesatkan pengadilan, atau dia tidak pernah mengatakan apa pun yang melanggar hukum dalam argumennya.

Sesampainya di kantor pada malam harinya, Amaya menemui seluruh kliennya dan menginstruksikan para juniornya untuk menyiapkan berkas perkara klien baru, membuat daftar untuk sidang keesokan harinya, dan menindaklanjuti kasus-kasus yang terdaftar untuk sidang terakhir. Saat memeriksa emailnya, dia menemukan email dari Poornima sebelum tidur; Amaya sangat ingin membacanya.

"Hai, Nyonya," dia memulai. "Hari ini saya ingin bercerita lebih banyak tentang orang tua saya, yang akan membantu Anda mengenal ayah saya. Ibu saya sangat mencintai ayah saya melebihi apa yang dapat digambarkan, karena bahasa gagal menjelaskan intensitas cinta, kepercayaan, dan keintimannya. Dia ingin mempunyai anak perempuan, dan ayah saya meyakinkannya bahwa keinginannya akan menjadi kenyataan. Ibuku menangis dan tertawa selama berhari-hari bersama, melihat wajahku, dia tidak bisa mempercayai matanya; kegembiraannya tidak terbatas. Satu tahun setelah kelahiran saya, ketika mereka kembali ke India dari Eropa, ibu saya merayakan kelahiran saya bersama keluarga, saudara dan teman selama beberapa hari. Ulang tahun saya setiap tahun merupakan peristiwa penting di Perusahaan Farmasi Dr Acharya, dan ibu saya tidak pernah lupa mengumumkan kenaikan gaji tambahan kepada seluruh staf di perusahaan tersebut.

"Sukacita memiliki replika suami sekaligus gender tak terkira di hati ibu saya. Saya sering merenungkan kesukaannya terhadap anak perempuan yang mirip suaminya. Saya pikir itu mungkin karena seorang ayah yang mengamati kemiripan anak dengannya lebih percaya diri; bayi itu miliknya dan menghabiskan lebih banyak waktu dengan anak itu, merawatnya dan mencintainya. Namun ibu saya tidak perlu secara tidak langsung meyakinkan suaminya bahwa bayinya akan mirip dengannya karena mereka percaya dan mencintai satu sama lain. Aku bahkan tidak bisa membayangkan ayahku meragukan kesucian istrinya. Tapi kenapa ibu saya ingin mempunyai anak perempuan yang mirip suaminya? Seorang ibu, dalam banyak kasus, menjaga bayi yang dilahirkannya karena dia tahu itu adalah miliknya. Hal ini juga merupakan kebutuhan evolusioner, namun seorang pria tidak yakin apakah dia adalah ayah kandung anak tersebut. Jadi, anak yang mirip bapaknya mempunyai kelebihan sebagai anak yang bisa meyakinkan bapaknya bahwa dialah bapak kandungnya, mengapa laki-laki harus mengasuh anak laki-laki lain yang dilahirkan istrinya. Ini mungkin benar; sang ayah mempunyai kepentingan yang sangat penting dalam memastikan bahwa anak tersebut adalah miliknya. Begitu seorang bayi lahir, sang ayah memandangi bayinya, mencari kemiripan fisik. Sang ibu harus meyakinkan sang ayah; bahwa dialah ayah kandungnya. Tapi kenapa ibuku tidak memilih laki-laki yang mirip suaminya? Saya masih mencari jawaban yang meyakinkan."

Amaya berhenti membaca untuk beberapa waktu. *Kasihannima, itu karena ibumu bukan ibu kandungmu.* Dia ingin mempunyai anak dari suaminya, yang bisa mewarisi kekayaan mereka dengan cara apapun. Namun untuk memiliki ketertarikan alami dan cinta tanpa syarat kepada Anda, dia mencari anak yang sesuai dengan jenis kelaminnya, sehingga dia dapat mengklaimnya, berbagi identitas fisik, dan meyakinkan dirinya bahwa bayi tersebut adalah miliknya. Sekali lagi, dia mulai membaca: "Ibu saya adalah kakak perempuan, teman, dan mentor saya, pada saat yang sama. Hubungan kami tumbuh atas dasar cinta dan kepercayaan. Dia mengajari saya bagaimana menjadi mandiri dan mengambil risiko. Kami saling mencintai dan memahami emosi masing-masing; tidak ada rasa takut akan penolakan. Di masa kecilku, dia adalah pemandu sorakku.

"Ayah saya memainkan peran inspiratif dalam hidup saya yang tidak dapat dikompensasikan oleh orang lain, saya yakin. Dia membantu saya membentuk visi, cita-cita, dan persepsi saya, selalu mendampingi saya sebagai pilar perkembangan emosional, kognitif, intelektual, dan spiritual saya. Dengan membantu menyusun aturan hidup saya, dia menegakkan aturan tersebut dalam aktivitas sehari-harinya. Keamanan emosional dan fisik yang dia berikan sungguh luar biasa saat dia terlibat dalam pertumbuhan dan misi saya secara keseluruhan. Karena penuh kasih sayang dan suportif, dia membimbing saya untuk memperoleh pendidikan dan kualifikasi profesional yang diinginkan. Saya juga menjadi dokter bedah neurologi seperti orang tua saya. Kehadirannya membantu saya membedakan hubungan saya dengan orang-orang, terutama dengan keluarga, saudara, guru, teman dan lain-lain. Karena dia, saya dapat memahami seluk-beluk dan makna hubungan manusia dalam berbagai dimensi, situasi, dan lapisan."

Sekali lagi, Amaya berhenti membaca. Ya, dia memakai topeng yang berbeda, mengekspresikan emosi yang kuat demi keuntungannya. Tidak mungkin membedakan mana yang nyata dan ilusi.

Bacaannya berlanjut: "Sebagai seorang remaja dan dewasa muda, saya bergantung pada ayah saya untuk mendapatkan dukungan emosional dan rasa aman. Dia sangat ingin menunjukkan kepada saya betapa baiknya hubungan itu dan hubungan seperti apa yang akan saya kembangkan di kehidupan dewasa saya. Penuh kasih sayang dan baik hati, ayah saya adalah orang tua ideal saya, dan saya mencari sifat-sifat seperti itu dalam diri pasangan hidup saya di masa depan. Perannya dalam penyesuaian psikologis saya sangat besar, dimulai ketika saya masih balita dan berlanjut di masa kanak-kanak, remaja, remaja, dan sebagai wanita dewasa. Saya menyadari betapa besar pengaruhnya terhadap hidup saya. Ayah saya bertindak sebagai panutan saya, fondasi rasa aman, cinta dan kepercayaan saya, karena dia adalah batu ujian saya dalam segala situasi. Kepercayaan diri, harga diri, dan motivasi berprestasi saya berkembang melalui berbagai peristiwa dalam keluarga kami dan mencerminkan kepribadian ayah saya. Karena dia menaruh minat yang luar biasa pada pendidikanku, prestasiku lebih baik dibandingkan gadis-gadis lain yang ayahnya tidak peduli terhadap putri mereka. Ayah saya tidak menghakimi dan tidak pernah mengucapkan kata-kata buruk tentang orang lain. Dia mendorong saya untuk bersikap bijaksana dan dewasa dalam mengembangkan hubungan yang sehat dengan pihak luar dan memungkinkan saya mengetahui beragam filosofi kehidupan dan aspek pertukaran."

Amaya berhenti membaca sebentar. "Anda harus berhati-hati dalam memilih pasangan hidup yang tidak pernah menipu Anda. Kasihannima, semoga beruntung," gumam Amaya. Tiba-tiba dia teringat persiapan yang dilakukan Karan untuk menerima bayinya.

Karan waspada pada minggu ketiga puluh enam kehamilannya dan mengikuti Amaya di kamar tidur, dapur, ruang makan, toilet, ruang belajar, dan balkon. Dia membersihkan dan mensterilkan seluruh rumah, termasuk ruang bawah tanah tempat dia menyimpan botol anggur, mobil, dan garasi. Karan membeli pakaian lembut, wol, tempat tidur bayi yang disebutnya tempat tidur bayi, dan semua perlengkapan yang diperlukan untuk Amaya dan mengemasnya serta pakaian bayinya ke dalam tas yang berbeda. Setiap hari Karan berbicara dengan dokter kandungan yang telah memberikan perawatan medis khusus kepada Amaya sejak kehamilannya. Ia melaporkan perubahan sekecil apa pun pada kondisi Amaya dan menyimpan laporan tertulis terperinci atas saran dokter. Karan membakar obat-obatan yang tidak diinginkan, termasuk bungkusnya, dan mengembalikan semua botol anggur kosong setelah dibersihkan secara menyeluruh dengan deterjen ke kilang anggur tempat dia membelinya. Ketika Amaya bertanya kepada Karan mengapa dia mencuci botol anggur, dia mengatakan kepadanya bahwa itu adalah perilaku sopan dan pihak istana akan menghargainya. Amaya teringat Karan membersihkan dan mengepel rumah, menjaga segala sesuatunya tetap rapi karena dia teliti; rumah harus rapi dan aman baginya.

Tiba-tiba hujan turun; guntur melintasi cakrawala dan Amaya memeriksa sekali lagi apakah dia telah mengunci pintu utama rumahnya yang berdekatan dengan kantornya dan menutup jendela sebelum melakukan Vipassana.

Amaya sibuk keesokan harinya, karena ada banyak sidang di pengadilan yang berbeda. Ketika dia kembali ke kantornya pada malam hari, seorang wanita muda dengan dua bayi berada di ruang tunggu. Liza Thomas, warga Wayanad, memiliki gelar master di bidang ilmu komputer dan bekerja di sebuah perusahaan internasional di Bengaluru selama empat tahun dengan gaji yang lumayan. Liza bertemu dengan seorang pemuda bernama Abdul Aziz dari Kasargod di tahun keempatnya. Dia memberi tahu Liza bahwa dia adalah seorang perwira tinggi di sebuah perusahaan di Dubai, berada di Bengaluru untuk urusan bisnis, dan akan tinggal di sana selama satu tahun. Belakangan, mereka sering bertemu, jatuh cinta, dan memutuskan untuk menikah. Liza tahu orang tuanya yang beragama Kristen ortodoks menentang pernikahan dengan seorang Muslim; oleh karena itu, dia akan menikahi Abdul tanpa memberi tahu mereka. Abdul mempunyai beberapa teman di kota itu, dan mereka mengatur upacara pernikahan berdasarkan hukum Islam.

Setelah menikah, Abul memberi tahu Liza bahwa mereka akan naik perahu dari pantai Gujarat ke Yaman dan Dubai karena dia kehilangan paspor dan visanya. Yang mengejutkannya, Liza mendapati Abdul dapat dengan mudah menyuap pejabat pemerintah di Gujarat, tempat teman-temannya mengatur sebuah kapal. Namun setelah beberapa jam, mereka berangkat dengan kapal Pakistan bersama banyak pria dan wanita terpelajar, terutama lulusan teknik dari India, menuju Afghanistan dan Yaman untuk berperang. Dalam dua hari, mereka mencapai pelabuhan tua di Yaman. Begitu mereka sampai di Yaman, Abdul menghilang. Liza tidak pernah melihatnya lagi dan tinggal di sebuah kamp dengan lebih dari dua ratus orang yang terlibat dalam kegiatan teroris. Kehidupan di kamp sungguh mengerikan; Liza harus sering memuaskan setidaknya setengah lusin pria secara seksual.

Pekerjaan utamanya adalah mengoperasikan komputer, memecahkan kode pesan dari Iran dan mentransfernya ke pihak yang berperang melawan Arab Saudi. Hampir setiap hari, dia bekerja selama dua belas hingga lima belas jam. Liza tidak tahu apa yang terjadi di luar ruangan karena dia tidak punya kebebasan untuk keluar, tapi dia sering mendengar pesawat tempur menderu. Anak-anaknya lahir di sana tanpa bantuan medis; sebagai anak laki-laki, mereka lolos dari pemenggalan kepala, tetapi anak perempuan tidak beruntung. Penjaga kamp memenggal kepala gadis-gadis itu pada hari yang sama dengan hari kelahiran mereka. Liza tidak mengetahui siapa ayah dari anak-anaknya.

Pada tahun keempat, Liza bertemu dengan seorang pria bernama Abu dari Mangalore, yang memasok makanan jika tersedia. Abu berjanji pada Liza untuk membantunya dan anak-anaknya melarikan diri dari kamp dalam waktu enam bulan. Suatu malam terjadi pemboman sporadis di dekat pangkalan, yang menyebabkan kekacauan, dan banyak orang terluka atau tewas. Abu menggendong anak-anak itu dan berlari menuju laut; Lisa berlari mengejarnya. Ada perahu kecil yang menunggu mereka, dan pada hari ketiga, mereka mendarat di Beypore di Malabar. Liza tinggal bersama keluarganya di Kozhikode selama sebulan; dia pergi ke Kochi untuk menemui Amaya dengan bantuan mereka.

Amaya mengatakan Liza harus segera memberi tahu polisi tentang perjalanannya ke Yaman tanpa dokumen perjalanan yang sah dan kepulangannya dengan dua anak yang tidak memiliki visa. Amaya meyakinkannya bahwa dia akan membantu Liza dan anak-anaknya menemukan tempat tinggal yang aman; selain itu, dia akan menanyakan tentang pekerjaan yang tepat.

Klien lainnya, Deepa, dari komunitas suku di distrik Palakkad, datang bersama ibunya. Seorang yang cerdas, Deepa menyelesaikan sekolah menengah atas dan bersiap untuk ujian masuk kursus profesional. Orang tuanya bekerja di departemen kehutanan sebagai penjaga, dan Deepa adalah anak tertua dari tiga bersaudara. Sekitar delapan bulan yang lalu, seorang mahasiswa doktoral antropologi dari sebuah universitas di Delhi, Krishnan Namboodiri, berada di desa mereka selama enam bulan untuk meneliti suku-suku. Dia meminta orang tua Deepa, penginapan dan asrama, berjanji dia akan melatih Deepa dalam ujian masuk profesionalnya dan kedua saudara kandungnya dalam studi mereka selain membayar biayanya. Mereka dengan senang hati mengizinkan Krishnan tinggal di rumah mereka, berbagi makanan yang dimasak oleh ibu Deepa.

Karena Deepa sedang liburan musim panas, Krishan memintanya untuk menemaninya mengunjungi berbagai rumah dan mengumpulkan data dengan wawancara, mengisi kuesioner, dan mengamati jadwal pembayaran harian sebesar empat ratus rupee. Deepa sangat menikmati pekerjaannya, karena dia dapat mempelajari lebih banyak tentang masyarakatnya menggunakan alat ilmiah dan metode analisis data antropologi. Selain itu, Deepa menjadi terpesona oleh kepribadian Krishan, ketajaman penelitian dan pertimbangan manusiawi, dan lambat laun hubungannya dengan Krishan berubah menjadi intim. Setelah enam bulan tinggal bersamanya dan menyelesaikan pengumpulan data, Krishnan kembali ke Delhi, berjanji pada Deepa untuk meneleponnya setiap hari dan menikahinya ketika menyelesaikan gelar doktornya. Namun Deepa tidak menerima telepon atau pesan dari Krishnan setelah pergi. Sekitar sebulan sebelum bertemu dengan Amaya, Deepa menyadari bahwa dia hamil, dan orang tuanya berada dalam tekanan emosional yang mendalam karena Deepa masih di bawah umur, di bawah delapan belas tahun. Dia harus mengikuti ujian masuk dan mengikuti kursus profesional. Ibu Deepa ingin tahu apakah Deepa bisa menggugurkan kandungannya.

Menurut tindakan penghentian kehamilan secara medis, Amaya memberi tahu ibu Deepa bahwa persetujuan Deepa sudah cukup untuk melakukan aborsi. Karena dia masih di bawah umur, persetujuan walinya juga sah, dan, dalam kedua kasus tersebut, aborsi dapat dilakukan hingga dua puluh minggu jika kehamilan disebabkan oleh pemerkosaan. Terdapat ketentuan untuk meningkatkan batas kehamilan untuk aborsi yang aman bagi penyintas pemerkosaan, perempuan lajang dan perempuan rentan lainnya hingga dua puluh empat minggu, karena Deepa masih di bawah umur dan belum menikah.

Deepa memberi tahu Amaya bahwa keintiman seksualnya dengan Krishnan Namboodiri disetujui, dan itu bukan kejahatan pemerkosaan. Amaya menjelaskan kepada Deepa dan ibunya bahwa persetujuan Deepa tidak relevan karena, sebagai anak di bawah umur, dia tidak mampu memberikan persetujuan. Jadi, berhubungan seks dengan Deepa, terlepas dari persetujuannya, adalah pemerkosaan menurut undang-undang yang dilakukan oleh Krishnan Namboodiri. Undang-undang yang melindungi anak-anak dari pelanggaran seksual memberikan keadilan bagi anak di bawah umur yang terlibat dalam tindakan seksual apa pun, dan Krishna Namboodiri bersalah karena melanggar undang-undang tersebut. Amaya lebih lanjut memberi tahu mereka bahwa undang-undang mewajibkan orang tua atau wali untuk melaporkan pelanggaran tersebut ke unit polisi khusus remaja atau polisi setempat. Kegagalan untuk melakukannya merupakan pelanggaran. Amaya mendesak ibu Deepa untuk melaporkan pelanggaran tersebut ke polisi.

Mendengar hal itu, Deepa pun menangis, mengaku masih mencintai Krishnan Namboodiri dan tidak mau melaporkan kejadian tersebut ke polisi. Amaya memberitahunya bahwa Krishnan Namboodiri mengetahui Deepa masih di bawah umur. Juga, dia membuat janji pernikahan palsu; keintiman seksualnya menambah penderitaan panjang bagi korban. Oleh karena itu, hukuman bukan hanya sekedar hukum tetapi merupakan kebutuhan sosial dan psikologis. Hukumannya bukanlah balas dendam atau pencegahan, namun merupakan keharusan moral, dan dia pantas mendapatkannya.

Seperti dugaan Amaya, ada email dari Poornima. Dia mengingatkan Amaya bahwa ini adalah hari Rabu, dan dia hanya tinggal tiga hari lagi untuk mengunjungi Delhi, dan dia sangat menantikan untuk bertemu Amaya di bandara. Poornima yakin ayahnya akan mengenali Amaya bahkan dalam keadaan koma, dan kehadirannya akan membawa kesembuhan. Pada hari sebelumnya, dia menemukan coretan di arsipnya bahwa Amaya adalah pemain piano yang luar biasa; jari-jarinya bergerak dengan anggun, secara ajaib di atas keyboard menghasilkan musik yang merdu. Ia menyebutkan komposer favorit Amaya adalah Mozart,

Beethoven, dan Chopin. Ayah Poornima berada di ruangan yang disiapkan khusus di kediaman mereka, di mana sekelompok dokter dari perusahaan farmasi mereka, termasuk dia, merawatnya sepanjang waktu. Dia telah menempatkan piano di ruangan itu untuk berkonsultasi dengan mereka, berharap Amaya akan memainkannya untuk beberapa waktu. Seperti yang diyakini para dokter, musik pasti akan membantu kesembuhan ayahnya. Amaya teringat dia dan Karan duduk di balkon selatan, bermain piano berjam-jam, terutama saat menggendong. Amaya sering duduk di sisi kanan Karan dan bermain dengannya. Seringkali, dia berhenti bermain dan mendengarkan musik Amaya; kekagumannya terhadapnya melampaui keyakinan. Meski tak pernah lupa mencium dan memeluk Amaya sambil bermain piano, Karan mengungkapkan cinta dan kasih sayangnya melalui musiknya yang luar biasa. Waktu mereka bersama sangatlah luar biasa; meski mengetahui Karan menipunya, Amaya tidak memiliki niat buruk padanya. Amaya membebaskannya dari tuduhan setelah menjalani pelatihan Vipassana, mengira dia mungkin memiliki keterpaksaan, namun ada keinginan yang tak terpadamkan untuk bertemu putrinya. Amaya tidak merasa senang dengan Karan karena dia telah melatih pikirannya untuk tenang. Poornima lebih lanjut menyebutkan bahwa dia telah meminta beberapa pianis untuk bermain sebentar; Meski begitu, tidak ada perubahan pada kondisi ayahnya.

Poornima juga menyebutkan dalam email bahwa dia menemukan catatan bahwa Amaya tinggal bersama Karan selama berbulan-bulan, yang membuat Poornima sangat sedih. Dia bertanya-tanya mengapa ayahnya meninggalkan Marseille, dimana ibunya tinggal sendirian selama kehamilannya ketika dia membutuhkan cinta dan komitmen tanpa syarat dari suaminya. Ibunya sangat percaya pada ayahnya karena Poornima tahu tidak ada seorang pun di dunia ini yang bisa saling mencintai seperti mereka, dan ayahnya siap melakukan apa pun demi istrinya. Poornima menjelaskan bahwa dia merenungkan perpisahan mereka, terutama pada saat-saat penting kehamilan ibunya. Poornima tidak mengerti mengapa ayahnya mengundang Amaya ke rumahnya dan tinggal bersamanya. Kebersamaan seperti itu seringkali berujung pada keintiman seksual, dan mengapa ayahnya menjalin hubungan terlarang dengan wanita lain? Seks adalah kebutuhan biologis, dan cinta bersifat emosional. Namun kepercayaan tumbuh karena keyakinan dan tindakan sadar karena komitmen eksplisit terhadap orang lain. Sebagai pria yang sudah menikah, ayahnya menganiaya dan melanggar kepercayaan yang diberikan ibunya tanpa bisa diampuni.

Tiba-tiba Amaya berhenti membaca. Itu memang merupakan pelanggaran kepercayaan, sebuah pelanggaran yang tampaknya tidak dapat dipertahankan yang dilakukan terhadap istrinya. Namun istrinya juga merupakan salah satu pihak yang melakukan tindakan tersebut, melakukan kejahatan terhadap orang ketiga, dan pihak luar tersebut sangat menderita selama bertahun-tahun, merendahkan hak asasi manusianya dengan mengabaikan keadilan. Mudah bagi Poornima untuk menyalahkan wanita yang tinggal bersama ayahnya di Barcelona, tetapi wanita itu tidak ragu lagi mempercayainya. Poornima cerdas, ingin tahu, analitis, dan memiliki keinginan yang tak tertahankan untuk menemukan kebenaran, namun mengetahui kebenaran akan menimbulkan rasa sakit dan menghancurkan kepercayaan dirinya terhadap kemanusiaan.

Poornima menulis bahwa dia tidak bisa melacak adanya konflik antara ayah dan ibunya; tidak pernah secara kata-kata Dr Eva menyalahkan suaminya atau menuduhnya selingkuh, melanggar kepercayaannya. Ia sempat menyebutkan kehidupan mereka di Eropa adalah masa keemasan, karena mereka memiliki seorang putri yang mewujudkan impian mereka. Dr Eva berulang kali memuji suaminya dan memuji upaya gigihnya untuk memiliki anak. Itu mungkin menandakan dia sadar sepenuhnya atas tindakan suaminya di Barcelona selama satu tahun, demikian pernyataan Poornima.

Meskipun demikian, Dr Eva tidak akan pernah mendorongnya untuk berselingkuh dengan wanita lain. Poornima yakin ada dokter dan perawat yang memenuhi syarat di Marseille untuk merawat ibunya selama kehamilan, karena uang bukanlah masalah bagi ayahnya. Perusahaan farmasi mereka telah mengembangkan obat untuk Alzheimer, meskipun pihak berwenang melarangnya. Perusahaan ini berada di ambang pengembangan obat lain untuk penyakit neurologis. Nama dan ketenaran perusahaan semakin meningkat, dan ketika ayahnya mengambil alih perusahaan setelah kematian ayahnya, perusahaan tersebut tumbuh secara eksponensial, memperoleh reputasi dan mengumpulkan kekayaan.

Karan bereksperimen dengan obat tersebut untuk menciptakan dunia khayalan yang penuh kepercayaan dan kekaguman, meskipun obat tersebut tidak melukai Amaya secara fisik. Cinta yang dia wariskan padanya tidak perlu dipertanyakan lagi. Dia tidak pernah meragukan integritas, kejujuran, dan kemurahan hatinya. Beberapa bulan kemudian, dia menyadari bahwa uang yang ditransfer ke rekeningnya, rumah dan mobil, adalah harga putrinya. Pada saat yang sama, ia memberikan penggantian yang luar biasa dengan membuat jantung ibu bayi tersebut patah hingga tidak dapat diperbaiki lagi. Dengan demikian, kekayaan yang ditransfernya menjadi tidak berguna, tidak layak dan tercela.

Ayahnya menyumbangkan dua puluh lima persen pendapatan mereka untuk amal, terutama untuk kesejahteraan anak-anak dan perempuan, tulis Poornima. Setelah putrinya lahir, Dr Eva berkata bahwa dia telah berubah dengan menulis ulang filosofi hidupnya dan menyumbangkan sejumlah besar uang untuk memberantas kelaparan, kemiskinan, buta huruf, dan penyakit buruk.

Manusia mampu berubah karena proses evolusi; tidak ada seorang pun yang tetap seperti itu selamanya. Sebelum tertidur lelap, Amaya menganalisa.

Keesokan harinya, ada sidang terakhir Annamma, dan anak-anaknya melamar. Annamma berasal dari keluarga kelas menengah atas yang tergabung dalam gereja Siro-Malabar di bawah Paus Roma. Suaminya Mathai adalah seorang petani yang memiliki lahan pertanian subur seluas dua belas hektar di daerah pedesaan distrik Ernakulam, menanam pohon kelapa, pinang, karet dan pohon jambu mete. Pendapatan dari tanah tersebut mencukupi kebutuhan primer dan sekunder keluarga. Mathai, Annamma dan anak-anak mereka memiliki kehidupan yang bahagia dan sejahtera. Mereka menyumbangkan uang tunai dan bantuan kepada gereja setiap kali pastor paroki dan uskup di keuskupan meminta dukungan keuangan. Karena mereka relatif kaya, banyak biarawati dan pendeta mengunjungi rumah mereka dan meminta mereka untuk menghadiri program dan kegiatan keagamaan yang diselenggarakan oleh gereja. Mereka berbicara tentang sengsara dan kematian Yesus berulang kali. Meskipun Yesus adalah anak Tuhan, Dia merendahkan diri-Nya, menderita demi umat manusia, karena dosa-dosa mereka, dan mati di kayu salib, kata para biarawati dan pendeta kepada Mathai dan Annamma. "Dapatkan kekayaan di surga dengan mengikuti jejak Yesus, seperti yang diinstruksikan oleh gereja," kata mereka. Para biarawati dan pendeta sering mengadakan pertemuan doa bulanan di rumah mereka, mengundang para tetangga dan mendorong devosi kepada Perawan Maria dengan berdoa rosario dan meminta mereka untuk mendaraskannya setiap malam. Suasana doa yang mendalam mulai menyelimuti keluarga Annamma dan Mathai; anak-anak berkonsentrasi pada doa, mengabaikan pelajaran. "Anda menyalib Yesus setiap kali

Anda berbuat dosa. Tuhan mengasihi kita semua; itu sebabnya kami adalah pengantinnya," kata para biarawati itu kepada Annamma dan Mathai. Annamma berdoa berkali-kali sehari, sebelum dan sesudah sarapan, makan siang dan makan malam, karena mereka membenci dosa; mereka tidak ingin menyakiti Yesus atau pergi ke neraka.

Sekelompok imam mengunjungi rumah mereka untuk doa Pentakosta. Setelah beberapa hari, mereka menyarankan Annamma dan Mathai menghadiri dhyanam sepuluh hari atau pertemuan doa Pantekosta besar yang diadakan di dhyana-kendram, sebuah pusat doa, tempat ribuan umat dapat berkumpul dan berdoa. Motto dhyana-kendram adalah "selamatkan dirimu dari kutukan abadi, kembalilah kepada Yesus untuk menyelamatkan jiwamu." Setelah meminta putri sulung mereka untuk menjaga saudara-saudaranya, Annamma dan Mathai menghadiri dhyanam selama sepuluh hari. Ini adalah pengalaman baru bagi pasangan ini, hidup dan berdoa bersama ribuan orang percaya. Bernyanyi dengan lantang, menari dengan liar, melantunkan doa dalam keadaan halusinasi, dan mengoceh dalam bahasa yang tidak diketahui, mereka memuji Yesus dan Maria. Melalui ilham roh kudus, mereka percaya bahwa doa Pentakosta mengubah pandangan mereka.

Dhyanam dimulai sekitar pukul tujuh dan berlanjut hingga pukul delapan malam. Para pendeta mengatur penginapan dan asrama dengan biaya tertentu. Meski makanannya sedikit, fasilitas asrama di bawah standar; tidak ada yang mengeluh saat doa mempersiapkan mereka untuk pergi ke surga bertemu Yesus dan Perawan. Histeria massal memenuhi ruangan ketika selebran utama menyentuh kepala sejumlah orang terpilih di jemaah. Dalam hiruk pikuk suasana doa, rubrik, dupa, kesaktian, dan bunyi lonceng genggam yang menandakan kejadian gaib di tengah-tengah mereka, sang pendeta berseru, "haleluya, haleluya", berkali-kali meminta ruh suci turun ke atas mereka dalam wujud burung merpati. . Jatuh ke tanah, berguling-guling terus menerus, dan berbahasa roh, perempuan dan laki-laki bertingkah laku seperti orang kesurupan. Ketika para imam memecahkan roti dan meminum anggur, yang dianggap sebagai tubuh dan darah Yesus, banyak orang menyaksikan kebangkitan Yesus di altar.

Peristiwa paling kritis dalam dhyana-kendram adalah pengusiran setan oleh para pendeta yang mengusir setan terutama dari wanita, memukul mereka dengan tongkat dan membacakan doa dalam bahasa Syria, Latin dan bahasa yang tidak jelas. Penyembuhan orang sakit dilakukan oleh petugas utama.

Annamma dan Mathai merasa seolah-olah bersama Yesus dan Maria di surga, dan setelah kembali ke rumah, mereka tetap dalam suasana penuh doa. Annamma menemani Mathai menghadiri empat pertemuan doa Pantekosta lagi, masing-masing berlangsung sepuluh hari di berbagai wilayah Kerala, meninggalkan anak-anak mereka sendirian dalam waktu tiga bulan. Lambat laun Annamma menyadari malapetaka yang ditimbulkan oleh dhyanam yang berulang-ulang di keluarganya ketika anak-anak berhenti bersekolah, dan sapi serta unggas tetap kelaparan dan sakit-sakitan. Yang paling parah adalah salah urus pertanian mereka; akibatnya, keuntungannya berkurang. Kelaparan dan kesehatan yang buruk mulai terlihat, anak-anak menjadi gelandangan, pertengkaran keluarga sering terjadi, dan Mathai berperilaku kasar hingga menjadi pecandu alkohol dan narkoba. Annamma meminta Mathai berhenti menghadiri pertemuan doa dan berkonsultasi dengan psikiater. Namun dia menjadi lebih sering melakukan dhyanam untuk mengatasi kecanduan alkoholnya dan melakukan perjalanan ke berbagai pusat doa. Mathai menyukai pertemuan besar orang percaya, doa yang nyaring, berbahasa roh, mengusir setan, menyembuhkan orang sakit tanpa obat, memohon kepada perawan Maria untuk melakukan mukjizat dan tarian halusinasi. Mathai tetap berada dalam dunia khayalan takhayul dan keajaiban transubstansiasi roti dan anggur menjadi tubuh dan darah Yesus seperti para kanibal kuno. Dia mulai menjual tanah pertaniannya untuk pergi ke berbagai pusat doa, dan para pendeta mendorong dia untuk tinggal bersama Maria dan Yesus untuk menjalani kehidupan yang suci. Mereka berdoa bersama, meletakkan tangan mereka di atas kepalanya untuk menyembuhkan kecanduan alkoholnya. Sementara itu, putri sulungnya melarikan diri bersama seseorang dari Coimbatore mengunjungi desanya, menjual pakaian sintetis siap pakai.

Annamma berpikir cukup sudah dan bertemu Amaya, dan setelah membahas masalah ini secara menyeluruh, dia mengajukan permohonan yang melarang Mathai menjual tanah lagi dan berhenti menghadiri pertemuan doa. Lebih lanjut, Annamma meminta pengadilan untuk mengarahkan pendeta di pusat meditasi dan uskup setempat untuk membayar kompensasi satu crore rupee karena telah menghancurkan kedamaian dalam keluarga dan keamanan finansial mereka. Pada sidang terakhir, Amaya menjelaskan kasus tersebut secara rinci dan meyakinkan pengadilan untuk melarang Mathai menjual sisa tiga hektar tanah dan rumahnya. Pengadilan mengatakan kepada Mathai bahwa dia bertanggung jawab untuk tinggal di rumah, bekerja di ladang, menjaga anak-anaknya dan memberi mereka makanan, pendidikan, dan keamanan yang layak. Pengadilan memerintahkan Mathai untuk tidak menjual tanah dan rumahnya.

Selanjutnya, pengadilan memerintahkan para imam dan uskup untuk memberikan kompensasi satu crore rupee kepada Annamma. Gereja dengan sengaja dan dengan niat jahat menghancurkan perdamaian, keharmonisan, dan kesejahteraan finansial. Mengubah orang menjadi budak agama merupakan pelanggaran berat dan dapat dijatuhi hukuman penjara, dan pengadilan menjatuhkan hukuman tiga tahun penjara yang berat kepada pengkhotbah Pantekosta tersebut.

Saat sampai di kantor pada malam hari, Amaya bertemu dengan klien baru. Namanya Kalyani Nambiar, pensiunan pegawai pemerintah yang bekerja sebagai kepala peneliti di bidang oseanografi. Kalyani memperoleh gelar doktor ekologi kelautan dari Universitas Boston dan bekerja dengan pemerintah selama lebih dari tiga puluh empat tahun. Suaminya, seorang tentara yang terbunuh dalam perang Kargil, dan putrinya, berusia sekitar empat puluh tahun, satu-satunya anak, menderita cacat intelektual. Di penghujung karir Kalyani, ia harus mengambil cuti panjang selama tiga tahun untuk merawat putrinya yang masih lajang dan tinggal bersama Kalyani sejak kecil. Ketika Kalyani pensiun dari dinas, pemerintah menolak membayar uang pensiunnya, dengan mengatakan Kalyani telah meninggalkan pekerjaannya. Kalyani tidak punya penghasilan lain. Dia sangat membutuhkan keamanan finansial untuk menjaga putrinya. Sadar betapa gawatnya situasi, Amaya meminta juniornya menyiapkan berkas perkara agar segera dibawa ke pengadilan.

Sebelum tidur, Amaya menemukan pesan dari Poornima sambil melihat sekilas email tersebut. Itu singkat saja.

"Hai, Bu; hari ini, aku bisa menelusuri beberapa fakta buruk dari coretan ayahku. Hal-hal tersebut sangat menghancurkan keyakinan saya kepada ayah saya ketika dia menulis: 'Karena Amaya berulang kali mengalami mual, saya membawanya ke dokter kandungan di Madrid. Dokter menegaskan; bahwa Amaya sedang hamil.' Bu, saya merasa malu membacanya, bukan karena ibu hamil, tetapi karena ayah saya selingkuh dari ibu saya dan menipu seorang wanita yang tidak bersalah, suatu pelanggaran kepercayaan ibu yang tidak dapat dimaafkan. Dia menganiaya ibu saya, dan saya tidak bisa memaafkannya. Kamu berhak hamil, tapi aku yakin kamu tahu ayahku sudah menikah, dan istrinya sedang mengandung. Adalah tidak benar bagi Anda untuk membujuk ayah saya, tinggal bersamanya selama berbulan-bulan, hamil anaknya, suatu keputusan yang berbahaya. Di manakah Anda menyembunyikan filosofi Anda tentang keadilan dan hak asasi manusia? Anda perlu merasa malu atas tindakan najis yang telah Anda lakukan. Aku tak ingin tahu keberadaan Supriya, adik tiriku. Meskipun aku tidak membencinya, aku membencimu karena perilakumu yang meremehkan. Anda bertindak jahat. Tidak ada rasa hormat dalam diriku untukmu. Selamat malam. Kasihan sekali."

Amaya duduk diam saat jantungnya meledak; dia menangis tetapi berusaha mengendalikan emosinya. Malam itu menyiksa; namun, seperti biasa, dia berlatih Vipassana selama satu jam. Benar saja, itu adalah pengalaman paling menenangkan sebelum tertidur lelap.

Harapannya

Amaya menjalani hari yang sibuk karena delapan kasus ditangani pengadilan yang berbeda sejak pagi, dan Sunanda ada di sana untuk membantunya. Untuk sidang terakhir, terdapat permohonan Vanaja, yang berusia akhir tiga puluhan, yang diajukan setahun yang lalu, yang merupakan salah satu kasus pelanggaran hak asasi manusia terburuk. Dia berdoa untuk mendapatkan kompensasi ketika petugas kehutanan tanpa ampun menghancurkan mata pencaharian seorang petani dengan membakar lahan pertaniannya, menghancurkan rumahnya dan diduga membunuh seekor babi hutan. Reaksi petugas kehutanan tidak manusiawi dan melanggar hak-hak dasar yang tercantum dalam konstitusi India, bantah Amaya. Akibat perlakuan kejam terhadap Vanaja dan keluarganya sangat menyedihkan. Hal ini menghancurkan kebebasan, kesetaraan, persamaan kesempatan dan martabat manusia. Amaya mencoba meyakinkan pengadilan dengan menyoroti berbagai bagian dari hak-hak dasar konstitusi India dan Deklarasi Universal Hak Asasi Manusia PBB, dimana India merupakan salah satu penandatangannya. Pelanggaran hak asasi manusia yang dilakukan oleh petugas kehutanan tidak dapat diterima dalam masyarakat yang beradab, jelasnya, mengutip kejadian di pertanian Vanaja. Amaya secara sistematis menyergap argumen pembela pemerintah; Vanaja dan suaminya merambah hutan lindung, menebang pohon dan membunuh hewan liar, sehingga mengubah tiga hektar menjadi lahan pertanian. Amaya menunjukkan semua bukti dokumen yang diperlukan dari kantor desa, Panchayat, kantor pendapatan, dan kantor pencatatan tanah di hadapan pengadilan, yang membuktikan bahwa Vanaja dan Gopalan adalah pemilik sah atas tanah dan rumah yang dibangun di dalamnya. Sertifikat dan kepemilikan tanah menyebutkan bahwa lahan pertanian tersebut adalah milik Vanaja dan suaminya. Pada saat yang sama, klaim departemen kehutanan adalah palsu, dibuat-buat dan tidak memiliki bukti yang sah. Oleh karena itu, pembakaran lahan pertanian dan rumah mereka melanggar hukum.

Amaya menjelaskan kepada pengadilan bahwa kakek Gopalan telah membeli tiga hektar dan sebuah rumah kecil di perbukitan, di samping hutan, sekitar tujuh puluh tahun yang lalu. Tanah tersebut memiliki semua dokumen yang diperlukan yang dikeluarkan oleh pemerintah. Gopalan dan Vanaja pekerja keras; mereka menghasilkan hampir segalanya di pertanian mereka. Tanaman utama yang mereka hasilkan adalah sawah seluas satu hektar, yang mereka tanam dua kali setahun, cukup untuk konsumsi mereka selama setahun. Setengah hektar tapioka, seperempat hektar berbagai jenis sayuran dan pohon pisang menghasilkan sekitar dua ratus ribu rupee setiap tahunnya. Pendapatan dari pohon karet, jambu mete, kelapa dan pinang untuk sisa lahan pertanian cukup untuk mempunyai saldo bank sebesar seratus ribu rupee per tahun untuk pendidikan anak perempuan mereka. Mereka juga mempunyai beberapa pohon mangga dan nangka, yang menghasilkan jenis buah terbaik selama musim panas. Vanaja menjual sekitar tiga puluh liter susu dari dua ekor sapi dan satu kerbau, dan sepanjang hari setelah menyekolahkan anaknya, dia sibuk memotong rumput hijau dan mengumpulkan pakan ternak. Setengah lusin kambing selalu ada di kandangnya, dan susu kambing yang tidak dia jual tetapi digunakan di rumah menyehatkan anak-anaknya. Unggasnya menghasilkan cukup telur dan daging untuk konsumsi sehari-hari. Vanaja menghargai semua karyanya dan mencintai Gopalan serta putri-putrinya.

Amaya mengatakan kepada pengadilan bahwa Gopalan adalah petani yang ideal. Sebagai manusia teladan, ia tidak pernah mengambil pinjaman dari bank atau lembaga keuangan, percaya pada pendiriannya, dan dengan sungguh-sungguh berkontribusi pada kesejahteraan negara. Gopalan, tidak pernah menjadi beban bagi siapapun, menjalani kehidupan tanpa keburukan apapun dan mencintai istri dan anak-anaknya. Dia bekerja di ladang dari jam tujuh sampai jam empat malam. Dia memiliki pemahaman yang sangat baik tentang semua aspek pertanian, mengumpulkan air hujan di tangki penyimpanan kecil, dan menyediakan air dalam jumlah banyak; karenanya, dia bisa mengairi lahan pertaniannya di musim panas. Di sudut rumahnya ada kolam ikan kecil tempat ia membudidayakan ikan. Vanaja dan Gopalan membangun rumah ubin dengan fasilitas modern, menjalani kehidupan bahagia dan sejahtera. Mereka mempunyai impian untuk menyekolahkan anak-anak mereka ke jenjang yang lebih tinggi di perguruan tinggi profesional. Karena rumah mereka berada di sebelah hutan, setidaknya beberapa kali dalam setahun, terutama saat musim hujan, babi hutan mengganggu lahan pertanian mereka pada malam hari dan merusak budidaya, terutama tapioka. Gopalan mengetahui bahwa babi hutan datang dalam jumlah besar dan bertindak berbahaya, namun mereka tidak pernah mendekati rumah mereka. Suatu malam saat musim hujan, sekitar lima tahun yang lalu, Gopalan dan Vanaja mendengar anjing mereka menggonggong terus menerus, dan Gopalan mengira mungkin ada rubah atau ular piton yang menangkap unggas tersebut. Amaya menghentikan narasinya untuk sementara waktu, namun pengadilan ingin mengetahui lebih banyak tentang Vanaja dan Gopalan dan meminta Amaya untuk melanjutkan ceritanya.

Gopalan bangkit, membuka pintu utamanya dan pergi ke dekat kandang untuk mengetahui mengapa anjing itu menggonggong lama sekali. Anjing itu bersamanya. Tiba-tiba Gopalan melihat sesuatu menyerbu ke arahnya, dan sesaat kemudian, benda itu menyerangnya; anjing itu mencoba menyelamatkannya. Itu adalah babi hutan raksasa. Mendengar keributan tersebut, Vanaja dan anak-anak membuka pintu dan berlari menuju Gopalan. Mereka melihat Gopalan yang terluka parah dan anjingnya tergeletak di tanah. Dengan bantuan tetangganya, Vanaja memindahkan Gopalan ke rumah sakit sekitar tiga puluh kilometer dari rumah mereka.

Luka Gopalan di perutnya sangat parah; dia tidak bisa menggerakkan tangan atau kakinya. Anjing itu mati dalam waktu dua jam karena luka yang dalam di sekujur tubuhnya. Dalam seminggu, penduduk desa yang marah menjebak babi hutan tersebut ke dalam sangkar dan memakan dagingnya. Ketika petugas kehutanan mengetahui kejadian tersebut, mereka membuat laporan informasi pertama terhadap Gopalan, Vanaja dan beberapa penduduk desa yang tidak dikenal. Saat Vanaja berada di rumah sakit bersama suaminya, dia tidak pernah tahu apa yang terjadi di rumah.

Amaya mengajukan dokumen ke pengadilan di rumah sakit bahwa Gopalan masih dirawat di rumah sakit karena dia menderita cedera tulang belakang yang parah dan terbaring di tempat tidur ketika penduduk desa menangkap babi hutan. Setelah tiga bulan, Vanaja membawa pulang Gopalan. Ketidakmampuannya merupakan pukulan telak bagi Vanaja dan anak-anaknya. Mereka harus membayar sejumlah besar uang ke rumah sakit, dan biaya pengobatan sehari-hari tidak tertahankan. Impian Vanaja runtuh di depan matanya, namun dia belum siap menerima kekalahan. Setelah menyekolahkan anak-anaknya dan memberi makan suaminya, dia bekerja di pertanian selama sekitar delapan jam setiap hari. Meskipun dia tidak dapat menyelesaikan semua pekerjaan tepat waktu, ketekunannya membantu, dan hasil pertaniannya sangat menggembirakan. Vanaja bekerja seperti budak dan harus menjaga anak serta suaminya. Merawat sapi, kambing, dan unggas merupakan tugas yang paling menantang. Terdapat cukup rumput hijau di peternakan, dan Vanaja menghabiskan sekitar tiga jam mengumpulkan pakan ternak. Dia juga menyimpan sekarung gandum untuk unggasnya.

Tiga petugas hutan datang ke rumah Vanaja suatu hari dalam waktu satu tahun setelah membunuh babi hutan. Mereka memberitahunya bahwa mereka akan mengajukan kasus ke pengadilan; dia dan suaminya membunuh seekor babi hutan, sebuah pelanggaran berat terhadap undang-undang perlindungan satwa liar. Permohonan Vanaja yang berulang kali—dia tidak punya andil dalam membunuh babi hutan, dan dia berada di rumah sakit bersama suaminya—gagal meyakinkan petugas kehutanan. Mereka mengatakan kepadanya bahwa mereka akan menarik namanya dari kejahatan tersebut jika dia dapat membayar mereka dua ratus ribu rupee. Vanaja tidak mempunyai uang untuk membayar petugas kehutanan, karena dia telah menghabiskan banyak uang untuk biaya rawat inap dan pengobatan suaminya, yang masih cacat. Setelah dua bulan, petugas kehutanan mengunjungi rumah Vanaja; mereka mengklaim lahan pertanian itu adalah bagian dari hutan. Vanaja dan suaminya menempatinya secara ilegal. Bangunan yang mereka bangun tidak sah dan ilegal; oleh karena itu mereka harus mengosongkan rumah dan tanah dalam waktu satu bulan.

Vanaja pergi ke kantor desa, Panchayat dan kantor polisi setempat, membuktikan bahwa dia dan suaminya adalah pemilik tanah pertanian tersebut. Rumah tersebut tidak berada di lahan hutan yang ditempati secara ilegal. Kantor desa dan Panchayat tidak mempedulikan penderitaannya; sebaliknya, mereka bersikap kasar. Polisi menganiayanya, dengan mengatakan bahwa dia secara ilegal menempati lahan hutan, mengolahnya selama bertahun-tahun, membangun rumah, dan membunuh hewan liar; dia pantas dipenjara selama bertahun-tahun. Vanaja merasa hancur; dia tidak menerima bantuan dari tetangga dan penduduk desanya. Mereka takut untuk berdiri bersamanya, karena mengira petugas hutan dapat melibatkan mereka dalam pembunuhan babi hutan tersebut. Suatu hari, petugas kehutanan dan sepuluh hingga lima belas penjaga hutan datang bersama para pengangkut tanah, menghancurkan rumah tanpa peringatan, menebang tanaman dan pohon buah-buahan di lahan pertanian, dan membakarnya. Vanaja dan anak-

anaknya menangis tak berdaya. Hatinya hancur melihat api melalap lahan pertanian dan rumah mereka.

Keluarga itu tidak punya tempat tujuan dan meringkuk di sudut jalan kota sekitar dua puluh kilometer jauhnya. Mereka tetap berada di alam terbuka selama seminggu dalam keadaan lapar, gadis-gadis itu jatuh sakit, dan Gopalan meninggal pada hari kesepuluh. Seorang pekerja sosial menemui Vanaja, menanyakan keadaannya yang menyedihkan, menyatakan kesediaannya untuk membantunya dan mengajukan kasus terhadap petugas kehutanan. Dalam seminggu, pekerja sosial tersebut membawa Vanaja ke Amaya. Saat itu hari Sabtu; tidak ada kantor. Meski begitu, Amaya tetap pergi ke kantornya, mendengarkan Vanaja selama tiga jam dan menyatakan kesediaannya untuk pergi bersama Vanaja dan pekerja sosial untuk melihat lahan pertanian yang terbakar dan tempat tinggal Vanaja dan anak-anaknya.

Amaya segera memulai dengan Vanaja dan pekerja sosial; lahan pertanian yang terbakar dan rumah yang hancur bagaikan miniatur My Lai yang dibom. Amaya mengklik beberapa foto lahan pertanian dan rumah yang terbakar. Vanaja memberi tahu Amaya bahwa itu adalah pencapaian seumur hidup mereka; Gopalan, ayah dan kakeknya, tinggal di sana dan bekerja selama tujuh puluh tahun. Meskipun Amaya tidak bisa berkata-kata melihat kerusakan yang terjadi, ia pergi ke kantor kehutanan untuk menemui petugas, namun petugas tersebut menolak untuk menemuinya. Kemudian dia pergi untuk melihat di mana Vanaja dan gadis-gadisnya tinggal. Itu adalah pemandangan yang menyedihkan; anak-anak yang kelaparan tampak sengsara; mereka menderita demam. Meski mengetahui hal itu bertentangan dengan etika profesionalnya, Amaya tidak bisa menahan air matanya. Dengan izin Vanaja, Amaya mengambil beberapa foto, dan bersama pekerja sosial, dia memindahkan gadis-gadis itu ke rumah sakit di Kochi. Sebuah LSM membantu Amaya mencarikan tempat tinggal bagi Vanaja yang dekat dengan rumah sakit dan mendapatkan pekerjaan di pasar sayur.

Amaya berdoa agar para hakim menunjukkan beberapa foto lahan pertanian yang terbakar dan rumah Vanaja yang dibongkar, dan pengadilan menyatakan kesediaannya. Foto hitam-putih tersebut secara eksplisit menunjukkan pelanggaran HAM yang dilakukan petugas kehutanan. Pengadilan menyatakan keterkejutannya atas pelanggaran mencolok terhadap hak asasi manusia mendasar yang dialami sebuah keluarga miskin. Menolak Vanaja untuk memilih secara bebas untuk hidup mandiri dan menolak kesetaraan dengan menghancurkan mata pencahariannya mengakibatkan terorisme yang dilakukan oleh petugas kehutanan. Menghilangkan tujuh puluh tahun kerja keras tiga generasi masyarakat, metode despotik yang diterapkan oleh petugas kehutanan dan pemerintah, yang mendorong seorang perempuan dan ketiga anaknya ke dalam kemiskinan adalah kejahatan yang sangat mengerikan. Kejahatan itu pantas mendapat hukuman berat. Pengadilan memberikan hukuman sepuluh tahun penjara kepada ketiga petugas kehutanan dan memerintahkan pemerintah untuk menghentikan layanan mereka. Pengadilan mendenda petugas kehutanan masing-masing seratus ribu rupee karena menuntut suap, selain meminta mereka membayar kompensasi sebesar tiga ratus ribu rupee kepada empat korban dalam waktu satu bulan. Jika tidak membayar ganti rugi, maka akan dikenakan hukuman penjara lima tahun lagi.

Pemerintah akan membayar sepuluh crore rupee kepada Vanaja dan anak-anaknya dalam waktu satu bulan. Departemen kehutanan akan memberikan bantuan keuangan kepada setiap anak, seratus ribu rupee setiap tahun, sampai mereka menyelesaikan pendidikan perguruan tinggi mereka. Pengadilan juga mengarahkan pemerintah untuk mengembalikan lahan pertanian ke Vanaja dan membangun rumah dengan segala fasilitas modern dalam waktu enam bulan. Putusan tersebut merupakan kemenangan besar bagi Amaya dan Vanaja karena menjunjung tinggi nilai kebebasan, hak asasi manusia dan keadilan.

Amaya punya satu kasus lagi untuk sidang terakhir hari itu. Permohonan yang diajukan Sulu ditujukan kepada seorang menteri di Kabinet Negara karena melakukan kecurangan. Pada hari ketika kantor Amaya mengirimkan salinan petisi kepada pengacara menteri, dia menerima telepon dari sekretaris pribadi menteri, meminta Amaya untuk tidak menangani kasus Sulu. Amaya memberitahunya bahwa dia tidak punya hak untuk ikut campur dalam urusan profesionalnya. Ia menjelaskan, hal itu merupakan permintaan dari Menteri dan siap memberikan bantuan apa pun kepadanya. Amaya bersifat kategoris; dia tidak mengharapkan nasihat dari menteri. Sehari kemudian, ada telepon dari menteri yang menyarankan Amaya untuk tidak menerima Sulu sebagai kliennya. "Urusi urusanmu sendiri, Tuan Menteri," jawab Amaya. Malam itu dan malam-malam berikutnya, Amaya mendapat telepon dari orang tak dikenal yang mengancam akan memberinya pelajaran. Seminggu kemudian, Amaya mendengar dentuman keras di kaca jendela belakangnya saat pergi ke pengadilan. Segera ia menghentikan mobilnya di pinggir jalan dan melihat pecahan kaca jendela belakang berjatuhan. Amaya mengirimkan pengaduan tertulis ke kantor polisi untuk sampai ke pengadilan menjelaskan kejadian tersebut. Meski Amaya telah merekam panggilan telepon sang menteri, ia memutuskan untuk tidak menyebutkannya dalam pengaduannya.

Di persidangan, Amaya menjelaskan permohonan Sulu, seorang janda dengan dua bayi. Saat berada di Abu Dhabi, suaminya meninggal karena terjatuh dari gedung bertingkat saat sedang memperbaiki kaca jendela. Sulu memiliki rumah dengan empat kamar tidur di atas tanah seharga tiga puluh sen, menghadap tepi Sungai Manimala, sekitar setengah jam perjalanan dari Kottayam. Dia menyewakan dua kamar untuk homestay kepada turis dari Eropa, memasak daging sapi, ikan, dan hidangan lainnya ala Kerala dengan harga terjangkau, dan para turis menikmati keramahtamahan Sulu. Kamar-kamarnya dihuni sepanjang tahun, dan dia menghasilkan cukup uang dari bisnisnya. Sulu secara teratur menyimpan sejumlah uang di bank untuk pendidikan anak-anaknya dan merawat ibunya. Sulu tinggal bersamanya, selain membantu Sulu mengurus rumah dan memasak.

Anggota dewan legislatif setempat (MLA) membeli sekitar lima puluh hektar tanah di sebelah rumah Sulu untuk membangun taman hiburan air, dua restoran, dan lima puluh vila mandiri dengan dua kamar tidur untuk wisatawan. Dia berencana untuk menginvestasikan sekitar lima ratus crore rupee dalam proyek tersebut dan menerima kemitraan dari para industrialis di negara-negara Teluk. MLA tahu bahwa mustahil membangun jalan pendekatan ke tamannya tanpa mengakuisisi tanah Sulu. Suatu malam, dia pergi menemui Sulu, memintanya untuk menjual tanah dan rumahnya, menawarkan tiga crore rupee. Dia menulis angka tiga di selembar kertas, diikuti dengan tujuh angka nol seolah mencoba meyakinkan Sulu betapa besarnya jumlah yang siap dia bayarkan padanya. Sulu mengatakan kepada MLA bahwa dia tidak tertarik menjual sebidang tanah dan rumah yang dimilikinya, karena dia sepenuhnya bergantung pada tanah tersebut untuk mencari nafkah. Penghasilan yang ia terima dari usaha tersebut membantu menghidupi keluarga dan mendidik anak-anaknya. MLA mengancam Sulu dengan mengatakan kepada mereka bahwa jenazahnya akan terapung di Sungai Manimala dalam beberapa hari jika dia menolak menyerahkan tanah tersebut. Sulu bersikeras dia tidak akan membagi hartanya. Pada malam yang sama, para preman menyerang rumahnya dengan batu dan tongkat, melukai Sulu, anak-anaknya, dan para turis yang tidur di sana. Keesokan harinya, Sulu pergi ke kantor polisi dan meminta petugas polisi tersebut mengajukan laporan informasi pertama terhadap MLA, namun dia menolaknya. Petugas polisi tersebut melecehkan Sulu secara verbal dan mengatakan kepadanya, "Jangan pernah mencoba mengajukan pengaduan terhadap MLA." Namun pelemparan batu dan kaca jendela pecah terus terjadi pada malam hari, dan Sulu kesulitan menjalankan bisnis homestaynya. Ketika wisatawan berhenti menyewa homestay milik Sulu, bisnisnya bangkrut dalam waktu satu bulan.

Amaya menjelaskan kepada pengadilan bahwa Sulu harus setuju untuk menjual tanah dan rumah seharga tiga crore rupee kepada MLA, yang membayarnya satu crore rupee melalui cek, dan berjanji akan membayar sisanya dalam waktu seminggu. Di kantor pencatatan tanah, Sulu menandatangani akta penjualan yang menunjukkan bahwa dia menerima satu crore rupee untuk tanah dan rumah tersebut. MLA memaksa Sulu mengosongkan rumah tersebut ketika Sulu menandatangani akta jual beli. Sulu membeli lima sen tanah dan rumah dengan tiga kamar tidur sekitar lima kilometer dari sana dengan harga sembilan puluh lima lakh rupee, namun bahkan setelah enam bulan, dia tidak bisa mendapatkan satupun turis untuk dijadikan homestay karena lokasinya jauh dari tempat wisata utama. . Sulu sering pergi ke kantor MLA untuk mendapatkan saldo, tapi dia tidak pernah bisa bertemu dengannya. Dia menjadi frustasi karena tidak mempunyai penghasilan untuk menghidupi keluarganya.

Sedangkan MLA menjadi menteri kabinet. Namun dia tidak pernah membayar sisa dua crore rupee kepada Sulu. Pengadilannya penuh perhatian, tapi Sulu tidak mendapatkan keringanan sementara saat masuk. Pada sidang terakhir, Amaya meyakinkan pengadilan bahwa menteri telah berjanji kepada Sulu bahwa dia akan membayar tiga crore rupee sebagai harga rumah dan tanah, namun dia hanya membayar satu crore. Amaya menunjukkan selembar kertas di hadapan pengadilan yang di dalamnya menteri telah menuliskan angka tiga diikuti tujuh angka nol sebagai bukti dokumenter. Amaya menyerahkan tiga sertifikat ke pengadilan untuk membuktikan keaslian penulisnya. Yang pertama adalah seorang ahli grafologi, yang membuktikan bahwa tulisan tangan kertas tersebut adalah tulisan tangan menteri. Ahli tulisan tangan forensik, dengan banyak contoh yang menegaskan dengan tegas naskahnya, menjadi milik menteri pada sertifikat kedua. Pakar forensik lain bisa mengidentifikasi sidik jari menteri di kertas itu. Amaya menjelaskan legalitas dan legitimasi argumennya. Pengadilan meminta menteri untuk membayar dua crores rupee dengan bunga lima belas persen tahunan selama tiga tahun dan sepuluh lakh rupee untuk biaya perkara kepada Sulu dalam waktu dua minggu. Pengadilan berpendapat bahwa seorang pendeta yang menipu seorang janda tidak layak untuk melanjutkan.

Sulu senang mendengar putusan tersebut dan mengatakan kepada Amaya bahwa dia akan membeli rumah dengan empat kamar tidur di dekat danau Vembanad, sebuah tempat wisata, untuk menghidupkan kembali bisnis homestaynya.

Saat itu sudah larut malam; semua juniornya telah pergi. Sebelum tidur, Amaya menemukan email dari Poornima. Duduk di kursi malasnya, Anaya mulai membacanya:

"Hai Bu,

Saya minta maaf atas kata-kata kasar saya dan meremehkan martabat Anda dalam komunikasi saya sebelumnya. Tidaklah bermartabat untuk mengungkapkan keadaan pikiranku dengan tidak sopan, tanpa mempedulikan perasaanmu, mengabaikan bagaimana hal itu akan melukai hatimu. Apa yang saya tulis adalah asli, tetapi saya tidak seharusnya mengungkapkannya, menuduh Anda tanpa mengetahui secara pasti keadaan yang memaksa Anda untuk tinggal bersama ayah saya. Saya tidak menyadari dimensi hubungan ayah saya dengan Anda. Membayangkan situasi yang tampak pada saya mungkin tidak faktual. Bahkan orang yang tampak jujur seperti ayahku mungkin tidak memiliki niat yang mulia ketika dia bertemu denganmu dan mengajakmu untuk bersamanya di rumahnya. Selain itu, Anda mungkin tidak mengetahui latar belakang, niat, dan rencananya.

Mohon maafkan saya atas kata-kata yang tidak pantas; izinkan saya berterus terang kepada Anda; Aku tidak membenci siapa pun, apalagi aku tidak pernah bisa membencimu. Anda selalu istimewa, dan saya memiliki gambaran mental tentang Anda saat mencari Anda. Tanpa pernah bertemu langsung dengan Anda, saya dapat memproyeksikan bagaimana Anda muncul dalam kesadaran saya; kamu mirip denganku, dan aku menyukaimu. Itu bukan sekedar asumsi tapi proyeksi psikologis diriku di dalam dirimu. Saya dapat memberi tahu Anda alasannya. Anda mungkin terkejut; hubungan timbal balik bisa terjadi antara individu yang belum pernah bertemu, dengan perasaan kuat bahwa orang lain ada di suatu tempat. Mereka menjadi sadar satu sama lain dan tertarik satu sama lain. Mereka sadar siapa orang lain itu. Izinkan saya menyebutnya gravitasi psikis, yang akurat, sekaligus fenomenologis. Itu adalah pengakuan timbal balik atas keberadaan orang lain dalam ketiadaan, begitu kuat dan mencakup segalanya. Anda dapat merasakan, merasakan, dan mengalaminya di dalam diri Anda; tanpa melihat, menyentuh, mencium dan mendengar orang lain, Anda tahu siapa orang lain itu.

Dalam kebanyakan kasus, perasaan, kerinduan, dan firasat Anda terbukti benar. Segera setelah saya lahir, saya tahu Anda ada di sana; Anda entah bagaimana secara fisik, psikologis atau spiritual berhubungan dengan saya. Ada ketergantungan pribadi di antara kami, namun kami bebas, namun ada kerinduan mendalam untuk bertemu satu sama lain dan berbagi keberadaan dan cinta kami. Itulah yang disebut dengan afinitas hati. Suara hati saya memberi tahu saya bahwa Anda dekat dengan saya dan tidak dapat dipisahkan; perasaan, emosi, hasrat, dan visi kita saling terkait dan terikat selamanya. Tadi malam, aku mencoba melupakanmu. Meskipun demikian, itu adalah tugas yang mustahil, karena setiap kali aku ingin melupakan atau menjauh darimu, kamu datang mendekatiku dengan kekuatan yang lebih besar dan wajah yang lebih cerah. Anda adalah aliran kesadaran saya, menyirami perasaan terdalam saya.

Saya mengalami seseorang di dekat saya sejak masa kecil saya seperti kekuatan penuntun, lampu genggam. Aku tahu itu bukan ibuku tapi setara dengan ibuku; kehadirannya bercahaya, konstan, menenangkan dan menstimulasi. Dia menyanyikan lagu pengantar tidur, bercerita padaku, membacakan dongeng sebelum aku tidur dan menunggu di dekat tempat tidurku agar aku tidak merasa kesepian atau sedih ketika aku bangun. Sentuhannya lembut, lembut dan penuh perhatian, memungkinkan saya untuk berbicara sebelum dia berbicara. Saat dia tidak menyentuhku, aku merasakan kelembutannya dan tidak pernah merasa kehilangan kedekatannya. Dia bersamaku di taman bermainku, tidak pernah ikut campur, tidak pernah memaksaku melakukan sesuatu yang tidak ingin kulakukan, dan tetap bersamaku, selalu berpenampilan menyenangkan.

Ketika saya masih di sekolah, dia duduk bersama saya seolah-olah saya dapat melihatnya tetapi tidak terlihat oleh orang lain; dia membantuku mempelajari setiap pelajaran yang diajarkan, bermain denganku dan bergabung dengan teman-temanku, meskipun dia tidak terlihat. Kami berbagi coklat, kue, dan permen yang saya terima dari orang lain. Dia berjalan di sisiku namun lambat laun menjadi bayanganku, membuatku menonjol namun tetap menjadi pendampingku. Saya dapat mendengarnya berbicara dengan saya, memanggil saya, dan saya menyukai penampilan, senyuman, dan gerakannya setiap kali saya melihat ke belakang. Saya mencoba meniru bahasa tubuhnya, gerak tubuh, ekspresi wajahnya dan bahkan cara dia bernapas, sebuah upaya sadar untuk meniru. Saya ingin menghabiskan lebih banyak waktu bersamanya di sekolah menengah karena saya merasa dia natural, bukan spektral. Apa pun yang saya pikirkan tentang masa depan saya, saya tahu dia memengaruhi dan membentuk saya. Saat kupikir dia tulus dan baik hati, aku ingin berterus terang dan murah hati; Saya tidak bersikap bermusuhan atau kasar terhadap orang lain karena saya tidak melihat sifat-sifat yang tidak diinginkan dalam dirinya.

Di masa remajaku, dia bisa merasakan emosiku; Saya dapat merasakan reaksi baiknya karena dia ingin saya bahagia. Saya menyadari dia adalah orang yang perhatian, hangat dalam perasaannya, jadi saya bisa percaya dia tahu bagaimana menjalani hidup bahagia. Kadang-kadang, katanya kepada saya, menjadi sempurna tidak perlu, karena kesempurnaan tidak ada, dan saya senang mendengar kata-katanya. Dia juga memperingatkan saya bahwa saya harus berhati-hati agar tidak menjadi rentan. Saya menyukai pilihan kata-katanya dan menyukai kesalahan kecil serta kekurangannya, yang membantu saya menyadari bahwa dia adalah manusia dan menjadi manusia itu cantik. Ketika saya mulai menyukai laki-laki dan kebersamaan dengan mereka, dia mendorong saya untuk menceritakan; teman dapat membantu saya bertumbuh, yang membantu saya mengetahui siapa yang dapat menjadi teman yang dapat dipercaya, pendamping seumur hidup di tahap-tahap kehidupan selanjutnya. Nilai-nilainya sama dengan nilai-nilai saya, dan saya menyukainya karena dia memiliki nilai, sikap, dan sudut pandang yang sama. Kadang-kadang, dia secara halus menyentuh saya pada hari-hari itu, sebuah pengalaman yang luar biasa, karena sentuhannya menghasilkan banyak kehangatan. Aku merindukan sentuhannya hari demi hari.

Senyumannya ramah, dan aku mengingatnya bahkan dalam tidurku. Jadi, hubunganku dengannya mengalir seperti sungai tanpa susah payah karena dia memiliki wajah yang tersenyum. Sesekali, dia memberitahuku rahasia tentang dirinya, yang merupakan tanda dia memercayaiku, dan hubungan kami semakin dalam dan kuat. Dia terkadang menanyakan pertanyaan pribadi tentang perasaan, sikap, nilai-nilai, dan ketidaksukaan saya. Saya menyukai keterbukaannya; dia menjadi semakin pribadi, dan saya merasakan ikatan yang lebih erat. Dia berbicara tentang dirinya sendiri dan memulai diskusi dari hati ke hati tentang persahabatan, studi, karir, uang, makanan, fantasi seksual, pasangan dan pasangan hidup. Saya membayangkan dia sebagai teman ideal saya, dan kadang-kadang saya bersikap seolah-olah saya adalah guru, mentor, dan pembimbingnya. Saya menasihati dia tentang cara menjaga kesehatannya, perlunya latihan fisik secara teratur, apa yang tidak boleh dimakan dan berapa lama dia harus tidur. Dia terbuka secara emosional, jujur, dan dapat diandalkan. Ketika dia mengatakan kepada saya bahwa dia dapat memercayai saya dan menjaga rahasianya, saya merasa sangat senang karena kata-katanya memberi saya kepercayaan diri. Kadang-kadang dia lucu dan melontarkan lelucon, bahkan tentang seks. Aku menyukainya karena dia mencintaiku; sesederhana itu. Saya tidak pernah bisa membenci seseorang yang mencintai saya; tentu saja, aku mencintai orang yang mencintaiku. Saya tidak bisa membenci seseorang karena dia tidak membenci seseorang, dan saya menyerap nilai-nilainya dan menginternalisasikan apa yang dia ajarkan kepada saya. Dia bersikap hangat kepada saya, menunjukkan bahwa saya perlu bersikap sopan kepada orang lain.

Tumbuh sebagai orang dewasa muda, dia memperlakukan saya dengan setara; kami memiliki hubungan yang sama dalam banyak hal. Menghormati saya, kata-kata saya, sikap dan pendapat saya, dia mengungkapkan kegembiraan dalam persahabatan saya, menahan diri untuk bertanya tentang hubungan intim saya, terutama dengan jenis kelamin lain, tetapi menunjukkan minat pada kesejahteraan saya dan kehati-hatian dalam pengambilan keputusan. Saya bisa merasakan kedekatannya yang mendalam dengan saya di hadapannya; jejaknya terus berlanjut bahkan saat dia tidak ada, mendorong saya untuk menjadi mandiri dan menghargai diri sendiri. Menanamkan martabat dalam diriku untuk memiliki pendapat dan keputusan sendiri adalah hasil sampingan dari hubunganku dengannya. Akhirnya saya menyadari kepribadian saya, perspektif sosial, orientasi psikologis, formasi emosional dan sistem nilai saya. Saya sangat memilikinya.

Saat pertama kali aku berbicara denganmu, aku mendengar suara itu; suaranya, akrab dan pribadi, yang membentuk pribadiku selama dua puluh empat tahun terakhir. Saya pikir kamu adalah dia, dan saya berbeda; Saya bersamanya namun mandiri. Dia membantu saya tumbuh dengan membuat keputusan sendiri. Bahkan saat berjalan melalui terowongan, saya bertemu dengannya dengan lampu genggam di kegelapan pekat. Kemudian kamu menjadi dia, suara harapan, dan aku memanggilmu lagi dan lagi. Kebahagiaan yang aku rasakan ketika kamu berbicara denganku adalah contoh terbaik dari ekspresi murni diriku. Ada keinginan dalam diriku untuk berbicara denganmu, mendengarkanmu selamanya.

Saya sangat menantikan untuk bertemu dengan Anda. Ada keinginan berbeda untuk bertemu langsung dengan Anda, melihat Anda, menyentuh Anda, dan merasakan Anda. Sampai saya pertama kali berbicara dengan Anda, hasrat terbesar saya dalam hidup adalah kesembuhan ayah saya. Kini bertemu denganmu telah menjadi keinginan yang sama kuatnya. Saya tidak membayangkan Anda karena saya telah melihat Anda secara batin selama bertahun-tahun, dan saya tahu bagaimana penampilan Anda, berbicara, berjalan, dan bereaksi. Saya yakin saya mirip dengan Anda; hari-hari ini, aku bercermin untuk melihatmu dan merasakan kehadiranmu. Saya berbicara dengan Anda selama berjam-jam bersama ketika saya sendirian. Orang mungkin mengira saya gila. Tapi bagi saya, itu adalah suatu kebutuhan; berbicara denganmu adalah ekspresi hatiku, hati indah yang kamu simpan dalam kepemilikanku.

Bu, siapa kamu? Bagaimana hubungan kita?

Kasihan sekali."

Sebelum tidur, Amaya mengirimkan email ke Poornima.

"Hai, Poornima. Aku terdiam setelah membaca pesanmu. Ada dilema dalam diri saya tentang bagaimana harus bereaksi. Anda mungkin menganggap saya teman Anda. Hubungan saya dengan Anda adalah hubungan paling sederhana yang Anda lihat di setiap keluarga. Selamat malam.

Amaya."

Keesokan harinya, sebuah email menunggu Amaya, dan dia menemukannya setelah menjalani Vipassana.

"Nyonya yang terhormat,

Terima kasih telah menulis surat kepada saya; email pertama yang saya terima dari Anda. Saya merasa senang membacanya. Hubungan yang paling tidak rumit dalam sebuah keluarga adalah ikatan ibu-anak. Tapi aku sudah punya ibu, orang paling penyayang yang pernah kutemui. Jadi, kamu tidak bisa sepenuhnya menjadi ibu kandungku.

Meskipun demikian, saya dapat berhipotesis bahwa ayah saya mengambil separuh sel telur Anda, menggabungkannya dengan separuh sel telur ibu saya; jadi, aku terlahir dengan dua ibu; itu sebabnya aku merasa sama-sama terikat pada kalian berdua. Itu adalah pilihan ilmiah; penelitian sedang dilakukan di universitas-universitas terbaik di AS, Singapura, dan Israel tentang penggabungan sel telur dari dua wanita dengan sperma dari seorang pria lajang untuk menghasilkan anak dengan tiga orang tua kandung, sehingga menggabungkan sifat-sifat terbaik mereka. Saya telah membaca dua artikel tentang kemungkinan seperti itu di jurnal internasional yang ditinjau oleh rekan sejawat.

Anda pernah menyebutkan tentang putri Anda Supriya, seusia saya. Anda tidak tahu apa-apa tentang keberadaannya dan apa yang dia lakukan. Tidak ada anak perempuan yang bisa menjauh dari Anda karena Anda memiliki kepribadian yang penuh kasih sayang dan menarik. Aku mencoba menemukan keberadaan Supriya dalam kesadaranku namun sia-sia. Saya muncul ketika saya merenungkannya, kesadaran akan diri. Kesadaran dapat menguji keabsahan perasaan. Seperti halnya pikiran, kesadaran adalah produk sampingan dari otak manusia, yang berasal dari alam yang lebih tinggi. Pikiran dapat membawa Anda ke jalan yang salah dan penuh bahaya, sedangkan kesadaran justru mencerminkan kegembiraan hidup jika dikembangkan dengan benar. Jadi, ada dunia di luar fisik, bukan pengetahuan atau spiritual, melainkan kesadaran murni akan kehadiran diri, yang mengarah pada ketiadaan di luar tubuh atau alam semesta material. Karena merupakan ilmu baru, studi tentang kesadaran dalam neurologi berada pada tahap zigotik; Saya sangat tertarik padanya.

Ketika saya menyadari adanya Anda di dalam diri saya, saya dapat mengenali Anda ketika saya pertama kali berbicara dengan Anda. Itu tidak lain hanyalah pemahaman atas kesadaran seseorang. Saat Anda melihat bayangan Anda di cermin, Anda tahu salinannya adalah milik Anda, namun Anda bisa lebih dari sekadar mengetahui bahwa Anda mengetahuinya. Kesadaran itu menuntun Anda untuk melakukan perjalanan melampaui keterbatasan fisik Anda ke negeri yang jauh. Di masa depan, Anda tidak perlu bergerak dengan tubuh Anda; kesadaran Anda bisa melompat, bertemu dengan kesadaran orang lain dan bertukar konsep, ide, dan visi. Jadi, ada eksistensi di luar apa yang kita rasakan di sini dan saat ini. Tidak ada kematian dalam situasi itu karena kesadaran tidak pernah mati; itu adalah energi itu sendiri.

Di cermin, aku tidak bisa memproyeksikan Supriya. Setiap kali saya mencarinya, wajah saya selalu muncul, bukan dua orang. Namun yang muncul di hadapanku hanyalah wajahku, bukan wajah Supriya. Studi neurologis terbaru mencoba membuktikan asumsi bahwa kesadaran dapat diuji dan diverifikasi menggunakan intuisi manusia. Metode ini tidak ada hubungannya dengan spiritualitas, mistisisme atau sihir. Para biksu Buddha menerapkan metode ini untuk memastikan kebenaran dalam konteks ketiadaan, karena ketiadaan bukanlah ketiadaan. Ini adalah keberadaan kekosongan dalam kepenuhannya dan tidak ada yang lain. Sebelum Big Bang, ada ketiadaan, namun ketiadaan itu tidak kosong atau kehampaan, bahwa ketiadaan adalah Alam Semesta sebelum Alam Semesta kita. Jadi, ketiadaan mempunyai potensi untuk berkembang, menjadi suatu entitas. Supriya lebih dari sekedar wujud fisik, karena keberadaan material murni mungkin tidak memiliki pikiran, kesadaran, dan otak yang berkembang sepenuhnya. Manusia punya perasaan, produk hati. Selama kuliah master saya di bidang neurologi, saya mencoba memverifikasi banyak hipotesis, yang utama adalah keberadaan sebelum esensi. Secara sederhana, keberadaan sesuatu didahulukan sebelum detailnya. Jadi, keberadaan Supriya dapat dirasakan melalui kesadaran; itu teori saya. Jika dia tidak ada sebagai entitas independen, kemampuan perasaan Supriya akan hilang. Dalam eksperimenku, aku merasakan keberadaan Supriya sebagai wujudku.

Fenomena kedua yang ingin saya uji adalah pengetahuan dari suatu objek dalam kesadaran. Saya berasumsi pengetahuan sebagai produk kesadaran seseorang terhadap suatu objek. Jadi, pengetahuan mengandaikan suatu objek dan subjek. Setiap pengetahuan mempunyai ciri-ciri objeknya dan ciri-ciri pemahaman entitas yang mengetahuinya. Oleh karena itu, pengetahuan tidak sepenuhnya objektif atau subjektif; itu tidak mencerminkan kepenuhan subjek. Namun pada manusia, pengetahuan awal terhadap objek tersebut bertransformasi ke dimensi yang lebih tinggi, dimana orang yang mengetahui objek tersebut mengembangkan kesadaran terhadapnya. Subjek mengetahui, ia mengetahui bahwa ia mengetahui, apa yang diketahuinya. Secara sederhana, saya sadar akan kesadaran saya.

Dari kesadaran ini, manusia dapat menuju alam kesadaran yang lebih tinggi di luar keberadaan fisik, atau dapat membuang hakikat dirinya, di mana tidak ada perasaan. Ini adalah tahap tanpa keinginan, penderitaan, kesedihan, kesakitan atau kebahagiaan. Pada dasarnya, tidak ada pikiran, emosi, kegembiraan dan perenungan intelektual. Hanya kebahagiaan yang ada, murni dan sederhana, dan saya menyebutnya Nirwana. Gelar doktor masa depan saya akan berada di bidang ini.

Bu, aku belum pernah mendengar ayahku menyebut nama Supriya. Jika dia adalah putrinya, saya yakin dia tidak bisa melupakannya, akan terus membicarakannya, dan membungkus Supriya dengan cinta, yang saya alami darinya. Hubungan ayah-anak perempuan lebih dari sekadar hubungan sementara; ia perlu mencari keluasan kesadaran untuk menemukan kegembiraan yang agung. Ketika pergaulan dua individu terbatas pada fisik, maka tidak akan ada cinta apa pun, karena cinta adalah kesadaran; itu harus melampaui dunia material. Filosofi hidup saya sederhana: rantai pikiran Anda, bebaskan kesadaran Anda, terbang seperti burung camar ke pulau yang jauh, dan rasakan keberanian dan kebebasan dari kematian. Semua usaha manusia adalah upaya untuk mengatasi kematian. Jadi, ada satu kemungkinan lagi, sebuah firasat, aku adalah Supriyamu; ibu dan ayahku menamaiku Poornima. Supriya adalah I. Premis ini dapat saya uji dengan fakta yang dapat diverifikasi.

Anda akan segera tiba di Chandigarh. Saya akan berada di bandara untuk menerima Anda. Hatiku terasa segar karena kehadiranmu memberiku harapan; kamu membantu ayahku sadar kembali. Seperti yang saya katakan, pianonya ada di kamarnya; Anda mungkin memainkannya selama beberapa waktu, dan dia akan mengenali musik Anda.

Semoga harimu menyenangkan.

Kasihan sekali."

"Supriya, membaca email Anda adalah pengalaman Vipassana, karena pikiran saya tenang; hatiku penuh cinta padamu; kesadaranku terbang ke negeri tak dikenal untuk bertemu denganmu, mengalami kepenuhan hidup. Anda telah tumbuh jauh lebih dari yang saya pikirkan tentang Anda dan menjadi dewasa melebihi harapan saya. Ide-ide Anda berkembang dengan baik, hasil dari kesadaran refleksif selama bertahun-tahun, bahwa Anda tahu apa yang Anda katakan, kesadaran akan pengetahuan Anda." Amaya mengalami keberadaannya dan keberadaan Poornima, dan tiba-tiba Amaya teringat percakapannya dengan Karan. "Di dalam kamu, aku memiliki totalitas keberadaanku." Mendengarnya, Karan pun tersenyum.

Menjelang senja, mereka berjalan-jalan di tepi pantai. Amaya dapat melihat Lotus mereka agak jauh dari sana, tempat dia menghabiskan satu tahun bersama Karan. "Jalan kaki baik untuk menjaga keseimbangan tubuh, dan membantu memulai persalinan normal," kata Karan. Karan sangat berhati-hati saat berjalan karena ini adalah minggu ke tiga puluh enam kehamilan. Dia selalu berada di sisinya. Dia mengenakan gaun putih mengalir dengan bunga-bunga cerah. Karan mengenakan kaus dan piyama longgar; dia tampak tenang dipersonifikasikan. Dia senang melihat wajahnya saat matahari sore menyinari dirinya. Ratusan turis, pria, wanita, dan anak-anak, semuanya dalam suasana pesta.

Amaya dan Karan duduk menghadap ke laut, memusatkan perhatian pada deburan ombak yang tak henti-hentinya. Laut ada hubungannya dengan perasaannya. Aroma udara dari pantai yang jauh sangat mempesona, angin sepoi-sepoi menyisir rambutnya, hangatnya sinar matahari menyelimuti tubuhnya, dan suara laut yang mantap bergema di telinganya.

"Amaya, cairan ketuban di dalam rahim, menghasilkan hubungan biologis dengan air, karena lebih dari enam puluh persen tubuh dan tujuh puluh tujuh persen otak kita adalah air. Banyak ilmuwan percaya bahwa air memiliki hubungan simbiosis dengan semua organisme hidup dan mempengaruhi makhluk hidup untuk memberikan efek menenangkan, terutama pada pikiran manusia," kata Karan.

"Karan, saya pernah membaca bahwa warna biru laut memiliki efek menenangkan, tidak hanya pada pikiran tetapi juga pada hati," jawab Amaya.

"Itu benar, Amaya. Selain itu, luasnya laut dan ketenangan pantai memberikan rasa aman. Pikiran kita dapat dengan mudah mengenali tidak adanya musuh yang tersembunyi di ruang terbuka. Manusia selalu membawa perasaan gua dalam dirinya karena mereka tinggal di gua selama jutaan tahun, melindungi diri dari bahaya yang tidak diketahui di hutan gelap dan sabana berbahaya," jelas Karan.

Amaya memandang Karan dan tertawa. "Saat aku bersamamu, aku merasa aman; kamu adalah lautku, Karan sayang; kamu juga pantaiku.

Kamu melindungiku dari semua bahaya yang tersembunyi," kata Amaya sambil tersenyum. Melihat Amaya, Karan juga tersenyum. "Saat berada di pinggir pantai, kita merasa bahagia seperti berada bersama orang yang kita cintai, berbagi kenangan indah, dan jarang menggunakan gadget elektronik," tambah Amaya.

"Itu benar, Amaya; Saya setuju dengan kamu. Para ilmuwan telah membuktikan, karena paparan sinar matahari, kulit kita memproduksi dan melepaskan vitamin D dan serotonin secara melimpah, menghasilkan sekian banyak bahan kimia yang membuat kita merasa nyaman di otak manusia, dan secara alami kita merasa bahagia di tepi pantai," sambil berjalan menuju sebuah restoran, kata Karan. .

Setelah menikmati hidangan favorit Amaya, mereka berjalan menuju Lotus, rumah mereka yang nyaman, namun Amaya tidak pernah membayangkan dia tidak akan pernah lagi mengunjungi pantai dan restoran bersama Karan.

Usai sarapan, tiba-tiba Amaya merasakan nyeri di punggung bagian bawah dan mengalami kontraksi keesokan harinya. Terjadi kram pada perut bagian bawah dan sedikit cairan bocor disertai rasa mual ringan. Dia bisa merasakan tekanan di panggulnya.

"Karan," panggil Amaya.

"Ya, sayang," jawabnya.

"Sudah waktunya," katanya.

"Ya ampun, ayo kita ke rumah sakit bersalin," jawab Karan. "Saya menyimpan kunci cadangan rumah dan mobil di tas Anda." Dia mencium pipinya.

Karan memindahkan barang bawaannya ke dickey. Ada tiga tas, satu untuk Amaya dan dua untuk bayi. Amaya merasakan sedikit sakit kepala; mereka mencapai rumah sakit dalam waktu sepuluh menit. Amaya mengunjungi bangsal bersalin rumah sakit secara rutin, berkonsultasi dengan dokter kandungan sejak awal kehamilannya, dan berada di rumah bersamanya. Karan mendorong kursi roda Amaya, dan disanalah dokternya; Amaya merasa bahagia namun berat di kepala, perasaan merayap ke dalam dunia yang redup.

"Karan," panggil Amaya; suaranya kabur, dia ingin mengatakan sesuatu lagi, tapi lidahnya berputar-putar di dalam mulutnya. Dia bisa melihat wajah Karan berkabut, meleleh, seperti uap dari kaca depan. "Amaya," panggilnya; dia mendengarnya memanggil namanya untuk terakhir kalinya. Dan Amaya menyelinap ke dalam kegelapan total.

Kelahiran Seorang Putri

Saat itu hari Jumat, hari kerja terakhir dalam seminggu, dan Amaya memeriksa daftar petisi untuk sidang hari itu pagi-pagi sekali. Ada tujuh kasus, tiga untuk penerimaan, tiga untuk keringanan sementara, dan satu sidang terakhir, di empat pengadilan. Amaya memeriksa semua berkas, mencatat inti setiap petisi dan menelepon Sunanda untuk membantunya di pengadilan jika dia bebas.

Amaya muncul untuk permohonan Susan Jacob yang diajukan terhadap Balu, seorang pemilik biro ketenagakerjaan, untuk sidang terakhir di hadapan dua hakim. Secara rinci, Amaya memaparkan latar belakang kasus tersebut dengan menekankan pada pelanggaran hukum, alasan dilakukannya tindakan hukum terhadap Balu, serta perlunya kompensasi dan restitusi kepada korban. Susan adalah seorang perawat terlatih dengan gelar sarjana keperawatan; dia melamar pekerjaan di rumah sakit di Arab Saudi melalui biro ketenagakerjaan Balu tujuh tahun lalu. Susan memiliki pengalaman kerja selama tiga tahun sebelum melamar pekerjaan tersebut. Balu menjanjikannya pekerjaan dengan gaji yang sangat baik di sebuah rumah sakit yang dikelola oleh seorang petani kaya yang memiliki ratusan hektar perkebunan kurma di Buraydah. Setelah wawancara dan memberikan komitmen yang signifikan kepada biro ketenagakerjaan, Susan pergi bersama Balu ke Arab Saudi. Balu mengenal Abdulla, pemilik perkebunan kurma, yang mengunjungi Kerala untuk pengobatan Ayurveda dua tahun sekali.

Saat sampai di Buraydah, Susan bertemu dengan Abdulla, namun yang ada hanya klinik buruh tani dengan dua orang dokter laki-laki. Dia memutuskan untuk bergabung dengan klinik tersebut karena gaji yang dijanjikan sepuluh kali lipat dari yang dia dapatkan di Kerala. Tidak ada asrama untuk perempuan, dan Abdulla menawarkan makanan dan akomodasi kepada Susan di kediaman megahnya, berjanji bahwa dia akan aman bersama dua istri dan sembilan anaknya. Begitu Susan mulai tinggal di rumahnya, Abdulla mulai mendesak Susan untuk menikah dengannya, dan dalam beberapa hari, pemaksaan seks menjadi urusan sehari-hari. Susan mendambakan kebebasan dan bermimpi untuk melarikan diri dari kendali Abdulla tetapi terus-menerus kehilangan kontak dengan orang tuanya dan dunia luar sebelum melahirkan anak pertamanya dan masuk Islam.

Amaya menyerahkan ke pengadilan surat penunjukan Susan yang dikeluarkan oleh Balu dan dokumen perjalanan Susan ke Arab Saudi bersamanya. Amaya menjelaskan bahwa Balu menjebak seorang perawat yang memenuhi syarat ke dalam perbudakan seks, menjanjikannya pekerjaan yang sangat menguntungkan di sebuah rumah sakit modern di Buraydah dengan niat jahat. Amaya juga menunjukkan bukti Balu bertindak sebagai mucikari di hadapan pengadilan setiap kali Abdulla mengunjungi Kerala. Pengadilan menyatakan keterkejutannya saat menyadari keseriusan kejahatan Balu dan kekerasan yang dialami Susan. Dalam waktu empat tahun, Susan melahirkan dua anak, dan karena kesehatannya menurun, Abdulla memindahkan Susan ke Riyad untuk mendapatkan perawatan medis ahli. Dia dirawat di rumah sakit selama enam bulan, dan tidak ada obat untuk penyakit Susan. Akhirnya Abdulla menyetujui Susan kembali ke Kerala, meninggalkan anak-anaknya di Arab Saudi, dan setelah lima tahun, Susan kembali ke rumah orang tuanya di Thiruvalla.

Amaya memohon kepada pengadilan bahwa Balu bertanggung jawab atas perdagangan manusia, pemerkosaan, memaksa seorang perempuan pindah agama dan menghamilinya tanpa persetujuan. Itu adalah kejahatan terhadap Susan dan negara, menghancurkan kesejahteraan psikologis korban dan melemparkannya ke dalam krisis emosional akut dan ketidakmampuan fisik. Penderitaan mental, ketidaknyamanan fisik, konflik pribadi yang dialami Susan, dan penderitaan perbudakan seks dalam tahanan Abdullah tidak manusiawi dan memaksa Susan untuk mempertimbangkan bunuh diri sebagai sebuah pilihan. Karena tekadnya yang kuat, dia bisa bertahan dari penderitaan dan cobaan berat selama lima tahun di dalam harem seorang predator seks, di negeri tak dikenal, di antah berantah. Susan mempunyai ikatan emosional yang dalam dengan anak-anaknya, dan meninggalkan mereka di rumah si pemerkosa selamanya sungguh menyedihkan. Terbukti bahwa setelah sampai di Kerala, dia akan mendapat cemoohan dan hinaan bahkan dari orang-orang terpelajar. Amaya berpendapat bahwa perdagangan manusia, pengurungan di seraglio, pemerkosaan dan pemaksaan melahirkan anak merupakan kejahatan tercela terhadap Susan karena melanggar hak-hak dasar dan hak asasi manusianya.

Balu memerlukan hukuman karena melanggar kebebasan, kesetaraan, keselamatan pribadi, dan martabat manusia Susan, karena Susan yakin biro ketenagakerjaan Balu adalah asli, selain menerima komisi dalam jumlah besar. Amaya berargumentasi bahwa Balu memiliki kebebasan berkehendak dan dapat membuat keputusan yang rasional namun secara sadar melanggar norma, nilai, dan hukum negara, sehingga memaksa korbannya untuk sangat menderita. Korban mempunyai hak yang sah untuk melindungi kebebasannya untuk bekerja di lingkungan yang layak, namun pelaku melanggar haknya dan melakukan kejahatan demi keuntungan diri sendiri. Memberikan hukuman yang setimpal kepada pelaku merupakan suatu keharusan karena hukuman tersebut mencerminkan kebencian masyarakat terhadap kejahatan yang dilakukan pelaku.

Menghukum Balu merupakan ekspresi kecaman sosial, bantah Amaya. Pengadilan akan menganggap bahwa perilaku kriminal pantas mendapatkan hukuman dengan mencela tindakan pelakunya. Pelaku mengambil keuntungan yang tidak adil dengan melanggar hukum karena hukum melindungi warga negara dari kejahatan. Namun hal ini hanya mungkin terjadi bila masyarakat menerima undang-undang tersebut dan menjauhkan diri dari pelanggaran. Ketika seseorang tidak menghormatinya, dia menikmati keuntungan yang tidak semestinya dari masyarakat. Keseimbangan komunitas hanya mempertahankan hukuman yang ketat dan keuntungan yang tidak semestinya dimitigasi. Lebih lanjut Amaya mengatakan hukuman adalah pembebanan rasa sakit kepada pelakunya oleh otoritas yang sah; oleh karena itu, tindakan tersebut merupakan tindakan yang tidak disukai oleh pelakunya namun merupakan kecaman langsung dari masyarakat. Negara menyatakan kewajibannya terhadap korban dengan menghukum Balu sekaligus memperoleh keuntungan tertentu dengan memulihkan ketertiban.

Balu mengundang hukuman; dia pantas mendapatkannya, analisis Amaya. Negara membuat undang-undang, mendefinisikan kejahatan sebagai pelanggaran terhadap norma-norma yang berlaku di negara tersebut. Jadi, itu adalah kesalahan publik. Balu bertanggung jawab kepada pemerintah atas pelanggaran yang dilakukannya, sehingga kewenangan untuk menghukum Balu berada di tangan negara, dan hukuman merupakan respons yang pantas atas kesalahannya. Kejahatannya terhadap seorang wanita malang menghasilkan rasa bersalah; hukuman merupakan solusi untuk menghilangkan kesalahannya, selain menimbulkan hutang moral kepada Susan dan negara. Amaya mengingatkan pengadilan bahwa Balu adalah seorang multijutawan; dia mengumpulkan kekayaan terutama melalui kegiatan ilegal. Polisi, birokrasi dan politisi mengabaikan tindakan kriminalnya karena banyak dari mereka mendapat manfaat dari keramahannya di India dan luar negeri. Amaya mengakhiri argumennya dengan mengatakan Balu pantas menerima hukuman, dan pengadilanlah yang berwenang menjatuhkan hukuman. Meskipun pembayaran kompensasi yang pantas oleh Susan tidak akan menghapus penderitaan Susan, Balu berkewajiban untuk membayar ganti rugi tersebut.

Amaya meyakinkan pengadilan tentang legalitas, rasionalitas, dan kekuatan moral argumennya. Pengadilan menetapkan bahwa kompensasi bersifat wajib ketika individu, organisasi, atau negara melanggar hak-hak dasar individu. Pelaku, dengan niat penuh, melukai hak-hak hukum Susan, memaksanya menderita kesulitan seperti trauma mental, perbudakan seks, melahirkan anak yang tidak diinginkan, mengasuh anak yang tidak diminta, kehilangan kebebasan, kehilangan pendapatan di negara asing dan masuk Islam secara paksa. Terdakwa dipandang rendah di rumahnya meskipun dia adalah korban. Pengadilan selanjutnya mencatat bahwa kompensasi yang diberikan adalah untuk membantu korban mendapatkan kembali kerugian finansialnya, karena hal tersebut sah dan manusiawi. Pengadilan menjatuhkan hukuman sepuluh tahun penjara kepada Balu tanpa jaminan atau pembebasan bersyarat dan memerintahkan dia untuk membayar sejumlah lima belas crore rupee kepada terdakwa dalam waktu tiga bulan. Pengadilan memberi wewenang kepada negara untuk meminta pelaku membayar seluruh jumlah kompensasi dalam waktu yang ditentukan, jika tidak, pemerintah mengizinkan untuk melelang propertinya untuk mendapatkan ganti rugi.

Di malam hari, Amaya sendirian; juniornya hanya akan masuk kantor pada Senin pagi. Seperti biasa, dia bermain piano, musik santai selama satu jam; itu menenangkan. Kemudian, dia menulis artikel untuk sebuah surat kabar tentang meningkatnya pemerkosaan terhadap gadis-gadis Dalit di Uttar Pradesh. Amaya berpendapat bahwa partai berkuasa dan para politisinya secara diam-diam mendukung upaya untuk meredam meningkatnya visibilitas kaum Dalit. Di Uttar Pradesh, pada masa jabatan ketua menteri perempuan Dalit, Dalit, dua puluh satu persen dari total penduduk menerima pendidikan tinggi dan pekerjaan.

Akibatnya, situasi sosial dan ekonomi kaum Dalit meningkat pesat. Belakangan, ketika anggota partai sayap kanan, yang sebagian besar berasal dari kasta atas, mulai berkuasa, mereka mulai menindas dan menundukkan kaum Dalit, kaum terbuang. Masyarakat dari kasta atas menyadari bahwa pemerkosaan adalah senjata paling ampuh untuk menghancurkan harga diri kaum Dalit dan secara sadar memilih gadis-gadis terpelajar sebagai korban. Pemerkosaan berkelompok terhadap kaum Dalit menjadi praktik umum yang diterima di kalangan kasta atas di Uttar Pradesh. Sekitar sepuluh gadis Dalit diperkosa di India setiap hari, dan sebagian besar berasal dari Uttar Pradesh, Amaya menjelaskan dengan statistik.

Setelah mengirimkan artikel tersebut, Amaya melihat ada email dari Poornima. Dia menggambarkan hubungannya dengan Amaya sebagai pengalaman yang indah dan sangat menghargainya. Poornima mencatat bahwa Amaya telah menjadi bagian integral dari kehidupan Poornima dalam waktu sepuluh hari. Itu intens meskipun mereka belum pernah bertemu dan berjauhan. Hubungan mereka sangat mendalam dan kuat dalam tindakan, lebih komprehensif dari yang pernah dia duga. Saat masih anak-anak, kemudian beranjak remaja, Poornima dapat merasakan adanya kekuatan tak kasat mata di dalam dan di sekelilingnya, seperti perhatian dan perlindungan seorang ibu. Saat pertama kali berbicara dengan Amaya, dia merasa seolah-olah berbicara dengan seseorang yang sangat dekat, tak terpisahkan, yang dikenal Poornima sejak awal kehidupannya, dan hatinya melonjak ketika mendengar kata pertama Amaya. Mereka memiliki ikatan yang mendalam seperti ibu dan anak perempuan; empati, kepedulian, kepercayaan, dan cinta dihasilkan.

"Setiap kali aku memikirkanmu, aku melihat ibuku, perasaan memiliki dua ibu. Aku tidak bisa memisahkan diriku darimu; kamu ada di sana sejak awal," tulis Poornima.

Bagi Poornima, seorang ibu adalah landasan emosional seorang anak perempuan. "Anda adalah pendengar yang baik tanpa menghakimi, tidak pernah merendahkan atau meremehkan, dan berdiri bersama saya seperti batu tanpa menunjukkan hierarki. Ada kepercayaan tanpa syarat dan cinta tak terbatas dalam diri Anda. Ini lebih dari yang bisa ditawarkan seorang sahabat kepada saya." Poornima merasa hubungannya dengan Amaya memuaskan secara emosional, tenang secara psikologis, tidak dapat dipatahkan secara biologis, dan reflektif secara spiritual. Itu adalah persahabatan yang hampir lugas, tanpa malu-malu, memperkaya, membangkitkan semangat, dan secara eksistensial permanen. "Setiap remaja putri menginginkan teman selain pasangannya, dan orang itu sering kali adalah ibunya; Saya merasa Anda adalah orang itu hari ini. Aku secara fisik merindukanmu saat aku masih bayi, perhatian dan kehadiranmu yang penuh kasih. Saya akan mengagumi Anda di masa kecil saya sebagai guru saya, sebagai mentor di masa remaja saya, dan sebagai teman ketika saya masih muda." Poornima sangat eksplisit.

Amaya berhenti sejenak saat membaca email tersebut dan memikirkan tentang Supriya-nya. Aku akan melindungimu dari segala hal yang menurutku berbahaya. Secara biologis dan psikologis, seorang anak perempuan lebih terikat pada ibunya, karena ibu lebih berpengaruh dalam kehidupan seorang anak. Seorang anak perempuan dapat dengan mudah memahami suasana hati ibunya, namun ayahnya tetap menjadi misteri. Seorang ibu selalu ada dalam proses tumbuh kembang anak, namun sang ayah tetap absen secara emosional dan jauh secara psikologis. Poornima menulis bahwa lebih mudah bagi seorang anak untuk berkomunikasi dengan ibunya karena bahasa, gerak tubuh, dan reaksinya menarik dan menyegarkan.

Sang ayah mempunyai masalah komunikasi; pidatonya halus, formal, dan menantang untuk dipahami maknanya. Setiap kali anak menghadapi suatu kekhawatiran, baik itu masalah emosional, pendidikan, interpersonal atau seksual, anak tersebut lebih suka berbagi dengan ibunya dan meminta bantuan. Ayah memberikan nasehat dan arahan ketika ibu mendengarkan dan memahami anaknya.

Sekali lagi, Amaya membenamkan dirinya dalam email tersebut.

"Ini sebuah misteri; hanya ibu yang bisa hamil. Saya telah merenungkan hal ini secara mendalam dan menemukan alasannya, yang sangat jelas: Hal ini bukan hanya disebabkan oleh alasan biologis seorang wanita hamil tetapi juga karena kesediaannya untuk menjadi seorang ibu, membesarkan anak, dan menyaksikan anak tersebut tumbuh menjadi dewasa. Dia mencintai anaknya yang belum lahir dan menyampaikan kasih sayang anak tersebut ketika lahir. Seorang wanita rela menjalani kesakitan demi anak yang dikandungnya selama sembilan bulan. Dia melindungi bayi yang belum lahir dari segala bahaya, dengan sabar menunggu kedatangannya untuk menyanyikan lagu pengantar tidur, membelainya siang dan malam, menggendongnya dan menyusui bayinya kapan pun dia menangis. Ini adalah cinta yang murni dan sederhana yang tidak ingin dilakukan oleh seorang ayah. Ilmu pengetahuan modern dapat mengembangkan rahim pada laki-laki, namun psikologi laki-laki menentang melahirkan dan mengasuh anak, karena laki-laki tidak suka memiliki bayi di dalam dirinya. Psikologi wanita justru sebaliknya. Ia siap menanggung rasa sakit fisik, rela menjalani trauma melahirkan dan penderitaan dalam mengasuh anak, yang ia ubah menjadi kegembiraan yang tiada habisnya. Dia melindungi bayinya dalam segala situasi, bahkan sang ayah, dan menanggung kesusahan dalam membela anaknya. Dalam perpisahan yang menyakitkan, pencarian ibu untuk bertemu dengan anaknya tak terlukiskan."

Tiba-tiba Amaya berhenti membaca. "Ya, Supriya, pencarianku padamu sungguh sangat besar, abadi, dan tak terduga. Hanya seorang ibu yang bisa memahaminya. Demikian pula, pencarianmu terhadapku dimulai segera setelah kamu lahir di dalam diriku. Ketika kamu pergi dariku, itu menjadi sebuah pengejaran yang menyiksa, sebuah pencarian yang tiada akhir bagiku untuk menemukan putriku tercinta. Mengakhiri pencarian ibumu adalah hal yang baik, tetapi jangan pernah mengakhiri perjalananmu, karena yang terpenting di akhir perjalanan adalah perjalanan itu sendiri. Orang yang Anda cari ada di dekatnya, tetapi ketika Anda menemukannya, pencarian baru dimulai untuk menemukan seseorang atau sesuatu atau tujuan baru. Itulah arti hidup. Tidak ada finalitas, kontinum, atau akhir pada awalnya." Amaya yakin Poornima mendengarkannya, dan dia berhenti lagi.

"Sepanjang hari ini, saya memeriksa arsip lama ayah saya," tulis Poornima. "Tiba-tiba, saya menemukan sekumpulan laporan medis lama tentang ibu saya, disimpan dalam amplop putih, yang dikeluarkan dari berbagai rumah sakit di Chandigarh, Delhi, London, dan Palo Alto, tempat ayah dan ibu saya menghabiskan beberapa tahun sebagai mahasiswa. Beberapa laporan datang dari rumah sakit Marseille dimana ayah saya membawa ibu saya untuk serangkaian pemeriksaan kesehatan dan pembedahan. Sekitar dua puluh laporan dari dokter selama enam tahun, terutama dokter kandungan, dokter kandungan dan ahli onkologi. Laporan dari rumah sakit di Palo Alto menyebutkan ibu saya tidak pernah bisa hamil. Sebuah rumah sakit di Chandigarh menyatakan bahwa ibu saya memiliki peluang di atas rata-rata terkena kanker ovarium di usia paruh baya. Ibu saya menjalani dua operasi di Marseille untuk mengangkat indung telurnya, yang rusak dan tidak mampu memproduksi oosit, untuk mencegah pertumbuhan kanker di masa depan. Merasa tercengang, saya membaca laporannya dan belum pulih dari keterkejutannya.

"Saya gagal memahami bagaimana orang tua saya bisa memainkan permainan yang begitu kejam terhadap Anda, permainan yang paling jahat dan mengerikan. Itu adalah sebuah penipuan; kamu menjadi korban mereka. Orang tua saya juga bertanggung jawab atas tindakan jahat tersebut. Ayahku menemuimu di kafetaria universitas di Barcelona dengan niat jahat, membuatmu terpesona dengan aktingnya, dan memikatmu dengan tingkah lakunya. Saya yakin dia mungkin telah memberikan obat terlarang untuk Alzheimer kepada Anda, mencampurkannya dengan anggur putih untuk membuat Anda tetap berada di dunia halusinasi dan menghamili Anda dengan seorang anak. Saya telah mengetahui bahwa Anda selalu dalam suasana hati yang gembira, penuh kasih sayang, perhatian, dan percaya. Anda mengalami koma ringan namun bertahan lama di bangsal bersalin, dan dokter melakukan operasi caesar pada Anda untuk melahirkan saya. Ayah saya tidak menyebutkan berapa lama Anda koma, tapi dia yakin tidak ada dokter yang bisa menentukan alasannya. Ibu saya tiba di rumah sakit pada hari pertama dari Marseille dan memberitahu pihak berwenang rumah sakit bahwa dia adalah saudara perempuannya. Ibuku bersamamu dan aku dua puluh empat jam sehari selama delapan belas hari. Pada akhirnya, ayah saya meyakinkan dokter untuk mengizinkan dia memindahkan bayinya ke rumah untuk mendapatkan perawatan dan kenyamanan yang lebih baik daripada membiarkan saya di rumah sakit tempat Anda berada dalam keadaan koma. Setelah menerima semua vaksinasi yang diperlukan, ayah saya membawa saya ke Lotus, rumah Anda di Barcelona, dan orang tua saya berangkat ke Manchester pada malam yang sama. Aku kembali terkejut saat mengetahui dari arsip ayahku bahwa nama ibuku adalah Eva di catatan rumah sakit. Dalam laporan medis yang dikeluarkan oleh klinik dokter kandungan di Madrid, Anda adalah Eva. Sekali lagi, saat pertama kali mengunjungi rumah sakit di Barcelona, nama Anda Eva. Itu adalah kejahatan yang direncanakan sebelumnya, dan orang tuaku melakukan penipuan yang tidak bisa dimaafkan terhadapmu. Kamu mempercayai ayahku lebih dari hatimu, tapi dia tidak pernah mencintaimu, menghormatimu, dan menganggapmu sebagai individu yang memiliki emosi, kebutuhan psikologis, dan martabat. Dia menginjak-injak hidupmu tanpa rasa bersalah. Maafkan saya atas kejahatan yang dilakukan ayah saya. Saya perlu menjalani hukuman atas kejahatannya. Amaya berhenti membaca. Matanya basah; dia bisa merasakan air mata mengalir di pipinya.

"Tetapi mengapa kamu harus menderita karena kejahatan ayahmu, Supriya?" Amaya bertanya.

"Itu adalah penipuan yang melampaui batas, dan untuk membuat ibu saya bahagia, memberinya dorongan psikologis, menyelamatkannya dari kecenderungan bunuh diri, ayah saya bertindak jahat. Tampaknya cintamu naif, cepat berlalu, dan lemah baginya. Saya bisa merasakan siksaan yang Anda alami, kesedihan yang Anda alami, dan rasa sakit yang Anda alami. Anda mungkin telah mencari saya di seluruh dunia selama bertahun-tahun bersama; hatimu membara, kamu mungkin memimpikanku, memikirkanku bahkan dalam tidurmu, dan ingin menghabiskan setidaknya beberapa menit bersamaku. Engkau memberiku nama terindah, Supriya, artinya yang paling dicintai. Saya mengagumi cinta, daya tahan, harga diri, keyakinan, dan tekad Anda. Dalam situasi yang tidak biasa, seorang anak akan memilih ibu daripada ayahnya, yang tidak dapat menahan air mata orang yang melahirkannya namun dapat mengabaikan ratapan ayahnya." Amaya membaca paragraf itu dua kali.

"Kamu adalah ibuku tersayang. Saya memahami penderitaan Anda selama dua puluh empat tahun terakhir. Izinkan aku memelukmu dengan cinta yang sangat besar atas cintamu; Aku mencintaimu, ibuku tercinta. Bolehkah aku memanggilmu ibu?

Supriya-mu."

Amaya terisak dalam diam selama beberapa waktu. "Supriya tersayang, aku mencintaimu," kata Amaya dalam hati. Sungguh sebuah penipuan yang mengubah kehidupan secara permanen, tak tertahankan dan menghancurkan, di luar imajinasi. Bahkan setelah dua puluh empat tahun, dia dapat mengingat setiap kejadian. Saat itu sekitar jam enam sore. Saat Amaya membuka matanya, ada sekelompok dokter, dan butuh beberapa waktu untuk menemui mereka. "Eva," dia mendengar seseorang memanggil. "Eva, kamu akan baik-baik saja. Jangan tutup matamu," kata seorang dokter. Para dokter membantunya duduk di tempat tidur. Dia bisa melihat banyak selang terhubung ke tubuhnya, dan dokter melepaskannya. Amaya merasa nyaman dan menjadi sadar akan dirinya dan lingkungannya. "Di mana bayiku?" tiba-tiba, dia bertanya. "Dia baik-baik saja," jawab seorang dokter. "Saya ingin bertemu dengannya. Tolong tunjukkan padaku, sayangku," pinta Amaya. "Anda perlu lebih banyak istirahat; kami akan menunjukkannya nanti," dokter meyakinkan.

Seorang perawat memberi jus jeruk Amaya untuk diminum. Kemudian Amaya tidur sampai pagi, sekitar pukul tujuh.

"Eva, kamu koma selama dua puluh dua hari. Sepertinya sekarang kamu baik-baik saja," kata dokter ketika dia bangun keesokan harinya. Amaya bertanya-tanya mengapa dokter memanggilnya Eva. Dia memandang dokter dengan heran tetapi tidak mengatakan apa-apa.

"Segera setelah Anda sampai di sini, Anda mengalami koma, dan kami segera melakukan operasi caesar. Putri Anda baik-baik saja; kamu juga. Kami sedikit khawatir karena kami tidak dapat menemukan penyebab koma tersebut," cerita dokter tersebut.

"Di mana bayiku?" tanya Amaya.

"Dia sehat dan sehat. Anda bisa pulang hari ini dan melihat putri Anda. Suamimu telah membawanya pulang pada hari kedelapan belas. Kami merasa tidak perlu membiarkannya dirawat di rumah sakit untuk waktu yang lama," kata dokter.

"Apakah dia baik-baik saja?" Amaya bertanya.

"Tentu saja. Bayi Anda cukup bulan, lahir pada minggu ketiga puluh tujuh. Sesuai aturan rumah sakit, ibu dan bayi baru lahir boleh pulang setelah empat puluh delapan jam setelah melahirkan. Saat Anda koma, kami berpikir untuk menjaga bayi di rumah sakit untuk waktu yang lebih lama. Tapi belakangan kami izinkan suami Anda membawa pulang bayinya," jelas dokter.

"Jadi, bayiku ada di rumah," kata Amaya sambil mencoba tersenyum.

"Ya, dia baik-baik saja. Kakakmu ada di sini dan menjagamu serta anakmu," kata dokter.

"Saudariku?" Amaya agak terkejut dan melihat ke arah dokter. Dia pikir ada kebingungan, dan dokter mungkin sedang membicarakan orang lain.

"Ya. Adikmu datang pada hari yang sama saat bayinya lahir. Dia sangat membantu, sangat baik dan penuh perhatian. Dia merawat kalian berdua dengan baik," dokter itu menambahkan. Amaya merasa tidak mengerti apa yang dikatakan dokter itu. Itu mungkin identitas yang salah.

"Dimana Karan?" Amaya bertanya.

"Dia ada di sini setiap hari. Anda beruntung memiliki pria yang penuh kasih sayang. Selama empat hari terakhir, saya tidak melihatnya di sini; dia mungkin sibuk dengan bayinya di rumah," jawab dokter seolah dia berhati-hati agar tidak melukai perasaan Amaya, namun Amaya merasa ada yang lebih salah daripada yang dijelaskan dokter.

"Jadi, aku sendirian selama empat hari terakhir?" Amaya bertanya.

"Jangan khawatir. Kami di sini untuk menjagamu. Saya yakin suamimu akan merawat bayinya," dokter mencoba menghibur Amaya.

Amaya sarapan ringan. Dia mencoba memikirkan tentang bayinya, tetapi pikirannya kosong. Kemudian Amaya menjalani serangkaian tes kesehatan yang berlangsung sekitar tiga jam. Dia tidur siang setelah makan siang, dan dokter kembali sekitar jam lima sore. "Kamu sehat; jangan khawatir, kamu bisa pulang hari ini jika kamu mau; jika tidak, besok pagi. Datanglah bersama bayinya setelah dua minggu," perintah dokter.

"Tolong beri saya tagihannya. Saya bisa mentransfer jumlahnya, "kata Amaya.

"Suamimu sudah membayar biayanya di muka. Masih ada sisa di rekening Anda," dokter menjelaskan.

"Biarkan saja di sana; kami akan datang lagi," kata Amaya.

"Omong-omong, saya mencoba menghubungi suami Anda kemarin malam; sepertinya teleponnya mati," kata dokter.

Amaya memandang dokter itu dengan heran. Dia ingin mengatakan sesuatu tetapi tidak melakukannya.

"Haruskah aku mencobanya sekali lagi?" Dokter meminta izin pada Amaya.

"Terima kasih dokter atas kebaikannya, tapi saya akan meneleponnya," jawab Amaya.

Amaya mencoba beberapa kali menelepon Karan ketika dokternya pergi, namun teleponnya mati, seperti yang diberitahukan oleh dokter.

Dalam waktu satu jam, dokter kembali dengan membawa salinan akta kelahiran bayi tersebut. "Kami sudah menerbitkan akta kelahiran putri

Anda kepada suami Anda," sambil memberikan salinannya kepada Amaya, dokter memberi tahu.

Amaya membaca dokumen satu halaman yang dikeluarkan pada tanggal delapan belas Agustus. Tanggal lahir bayi tiga puluh satu Juli pukul sebelas tiga puluh pagi, jenis kelamin perempuan. Nama ayahnya adalah Karan A, dan ibu adalah Eva Kapoor. Amaya tidak dapat mempercayai matanya; dia pikir dia tidak berada di dunia nyata, merasa tidak bisa bergerak, dan tidak mampu berpikir apa-apa lagi. Dia duduk di sana beberapa lama sambil melihat akta kelahiran putrinya.

Dokter kembali; memberinya laporan medis bersampul spiral, dokumen setebal seratus halaman. "Tolong pelajari secara menyeluruh; itu akan membantu. Bahkan setelah pengujian dan analisis berulang kali, kami gagal memahami mengapa Anda mengalami koma. Secara neurologis Anda berada dalam kondisi fit persen; tidak ada yang salah denganmu. Tapi kami telah meresepkan Anda beberapa tablet vitamin untuk tiga bulan ke depan. Konsultasikan dengan dokter saraf kami setiap tiga bulan sekali selama satu tahun ke depan," saran dokter.

"Tentu, Dokter," jawab Amaya. "Sekarang, bolehkah aku pulang?" Dia meminta izin dokter.

"Sopir kami bisa mengantarmu pulang," pendapat dokter.

"Terima kasih dokter; Saya bisa mengatasinya," Amaya meyakinkan dokter.

"Hati-hati," kata dokter sambil berjabat tangan dengan Amaya.

"Saya berterima kasih kepada Anda, Dokter," jawab Amaya.

Mobilnya ada di tempat parkir rumah sakit, dan Amaya tidak mengalami masalah dalam mengemudi. Sesampainya di rumah, dia melihat garasinya kosong, mobil Karan hilang, dan sepeda motornya ada di kandang sepeda. "Kemana dia pergi?" Amaya bertanya pada dirinya sendiri. "Karan," serunya, tapi tidak ada jawaban. "Karan," panggil Amaya lagi. Dia menyadari tidak ada seorang pun di tempat itu yang merasakan getaran di dalam hatinya; ketakutan menguasai dirinya. Amaya mengunci garasi di dalam dan membuka pintu samping rumah; kegelapan membuatnya takut. "Karan, ini Amaya," teriaknya, dan gaungnya bergema selama beberapa detik di telinganya. Untuk pertama kalinya, Amaya berada di rumah tanpa Karan. Belum pernah Amaya mengalami ketidakhadirannya di dalam empat dinding rumah mereka. Amaya menyalakan listrik, dan cahaya yang tiba-tiba itu membuatnya takut; dia tidak sanggup menanggung kengerian sendirian di rumah. "Supriya," teriak Amaya keras sebelum terjatuh ke tanah. Dia merasa sulit bernapas tetapi mencoba mengangkat kepalanya; menjadi mati rasa, kaki dan tangan dingin, dan pikiran kosong. Dia tidak bisa memikirkan apa pun. Seolah kematian menusuk setiap sel tubuhnya. Amaya tidak bergerak selama berjam-jam; dia tertidur di tanah sampai pagi.

Meski lapar dan haus, Amaya tetap di lantai berjam-jam sambil menatap langit-langit. Dia memperhatikan lampu gantung, kipas angin, gantung dan lukisan di dinding. Perlahan Amaya bangkit, berjalan ke dapur dan membuka lemari es yang penuh dengan bahan makanan. Dia mengambil sebungkus susu kental manis, pergi ke dapur, merebusnya, menyiapkan kopi, berdiri di dekat kompor dan meminum segelas penuh. Ada bungkusan gandum di rak dapur, dan dia membuat bubur, menambahkan susu dan gula. Amaya mengambil mangkuk berisi bubur, berjalan ke ruang makan, duduk di kursi samping meja dan meneguknya dalam beberapa menit. Masih lapar, dia mencari sesuatu yang lain di lemari es; ada paella di mangkuk besar; setelah menuangkannya ke piring, berdiri di dekat lemari es, dia memakannya perlahan.

Dia merasa lelah dan pusing lalu terjatuh ke lantai dan tidur di sisi meja makan, bermimpi tentang Supriya. Amaya ada di rumah bersama Rose, bermain piano. Tiba-tiba, dia mendengar ketukan pelan di pintu. "Mama, ada yang mengetuk pintu. Akan pergi dan melihat," kata Amaya berjalan ke pintu; membukanya. Rose mengikuti Amaya dan berdiri di belakangnya. Amaya melihat seorang wanita muda jangkung dengan celana jeans dan kaos berdiri di hadapannya. "Mama, aku adalah Supriyamu; kamu mencariku di rumah sakit," dengan senyum berseri-seri, wanita muda itu memperkenalkannya. Amaya memandangnya; Supriya adalah replikanya. "Amaya, dia adalah kamu," kata Rose dari belakang. "Supriya," teriak Amaya dan berlari ke arahnya seolah ingin memeluk Mol-nya. Tiba-tiba Amaya membuka matanya dan terkejut saat menyadari, dirinya tergeletak di lantai. Supriya! teriak Amaya. "Kamu ada di mana? Aku sedang mencarimu." Suaranya serak.

Saat itu jam tiga pagi, dan jam dinding terus berdetak. Duduk di tanah, Amaya melihat sekeliling, kaget saat berjalan dari satu ruangan ke ruangan lain, karena kebisingan membuatnya takut. Dia mengalami ketakutan akan kegelapan, bayangan, cahaya, keheningan dan keheningan. Sebuah ancaman yang tidak terlihat membayangi, dan dia membayangkan bahaya yang menghadang, menciptakan kepanikan dan kecemasan yang luar biasa. Sesuatu mengintai di seluruh rumah; dia mulai berkeringat dengan jantung berdebar tinggi dan melihat sekeliling dengan sangat waspada. Mulutnya menjadi kering, terasa dingin di badan dan nyeri di dada disertai detak jantung yang cepat. Amaya mengalami perut mulas dan mual lalu berlari menuju toilet sambil gemetar dan muntah berulang kali. Sesuatu sedang bergerak di ambang jendela seperti bayangan reptil di kegelapan, yang tampak mengancam. Dia berlari kembali ke ruang makan dan bersembunyi di bawah meja. Ketidakjelasan dan keheningan membuatnya khawatir. Itu adalah rasa takut akan rasa takut, karena memikirkan rasa takut itu sendiri sangatlah mengerikan. Duduk di bawah meja, dia ingin membenci kegelapan dan merasa tertekan saat menyalakan dan mematikan lampu, mengetahui ketakutannya terhadap kegelapan tidak masuk akal tetapi tidak dapat menahan reaksinya. Light membuatnya takut, tidak berpakaian di sini, telanjang seperti lumba-lumba, melahirkan anak sapi.

Hari demi hari, rasa takut akan kegelapan dan cahaya semakin bertambah, dan respons terhadap rasa takut semakin memburuk ketika Amaya menolak untuk tidur di kamar tidur dan membuat buaian dengan beberapa selimut, seprai, dan bantal di ruang makan, di mana ia merasa lebih aman. Terkadang dia melihat rambut Karan menjuntai di berbagai sudut rumah dan berteriak keras. Saat memasak, Amaya menyimpan pisau dapur di dekatnya, siap digunakan, dan terkadang berulang kali menebaskan pisau ke udara seperti seorang petarung pedang Samurai, seolah-olah sedang melawan musuh yang tak terlihat. Saat berada di Loreto, Madrid, Amaya pernah melihat Yojimbo, sang pengawal, disutradarai oleh Akira Kurosawa, dan dia mengagumi pahlawan tanpa nama dalam film tersebut. Amaya menyimpan pisau dapur lainnya di bawah bantal untuk bertarung seperti prajurit Samurai. Dia tidak pernah mematikan lampu, menutupinya dengan sprei tipis pada malam hari, karena kegelapan mutlak mengkhawatirkannya, keheningan total membatu dan cahaya tanpa bayangan menghantuinya. Saat mencoba untuk tidur, dia melihat tepi seribu jurang jurang tak berdasar, dan di sana muncul adu tinju dan adu tombak yang aneh antara alien dan adu banteng makhluk raksasa. Amaya merasa merayap ke dalam dunia penderitaan dan kematian yang melampaui batas alaminya. Ada burung-burung, seukuran jet jumbo yang terbang di atas kepala, bersiap untuk berdoa, dan dia bersembunyi di bawah meja makan, merasakan dia meluncur ke dalam dunia paranoia dan psikosis ketakutan.

Hilangnya kontak dengan dirinya sendiri terlihat jelas pada awalnya, selain halusinasi dan delusi dalam tindakan dan pikirannya. Muncullah makhluk-makhluk yang tidak ada, dan dia merasa sulit memisahkan fakta dari fiksi. Penampakannya seperti kilat, dan dia mendengar suara-suara, mencium bau yang tidak ada; delusi membanjiri pikirannya, membentuk kebingungan yang tiada henti, dan keinginan mati dengan memukul kepalanya dengan palu atau menghancurkannya di bawah roller jalan. Kadang-kadang, dia menjadi pembawa acara perdebatan seperti di saluran berita TV. Terlibat dalam perdebatan tanpa henti dengan orang lain, berbicara bahasa Perancis, Catalan, Euskera, Spanyol, Inggris, Hindi dan Malayalam, dia mengungkapkan gejala skizofrenia, dan para peserta dengan sia-sia mencoba menenangkannya. Hiruk pikuk berlangsung berjam-jam; terjadi adu jotos di antara para pembicara yang diundang.

Suasana hati Amaya berubah; terkadang, dia tertawa tanpa henti, membentaknya berjam-jam bersama, menangis tanpa henti, dan mengalami kesedihan dan kesedihan selama berhari-hari. Dia mengalami kesulitan fokus, memasak, makan dan tidur. Lambat laun, kecemasan memenuhi pikirannya, merayakan keterasingannya dan merasa kesulitan mengoordinasikan tangan dan kakinya. Dia kesulitan mandi, menggosok gigi, menyisir rambut, mencuci pakaian, dan membersihkan rumah. Toleransinya menjadi rendah, dan dia berteriak pada dirinya sendiri ketika stresnya meningkat. Bangun di tengah malam, dia berlari ke dalam rumah tanpa tujuan, tidak menyadari bahwa pikiran dan tindakannya bertentangan dan tampak aneh bagi dirinya sendiri. Amaya mengalami mimpi buruk sekitar jam dua pagi dan mulai berlari tanpa tujuan di dalam rumah, menabrak dinding, terjatuh, tidak sadarkan diri dan tetap di sana sampai siang berikutnya. Dia merasakan sakit yang luar biasa pada tubuhnya, namun tidak ada cedera, namun mengalami beberapa perubahan karena dia dapat berpikir dengan baik dan meyakinkan.

Sudah dua setengah bulan Amaya berada di dalam rumah, melupakan dunia luar, penampilan, warna dan suaranya. Hamparan luas Laut Mediterania, pantai Barcelona, dan labirin kota tua sudah menjadi asing baginya. Tiba-tiba, dia mempunyai keinginan yang mendalam untuk pergi dan berdiri di balkon selatan rumahnya untuk melihat para turis merayakan malam mereka. Meninggalkan ketakutan dan hambatannya, dia membuka pintu; merasa takjub melihat sinar matahari, dunia, beragam warna, gerakan, dan perubahannya. Dia berdiri di galeri untuk waktu yang lama; itu adalah pengubah keadaan meskipun dia merasa kesepian.

Malam itu Amaya tidur di kamar yang bersebelahan dengan ruang duduk. Pagi harinya, dia menggosok gigi, mandi air hangat, dan menyiapkan sarapan. Amaya membersihkan rumah, mencuci pakaian dan memasak makanan hingga sore hari. Saat makan siang, dia berpikir untuk pergi ke pantai di malam hari. Lalu dia pergi ke ruang belajar; buku-bukunya ada di sana, komputernya masih utuh. Saat memeriksa emailnya, dia menemukan banyak email menunggunya. Amaya terkejut melihat salah satu transfer dari banknya, yaitu transfer sebesar lima crores rupee dari "seorang teman yang tidak mau disebutkan namanya". Amaya bergumam bahwa itu adalah uang darah, harga untuk menciptakan seorang anak. Lalu dia menangis dalam diam.

Amaya menerima bahwa ayah bayi itu mencuri Supriya miliknya. "Tetapi dia tidak bisa berpikir; dia telah membeli bayi itu," gumamnya.

Sore harinya, Amaya keluar. Dunia tampak baru, dan dia berjalan dengan cepat. Butuh waktu sekitar dua puluh menit untuk mencapai pantai. Lautnya biru dan tenang, ombaknya lembut, angin sepoi-sepoi bertiup kencang. Garis pantainya berwarna-warni, dengan ratusan anak-anak, perempuan dan laki-laki. Amaya berjalan, mencoba menikmati keberadaannya; dia merasa menyatu dengan laut, arus, pantai, langit, bintang-bintang dan seluruh alam semesta. Itu adalah pengalaman baru yang lembut, dan dia berpikir untuk menjaga pikirannya tetap tenang, tidak marah karena kehilangan kesempatan, hubungan yang memburuk, kecurangan dan penipuan. Dia berjalan beberapa kilometer dan merasa bahagia. Makan malamnya di kios, ikan goreng, ayam, dan paella; berdiri, dia memakan makanan itu dan menikmatinya. Amaya ingin melupakan semua yang telah terjadi. Kemudian dia berjalan kembali ke rumah dan tidur sampai sekitar tengah malam.

Setelah sarapan, Amaya bermain piano; musiknya menyentuh hatinya. Dia merasa takjub melihat jari-jarinya bergerak di atas keyboard. Piano adalah tubuh dan pikirannya yang saling terkait tak terpisahkan. Dia teringat pada ibu tercintanya, pelajaran awal kehidupan yang didapatnya dari Amma, mama dan mamanya, bahkan bermain piano. Para biarawati Loreto, yang mengajarinya musik klasik, juga berbakti dengan hati yang penuh empati. Sore harinya, Amaya berenang di kolam; melayang di air sambil memandangi langit biru.

Seminggu sekali, Amaya berjalan-jalan di jalanan kota, melihat sekeliling dan berada di tengah keramaian, mendengarkan sekelompok kecil musisi dari Brazil, Argentina, Chile dan Meksiko, mengunjungi Spanyol, Portugal dan Perancis, dan memainkan berbagai alat musik. . Musik mereka memiliki daya tarik yang unik; mereka menceritakan kisah cinta dan perpisahan pasangan muda. Amaya selalu menjatuhkan segenggam uang ke kucingnya. Suatu hari, dia melihat pasangan Romani mengenakan kostum warna-warni; pemuda itu bermain biola dan piano bersama istrinya. Amaya meminta izin kepada wanita itu untuk bermain piano, dan dia setuju. Mereka bermain bersama selama beberapa waktu; lalu, wanita itu membiarkan Amaya memainkannya sendirian. Amaya memainkan beberapa lagu Hindi tentang cinta dan kebersamaan, dan banyak orang berkumpul. Dia menciptakan keajaiban pada keyboard selama satu jam; pasangan itu senang karena mereka mengumpulkan lebih dari dua kali lipat uang hari itu. Saat pergi, mereka menawari Amaya sebagian dari uang mereka, tapi dia mengembalikannya kepada mereka sambil tersenyum.

Amaya merasa kesepian, sampai di rumah seolah-olah tidak ada yang memberinya kebahagiaan penuh, ada sesuatu yang hilang dalam dirinya, dan kesepian itu semakin bertambah setiap harinya. Tidak ada masakan, musik, atau berenang yang dapat membantunya ketika kehampaan semakin membesar dan menyelimuti dirinya. Itu adalah kesendirian yang tidak disengaja, paparan terhadap kekosongan, kehilangan hubungan, tidak adanya seseorang untuk berbagi kehidupan. Di tengah malam, dia tiba-tiba bangun dan bertanya-tanya di mana dia berada dan mengapa dia ada di sana, dan Amaya melihat sekeliling, mengira dia sendirian, benar-benar sendirian. Dia ingin terhubung; dia tidak tahu harus berhubungan, berbicara, dan berbagi dengan siapa, tetapi tidak ada seorang pun. Terdapat celah yang tidak dapat dijembatani hingga tak terhingga, dan dia berulang kali mencoba mengunci celah tersebut namun tidak berhasil. Dia gagal membangun hubungan antarmanusia yang pedih, hangat, nyaman dan lancar. Mimpi dan kenyataan membuatnya hancur, dan dia terjatuh dalam kegagalannya seperti selembar koran tua yang sudah pudar.

Suara batinnya memberitahunya bahwa dia kekurangan teman, perasaan jauh dari seseorang yang seharusnya lebih dekat, di sekitar, atau di dalam dirinya. Rasa penolakan menjadi semakin parah; kesepian semakin parah, kesadaran akan kegagalan membangun kesatuan dengan orang lain, dan kurangnya keaslian. Ada sesuatu yang tidak beres di dalam keempat dinding batu batanya, kehampaan, kehampaan: tidak ada langkah kaki tambahan, tidak ada napas berat, bayangan bergerak, dan bau sang kekasih. Tak ada seorang pun yang bisa dirangkul, tak ada jiwa yang bertanya: "Apa kabarmu? Apa kabarmu?" atau menyapa: "Hai, Amaya!" Keberadaan kehampaan, ketiadaan yang melingkupi, luasnya kehampaan, dan kesendirian yang tak terduga membenamkannya. Dia mengenali tanda-tanda potensi penolakan, isolasi, bias negatif dalam dirinya, perasaan bahwa lebih baik menghindari orang tuanya dan menjalani kehidupan pertapa, seorang sannyasin yang meninggalkan segalanya demi kehampaan.

Dia akan mati sendirian; ketakutan itu menghancurkan. Tidak akan ada seorang pun yang menyadarinya, karena dia telah mengunci semua pintu dari dalam; tubuhnya akan merosot dan hancur, dan tengkorak serta kerangka yang kosong akan tergeletak di sudut rumah atau di dekat kolam renang. Amaya tertawa terbahak-bahak, meskipun kepalanya yang terbuka tanpa kulit dan tanpa rambut menertawakannya, menanyakan pertanyaan: "Mengapa saya harus mati? Mengapa kamu tidak mencari Supriya, menemukannya, dan menyelamatkan kekasih kecilmu?" Di mana saya bisa menemukannya?" Sambil bertanya pada dirinya sendiri, Amaya berlari menuju ruang kerja. Sepanjang hari dia mencari di komputer keberadaan bayinya dan Karan. Tiba-tiba, terungkap bahwa dia bahkan tidak mengetahui nama lengkap Karan. Di akta kelahiran bayi tersebut, tertulis nama Karan A. Amaya mencari biodata Karan atau detail lainnya dengan sia-sia. Kesadaran tiba-tiba muncul di benaknya; dia tidak tahu apa-apa tentang Karan. Orangtuanya dan dimana dia dilahirkan, di kota atau negara bagian mana dia berasal, alamatnya, karir dan apakah dia warga negara India, Spanyol, Perancis atau Amerika adalah pertanyaan yang menarik. Percayai dia, percaya sepenuhnya padanya, dan tidak pernah bertanya apa pun tentang dia. Dengan sedih mencoba mengingat wajahnya, karena tidak ada foto dirinya, bahkan di komputer. Dia tidak pernah mengklik gambar dirinya selama perjalanan ekstensifnya melintasi Spanyol. Dia lupa mengambil foto Karan bersamanya saat mereka di rumah, makan, bermain piano, berenang di kolam renang atau berjalan-jalan di pantai. Wajahnya menjadi kurus karena ingatannya seperti fatamorgana atau daun-daun pohon apel yang berguguran di awal musim dingin. Dia tidak tahu apa-apa tentang Karan, yang telah tinggal bersamanya selama setahun, yang menghamilinya dengan Supriya, yang telah dia curi.

Amaya, kenapa kamu tinggal di sini sebagai pertapa? Berapa lama anda akan tinggal di sini? Apa tujuanmu tinggal di sini? Dia tidak bisa menjawab satupun dari mereka. *Biarkan aku keluar dan mencari Supriya di seluruh dunia.* Itu adalah keputusan yang tegas, dan dia mengemasi barang bawaannya untuk pergi ke London. Tapi dia tidak tahu kenapa dia memilih London, tepatnya di London mana dia akan mencari Supriyanya, dan berapa lama. Amaya mengambil penerbangan ke London dalam dua hari.

Mencari Putrinya

Penculikan Supriya adalah peristiwa paling menyedihkan dalam hidup Amaya, dan dia gagal meyakinkan pikirannya bahwa Karan bisa melakukannya. Dengan gemetar di hatinya, dia merenung, yang berlangsung lama. Kehilangan tersebut menimbulkan rasa sakit dan kesedihan, dan tindakan Karan menimbulkan rasa malu dan kesedihan. Terkadang penderitaannya tak tertahankan, karena ada perasaan kepala terjepit di mesin. Penghinaan itu menimbulkan keheningan yang mendalam; dia merasa malu untuk berbicara dengan orang lain dan menghindari memandang mereka. Semua orang di London tahu kisahnya; mereka mengobrol tentang hal itu, menertawakannya, yang memaksanya untuk tetap menjadi penyendiri. Dia kehilangan kontak dengan lingkungannya yang dipenuhi alien. Berinteraksi dengan orang lain adalah pengalaman yang memalukan; dia lupa kata, frasa dan bahasa, bahkan nama benda dan tempat. Sering gagal mengingat kata kerja yang tepat untuk menjelaskan suatu tindakan; dia bertanya-tanya bagaimana cara mendeskripsikan lingkungan di sekitarnya dan mengekspresikan pemahamannya tentang dunia melalui bahasa.

Amaya menjadi kesepian dan sedih dan mulai membenci dirinya sendiri tanpa keluar dari kamar hotelnya. Mempertanyakan semua yang ada dalam pikirannya, dia terkadang membayangkan kunjungan harian pengurus rumah tangga adalah untuk menculik putrinya dan dengan panik mencari kemana-mana untuk melihat apakah Supriya aman. Kesadaran bahwa Supriya bersama ayahnya menciptakan pelipur lara sesaat, namun kesedihan dan rasa malu langsung menginjak-injak emosi dan keseimbangan mentalnya. Dia tidak pernah memikirkan akibat buruk yang mungkin menimpanya karena ketakutannya yang terus-menerus terhadap keselamatan Supriya. Dalam seminggu setelah mencapai London, Amaya melihat pasangan dengan bayi mereka di kereta dorong di seberang persimpangan saat melintasi Apex Corner. Tiba-tiba Amaya menangis keras sambil berulang kali memanggil nama putrinya dan berlari ke arah pasangan itu. Berdesak-desakan melewati pejalan kaki, dia mencoba menyeberang jalan, yang memandangnya dengan heran. Saat mencapai sisi lain, seorang polisi berjalan cepat ke arahnya. "Apa yang terjadi denganmu? Kenapa kamu berteriak?" tanya polisi itu. "Sayangku, sayangku," erangnya sambil menunjuk ke arah pasangan itu dan kereta dorong bayi, sekitar lima puluh meter jauhnya. Kata-katanya bergetar, tubuhnya bergetar hebat, dan langkahnya tidak stabil. Setelah menyampaikan pesan kepada polisi berikutnya melalui walkie-talkie-nya, bobby berjalan cepat bersama Amaya menuju pasangan itu, dihentikan oleh polisi wanita lain sedikit di depan. Ada keterkejutan di wajah pasangan itu sementara Amaya dan polisi berdiri di depan mereka. "Bukan begitu," rengek Amaya. "Bu, Pak, maaf atas ketidaknyamanan yang ditimbulkan," si bobby mengungkapkan penyesalannya kepada pasangan tersebut, yang kembali mendorong kereta dengan lembut sekaligus seolah-olah tidak terjadi apa-apa. "Nyonya, apakah Anda baik-baik saja?" polisi kedua bertanya pada Amaya. Namun Amaya tidak peduli dengan apa yang ditanyakannya atau tidak merenungkan kata-kata yang baru saja didengarnya.

Berkeliaran berhari-hari tanpa tujuan, dia takut melihat wajah orang melalui gerak tubuh dan ekspresi wajah. Karena dia tidak ingin melihat wajah Karan, dia menghindari melihat wajah orang-orang, tapi jantungnya berdebar kencang mengingat ingatan Supriya. Mencoba mengenali Karan tanpa mengingat wajahnya merupakan perjuangan yang tiada henti. Setiap orang yang lewat adalah Karan, dan ada getaran batin tentang pertemuan yang akan datang dengannya. Minggu depan, dia duduk di National Express Coach Station, mengamati penumpang bus masuk atau turun. Selama minggu berikutnya, dia berada di Terminal Bus Victoria dan Terminal Bus Aldgate, berpikir dia akan berlari ke arahnya begitu dia muncul dan merebut bayinya dari tangannya tanpa melihat wajahnya. Kemudian, dia akan pergi dengan lembut bersama putri kesayangannya.

Bepergian melalui metro bawah tanah berkali-kali, memikirkan pertemuan heroiknya, merenggut tangan Karan dan menyelamatkan Supriya, dia tertawa dan menangis keras, melupakan lingkungan sekitar. Berdiri seperti patung selama berjam-jam bersama, dia berdiri di pintu masuk Alperton, stasiun Burnt Oak, Goodge Street, Leyton, Arnos Grove, Croxley dan Woodside Park, mengamati penumpang dengan curiga. Dia memalingkan wajahnya seolah dia tidak punya keberanian untuk melakukan kontak mata setiap kali seseorang mendekatinya. Suatu ketika di Elephant and Castle, seorang wanita muda yang memperhatikan langkahnya yang goyah menawarkan bantuan untuk menyeberang jalan, dan Amaya menatapnya dengan tegas. "Aku tidak percaya padamu," gumamnya.

Selama bulan kedua di London, Amaya tidak makan selama berhari-hari, berpikir pergi ke restoran adalah penghinaan terhadap diri sendiri, karena dia harus berbicara dengan pelayan sambil memberikan pesanan. Setelah lapar, dia mengumpulkan cukup keberanian untuk pergi ke restoran pinggir jalan dekat Green Park dan berdiri di sana selama setengah jam tanpa memesan. Dia menginginkan layanan kamar di hotel tetapi sering mengganti gagang telepon setelah memutar nomor telepon. "Nyonya, apakah Anda menelepon?" Ada pertanyaan berulang-ulang, dan Amaya lebih memilih untuk tetap diam. Pada bulan pertama, dia menonton Monumen Perang Polandia dari hotelnya, tetapi kemudian, dia menutup jendela dengan rapat, agar tidak menghubungi dunia luar. Sulit baginya untuk tidur lebih dari dua jam sehari, dan dia kehilangan kesadaran dalam membedakan antara siang dan malam. Karena konsep waktunya telah menjadi rangkaian detik dan menit menuju tak terhingga, jam dan hari pun tidak ada lagi. Trauma yang dialami tidak terbatas; itu membungkusnya dalam keheningan, tapi terus-menerus, dia bergumul dengan dirinya sendiri untuk melepaskan diri dari cengkeramannya.

Perasaan bersalah membuat Amaya merasa tidak berdaya dan tidak aman, dan dia mengutuk dirinya sendiri karena mempercayai Karan tanpa mempertanyakan niatnya. Terkadang dia bertanya-tanya seperti apa rupanya atau apakah dia nyata. Namun satu hal yang diingat Amaya tentang dirinya: dia memiliki rambut panjang yang membuatnya sangat menarik. Amaya tidak pernah membenci Karan, karena dia tidak bisa melupakan cinta, perhatian dan perlindungan yang ditunjukkannya terhadapnya tetapi merasakan ketidaksetiaan dan penipuannya. Luka yang dia alami seratus kali lipat lebih tinggi dibandingkan Algea dalam mitologi Yunani. Itu adalah kesadaran akan ketidakmampuannya untuk menghentikan besarnya kesengsaraan yang dideritanya dari seseorang yang dengannya dia berbagi cinta, kepercayaan, kegembiraan seksual, dan kebersamaan intim selama setahun. Pengakuan itu mencubit bagian terdalamnya dan menghancurkan kepercayaan dirinya terhadap dirinya sendiri dan orang lain. Mengapa dan bagaimana hal ini terjadi pada seseorang yang berpendidikan dan rasional, seorang wanita yang telah melakukan perjalanan keliling dunia, bertemu dengan ratusan orang dalam berbagai situasi dan menganalisis perilaku manusia dalam berbagai kondisi? Ia tak terima jika seseorang yang mengenyam pendidikan di lembaga pendidikan terbaik dan lulusan jurnalisme dan hukum menjadi korban tipu daya. Dia menyelidiki mengapa dia menenggelamkan dirinya dalam rawa seperti itu, menyadari dengan hati nurani yang menusuk bahwa meskipun kecerdasannya berkembang dan penalarannya dipertajam dan pengetahuannya bertambah, pikirannya tetap liar dan tidak terkendali. Akibatnya, dia gagal mengambil keputusan yang tepat untuk melindungi dirinya dari pengkhianatan dan penipuan.

Kesusahan menguasai Amaya, mengetahui bahwa dia tidak dapat melindungi putrinya. Dia jatuh sakit secara fisik dan mental, mengakibatkan kesepian, isolasi dan gangguan dalam menilai apa yang harus dilakukan untuk kemajuannya; dia tidak suka melihat bayangannya di cermin. Gaunnya yang liar dan tidak terawat, rambut acak-acakan, dan mata melotot membuatnya takut. Menutupi kedua cermin dengan koran bekas—satu di kamar tidur dan satu lagi di kamar kecil—adalah satu-satunya pilihan untuk melepaskan diri dari sosok-sosok menjijikkan itu. Sebelum kunjungan pengurus rumah tangga, dia berhati-hati dalam melepasnya setiap hari. Namun suatu hari, Amaya lupa mengeluarkan koran dari cermin kamar kecil. Pengurus rumah tangga yang berkunjung setiap hari untuk merapikan tempat tidur, mengganti sprei, bedcover dan handuk, serta memenuhi kebutuhan sehari-hari membuat desahan kaget melihat cermin berpelindung. "Nyonya, kamu baik-baik saja?" sambil menatap Amaya, dia bertanya. Amaya merasa terhina dan mengurung diri di dalam kamar selama dua hari berikutnya. Manajer hotel mengetuk pintunya karena dia tidak terlihat di luar kamarnya dan tetap terkunci di dalam. Dia mengobrol dengan Amaya selama setengah jam, mengungkapkan keprihatinannya atas penampilan dan kesehatan Amaya, dan bertanya bagaimana dia bisa bertahan hidup tanpa perawatan kesehatan dan makanan yang layak. Manajer segera menelepon dokter residen untuk mengunjungi Amaya. Dokter meresepkannya beberapa obat dan menyarankan dia untuk makan makanan bergizi secara teratur dan menjalani psikoterapi profesional.

Seorang psikoterapis, seorang paruh baya, mengunjungi Amaya di kamarnya pada malam hari, dan kehadirannya membuat Amaya percaya diri. Terapis mengatakan perannya adalah membantu Amaya mengatasi masalah emosional dan mengatasi situasi kehidupan yang kompleks dengan menggunakan perawatan psikologis. Tujuan terapi adalah untuk memperkuat pikiran, meningkatkan perasaan dan mengalami emosi secara keseluruhan. Hal ini untuk mengembangkan kesadaran agar

Amaya dapat menggunakan kemampuan dan kapasitasnya, dan tujuannya adalah untuk merasakan kegembiraan dan kebahagiaan dalam hidup. Terapis mengatakan kepada Amaya bahwa dia mempunyai kebebasan untuk memutuskan apakah akan mengikuti program perawatan di klinik, yang berjarak satu kilometer dari hotel.

Amaya berjalan ke klinik; butuh waktu sekitar lima belas menit untuk mencapainya. Terapis mencoba mengenal Amaya pada sesi pertama dengan menanyakan pertanyaan-pertanyaan mendasar tentang dirinya, seperti wawancara yang berorientasi pada tujuan tetapi dialog yang mengalir bebas. Amaya menceritakan semuanya kepada terapis: kelahirannya di Barcelona, orang tuanya, pendidikan di Madrid, Mumbai, Bengaluru, dan Barcelona. Dia menceritakan pertemuannya dengan Karan di kantin universitas, kebersamaan mereka di Lotus, bepergian bersama ke seluruh Spanyol dan beberapa wilayah Perancis, kehamilannya, persalinan dan kehilangan Supriya. Terapis mendengarkan Amaya tanpa memberikan komentar atau penilaian apa pun, namun Amaya merasa tenang. Dia sedang menunggu seseorang yang dengannya dia dapat berbagi perasaan, emosi, dan ceritanya. Di akhir sesi pertama, terapis memberi tahu Amaya bahwa pikirannya menciptakan tekanan dan mengatasi stres bergantung pada sumber dayanya. Dukungan sosial adalah sumber daya yang penting, dan terapis mendukung Amaya. Proses dukungannya dapat meningkatkan kemampuannya mengendalikan tekanan dan mengarahkan pikirannya. Amaya menjalani psikoterapi selama dua belas hari berturut-turut dalam lingkungan terkendali, berlangsung sekitar dua jam setiap hari.

Terapisnya memiliki suara yang jelas; bahasanya penuh makna. Dia bisa merasakan apa yang dipikirkan dan dirasakan Amaya dengan mudah. Kata-kata dan gerak-geriknya ramah, hangat, dan memberi semangat, menerima Amaya apa adanya dengan sikap tidak menghakimi. Amaya merasa terapisnya mengungkapkan empati dan memiliki keterampilan mendengarkan yang sangat baik. Dia memberi tahu Amaya bahwa proses berpikirnya pada awalnya akan kritis namun bersahabat, membantu Amaya di setiap persimpangan bekerja dengannya sebagai anggota tim untuk mencapai tujuan yang telah ditentukan. Amaya mengalami variasi emosional yang intens saat mendiskusikan sejarah pribadinya dan menangis hingga hatinya meledak. Pada beberapa kesempatan, dia mengungkapkan kemarahannya, curahannya seperti aliran deras, dan dia kelelahan secara fisik setelah setiap sesi.

Terapis menginisiasi Amaya untuk menganalisis fakta, mengevaluasi masalah yang dihadapinya, menggunakan wawasannya dalam pemecahan masalah, dan menyusun ulang pengetahuannya untuk membantu Amaya mencapai kesejahteraan mental dan fisik. Dia secara sadar menggunakan pengetahuan dan keterampilannya untuk menginisiasi Amaya guna mendukung dirinya dalam memahami dan memecahkan masalahnya. Sikap terapis yang positif, memusatkan perhatian pada kliennya untuk mengenal dirinya sendiri. Hal ini mengarah pada kesadaran akan proses berpikir Amaya, yang berbahaya baginya, dan membantu Amaya mengidentifikasi cara untuk menangani stres. Lebih lanjut, dia menginisiasi Amaya untuk memeriksa interaksinya dengan Karan, menawarkan panduan untuk mengubah pemikiran, emosi, dan perasaannya untuk pulih dari keputusasaan dan depresi. Menjelaskan cara bersantai dan mencapai kesadaran, terapis memberi Amaya harapan, perspektif hidup yang segar, dan hubungan yang berempati, percaya, dan peduli dengan orang lain. Semua interaksi berpusat pada klien, dan terapinya adalah latihan membantu diri sendiri. Dalam dua belas sesi, Amaya memperoleh penguasaan penting atas proses berpikirnya, belajar dari pengalamannya, menciptakan kesadaran akan dirinya sendiri, dan memberdayakan dirinya dalam pengambilan keputusan agar menjadi mandiri. Itu adalah belajar kemandirian, menyembuhkan luka mentalnya dan menghilangkan rasa takut, malu dan benci. Terapis memintanya mengulangi psikoterapi setiap tahun selama tiga tahun berikutnya; jika tidak, kekambuhan mungkin terjadi.

Dalam dua minggu psikoterapi, setelah empat bulan di London, Amaya mengambil penerbangan ke Jenewa, tidak tahu mengapa dia pergi ke sana, ke mana harus mencari Supriya dan berapa lama dia akan berada di sana. Saat itu turun salju ketika Amaya naik taksi dari bandara ke hotel di tepi barat Danau Leman, yang juga dikenal sebagai Danau Jenewa. Saat mengunjungi Katedral St Pierre, Amaya melihat sebuah poster kecil: "Relawan dibutuhkan untuk Pekerjaan Sosial dengan Anak-anak" di sebuah bangunan kecil di dinding tepi danau. Dari pintu kaca, Amaya dapat melihat seorang wanita sedang mengerjakan laptop di dalam kamar, dan di pintu tersebut terdapat tulisan: "Sama-sama, silakan buka pintunya." Di dalam terasa hangat.

"Hai, saya Lea," sambil mengulurkan tangannya, orang yang duduk itu berkata.

"Hai Lea, saya Amaya. Saya ingin bekerja sebagai relawan pekerja sosial bersama Anda," kata Amaya sambil memperkenalkan dirinya dan berjabat tangan dengan Lea

"Bagus sekali, Amaya; kamu bisa memulainya hari ini sendiri, "jawab Lea. Amaya merasa senang, setelah berbulan-bulan, seseorang memanggil namanya.

"Tentu saja saya siap," kata Amaya.

"Organisasi kami adalah *Child Concern* , yang didirikan oleh tujuh perempuan, dan kami menamakan diri kami pekerja sosial. Kami bekerja untuk kesejahteraan anak-anak di seluruh dunia, terutama di negara-negara Asia, Afrika, Eropa Timur dan Amerika Latin, terutama dalam bidang asuh, sponsorship, pendidikan, nutrisi dan layanan kesehatan. Kami secara aktif menghapuskan pekerja anak, perkawinan, dan pelecehan anak, sehingga mempengaruhi pembuat kebijakan di organisasi internasional dan negara-negara anggota. Segala aspek kesejahteraan anak menjadi perhatian kami. Tidak ada pekerjaan tetap di *Kepedulian Anak* ; kami semua adalah relawan," jelas Lea.

Hari itu Amaya menghabiskan waktunya di kantor, mempelajari pekerjaannya. Ada empat bidang kerja relawan pekerja sosial: penggalangan dana, penyaluran dana, administrasi dan pengawasan lapangan. Seorang sukarelawan dapat bekerja dengan *Kepedulian Anak* dari satu hari hingga beberapa tahun namun tidak menerima upah, bahkan tunjangan perjalanan. Semua bergabung sebagai relawan dan berjanji untuk bekerja dengan jujur, tanpa menyalahgunakan dana organisasi atas nama Deklarasi Universal Hak Asasi Manusia. Tidak ada hierarki dalam organisasi, dan tidak ada yang mengarahkan atau mengikuti siapa pun. Tujuh perempuan yang memulai *Kepedulian Anak* adalah perempuan pekerja, dan mereka menghabiskan sekitar dua jam setiap hari di kantor utama atau kantor lain sesuai keinginan mereka.

Demikian pula, seorang sukarelawan bebas memilih negara untuk bekerja, dan ada kebebasan untuk bekerja di negara lain. Para sukarelawan yang bekerja lebih dari dua belas bulan dapat mengumpulkan dana dari pemerintah, industri, perusahaan, bank, organisasi, yayasan, masyarakat dan individu. Ribuan sukarelawan di seluruh dunia terlibat dalam penggalangan dana; mereka mengumpulkan dana dalam jumlah besar. Semua transaksi keuangan dilakukan secara digital, dan tidak ada transaksi tunai. Kebutuhan kantor pusat dan subkantor, seperti komputer, printer, mesin fotokopi dan scan, alat komunikasi dan segala perlengkapan lainnya, alat tulis dan perkakas, berasal dari donatur. Ada ratusan donatur yang menanggung biaya tersebut, termasuk sewa, pajak, listrik, air dan transportasi, dan semua transaksi dilakukan secara digital.

Relawan yang bekerja di bidang administrasi mengevaluasi proposal proyek dari beberapa lembaga yang terlibat dalam pekerjaan kesejahteraan anak. Evaluasi dilakukan terhadap masalah, tujuan, dasar pemikiran, manfaat, dan kelayakan finansial setiap proyek. Pengawas lapangan mengunjungi organisasi yang menyerahkan proyek tersebut untuk melakukan evaluasi dan penilaian terperinci di tempat mengenai keaslian, sejarah, dan tujuan proyek tersebut. Mereka memposting ulasan menyeluruh di situs web internal *Child Concern* untuk pengambilan keputusan akhir. Proposal proyek dan laporan evaluasi kembali dipelajari secara mendalam oleh pekerja sosial di pemerintahan. Mereka memutuskan apakah akan memberikan bantuan keuangan kepada organisasi tersebut untuk melaksanakan proyek tersebut. Badan tersebut perlu menyetujui bahwa dananya hanya untuk tujuan proyek. Terakhir, dana enam bulan akan dicairkan oleh pekerja sosial sukarela yang menangani pendistribusian. *Kepedulian Anak* menyelesaikan seluruh proses evaluasi, pengawasan lapangan, pelaporan, dan pencairan dana diselesaikan dalam waktu enam bulan. Setiap lembaga perlu menyerahkan laporan naratif tahunan secara digital bersama dengan laporan keuangan yang telah diaudit oleh akuntan resmi. Ada pemeriksaan dan pemeriksaan balik di setiap tahap. Para relawan yang ingin bersama *Kepedulian Anak* lebih dari satu bulan bekerja dalam pengawasan administratif atau lapangan. Pekerjaan mereka memerlukan lebih banyak waktu untuk evaluasi proyek, penilaian, dan kunjungan lapangan ke lembaga atau organisasi yang mengajukan permohonan dana untuk menjalankan suatu proyek.

Setelah bersumpah atas nama Deklarasi Universal Hak Asasi Manusia, Amaya bergabung dengan *Child Concern* sebagai relawan pekerja sosial. Dia menerima kata sandi untuk situs pemerintah, yang berlaku hingga hari terakhirnya sebagai sukarelawan. Ada delapan sukarelawan di bagian administrasi, bersama dia di kantor utama. Pekerjaan pertama Amaya adalah menyiapkan daftar relawan yang bergabung hingga tengah malam pada hari sebelumnya di semua negara. Totalnya ada seratus empat dalam kapasitas berbeda. Ia juga menyusun daftar relawan yang telah menyelesaikan pekerjaannya di *Child Concern* , menyiapkan surat penghargaan bagi mereka yang pensiun pada hari sebelumnya dan memasang daftar dan sertifikat tersebut di situs *Child Concern* .

Keesokan harinya, komputer menyarankan Amaya mengevaluasi proposal proyek yang diajukan oleh sebuah LSM di Afrika Selatan untuk merehabilitasi anak-anak yang bekerja di bidang pertanian dan pekerjaan rumah tangga. LSM ini, yang sebagian besar dikelola oleh perempuan, memiliki pengalaman sekitar sepuluh tahun menangani anak-anak dalam berbagai kapasitas dan memiliki rekam jejak yang sangat baik dalam pekerjaan yang jujur dan berkomitmen serta bebas korupsi. Proyek ini diperuntukkan bagi sekitar empat ratus lima puluh anak, sebagian besar berasal dari daerah pedesaan, yang menghabiskan sebagian besar hidup mereka di bidang pertanian dan pekerjaan rumah tangga. Sekitar lima belas persen anak-anak buta huruf, dan enam puluh lima persen putus sekolah dari sekolah dasar. Empat puluh lima persen anak-anak adalah pekerja anak paruh waktu, misalnya bekerja kurang dari empat jam sehari, sedangkan sisanya bekerja delapan jam atau lebih delapan jam sehari. Semua penerima manfaat proyek yang diusulkan berusia di bawah enam belas tahun, dan sebagian besar, misalnya sekitar enam puluh satu persen, adalah anak perempuan. Meskipun pekerja anak merupakan tindak pidana di Afrika Selatan, hal ini berkembang pesat karena perdagangan anak. Hal ini memaksa anak-anak untuk melakukan pekerjaan berbahaya yang dilakukan orang tuanya untuk keluar dari kemiskinan ekstrem.

Proyek ini berlangsung selama lima tahun dan memiliki tujuan yang jelas seperti memberikan pendidikan bagi semua anak dengan fasilitas tempat tinggal, makanan bergizi, layanan kesehatan modern, penciptaan kesadaran bagi orang tua, partisipasi masyarakat dan rehabilitasi. LSM tersebut akan memprakarsai upaya masyarakat untuk pendidikan dan pengembangan keterampilan anak-anak yang berusia enam belas tahun setiap tahunnya. Bantuan keuangan yang dibutuhkan adalah seratus dua puluh dolar per bulan per anak; Meski demikian, masyarakat akan menyediakan segala fasilitas infrastruktur. Amaya berpendapat bahwa penjelasan masalahnya meyakinkan, tujuan dapat dicapai, program didasarkan pada kondisi lokal, dan partisipasi masyarakat mempertimbangkan anggaran yang kuat dan moderat. Dengan nilai "A" yang berarti "direkomendasikan", Amaya memposting evaluasinya di situs administrasi untuk opini kedua.

Sore harinya, Amaya membaca proposal proyek dari Indonesia, diposting untuk opini kedua, beserta laporan evaluasi singkat oleh relawan pertama yang menilai. Permintaan tersebut adalah untuk menyediakan buku bagi sekitar sepuluh ribu anak selama sepuluh tahun di kepulauan Raja Ampat yang terdiri dari lebih dari seribu lima ratus pulau yang berjauhan. Kurangnya akses terhadap buku menciptakan situasi seperti buta huruf, yang berdampak negatif terhadap kualitas pembangunan manusia. Sekitar delapan puluh lima persen anak-anak di pulau-pulau tersebut tidak memiliki akses terhadap buku sehingga memaksa mereka menjadi buta huruf secara fungsional. Mereka tidak dapat memahami arti kata-kata tertulis. Hal ini menciptakan konsekuensi yang luas dalam bidang emosional, pribadi, akademis, sosial dan keuangan anak-anak yang mempengaruhi perkembangan masyarakat. Proposal proyek menyebutkan bahwa anak-anak tidak mempunyai kesempatan untuk mendapatkan buku dan kurang memiliki kebiasaan membaca. Ada kesenjangan besar antara kepulauan di Jawa, Bali, Sumatra, dan Raja Ampat, yang tidak memiliki perpustakaan umum. Proyek ini bertujuan untuk mengubah sepuluh ribu anak perempuan dan laki-laki menjadi melek huruf sepenuhnya dalam waktu sepuluh tahun dan menyediakan bekal untuk melanjutkan proyek ini selama bertahun-tahun yang akan datang untuk generasi mendatang. Setelah menilai proposal proyek, Amaya membaca laporan evaluasi pertama, yang memberikan proposal tersebut "nilai A-Plus," yang berarti "sangat direkomendasikan." Setelah penilaian hati-hati dan menyeluruh, Amaya menulis "A," yang berarti "direkomendasikan," dan menekankan lebih lanjut pengawasan intensif dan menyeluruh yang dilakukan oleh para sukarelawan lapangan karena sebagian besar pulau-pulau tersebut tidak dapat diakses bahkan oleh pemerintah.

Amaya menghabiskan sekitar sepuluh jam setiap hari dengan *Kepedulian Anak* ; menemukan kantornya bekerja dua puluh empat jam sehari sepanjang tahun tanpa hari libur. Para relawan bekerja dalam diam, sebagian besar mahasiswa dan mahasiswa menangani masalah anak-anak. Beberapa orang biasa pergi ke sana setelah jam kerja selama beberapa jam kerja. Pada hari libur dan hari Minggu, dokter, pengacara, bankir, insinyur, arsitek, aktor, seniman, dan profesional lainnya mengunjungi kantor untuk melakukan pekerjaan sukarela bagi anak-anak yang belum pernah mereka lihat atau dengar seumur hidup mereka. Ini adalah agama baru bagi mereka karena mereka percaya pada hak-hak anak dan martabat manusia. Sepanjang karyanya, ingatan Supriya membelai hati

Amaya, dan ia mengira ia mengasuh putrinya melalui anak-anak di Afrika, Asia, Amerika Latin, dan Eropa Timur.

Amaya mengevaluasi laporan enam bulanan, tahunan, dan penyelesaian proyek selusin lembaga dalam beberapa hari ke depan. Menilai laporan kemajuan atau penyelesaian merupakan tugas yang menantang dan berat, karena ada banyak kriteria yang harus diikuti dengan cermat. Parameter kuantitatif lebih diutamakan daripada parameter kualitatif, karena pembangunan merupakan realitas yang diamati dibandingkan realitas yang dirasakan. Amaya mencoba menghitung indikator pertumbuhan tersebut di bidang pendidikan, gizi, layanan kesehatan, pencegahan pekerja anak, pelecehan dan kekerasan terhadap anak. Laporan-laporan tersebut menyatakan bahwa perubahan-perubahan kualitatif tidak tepat sasaran karena tidak adanya kerja sama yang solid, perubahan dan pertumbuhan dalam mencapai tujuan-tujuan proposal proyek. Mereka yang hanya menampilkan perubahan kualitatif menyembunyikan kegagalan mereka, karena tidak ada perubahan kualitatif yang bisa terjadi tanpa perubahan kuantitatif yang substansial. Amaya mendesak dan meminta LSM-LSM untuk menunjukkan pencapaian kerja mereka dalam proyek-proyek tersebut dalam bentuk kuantitatif. Dia menyarankan para sukarelawan lapangan menghentikan pendanaan lebih lanjut jika LSM tersebut gagal melaksanakan tujuan proposal proyek mereka secara kuantitatif.

Rumah sakit terapung merupakan konsep baru bagi Amaya karena merupakan judul proposal proyek yang diterimanya dari Bangladesh. Dengan banyaknya sungai dan badan air, akses ke berbagai wilayah di negara ini melalui perahu lebih memungkinkan dibandingkan melalui jalan darat. Proposal proyek Bangladesh secara konsisten menekankan partisipasi masyarakat yang luas di semua lapisan masyarakat. Rumah sakit terapung memiliki konsep seperti itu dan menekankan keterlibatan masyarakat melalui badan air. Proposal proyek ini ditujukan untuk satu juta anak berusia nol hingga empat belas tahun yang termasuk dalam kelompok miskin. Amaya memperhatikan bahwa Bangladesh berkembang pesat dalam bidang pendidikan, menyediakan makanan bergizi, kesehatan yang lebih baik, membangun pusat kesehatan dasar dan program perawatan ibu dan anak yang kuat. Pemerintahannya berfokus pada pembangunan masyarakat dan mendorong ribuan LSM untuk bekerja sama dengan pemerintah dalam memberantas buta huruf, kelaparan, kemiskinan dan kesehatan yang buruk. Pemerintah tidak bisa menjangkau semua tempat, tapi masyarakat bisa mengikuti filosofinya. Proposal proyek rumah sakit terapung mempunyai rumusan masalah yang jelas, tujuan yang spesifik, kegiatan yang eksplisit dan terukur, program yang dapat dibuktikan dan usulan anggaran yang dapat diverifikasi. Amaya menandai "A-Plus" untuk proyek tersebut dan mempostingnya di situs administratif untuk mendapatkan opini kedua.

Proposal proyek untuk merehabilitasi sekitar dua ribu anak, yang merupakan bagian dari Tentara Pembebasan Tamil Elam, merupakan proyek berikutnya yang dinilai pada hari itu. Proposal proyek tidak jelas dan tidak memiliki pernyataan masalah yang jelas, tujuan spesifik, kegiatan, jadwal program kuantitatif dan indikator pencapaian. Badan yang mengajukan proposal proyek bukanlah organisasi yang terdaftar dan tidak memiliki rekening bank di Sri Lanka. Meskipun Amaya berempati terhadap anak-anak di wilayah usulan proyek, tidak ada alasan untuk menyetujui usulan proyek tersebut. Dia mendapat nilai "F", yang berarti "ditolak," dan mempostingnya untuk opini kedua.

Kebahagiaan tumbuh dalam hatinya di Jenewa ketika dia terlibat penuh dalam pekerjaan sosial dengan anak-anak di kantor *Kepedulian Anak* . Setelah psikoterapi, pikirannya menjadi tenang; tidak ada kesedihan atau depresi, dan tubuhnya rileks. Pekerjaan ini memberikan kepuasan yang besar karena ratusan anak memperoleh manfaat dari kerja sukarela. Dia telah menghabiskan waktu sekitar dua setengah bulan di *Child Concern* , mengevaluasi lima puluh empat proposal proyek dan menilai lebih dari tiga puluh lima laporan penyelesaian. Amaya menilai proposal proyek dari Lucknow mengenai Konseling Trauma dengan Korban Pemerkosaan di Uttar Pradesh. Proposal proyek adalah untuk pendapat kedua, dan penilai pertama telah memberikan nilai "A Plus." Sebuah LSM yang didirikan oleh sekelompok perempuan mengajukan proposal tersebut. Pernyataan masalahnya agak rumit, menganalisis latar belakangnya. Mengutip Biro Catatan Kejahatan Nasional, sebuah lembaga pemerintah India, proposal proyek tersebut menyatakan bahwa rata-rata tujuh puluh lima kasus pemerkosaan terjadi di India setiap hari, dan Uttar Pradesh menempati urutan teratas dalam daftar tersebut, termasuk kejahatan kekerasan terhadap perempuan. Polisi hanya mencatat satu dari sepuluh kasus pemerkosaan. Politisi yang tergabung dalam partai berkuasa, perwakilan terpilih, dan menteri, sering kali menghalangi polisi untuk melaporkan isu-isu yang menunjukkan gambaran bagus tentang tingkat kejahatan di daerah pemilihannya.

Proposal proyek yang dikutip dari sumber-sumber pemerintah India menyoroti bahwa sembilan puluh lima persen korban pemerkosaan di Uttar Pradesh adalah kaum Dalit, dan delapan puluh lima persen adalah anak di bawah umur atau anak di bawah umur. Selama invasi Arya, India mempunyai peradaban yang berkembang. Meskipun demikian, para pendatang baru berhasil mengalahkan masyarakat adat yang tidak bersenjata dan memperbudak mereka untuk melakukan pekerjaan kasar.

Di wilayah Bundelkhand di Uttar Pradesh, pengantin baru dari buruh tani Dalit sering kali terpaksa tidur dengan pemilik tanah "kasta atas" pada malam pernikahan mereka. Proposal proyek ini menjelaskan bahwa kaum Dalit "tidak dapat disentuh" oleh "kasta atas", namun laki-laki "kasta atas" tidak segan-segan memperkosa perempuan muda Dalit.

Proposal tersebut memiliki tujuan nyata yang spesifik; membayangkan pusat konseling dengan profesional yang berkualifikasi untuk merawat korban pemerkosaan yang menderita trauma. Di kota-kota besar dan kecil di Uttar Pradesh, termasuk Varanasi, Allahabad, Ghaziabad, Gorakhpur, Lucknow, Kanpur, Meerut, Noida Saharanpur dan Agra, LSM tersebut mengusulkan untuk memiliki pusat perawatan dalam jangka panjang. Durasi proyek ini adalah sepuluh tahun, dan minimal sepuluh ribu korban pemerkosaan akan mendapatkan dukungan psikologis dan perawatan psikiatris setiap tahunnya, jelas proposal proyek tersebut. Amaya memberikan nilai "A Plus" terhadap proposal proyek dan mengirimkannya ke supervisor lapangan untuk penilaian awal di lapangan.

Setelah menghabiskan tiga bulan yang paling memuaskan, Amaya berterima kasih kepada Lea dan teman-temannya karena mengizinkannya bekerja dengan anak-anak. Menghargai dedikasi dan komitmennya, Lea mengatakan kepada Amaya bahwa dia dipersilakan untuk menggunakan *Child Concern* di masa depan untuk layanan sukarela. Memegang Supriya erat-erat di hatinya, Amaya terbang ke Wina, kota musik, waltz, dan operet, berharap bisa bertemu langsung dengan Supriya pada hari pertama bulan Juni.

"Musik menciptakan melodi, dan melodi menciptakan kegembiraan." Saat keluar dari hotelnya, Amaya membaca papan raksasa di atas museum alat musik pribadi. Amaya masuk ke dalam setelah mengambil tiket, dan pintu kaca besar merasakan kehadirannya dan terbuka secara otomatis. Itu adalah dunia alat musik yang fantastis dengan sejumlah piano, biola, gitar, seruling, drum, dan ratusan lainnya dengan berbagai ukuran dan tampilan. "Alat musik menciptakan melodi, dibungkus dalam waktu dengan rangkaian nada tertentu, dalam gerakan ritmis dari nada ke nada. Suara musik adalah finalitas melodi, harmoni, kunci, meteran, dan ritme, yang tidak bisa diciptakan manusia dengan pita suaranya," Amaya mengenang kata-kata Rose tersebut. Banyak wisatawan dari seluruh dunia yang secara intens mengamati berbagai tampilan. Amaya menghabiskan sekitar empat jam di dalam museum sebelum mengunjungi Vienna State Opera untuk pertunjukan Mozart Don Giovanni. Dia membeli tiket, dan konser tersebut merupakan pengalaman ajaib karena Mozart menggema dari seluruh penjuru auditorium besar. Keesokan harinya, dia bersepeda ke apartemen Mozart di Domgasse, di mana Mozart menggubah "The Marriage of Figaro," sebuah opera empat babak yang dibuat secara brilian dengan tawaran yang menggelegak. Kemudian, Amaya mengunjungi Café Frauenhuber, tempat pertunjukan "The Marriage of Figaro" untuk pertama kalinya.

Amaya berdiri diam selama satu menit di Rauhensteingasse, tempat Mozart menghabiskan tahun-tahun terakhirnya dan menggubah " Requiem" yang belum selesai. Dia berlutut di Pemakaman St Marx, tempat peristirahatan terakhir Mozart, di sebuah kuburan tak bertanda untuk sementara waktu. Saat dia berdiri, Amaya melihat seorang wanita berdiri tepat di belakangnya.

"Hai, sepertinya kamu mengagumi Mozart," katanya.

"Tentu saja, aku memujanya," jawab Amaya.

"Saya Carlotta," sambil mengulurkan tangannya, wanita itu berkata.

"Saya Amaya," kata Amaya.

"Saya adalah kepala sekolah; tolong kunjungi sekolahku jika kamu punya waktu luang," sambil memberinya sebuah kartu, kata Carlotta.

"Tentu," jawab Amaya.

"Haruskah aku menunggumu besok jam sembilan pagi?" Carlotta bertanya.

"Saya akan tiba di sana jam sembilan pagi," Amaya membenarkan.

Amaya mengendarai sepeda dan sampai di sekolah di pagi hari, dengan bangunan modern di tengah tanaman hijau dan taman bermain. Carlotta sedang menunggunya di dekat kantornya.

"Hai Amaya, selamat datang di sekolah kami," sapa Amaya, sapa Carlotta.

"Hai, Carlotta, lingkungan sekitar terlihat indah," komentar Amaya.

Carlotta tersenyum dan membawa Amaya ke ruang tamu di kantornya. Dia memberi tahu Amaya bahwa dia telah bekerja di sekolah tersebut selama sepuluh tahun. Itu adalah sekolah menengah pertama dengan delapan puluh dua siswa yang diterima setelah menyelesaikan pendidikan sekolah dasar empat tahun. Ada Volksschule atau sekolah dasar di Austria dan *Gimnasium* atau sekolah menengah. Setelah masuk sekolah dasar pada usia enam tahun, seorang anak belajar di sana selama empat tahun. Setelah itu, sekolah menengah pertama berlangsung selama empat tahun, dan empat tahun sekolah menengah atas setelahnya. Terdapat sepuluh guru selain dua guru musik, dua instruktur olah raga dan permainan, dua pustakawan, dan lima staf administrasi untuk delapan puluh dua siswa di sekolah Carlotta yang dikelola oleh pemerintah. Musik merupakan mata pelajaran wajib sejak kelas satu, dan setiap hari diadakan kelas musik, termasuk belajar memainkan minimal satu alat musik, dan sebagian besar siswa menguasai lebih dari satu.

Setelah minum kopi, Carlotta membawa Amaya ke ruang musik, dengan lebih dari sepuluh bilik kedap suara, masing-masing diperuntukkan bagi alat musik tertentu. Dua hingga tiga siswa sedang berlatih di setiap booth. Carlotta bertanya kepada Amaya alat musik apa yang dia mainkan, dan Amaya mengatakan dia belajar piano dari ibunya dan kemudian menyempurnakannya di bawah bimbingan para biarawati di biara Loreto Madrid. Ada tiga piano di salah satu bilik, dan Carlotta memberi tahu Amaya bahwa dia bisa memainkan salah satu piano itu. Amaya lebih menyukai Bosendorfer dengan sembilan puluh tujuh kunci dan mulai memainkan "Fantasia" oleh Mozart. Carlotta menyaksikannya bermain dengan takjub, terpesona. Setelah menyelesaikan bagian trim, Carlotta memberi selamat kepada Amaya, membawanya ke guru lain, dan memperkenalkannya. Carlotta menanyakan apakah Amaya akan tersedia di Wina selama tiga bulan ke depan. Setelah hening sejenak dan merenung, Amaya mengatakan dia akan berada di Wina hingga bulan Oktober. Lalu sambil tersenyum, Carlotta bertanya apakah ia tertarik mengajar musik kepada murid-muridnya hingga akhir September. Amaya mengungkapkan kesediaannya setelah beberapa perenungan. Dia mengatakan merupakan suatu kehormatan menerima undangan Carlotta. Tiba-tiba Carlotta berdiri dan memeluk Amaya. "Saya senang memiliki

Anda. Siswa kami pasti akan mendapat manfaat; Anda juga dapat mengajari mereka beberapa lagu film India populer yang mereka sukai." Amaya tersenyum, senyuman pertama setelah sekitar sebelas bulan.

Keesokan harinya, Amaya masuk sekolah selama empat bulan. Itu adalah dunia baru bagi Amaya; dia memiliki waktu satu jam untuk mengajar di keempat kelas setiap hari. Awalnya, dia memainkan dan mengajari siswa lagu-lagu film Hindi selama seminggu. "Awaara Hoon," "Aaj Phir Jeene Ki," "Dum Maro Dum," "Kabhi, Kabhi Mere Dil Mein," "Aap Jaisa Koi," "Dheere, Dheere Aap Mere," "Tujhe Dekha," dan sebagian besar dari mereka menjadi hit besar di kalangan siswa. Carlotta memberi tahu Amaya bahwa para siswa menyukai lagu-lagu tersebut dan sering memuji guru mereka. Amaya mengetahui bahwa hubungan guru-siswa terutama didasarkan pada kesetaraan dan kualitas dalam mengajar dan mempersiapkan siswa untuk memperoleh pengetahuan, keterampilan, dan sikap. Dia menjelaskan terlebih dahulu apa yang akan dia ajarkan berdasarkan antusiasme dan semangat serta tidak pernah lupa memasukkan humor ke dalam pelajaran. Pembelajaran menjadi menyenangkan bagi siswa, karena Amaya memanfaatkan minat mereka untuk keuntungannya. Dia memasukkan cerita dari peristiwa kehidupan komposer besar seperti Mozart, Beethoven, Bach, Brahms, Wagner dan Debussy dalam proses belajar-mengajar.

Setelah sebulan bergabung dengan sekolah tersebut, ada evaluasi terhadap kinerja Amaya, dan sebagian besar siswa memberinya nilai "Luar Biasa". Dalam seminggu, Carlotta memberi tahu Amaya pada paruh kedua bulan September bahwa kedua puluh siswa, sebelas perempuan dan sembilan laki-laki di tahun terakhir sekolah menengah pertama dengan lima guru, akan melakukan perjalanan kapal pesiar selama sepuluh hari dari Wina ke laut Hitam. Itu untuk pengalaman hidup berkelompok, belajar tentang masyarakat di sepanjang sungai Danube. Mengamati alam, kehidupan di tepi sungai, dan ekologi, lingkungan, cuaca, dan sistem iklim dari sepuluh negara di tepi sungai Danube dan Laut Hitam adalah tujuan utama pelayaran tersebut. Akan ada konser, waltz dan opera yang dibawakan oleh para siswa. Carlotta mengundang Amaya untuk mengikuti pelayaran yang disponsori oleh seorang mantan siswa yang memiliki beberapa toko alat musik Eropa bersama suaminya. Amaya berterima kasih kepada Carlotta yang telah mengundangnya, menyatakan kesediaannya untuk bergabung dengan siswa, dan berjanji kepada Carlotta bahwa dia akan membantu siswa mempersiapkan segala kegiatan sebelum dan selama pelayaran.

Jerman, Austria, Slovakia, Hongaria, Kroasia, Serbia, Rumania, Bulgaria, Moldova, dan Ukraina adalah negara-negara Danube, dan pelayaran ini akan membuka dunia pengalaman baru bagi siswa dan guru. Sejak awal September, Carlotta, Amaya, dan tiga guru lainnya yang mengikuti tur sibuk mempersiapkan dan melatih siswa untuk waltz, operet, dan konser mereka. Siswa secara mandiri dan berkelompok mengembangkan komposisi musik untuk pertunjukan, mengaitkan naskah tari dan libretto opera dengan bantuan guru mereka.

Pada hari Senin tanggal lima belas September, pelayaran dimulai dengan dua puluh siswa dan lima guru. Itu adalah kapal kecil bernama *Donau Ruhm* , dengan bilik mandiri dan mandiri untuk semua penumpang dan satu ruang duduk besar yang terhubung dengan ruang makan. Ada dua aula yang lengkap untuk konser, tari dan opera dengan pengaturan tempat duduk, satu untuk tiga puluh, yang lain untuk lima puluh orang. Perpustakaan, restoran prasmanan, pusat kebugaran, bioskop, toko, spa, dan dek lido berada di dek pejalan kaki. Tiga balkon terbuka besar ada di sana untuk observasi alam. Pelayaran dimulai pukul sepuluh pagi. Sebelum kapal mulai bergerak, seluruh siswa, guru, dan kru berkumpul dan menyanyikan "Auf der schonen, blauen Donau" (On the Beautiful Blue Danube), sebuah waltz yang ditulis oleh Johann Strauss, komposer Austria. Para siswa dan guru menyanyikan "Don't Stop Believing" oleh band rock Amerika *Journey* dengan tepuk tangan meriah. Usai lagu, semua orang memperkenalkan diri, dimulai dari para siswa. Ada sepuluh awak, termasuk kaptennya.

Sungai Danube, salah satu sungai terindah di Eropa, berasal dari dua aliran sungai, Breg dan Brigach, bergabung dengan kawasan Black Forest di Jerman. Mengalir melalui Dataran Tinggi Bavaria, dan melalui sebuah kanal, ia menyatu dengan sungai Main dan Rhine. Di Jerman, di perbatasan Austria, Sungai Inn bergabung dengan Danube di Passau. Sungai Danube, sungai terpanjang kedua di Eropa, bermuara di Laut Hitam, mengalir melalui sepuluh negara sepanjang dua ribu delapan ratus lima puluh kilometer. Amaya, guru dan siswa lainnya pergi ke balkon untuk melihat kapal bergerak. Kastil dan benteng yang berjajar di tepi sungai tampak megah.

Berfungsi sebagai jalan raya komersial penting antar negara, Danube menjadi penghubung budaya mereka selain menjadi perbatasan banyak negara. Ada jalur sepeda dari Jerman ke Laut Hitam di sepanjang Danube, dan dari Donaueschingen ke Budapest, jalurnya trendi. Ada pegunungan di kedua sisi sungai di luar Wina, dan Hutan Bohemian sangat menarik perhatian. Perlahan-lahan kapal itu bergerak sehingga para siswa dapat menikmati keindahan alam Austria, dan suasana kemeriahan antar siswa dan guru menyatukan mereka. Mereka berkumpul untuk makan siang pada siang hari karena makan adalah sebuah perayaan.

Dalam waktu tiga jam, kapal mencapai Bratislava, ibu kota Slovakia, dan sebuah bus telah menunggu siswa dan guru untuk membawa mereka berkeliling kota abad pertengahan tersebut. Mereka kembali enam kali setelah mengunjungi Museum Kota, Kastil Devin, Menara St Michael dan beberapa jalan. Di Pegunungan Little Carpathian, dekat titik pertemuan perbatasan Austria, Slovakia, dan Hongaria, sungai Danube mengalir melalui ngarai, dan di malam hari, matahari tampak indah.

Setelah makan malam, tujuh siswa dan dua guru menghadiri konser yang sebagian besar menampilkan biola, viola, cello, dan double bass. Direktur musik memperkenalkan anggota konser dan instrumennya. Biola adalah alat musik yang unik; musiknya membebaskan pikiran menciptakan kedamaian, kebahagiaan dan kepuasan dalam hidup. Biola sedikit lebih besar dari biola, memiliki suara yang lebih rendah dan lebih dalam. Begitu pula dengan cello yang termasuk dalam keluarga biola, alat musik petik yang membungkuk. Pengarah musik menjelaskan bahwa double bass juga merupakan instrumen membungkuk, jauh lebih besar dari biola. Konser berlanjut sekitar dua jam. Operet yang ditulis oleh seorang siswa, kisah cinta seorang anak perempuan dan laki-laki yang tinggal di lingkungan pedesaan di Austria, sangat mengasyikkan. Pada pukul sembilan tiga puluh, seluruh siswa dan guru berkumpul di ruang duduk untuk mengevaluasi perencanaan dan pelaksanaan pelayaran, yang berlangsung selama setengah jam, dan kemudian semua orang pensiun untuk tidur.

Keesokan harinya, setelah sarapan, sekitar pukul sembilan, semua berkumpul di ruang duduk dan memulai hari dengan bernyanyi bersama, "Break My Stride." Carlotta memimpin evaluasi kegiatan hari sebelumnya yang berlangsung sekitar satu jam. Para siswa dan guru melihat dua pulau besar antara Slovakia dan Hongaria. Di sisi Hongaria, tepi kanan Danube terdapat banyak benteng dan katedral yang dibangun oleh dinasti Arpad di dataran datar Alfold dan di lereng Pegunungan

Carpathian. Daerah aliran sungai kaya akan berang-berang, musang, rubah, serigala, beruang hitam, penyu, dan ular. Salah satu guru bercerita kepada siswa sambil menjelaskan ekosistem Danube bahwa itu adalah tanah rawa terpanjang di benua Eropa. Di Visegrad di Hongaria, sungai Danube menjadi sempit, dan Amaya mencoba menyentuh pepohonan di tepiannya.

Pada pukul tiga sore, kapal mencapai Budapest. Sebuah bus sedang menunggu siswa dan guru di pelabuhan. Sebuah kota yang sangat indah penuh dengan kastil, gereja, alun-alun, jembatan, museum, jalan raya, dan sebagian besar bangunan modern, Budapest adalah ratunya di sungai Donau. Setelah beberapa waktu, para siswa lebih memilih untuk berjalan-jalan, membeli kenang-kenangan dan oleh-oleh untuk orang-orang tersayang di rumah. Tiba-tiba Amaya teringat pada ibunya yang membawanya keliling Eropa dan India saat Amaya masih bersekolah. Sekembalinya dari Nepal, Amaya membeli banyak hadiah untuk Rose setelah tamasya yang diselenggarakan oleh sekolahnya di Mumbai; di antaranya adalah patung Buddha yang sedang bermeditasi, yang paling disukai Rose. Ketika Supriya masih bersekolah, Amaya akan membawanya keliling dunia, dan ketika dia pergi bertamasya, Supriya akan membelikan oleh-oleh untuk ibunya. Dia ingin sekali mendapatkan apa pun dari putrinya, bahkan kerang.

Amaya ada di dalam tim, dan ketua konser memperkenalkan pasukan tersebut kepada para siswa dan guru. Piano, gitar, harpa dan seruling adalah instrumen yang digunakan dalam konser tersebut. Piano mencakup seluruh spektrum alat musik yang mampu dan mudah beradaptasi untuk menghasilkan nada-nada yang luar biasa. Gitar yang paling pintar; anak-anak muda sangat terpesona dengan penampilan, suara, dan ketangkasannya, tambah ketua konser. Harpa mewakili St Cecelia, santo pelindung para musisi, melambangkan surga dan harapan, dan seruling menghasilkan pesona dan keindahan dalam sebuah konser, tambahnya. Itu adalah penampilan gemilang dari tim. Hingga pukul sembilan tiga puluh, anak laki-laki, perempuan, dan para guru menari mengikuti lagu "Wannabe", "Smells Like Teen Spirit", "Apa Itu Cinta", "Vogue", dan "Begini Cara Kami Melakukannya". Malam itu , Carlotta meminta Amaya untuk memimpin evaluasi.

Pada hari keempat, Amaya melihat banyak pulau di Danube, yang terbesar adalah Pulau Csepel. Sungai Drava, Tiaza dan Siva, anak-anak sungai Danube, tampak mengesankan dari kapal, dan tanah kuno

Kroasia sangat menawan. Siswa antusias dengan semua kegiatannya, dan banyak yang mencatat hasil pengamatannya. Konser, opera dan waltz menjadi lebih hidup dengan partisipasi aktif seluruh siswa dan guru hari demi hari; Alat musik utama yang digunakan dalam konser malam itu adalah drum, gitar bass, dan piano. "Bermain drum dapat menciptakan efek psikologis yang mendalam pada manusia dan hewan; bahkan bayi pun dapat bereaksi terhadap suaranya. Musik adalah puncak kebebasan perasaan, imajinasi, dan aktivitas manusia. Semua hewan, burung, ikan, tumbuhan dan pepohonan bereaksi terhadap ritme musik sebagai bahasa umum di antara budaya dan peradaban, kekuatan paling ampuh yang menyatukan segalanya. Bahkan alam semesta memiliki musiknya sendiri, yang dipahami oleh semua galaksi, yang berevolusi sejak awal Big Bang," kata pemimpin konser setelah memperkenalkan anggota tim.

Keesokan harinya, kapal berlabuh di Beograd, dan para siswa serta guru benar-benar menikmati tur kota dan masakan Serbia. Di luar Serbia, Amaya dapat melihat dataran luas Rumania di sebelah kirinya dan dataran tinggi Bulgaria di sebelah kanan. Banyak gereja, kastil, dan benteng, termasuk Kastil Bran Dracula, tersebar di seluruh penjuru, diselimuti kawasan hutan lebat Transylvania, dilindungi oleh Pegunungan Carpathian. Butuh waktu berhari-hari untuk melintasi sabana Rumania dan dataran tinggi Bulgaria. Sungai Danube membentuk banyak pulau dalam perjalanannya, dan setelah Galati, sungai tersebut mulai mengalir di ujung selatan Moldova selama beberapa menit. Para siswa bernyanyi dan menari, berharap bisa mencapai tujuan mereka di Laut Hitam. Pagi harinya, kapal memasuki delta yang dibentuk oleh sungai tersebut. Tiba-tiba Supriya ada di hati Amaya, perasaan sedih merayapi pikirannya, dan kesepian menguasainya seolah tidak ada apa-apa lagi di sekitarnya. Para siswa sedang merayakannya, dan Amaya merasa kesepian seolah-olah dia kembali ke hari-harinya di Barcelona segera setelah hilangnya Supriya.

Pada hari kesembilan, mereka bisa melihat Laut Hitam dari kejauhan, dan pada hari kesepuluh, pelayaran mencapai muara sungai yang memikat; siswa dan guru berenang bersama di perairan yang tenang selama berjam-jam. Amaya berdiri di balkon kapal, memperhatikan mereka beberapa saat dan kemudian bergabung dengan para siswa. Dia berenang dengan mudah dan bermain bola air selama berjam-jam bersama teman dan muridnya.

Ratusan perahu dan kapal di Laut Hitam yang berlayar ke Ukraina, Rusia, Georgia, Tukey, Bulgaria, dan Rumania menggambarkan pemandangan yang indah. Sore harinya, semua pergi ke Cataloi untuk bermalam dengan bus karena sponsor telah mengatur masa tinggal mereka di kota dan penerbangan hari berikutnya ke Wina dari Bandara Tulcea. Para siswa merayakannya dengan musik dan tarian sepanjang malam, dan Amaya, Carlotta, serta guru lainnya ikut bergabung.

Di Wina, Carlotta mengucapkan terima kasih yang sebesar-besarnya kepada Amaya atas partisipasi aktifnya, sementara para siswa bertemu dengan Amaya, menyampaikan penghargaan atas dorongan dan dukungannya. "Anda selalu bersama kami; kami tidak bisa melupakanmu," kata mereka serempak. "Nyonya, Anda cantik dan anggun; kamu mengubah hidup kami. Kami mencintaimu karena kamu tahu bagaimana mencintai anak-anak. "Izinkan kami menyanyikan sebuah lagu untuk menghormatimu," kata mereka. Mereka membentuk lingkaran di sekelilingnya dan menyanyikan "Un-break My Heart" oleh Toni Braxton. Amaya menari bersama mereka, mengira dia sedang bernyanyi dan menari bersama Supriya. Dia ingin sekali bertemu, bermain, dan pergi bersamanya dalam perjalanan jauh melintasi semua sungai, danau, dan lautan.

Yang mengejutkannya, Carlotta dan dua puluh siswanya berada di bandara dengan membawa seikat bunga mawar untuk mengucapkan selamat tinggal kepada Amaya. Itu adalah awal kehidupan baru bagi Amaya, dengan gemuruh musik Wina dan kata-kata penghiburan anak-anak menyatu dan bergema di telinganya selama bertahun-tahun.

"Anda adalah guru yang kompeten, manusia yang luar biasa. Saya menganggap beruntung bisa bertemu dan mengenal Anda. Silakan datang lagi dan tinggal bersama kami," kata Carlotta sambil memegang tangan Anaya

"Terima kasih, Carlotta, atas kata-kata bijaksana Anda; Saya menyukainya," jawab Amaya.

"Lembut dan ramah, Anda membangun reputasi yang gemilang sebagai guru yang berkomitmen," sambil memeluk Amaya, Carlotta menambahkan.

Amaya mengambil penerbangan ke Helsinki pada hari terakhir bulan September, tidak tahu mengapa dia pergi. Helsinki, kota manusia yang bahagia, sangat menawan; jalanannya menarik, bersih, dan dipenuhi turis.

Namun Amaya tahu musim panas akan segera berlalu, malam semakin panjang dan dingin. Dari jendela kamar hotel, dia bisa melihat kubah hijau katedral; dan patung dua belas rasul yang melihat ke bawah, mencari orang-orang percaya yang jarang ditemukan di negara atheis itu. Dia bersepeda mengelilingi kota teraman di dunia; restoran-restoran penuh sesak sebelum awal musim dingin yang panjang. Amaya bertanya-tanya tentang kegigihan manusia dalam mengatasi tantangan saat menaiki tangga menuju Benteng Laut Suomenlinna. Laut Baltik tenang; puncak gunung es tampak jauh. Pada bulan Oktober, taman menjadi sepi, hujan salju lebat, dan Amaya merasa kesepian dan sedih; perasaan rindu kampung halaman menyelimuti dirinya. Saat kegelapan membuatnya takut, dia ingin ditemani ibunya, kerinduan untuk bertemu Rose. Bulan November tiba dengan angin dingin; jalanan kota yang tertutup salju tampak menakutkan. Amaya tidak pernah menyadari berapa lama dia duduk di bangku itu sambil memikirkan Rose dan Supriya. Ketika Esabel datang, dia duduk di sampingnya. Sentuhan Esabel menghangatkan hati, penuh harapan, dan manusiawi.

"Esabel, terima kasih atas kopi bergizi di restoran dan kehadiran hangat Anda. Terima kasih telah berjalan bersama saya ke hotel dan mengantarkan saya ke tempat yang aman; kalau tidak, aku akan menjadi seperti ikan beku. Aku akan mengingatmu selamanya," sebelum meninggalkan Helsinki, Amaya mengirimkan email ke Esabel, mengungkapkan rasa terima kasihnya. Satu manusia itu mewakili total penduduk Finlandia.

Rose kembali ke rumah desanya, mengetahui Amaya telah sampai di sana. Putrinya tampak kuyu, depresi, pendiam dan kesepian dan tetap berada di dunianya. Sisa-sisa hiraeth, kerinduan akan rumah bersama Supriya dan Karan di mana dia tidak akan pernah bisa kembali, rumah yang tidak pernah ada, menyiksa Amaya dan menghancurkan kerentanan dan keinginannya. Hal itu menghantuinya seperti anjing neraka, menggerogoti hatinya hingga berkeping-keping dan meludahkan potongan daging ke seluruh cermin pikiran; setiap bagiannya tumbuh menjadi ular Eden, menggodanya, menjeratnya hingga menderita selamanya.

Rose meyakinkan Amaya untuk meninggalkan empat dinding rumah untuk mendapatkan sinar matahari dan udara segar, bermain piano, mengikuti kursus Vipassana untuk mengendalikan pikirannya, dan mendapatkan kembali ketenangannya. Setelah tiga tahun, Nalanda, dekat Bodh Gaya, menjadi tujuannya.

Menjadi Seorang Buddha

Bodh Gaya tampak kuno. Setelah naik bus ke Nalanda, pusat universitas kuno, tempat Amaya memutuskan untuk mengikuti kursus pelatihan Vipassana selama sepuluh hari, dia berjalan kaki sebentar. Bangunan kuno bobrok tersebar di kedua sisi seperti bangunan yang dibom di pedesaan Bosnia. Namun, Danau Indrapuskarini tampak tenang, dan pusat meditasi di tepi baratnya berkilauan diterpa sinar matahari.

Amaya mendaftar sebagai peserta, sampai di pusat Vipassana, dan menyerahkan laptop, telepon seluler, pena, kertas, dan barang-barang pribadi lainnya, kecuali pakaian dan perlengkapan mandi. Kursus sepuluh hari ini sepenuhnya gratis, termasuk makanan dan penginapan. Ada pengarahan tentang peraturan. Amaya bersumpah untuk mengikuti perilaku moral dalam segala urusannya, bahkan setelah meninggalkan pusat Vipassana, yang merupakan dasar untuk melatih pikiran menuju pengembangan kebijaksanaan. Aturannya antara lain menjaga ketenangan tubuh dan pikiran, tidak melakukan kontak mata dengan peserta lain, dan tidak mencuri, berbohong, dan membunuh segala bentuk kehidupan. Konsumsi minuman keras, merokok, minuman keras, makanan non-vegetarian dan perilaku seksual yang menyimpang melanggar kode etik. Agama, doa, yoga, membacakan ayat-ayat kitab suci dan memakai simbol agama bukanlah bagian dari Vipassana. Semua arahan berasal dari pembicaraan guru yang direkam dan direkam. Sekitar lima puluh pria dan wanita dari berbagai negara menjadi peserta, dan keheningan menyelimuti tempat tersebut. Para relawan membawa Amaya ke kamarnya yang memiliki tempat tidur dan kamar mandi di dalamnya. Dari jendela, dia bisa melihat reruntuhan Nalanda Mahavihara, pusat pendidikan tinggi yang berhubungan dengan kehidupan biara dalam agama Buddha.

Ada ceramah orientasi oleh guru pelatihan Vipassana di aula utama pada malam hari. Para peserta berkumpul, berjongkok di tanah dalam posisi lotus, meletakkan satu telapak tangan di atas telapak tangan lainnya dalam kesatuan psikis. Para relawan membantu setiap peserta untuk memilih pose yang nyaman sesuai keinginan mereka, dan pengawas menyambut semua orang dengan berlutut dalam-dalam. Dengan suara yang lembut, tepat dan penuh makna, guru menjelaskan Vipassana sebagai latihan pengembangan mental untuk menenangkan pikiran. Itu adalah jalan menuju pembebasan seseorang dari penderitaan, menuju kebangkitan, kesadaran yang berkembang menuju tujuan akhir Nirwana. Oleh karena itu, Vipassana adalah teknik untuk mengembangkan ketenangan, perhatian, konsentrasi dan ketenangan untuk mencapai wawasan menuju kehidupan yang menyenangkan dalam kedamaian. Melalui pengendalian fisik dan mental serta upaya yang patut dicontoh, seseorang dapat mendisiplinkan pikiran dan memperoleh kendali atas aktivitasnya.

Instruktur mengibaratkan pikiran seperti lautan, yang selalu menimbulkan gelombang, badai, dan tsunami, menenangkan pikiran sama rumitnya dengan membungkam laut. Jika pikiran gelisah, seluruh tubuh terpengaruh, pikiran melemah, sensasi menjadi jenuh, pengamatan menjadi kacau, pembicaraan terputus, kecerdasan rusak, dan hubungan menjadi asimetris. Menjaga pikiran tetap disiplin seperti mengembangkan alat yang ampuh untuk melakukan pekerjaan yang dimaksudkan, yang membantu mencapai tujuannya. Pelatihan Vipassana sepuluh hari membantu mengembangkan pikiran sebagai sebuah instrumen, menjaganya tetap terkendali. Vipassana bukanlah obat untuk suatu penyakit atau ramuan untuk mencapai kekuatan magis. Namun, melalui latihan sederhana, seseorang mencapai penguasaan atas pikiran, dalam prosesnya, mengetahui diri dalam kesederhanaan, ketelanjangan, dan totalitasnya. Guru mengatakan memberdayakan diri dengan memahami hakikat, dimensi dan keluasannya, menyadari kemampuan, kapasitas dan potensinya. Mengamati setiap bagian tubuh, berbagai tugas yang mereka lakukan, peran mereka, dan kesatuan yang terbentuk adalah bagian dari meditasi. Hal ini menyebabkan penampilan holistik dan kohesi tubuh, pikiran, kecerdasan dan kesadaran individu, sehingga menghasilkan pencerahan. Memperbaiki pandangan seseorang tentang diri sendiri, orang lain, dan dunia juga sama pentingnya. "Kita adalah apa yang kita pikirkan tentang diri kita sendiri," kata guru itu. "Seseorang menciptakan dirinya sendiri sejak masa kanak-kanak; pengasuhan dan alam memainkan peran dominan dalam proses tersebut," tambah guru tersebut. Meningkatkan pandangan seseorang membantu menjalani kehidupan yang lebih baik yang mengarah pada kedamaian batin, harmoni, perkembangan dan kegembiraan. Rahasia hidup sukses adalah hidup di masa sekarang, tidak mengembara di masa lalu yang berbahaya atau masa depan yang belantara." Setelah itu guru menjelaskan jadwal program pelatihan Vipassana:

04.00 : Bel pagi.

04.30 hingga 06.30: Meditasi di ruangan atau aula.

06.30 hingga 08.00: Sarapan pagi dan kerja pribadi.

08.00 hingga 09.00: Meditasi kelompok di aula.

09.00 hingga 11.00: Meditasi di ruangan atau aula.

11.00 sampai siang : Makan siang.

12.00 siang s/d 13.00 : Diskusi dengan dosen pembimbing.

13.00 hingga 14.30: Meditasi di ruangan atau aula.

14.30 hingga 15.30: Meditasi kelompok di aula.

15.30 hingga 17.00: Meditasi di ruangan atau aula.

17.00 hingga 18.00: Meditasi kelompok di aula.

18.00 hingga 19.00: Rehat minum teh dan pekerjaan pribadi.

19.00 hingga 20.15: Ceramah di aula.

20.15 hingga 21.00: Meditasi kelompok di aula.

21.00 hingga 21.30: Sesi tanya jawab di aula.

21.30: Lampu padam

Meskipun gelisah karena alasan yang tidak diketahui, Amaya bisa tidur dengan nyaman, bangun sekitar pukul setengah tiga, dan sampai di aula untuk menghadiri meditasi pertama pada pukul setengah empat. Dia duduk di tanah, menjaga tubuhnya tetap tegak karena postur itu diperlukan ketika meditasi berlangsung dalam waktu lama. Ada sekitar lima puluh peserta pelatihan, beberapa sukarelawan dan seorang supervisor. Amaya memulai meditasi, berkonsentrasi pada pernapasan, memantapkan kesadarannya dalam menarik dan membuang napas, yang merupakan hal yang wajar dalam kehidupan sehari-hari. Dia menyadari setiap nafasnya, memfokuskan pikirannya karena nafas itu ada sejak lahir dan berlanjut setiap saat dalam hidupnya, bahkan ketika tidur atau tidak sadarkan diri. Bernafas adalah aktivitas yang paling familiar, konsisten, dan merupakan aktivitas bawaan, namun sulit berkonsentrasi. Dia hanya akan fokus pada pernapasannya selama tiga setengah hari dari sepuluh hari. Dia harus mencapai perhatian penuh pada napasnya untuk mengendalikan dan menenangkan pikirannya. Guru menyebutkan bahwa pemusatan pikiran akan memberikan keteraturan batin, kedamaian dan kejernihan dalam diri seseorang karena merupakan wujud kebersamaan tubuh dan pikiran. Selain itu, pernapasan akan memfokuskan tubuh dan pikiran pada kenyataan saat ini selain menghilangkan kesedihan, penderitaan, dan rasa sakit.

Pikiran Amaya yang tidak terarah dan tidak terlatih menjadi lemah, bimbang, dan kurang memiliki ketabahan yang dibutuhkan untuk mencapai pencerahan. Ia menciptakan kembali peristiwa-peristiwa masa lalu, melompat dari situasi nyata ke hal-hal yang tidak nyata, khayalan, dan berlebihan, dan mulai menjerat dirinya dalam kesedihan, kesedihan, dan penderitaan. Untuk melepaskan diri dari masa lalu yang menyakitkan, pikiran menciptakan masa depan yang penuh khayalan, berkelana tanpa henti dalam belantara angan-angan, dan tidak pernah tinggal di masa kini untuk menikmati kegembiraan hidup. Dia mencoba memperbaiki pikirannya, fokus pada saat ini, tetapi dia merasa sangat sulit mengendalikan pikirannya. Amaya membujuk pikirannya untuk tidak mengembara ke masa lalu yang penuh pengkhianatan atau membangun impian masa depan yang indah, tetapi bekerja secara konsisten untuk mencapai tujuannya. Latihan terus-menerus yang berkonsentrasi pada pernapasan sangat penting untuk menenangkan pikiran, satu-satunya cara untuk mencapai finalitas itu.

Selama meditasi, pikiran tidak pernah diam. Ia secara konsisten mengeluh, berdebat, menjelaskan, mengkritik, mengejek, mengoreksi, berdebat dan menghakimi. Bahkan ketika Amaya memejamkan mata, pikirannya aktif dan tersiksa, mengingatkannya akan masa lalunya dan penderitaannya yang luar biasa ketika dia kembali dari bangsal bersalin, menyadari bahwa Supriya dan ayahnya hilang. Pikirannya membawanya ke empat bulan mengerikan yang dia habiskan sendirian di rumah, memikirkan tentang kesepian, ketakutan sendirian, dan penipuan yang memilukan. teriak Amaya sambil duduk dalam posisi lotus, bermeditasi dalam hati tentang masa lalunya, menciptakan perasaan tertekan dan pikiran yang menindas. Saat duduk, dia terjatuh ke belakang, kepalanya terbentur lantai; rasa sakit akibat terjatuh tidak dapat ditoleransi. Amaya mencoba duduk dalam posisi lotus lagi tetapi merasa kesulitan dan gagal berkonsentrasi pada pernapasan. Entah bagaimana, dia mengumpulkan seluruh kekuatannya untuk melanjutkan meditasi, untuk mengatasi rasa takut, sakit dan siksaan.

Gurunya mengatakan bahwa berkonsentrasi pada pernapasan adalah metode paling efektif untuk menenangkan pikirannya, dan dia ingin membuang beban masa lalu yang sia-sia. Dia berusaha memulai hidup baru, membuang penderitaan untuk mengatasi masa lalunya. Dia ingin melakukan sesuatu untuk perempuan, anak perempuan yang tidak diinginkan, ibu yang ditolak, perawan tua yang dieksploitasi, dan anak-anak yang buta huruf. Dia perlu menjalani Vipassana, melatih pikirannya dan membakar masa lalu untuk menjadi orang baru. Mengontrol dan mengendalikan pikiran sangat diperlukan untuk mencapai takdir tersebut, meskipun pikiran berulang kali memberontak atau berpura-pura lelah dan sakit. Pikiran sering mengeluh bahwa Vipassana kuno, tidak ilmiah dan tidak tahan terhadap ujian verifikasi; yang terpenting, hasilnya tidak pasti dan tidak pasti. Berulang kali pikiran mengatakan kepada Amaya Vipassana membunuh kepribadian, status dan individualitasnya, melemparkannya ke dalam tungku yang membakar hasrat dan impian. Setelah kursus pelatihan Vipassana, dia akan menjadi seperti sayuran secara fisik, mental dan intelektual, karena hal itu akan menghilangkan semua inisiatif dan kepercayaan dirinya. Dia akan menjalani kehidupan pengemis, mengembara ke seluruh dunia, mengumpulkan dana makanan dan mengubah dirinya menjadi parasit; pikiran mencoba menakutinya. Amaya menyuruh pikiran untuk diam, tidak ikut campur dalam keputusan pribadinya. Ia menjelaskan bahwa pilihannya untuk menjalani mediasi selama sepuluh hari merupakan rencana yang matang; dia sendiri yang bertanggung jawab dan mengambilnya dengan penuh kesadaran.

Postur tubuhnya tidak nyaman, menimbulkan rasa sakit fisik, penderitaan mental dan konflik emosional dalam pikirannya. Pada beberapa kesempatan, pikiran memerasnya dengan mengatakan bahwa Rose sendirian di rumah; dia mungkin mengalami kecelakaan dan membutuhkan bantuan serta perhatian untuk putrinya. Pada kesempatan yang jarang terjadi, pikiran memberitahunya bahwa bermeditasi lebih dari lima menit akan membawanya pada kegilaan; dia akan berkeliaran di jalanan, orang-orang akan melempari dia dengan batu, dan polisi mungkin akan menahannya. Tiba-tiba Amaya teringat akan pertemuannya dengan dua orang bobbies di Hyde Park. Saat itu hampir tengah malam, dan beberapa orang sedang duduk atau berjalan di dekatnya. Amaya tidak memperhatikan petugas polisi yang berdiri di sampingnya.

"Apakah kamu mabuk, Bu?" salah satu petugas polisi bertanya. Itu terjadi secara tiba-tiba, dan Amaya terkejut; dia memandang mereka untuk mengetahui siapa mereka.

"Tidak, Tuan," jawab Amaya.

"Apakah kamu tunawisma?" Ada pertanyaan lain.

"Tidak. Aku menginap di hotel terdekat," kata Amaya.

"Lalu kenapa kamu datang terlambat?" Polisi itu ingin tahu.

Amaya tidak punya jawaban. "Saya baru saja datang ke sini; saya tidak pernah berpikir ini sudah terlambat," jawabnya sambil bangun.

"Taman ditutup setelah tengah malam. Terkadang berbahaya sendirian di sini," tambah Bobby.

"Aku tidak pernah mengetahuinya," kata Amaya.

"Bagaimana kalau kami menghubungimu di hotelmu?" Salah satu polisi bertanya.

"Tidak. Aku bisa pergi sendiri. Saya aman. Terima kasih atas perhatian Anda. Selamat malam." Amaya berjalan pergi dengan cepat.

"Hati-hati, Bu. Selamat malam." Dia bisa mendengar suara lembut.

Itu adalah pertemuan tengah malam dengan polisi London. Namun, tiba-tiba menyadari bahwa dia sedang melarikan diri dari jalan Vipassana yang sebenarnya, pikirannya berhasil mengalihkan perhatiannya, membawanya ke negeri yang jauh. Pikirannya memikatnya untuk meninggalkan Vipassana agar dia dapat pergi ke seluruh dunia sekali lagi untuk mencari putrinya. Amaya dapat memahami bahwa pikirannya sangat ingin meninggalkan proses meditasi agar proses meditasi dapat menguasai dirinya. Taktik tekanan berlanjut untuk waktu yang lama, dan Amaya mulai menjaga dirinya dari pikiran.

Dia memutuskan bahwa konsentrasi mutlak pada pernapasan selama berhari-hari bersama akan membawanya pada pemikiran yang benar dan pemahaman yang benar: kesadaran dan kebijaksanaan pada diri dan lingkungan. Suasana yang unik, upaya untuk mengoreksi, mengendalikan dan mengarahkan pikiran, membebaskan diri dari pengaruh-pengaruh negatif yang merusak dan menjalani kehidupan yang produktif dan bahagia dengan kesadaran penuh adalah tujuannya. Namun meskipun dia mencoba berkonsentrasi pada pernapasannya, pikirannya melayang tanpa henti ke masa kecilnya, masa remajanya, masa mudanya, dan tahun-tahun yang dihabiskannya di Barcelona. Kepalanya terus-menerus sakit memikirkan pencarian putrinya di Eropa dan India selama empat tahun. Hal ini menimbulkan rasa sakit dan kesedihan, dan kadang-kadang Amaya menangis, air mata mengalir di pipinya, yang sulit dikendalikannya. Dia berulang kali mencoba mengendalikan pikirannya, memusatkan perhatian pada pernapasannya, tetapi itu adalah latihan yang membuat frustrasi, dan dia berjuang tanpa hasil. Pikirannya benar-benar mendominasi dirinya, menginjak-injak perasaannya dan menghancurkan tujuannya, karena hal itu berperilaku seperti badai, tidak terkendali, tanpa tujuan dan merusak. Dia pikir memantau pikiran dengan berkonsentrasi pada pernapasan adalah sebuah kegagalan, karena pikiran berlari kencang di hutan belantara, menciptakan rasa frustrasi yang luar biasa pada Amaya.

Saat berada di dalam ruangan, melakukan mediasi, Amaya berpikir untuk meninggalkan program Vipassana sepuluh hari, berkeliaran di jalan Nalanda dan Bodh Gaya untuk mencari kedamaian karena dia merasa putus asa dan kalah. Begitu dia bangun, mengemas pakaian dan perlengkapan mandinya, dan mengira Vipassana adalah penipu, itu tidak akan membantunya mengendalikan pikirannya. Ada emosi dan rasa sakit yang tidak terekspresikan dalam dirinya; dia ingin berteriak dan menangis keras-keras, perasaan terkoyak hatinya, kepalanya terbentur, dan penghancuran diri, kecenderungan bunuh diri yang tiba-tiba.

"Amaya," serunya. "Apa yang sedang kamu lakukan? Apa kamu sudah gila?" tanyanya pada diri sendiri.

"Kendalikan dirimu, kendalikan pikiranmu," perintah Amaya. Tiba-tiba ada kesadaran dalam dirinya; meninggalkan Vipassana seperti menyerahkan dirinya kepada burung nasar, menyerahkannya kepada kediktatoran pikiran. Dia punya dua pilihan: bergantung pada pikirannya atau mengendalikan pikiran; yang satu membawa kesengsaraan, yang lain menuju pencerahan dan kebahagiaan. Amaya mempunyai kebebasan untuk memilih salah satu dari mereka, dan dia memilih yang terakhir, keputusan tersulit yang dia ambil dalam hidupnya. Dia duduk sekali lagi dalam posisi lotus, memejamkan mata dan memandang dirinya sendiri dengan mata batinnya. "Konsentrasilah pada pernapasanmu; lihat ujung hidungmu," dia mengarahkan pikirannya.

Amaya duduk diam; dia tiba-tiba mengalami perubahan dalam konsentrasi pada pernapasannya. Hanya ada satu makhluk di alam semesta, yaitu dia, dia sendiri; dia melakukan satu-satunya hal, bernapas, dan dia duduk diam, tanpa memikirkan apa pun untuk waktu yang lama, di dunia yang hampa, kehampaan.

Amaya tidur nyenyak dan bangun sekitar pukul setengah tiga dengan perasaan lapar, mengingat dia tidak makan malam karena tidak ada bekal makanan setelah istirahat minum teh di malam hari selama sepuluh hari. Teh sorenya hanya satu cangkir, namun Amaya memutuskan untuk melanjutkan Vipassana tanpa makan malam. Ada bel pagi pada pukul empat pagi, dan dia hadir di aula pada pukul setengah empat untuk meditasi pertama hari itu. Amaya memutuskan untuk menenangkan pikirannya di bawah kendali kuatnya, fokus pada pernapasan setidaknya untuk satu menit. Dia tahu dia bisa mengalami pencerahan melalui latihan terus-menerus dengan mengendalikan pikiran, dan teknik terbaik adalah berkonsentrasi pada pernapasannya. Amaya ingin menghilangkan segala pikiran, sikap dan kebencian negatif, menanamkan empati, kebaikan, kerendahan hati dan kerendahan hati untuk menambah kesadaran. Dia tahu dia memiliki tekad yang kuat untuk mengatasi masa lalunya, dan kegembiraan saat ini, menuju masa depan yang bahagia dengan membantu orang lain dan menghilangkan penderitaan mereka. Dia ingin membersihkan dirinya dari segala hal negatif, melampaui kesedihan, ratapan, menyiram penderitaan dan kesedihan dengan berjalan di jalan kebenaran, mencapai pencerahan.

Vipassana bukanlah latihan pernafasan namun sebuah proses pencerahan untuk mengetahui segala sesuatu sebagaimana adanya; Amaya ingat gurunya menyuruhnya untuk memiliki perspektif yang benar tentang realitas atau keberadaan. Seorang meditator dapat mengalaminya secara dangkal atau dalam, bergantung pada kerasnya konsentrasi dan mengetahui tubuhnya sendiri tanpa keterikatan apa pun, sehingga menjadi pengamat keberadaannya. Kesadaran yang dikembangkan tidak hanya terbatas pada pernapasan saja, tetapi akan meresap ke seluruh tubuh dalam setiap aktivitas, seperti duduk, berdiri, berjalan, berlari, mengamati, melihat, makan, bermain, tidur, atau apa pun yang dilakukan seseorang.

Dengan mengamati pernafasan, meditator akan belajar mengamati berbagai sensasi tubuh, di dalam dan di luar orang tersebut, seperti perasaan, pikiran, kemauan dan tindakan fisik. Dengan menguasai kendali pikiran, meditator akan membedakan apakah sensasi itu menyenangkan atau tidak menyenangkan dan menyadari sifat dan sumbernya tanpa keterikatan apa pun. Meditator akan menjadi sadar, tubuh sebagai entitas yang berbeda dari diri. Jadi, menyukai atau tidak menyukai tubuh tidak ada artinya bagi seorang individu.

Lambat laun, Amaya bisa merasakan nafas di dalam lubang hidungnya, sensasi menyentuh bagian terdalam lubang hidungnya, memenuhinya. Ada efek mendinginkan saat masuk dan sensasi hangat saat dihembuskan. Perasaan adalah entitas yang terpisah, seperti pernapasan, dan ada tiga makhluk berbeda: tubuh, pernapasan, dan perasaan. Amaya merasakan udara bersirkulasi ke seluruh tubuhnya; dia bisa mengamatinya sebagai orang luar. Kemudian, Amaya dapat berkonsentrasi pada pernapasannya selama kurang lebih dua menit tanpa gangguan. Itu adalah sebuah pencapaian karena pikiran mematuhi arahannya dan menempuh jalan yang dipilihnya.

Ceramah pada hari itu adalah tentang ajaran Buddha bahwa seseorang harus menghindari dua hal ekstrim, memanjakan tubuh atau menyiksa diri sendiri, yang keduanya tercela dan tidak berguna. Ini merupakan pencerahan bagi Amaya, dan dia lebih memilih untuk mengikuti jalan tengah. Amaya menanyakan bagaimana cara memperpanjang konsentrasi pada sesi tanya jawab. Supervisor menyuruhnya untuk melihat titik fiktif di dinding dengan pikiran kosong dan berkonsentrasi melihat hal lain. Amaya menyadari bahwa pikiran memerlukan lebih banyak pelatihan untuk mempertahankan konsentrasinya, dan dia akan fokus untuk jangka waktu yang lebih lama pada hari berikutnya. Ada beberapa pertanyaan lagi tentang pernapasan, sensasi, perhatian, dan pengendalian pikiran. Jawaban-jawabannya singkat, to the point, dan dimaksudkan untuk latihan dalam mediasi sehari-hari. Amaya mendengarkan mereka dengan cermat untuk menginternalisasi konten mereka dalam Vipassana-nya. Dia menginternalisasi kemajuannya, yang bertahap, konsisten, dan diperoleh dengan susah payah. Amaya tidur cukup nyenyak sampai jam empat pagi dan terbangun karena mendengar bel.

Hari ketiga tiba, dan Amaya sudah berada di aula pada pukul setengah empat; keheningan masuk ke dalam dirinya; dia mengalami keheningan, mendalam, meresap dan meliputi segalanya. Dia memisahkan dirinya, berdiri dengan jelas, secara mandiri mengamati tubuh, pikiran, dan kecerdasannya. Amaya memerintahkan, dan mereka mematuhinya, mengikuti arahannya. Dia mulai menggunakan alat dalam tindakannya tanpa kegelisahan atau perlawanan. Dia mengalami inisiasi cengkeraman atas indra, perasaan, emosi, keinginan dan imajinasinya saat dia berkonsentrasi pada ujung hidungnya selama sekitar satu jam tanpa gangguan. Ujung hidungnya terlihat bahkan setelah menutup matanya. Kemudian, dia memusatkan perhatian pada segitiga antara bibir atas dan pangkal hidung; dia merasa dia mendapatkan kekuatan, penguasaan atas tubuh dan pikirannya. Dia melakukan perjalanan perlahan dari dasar segitiga, mengamati setiap atom, partikel, dan sel. Perjalanannya tiada habisnya, seolah-olah dia bergerak dalam ruang tanpa batas, selama berkalpa-kalpa, jutaan tahun cahaya. Itu adalah perjalanan sampai ke ujung hidungnya pada titik tertentu, yang luasnya sebesar Alam Semesta. Itu adalah keterlibatan tanpa batas waktu, perjalanan tanpa ruang, dan dia sendirian. Namun, dia mengidentifikasi Alam Semesta di sekelilingnya seolah-olah alam semesta itu nyata dan tidak nyata, terbatas dan tak terbatas, berurutan dan tidak teratur, sementara dan abadi.

Amaya mengalami perubahan tanpa batas, karena tidak ada yang permanen. Tetap saja, dia menyadari segala sesuatu di sekelilingnya, di luar dirinya, dan dia waspada karena dia menyadari kesadarannya. Pengetahuan itu mengubah dirinya. Dia belajar bahwa tidak ada yang bisa mengalahkannya, mengalahkannya saat dia sadar, dan pada saat yang sama sadar akan kesadarannya, perasaan yang menerangi, cahaya di dalam dirinya, sensasi membara akan keberadaannya, diri terdalam.

Kesadaran itu memberi kekuatan pada pikirannya dan arahan pada kecerdasannya. Dia berkonsentrasi tanpa merasa lelah, lemah, lesu atau frustrasi. Kemudian dia berbalik ke arah tubuhnya dan mulai mengamati bagian-bagian kecil dari ujung kaki hingga puncak kepalanya, yang merupakan proses bertahap, teliti dan berat. Amaya mengarahkan pikirannya untuk merasakan sensasi itu, menyentuhnya secara mendalam tanpa menghakimi, tanpa prasangka apa pun. Pikiran mengikutinya, mematuhi setiap perkataan dan perintahnya, dan setiap kali dia merasakan sensasi tertentu, dia berhenti lagi. Dia meminta pikiran untuk mengamatinya secara mendalam, bukan menjadi bagian darinya melainkan hanya sebagai pengamat luar. Kesadaran bertahap Amaya bahwa tubuhnya dipenuhi jutaan sensasi, seperti alam semesta luas dengan miliaran galaksi, terpisah, bercahaya, dan mengenyangkan. Setiap bagian tubuh adalah tempat duduk, harta karun sensasi dan perasaan. Itu merupakan pengetahuan baru bagi Amaya yang belum pernah ia pahami sebelumnya. Tiba-tiba Amaya mengetahui dirinya adalah totalitas sensasi, perasaan dan kesadaran, namun berbeda dari mereka, seperti pot, bukanlah tanah liat, cahaya bukanlah matahari, atau keindahan bukanlah mawar, karena mereka adalah ciptaan dari tanah liat, matahari dan mawar. Sensasinya adalah ciptaannya, terpisah dan independen darinya, sebuah entitas unik, eksistensi tanpa esensi. Amaya berdiri sendiri, mengamati sendiri dan hidup mandiri tanpa pengaruh apapun dari benda-benda di sekitarnya; sebuah pemahaman yang terpisah dari kesedihan, rasa sakit, penderitaan dan penderitaan karena itu adalah ciptaannya, bukan keberadaannya.

Amaya ada tanpa terikat. Dia memisahkan perasaannya dari pikiran, menyadari bahwa dialah yang berdaulat atas sensasinya; oleh karena itu, mereka tidak boleh mendominasi dirinya. Karena kurangnya kesadaran tersebut, dia mengalami penderitaan yang tak terhitung banyaknya; sampai saat itu, dia menganggap sensasi dan perasaan adalah miliknya, dan itu tidak dapat dipisahkan dari diri. Ketika seseorang mengamati sensasi, emosi, tubuh dan pikiran sebagai bagian intim dari individu, penderitaan pun datang. Kesadaran barunya adalah bahwa mereka bukanlah dirinya, dan ketika pengetahuan tentang perpisahan itu mulai muncul, Amaya menjadi dominan dan memutuskan bahwa dia tidak akan pernah lagi menjadi budak penderitaan.

Amaya memandang tubuhnya sebagai entitas yang terpisah, berbeda dari keberadaannya, karena tubuh merupakan ekspresi eksternal dari keberadaannya. Sensasinya adalah kesadarannya akan perubahan pada tubuh, dan perasaan adalah akibat dari indranya. Sebagai entitas yang terpisah, dia dapat berdiri di luar tubuh dan emosinya. Begitu Amaya terperosok dalam perasaan, dia sangat menderita, tanpa ada jalan keluar. Pelarian itu hanya mungkin terjadi ketika dia menyadari bahwa dia adalah entitas independen, bukan bagian integral dari perasaannya. Ketika perasaan mendominasi, kehancuran penderitaan menjadi nyata. Pikirannya menjadi intens dan fokus ketika merenung, dan Amaya mulai menghabiskan banyak waktu untuk berpikir bahwa dia dapat mengubah pikirannya menjadi instrumen yang produktif untuk menghilangkan penderitaan. Dia sadar akan pikiran yang membutuhkan pelatihan, pengawasan dan arahan terus-menerus. Jika tidak, pikiran bisa menjadi subversif, koersif, dan otonom, menciptakan kesengsaraan baginya, dan penderitaan akan terus berlanjut hingga kematian.

Pikiran dapat bekerja pada objek di luar diri dan membantu intelek menganalisis dan menafsirkan objek, menciptakan pengetahuan. Hubungan pikiran-objek menjadi penting di bawah pengawasan diri, yang akan memulai perhatian yang benar. Amaya menyebutnya pelatihan praktis yang diberikan pada pikiran. Konsentrasi pikiran yang tepat adalah hasil dari Vipassana, dan Amaya mempelajarinya pada hari ketiga meditasinya. Saat berdiskusi dengan supervisor, Amaya menanyakan bagaimana cara membawa perubahan yang langgeng.

"Satu-satunya orang yang ingin kamu ubah adalah dirimu sendiri, jadi konsentrasilah pada pikiranmu, kendalikan dan latihlah," jawab supervisor.

Hal ini sungguh merupakan suatu pencerahan bagi Amaya, karena ia tidak berhak mengubah siapa pun, karena perubahan harus dimulai dari dalam karena orang lain dapat melakukan tugasnya. Pikiran yang terfokus akan menjadi pusat perubahan itu, karena hanya diri sendiri yang dapat mengarahkan pikiran untuk berperilaku dan tidak ada orang lain. Dengan merantai seseorang dan memenjarakannya, tidak ada yang bisa memperbudaknya kecuali pikiran. Dinding penjara yang tidak dapat diatasi hanya ada di dalam pikiran. Ketika diri dalam keadaan waspada, pikiran tidak akan pernah berhasil memenjarakan diri. Menghilangkan tindakan pikiran yang berbahaya sangatlah penting untuk menaklukkan penderitaan.

"Rahasia kebahagiaan adalah mengembangkan dirimu menjadi apa," ketika meninggalkan rumah menuju Nalanda, kata Rose, dan Amaya teringat wajahnya yang tersenyum. Amaya merenungkan apa yang dikatakan Rose, karena kebahagiaan merupakan bagian integral dari pencerahan. Individu dapat mengembangkannya secara konsisten dengan berkonsentrasi pada tubuh dan pikiran, menyadari keduanya sebagai entitas yang terpisah, diri sebagai pengamat yang berdiri di luarnya. Apa yang terjadi di dalam tubuh dan pikiran seharusnya tidak mempengaruhi diri; itu memperbudak diri sendiri. Mengontrol pikiran adalah satu-satunya cara untuk mencapai kebahagiaan. Diri dapat menyadari sifat aslinya dan mengarahkan tubuh dan pikiran untuk berkembang sesuai dengan arahan diri, dan dengan demikian kebahagiaan akan menjadi tidak menonjolkan diri. Akibatnya, kebahagiaan akan menggeser penderitaan dari keberadaan.

Ceramah hari itu adalah mengenai asal usul dan lenyapnya penderitaan. Delusi adalah ekspresi pikiran yang mengembara, yang menekan kesadaran, sehingga sensasi, perasaan, dan emosi menjadi menonjol, dan nafsu keinginan muncul mendominasi individu. Mengamati mereka mengendalikan pikiran melalui konsentrasi dan memusatkan perhatian pada pikiran sambil mengendalikannya sangatlah penting. Pelatihan pikiran yang konsisten dan perhatian yang mendalam akan menuntun pada penguasaan atas pikiran, memisahkan diri dari belenggu tubuh dan penawanan pikiran. Hanya melalui pembebasan pikiran penderitaan dapat dilenyapkan dan dipadamkan. Pikiran harus bebas dari khayalan masa lalu dan keinginan masa depan. Pikiran adalah rahim, tempat tumbuhnya kemarahan, iri hati, kecemburuan, kesedihan, kesedihan, rasa sakit, kebencian pada diri sendiri, keputusasaan, perilaku membunuh, dan penderitaan. "Dalam kesendirian, seseorang akan menyadari sifat aslinya," adalah pesan terakhir hari itu. Amaya merenungkan khotbah tersebut sambil berjalan menuju kamarnya, dipenuhi dengan "pikiran mulia". Bagi Amaya, Vipassana menjadi praktik berkelanjutan untuk menjauhi hal-hal tidak bermanfaat, untuk membatasi pikiran guna mencapai kepenuhan keberadaannya. Pembebasan energi, kebangkitan dan pencerahan adalah langkah terakhir. Dia mulai mengevaluasi segalanya, menguji keaslian fakta, menyadari bahwa ajaran, kitab suci, agama dan keyakinan berbahaya dan menimbulkan penderitaan. Ini merupakan kesadaran bahwa segala sesuatu yang membawa kesejahteraan, penghapusan penderitaan, penciptaan kebahagiaan dan pencerahan adalah baik. Ketenangan dan kedamaian adalah takdir setiap individu, dan dalam lingkungan seperti itu, kebahagiaan ada dalam diri seseorang, keluarga, dan komunitas. Itu memperkaya dan indah.

Amaya tidur tanpa memikirkan apa pun, tanpa perasaan apa pun, tanpa mimpi buruk karena pikirannya bebas dari khayalan dan ilusi. Keesokan harinya, saat melakukan meditasi, Amaya merasakan pengalaman kebahagiaan, kesadaran bahwa dirinya adalah kepenuhan keberadaannya, dan dialah yang membuatnya bahagia. Tidak ada kekuatan eksternal yang dapat menyangkal kepuasan hidupnya, pilihan kebahagiaan. Itu adalah kesadaran bahwa kesedihan dan rasa sakit bukanlah bagian dari dirinya; dia bisa menjauh dari mereka jika dia memutuskan. Keserakahan, permusuhan, iri hati, iri hati, kesombongan, perilaku penuh kebencian dan keegoisan menyebabkan penderitaan. Kelesuan, ketidakpedulian, dan sikap tidak berperasaan menyebabkan penderitaan pada manusia dan hewan, dan merupakan tugas setiap orang untuk membantu orang lain mencapai kebahagiaan dan pencerahan. Keinginan akan kesenangan jasmani, substansi dan pikiran yang memperbudak pikiran menyebabkan penderitaan; Amaya bermeditasi. Sebaliknya, keheningan mendalam dan refleksi terhadap keberadaan seseorang akan meningkatkan kebahagiaan. Mencari dirinya sendiri melalui keheningan, dia menyadari tidak ada pengalaman supernatural dan lebih tinggi selain diri yang ada.

Amaya bermeditasi pada ibunya, yang menyarankan agar dia mengikuti program pelatihan Vipassana selama tiga tahun sebelumnya sebelum tidur.

"Mama, aku berterima kasih padamu. Anda mengubah hidup saya dengan menyarankan saya menghadiri meditasi Vipassana. Itu mengubah saya hingga tidak dapat dikenali lagi dan membantu saya mengetahui siapa saya, kemampuan saya, dan potensi saya. Sekarang saya percaya pada tindakan, bukan sekedar berpikir dan khawatir; pikiran saya telah menjadi alat yang dapat saya gunakan, daripada pikiran yang menggunakan saya sebagai alat kehancuran. Saya telah mengatasi penderitaan; sungguh menyenangkan bisa hidup, mengalami kebangkitan, pencerahan," Amaya membacakan dalam dirinya. Tiba-tiba dia teringat kata-kata Rose: "Untuk bahagia, kamu hanya membutuhkan dua hal, tubuh yang sehat dan pikiran yang sehat." Amaya menganalisis kata-kata ibunya dan menemukan; bahwa dia memiliki tubuh yang sehat tetapi berusaha untuk mencapai pikiran yang sehat. Mendapatkannya kembali, menjadikannya bersemangat dan patuh, adalah tanggung jawabnya. Pikirannya tenang, dan Amaya tidur nyenyak hingga pagi hari untuk pertama kalinya setelah empat tahun.

Amaya mengangkatnya ke dunia realitas baru di hari baru, yang belum pernah dia temukan sebelumnya. Itu adalah dua dimensi, mengetahui diri sendiri dan menyadari hal yang sangat mengetahui. Dia mengamati tubuh dan pikiran saat dia berdiri di luar tubuh dan pikirannya. Ada kesadaran bahwa tubuh dan pikirannya berbeda dari diri, dan mereka memiliki keberadaan independen di dalam dirinya, namun mereka tidak dapat menjalankan keberadaan mereka tanpa dirinya. Meskipun demikian, tubuh dan pikiran dapat menundukkan diri, merusak pola pikirnya dan mengubah proses berpikirnya. Akibatnya, ia akan menjadi budak pikiran. Dengan memanjakan tubuhnya, ia akan gagal merasakan sensasi tak terhingga yang dihasilkan tubuh di hampir seluruh bagiannya. Untuk mengatasi tubuh dari dominasi pikiran, penting untuk melakukan Vipassana, memulainya untuk berdiri di luar tubuh dan pikiran, mengamatinya sebagai objek belaka. Ini merupakan pengetahuan yang mengungkapkan bagi Amaya, kebijaksanaan mengetahui sifat dasar tubuh dan pikiran sekaligus mengetahuinya sebagai objek pengetahuannya, dan dia menyebutnya sebagai pengetahuan yang menyertainya. Kesadaran kedua yang diciptakannya adalah kesadaran mengetahui dirinya, yang disebutnya pengetahuan refleksif. Amaya memiliki vitalitas batin yang luar biasa; itu membebaskannya dari perbudakan sensasi, persepsi, imajinasi dan penilaian. Dia menjadi kuat, menyadari bahwa "dia tahu bahwa dia tahu" dan tidak ada yang bisa menundukkannya untuk mengubah prinsip, nilai, dan keputusannya. Dia sendiri yang bisa membebaskan dirinya dari kesedihan, rasa sakit dan penderitaan, dan dia sendiri yang bertanggung jawab atas tindakannya.

Realisasi kebebasan, tanggung jawab dan tugas merupakan hasil inti dari pengetahuan refleksif Amaya. Itu adalah kebebasan dari segalanya, spiritualitas, agama, tuhan, ideologi, afiliasi politik, takhayul, prasangka, prasangka, iri hati, kecemburuan, sikap menodai diri sendiri, penghinaan terhadap diri sendiri, rasa rendah diri, rasa superioritas, penindasan diri, penyiksaan diri dan penipuan diri sendiri. Pengetahuan refleksif yang dialaminya bukan bersifat melenyapkan, merendahkan dan menodai, melainkan memberdayakan, menguatkan, mensyukuri keberadaannya, kebebasan bertindak dan menikmati hidup seutuhnya. Hal ini tidak boleh disalahgunakan untuk menundukkan atau meremehkan orang lain; itu untuk membangun kembali hubungan, memperkuat harapan, dan meremajakan kehidupan yang bermanfaat. Ini adalah kebebasan dari mengeksploitasi orang lain namun memberdayakan mereka untuk mewujudkan potensi mereka yang baru lahir. Amaya merefleksikan tanggung jawab dan hubungan, karena ada konsekuensi dari tidak melakukan sesuatu atau memaksa seseorang melakukan sesuatu. Hal ini bersifat multidimensi, termasuk kasual, legal dan moral, dan gagasannya tentang tanggung jawab moral adalah terhadap kemanusiaan. Namun, tidak ada tatanan etis dan universal yang terbentuk sebelumnya. Pengetahuan refleksif yang diperoleh Amaya melalui Vipassana adalah alat paling ampuh yang pernah ia capai sepanjang hidupnya.

Amaya bermeditasi tentang kebangkitan dan kedamaian di hari-hari berikutnya; keduanya saling terkait, tidak dapat dipisahkan dan penting untuk kehidupan yang bahagia. Selama khotbah, guru meminta para meditator untuk mengamati segala sesuatu di sekitar mereka ketika mereka kembali ke tempat masing-masing tanpa melebih-lebihkan. Evaluasi obyektif terhadap dunia diperlukan untuk hidup berdampingan dan bangkit dengan bahagia.

"Hidup tidak boleh terlalu cepat atau terlalu lambat, karena akan mengarah pada kecerobohan fisik dan mental, kurangnya kesadaran terhadap apa yang terjadi di sekitar dan di dalam diri Anda," lanjut guru tersebut.

Membebaskan pikiran dari beban yang tidak perlu, kemarahan, balas dendam, permusuhan, fantasi seksual, dan kesenangan sangat penting dalam mencapai pencerahan karena gaya hidup yang tidak sehat menghancurkan pemikiran objektif dan kritis. Meskipun demikian, mengajukan pertanyaan sangatlah penting, dan hanya pertanyaan menyeluruh yang dapat memperoleh jawaban karena eksplorasi adalah dasar dari semua perubahan yang dipelajari Amaya.

Jangan pernah takut untuk mempertanyakan nilai-nilai dan dogma-dogma yang paling dianut sekalipun. Amaya memutuskan untuk menjadi orang yang tidak takut mempertanyakan dan mengungkap kepalsuan dan ketidakbenaran dalam hidup. Tidak ada seorang pun yang berada di luar ambang batas penyelidikan; tidak ada seorang pun yang sepenuhnya suci. Ada hubungan sebab-akibat dalam segala sesuatu yang ada, dan hubungan itu adalah landasan penalaran. Alasannya harus menjadi dasar tindakan dan keyakinan Anda; segala sesuatu di luar nalar adalah takhayul. Iman tidak mempunyai alasan; maka iman hanyalah khayalan, kata Amaya pada dirinya sendiri.

Amaya belajar banyak dari mediasi hari terakhir, yang membantunya mengambil keputusan penting dalam hidupnya. Saat dia mengarahkan pikirannya untuk penuh perhatian, dia mengalami kegembiraan dalam mendengarkan batinnya: Miliki sedikit barang dalam hidup, gunakan hanya barang yang paling dibutuhkan. Hal-hal materi akan memperbudaknya karena menciptakan keterikatan, nafsu keinginan, iri hati dan iri hati. Buang barang-barang yang membuatnya ketergantungan. Dengan cara yang sama, perasaan senang dengan ruang terbatas membuatnya puas. Makanlah makanan yang sehat, cukup dan bergizi, namun pola makan tidak boleh menjadi sekedar iseng saja. Makanan bahkan bisa membuat seorang biksu menjadi gila, karena kerakusan itu jahat. Amaya memutuskan untuk menghindari makan setelah tengah hari jika sendirian, karena dua kali makan sudah cukup untuk hidup sehat.

Beliau memutuskan bahwa sangatlah penting untuk memperoleh pengetahuan baru, menciptakan pengetahuan, berupaya untuk aktualisasi diri dan kesejahteraan orang lain, serta tidur yang cukup setiap hari agar tetap bahagia dan puas. Amaya menyadari perlunya bangun tepat waktu, memusatkan pikirannya untuk aktif dan produktif.

Terimalah situasi yang berada di luar kendali Anda, tetapi kembangkan sikap ilmiah terhadap kehidupan, dunia, dan alam semesta. Anda tidak bisa menghentikan terbitnya matahari, bersinarnya bulan, kerlap-kerlip bintang, terbentuknya lubang hitam, gravitasi, dan hujan di musim hujan. Lihatlah sekeliling Anda dan lihat bagaimana segala sesuatunya terjadi. Saksikan matahari terbit, cahaya, langit, bintang, awan dan hujan, amati musim dan belajar dari hewan, burung, tumbuhan dan pepohonan. Lihatlah pegunungan yang bergelombang, hutan, air terjun, sungai dan danau. Nikmatilah keindahan dan kemegahan lautan, karena ombak dapat memberikan banyak pelajaran hidup, karena mereka tidak pernah berhenti beraktivitas dan tidak kenal lelah. Segala sesuatu di sekitar Anda indah, mempesona, dan menantang. Amaya berkata pada dirinya sendiri untuk menjadi satu denganmu, satu dengan dunia, dan satu dengan Semesta. Selalu mempunyai perasaan hati yang empati terhadap mereka yang menderita. Percaya pada kekuatan kelompok dan kesatuan umat manusia. Terakhir, lakukan Vipassana setiap hari, satu jam segera setelah Anda bangun, dan satu jam di malam hari; itu adalah keputusan yang tegas.

Dia mengamati keheningan total dalam dirinya ketika program pelatihan Vipassana selama sepuluh hari semakin dekat, yang sepenuhnya mengubah dirinya. Ada kegembiraan batin dalam dirinya ketika hari-hari penderitaannya telah berakhir, dan Amaya menemukan pencerahan, kebangkitan, dan akhirnya kedamaian dengan dirinya sendiri. Hatinya penuh ketenangan saat dia mampu mengatasi negativisme, egoisme, dan kelesuannya. Hidup adalah untuk aktivitas konstruktif, konsep, ide, struktur, dan peristiwa baru. Amaya belajar bahwa ini adalah kisah berkelanjutan tentang penciptaan dan rekreasi, membangun, membangun kembali, dan membuka diri terhadap kemungkinan-kemungkinan baru.

Amaya tahu kursus sepuluh hari itu hanyalah permulaan, bukan akhir. Dia perlu melanjutkan kehidupan kontemplatif setiap hari untuk mengembangkannya menjadi bagian yang tidak terpisahkan dari diri dan tetap bersemangat secara intelektual. Kehidupannya akan menjadi ekspresi hidup Vipassana untuk menghilangkan beban berat yang dipikulnya selama bertahun-tahun. Melanggar belenggu yang membelenggu tubuh dan pikirannya begitu erat menciptakan penderitaan yang tak terbayangkan. Vipassana dapat meringankan penderitaannya secara permanen dan menghilangkan penderitaan yang tak terkendali, memberikan gambaran hidup yang jelas, sifat pikiran yang otentik, kecerdasan dan kesadaran untuk mencapai harapan, kedamaian dan ketenangan. Amaya meninggalkan Nalanda dengan tekad kuat untuk mengintegrasikan Vipassana ke dalam kehidupan sehari-harinya. Dia akan kembali ke Nalanda atau Bodh Gaya setiap tahun selama satu bulan untuk menghadiri meditasi sepuluh hari dan bekerja sebagai sukarelawan selama sisa hari tersebut.

Rose memeluk Amaya begitu dia memasuki rumah; dia memperhatikan perubahan Amaya terlihat, hidup dan bertahan lama. Amaya tampak sadar, dan sentuhannya lembut, perhatian, dan baik hati.

"Mama, aku telah berubah untuk selamanya; awalnya hal itu menimbulkan rasa sakit yang luar biasa, namun berubah menjadi sangat berat dan bertahan lama. Vipassana telah masuk ke dalam pikiran, kecerdasan, dan hati saya. Saya menyukainya sebagai milik saya, dan itu telah menjadi bagian dari hidup saya." Sambil duduk dekat ibunya, Amaya menceritakan kejadian dalam dirinya.

"Saya bisa mengamati perubahannya; Anda terlihat rendah hati, penuh empati, pantang menyerah, dan penuh kasih sayang. Saya telah mendapatkan kembali putri saya, seorang dewasa yang matang, yang memiliki banyak hal untuk dilakukan dalam hidupnya," seru Rose.

"Iya mama, aku ingin memulai hidup baru. Saya telah memutuskan untuk menjalankan praktik hukum, sebuah media konstruktif untuk membantu perempuan yang menderita akibat eksploitasi, penaklukan dan penyiksaan. Saya ingin membantu sebanyak mungkin perempuan untuk mendapatkan keadilan, meringankan penderitaan mereka," jelas Amaya.

Rose memandang putrinya dengan pikiran tenang; dia bisa merasakan keyakinan, niat dan tekad Amaya. "Itu ide yang bagus; dukungan penuh saya ada pada Anda," tegas Rose.

Rose dan Amaya membahasnya saat Shankar Menon datang dari Mumbai untuk menemui putrinya.

"Amaya, itu ide yang sangat berarti; kamu bisa melakukannya dengan baik; kamu adalah orang terbaik untuk membantu perempuan yang membutuhkan bantuan hukum," ujarnya sambil memeluk putrinya.

Dalam beberapa hari, Amaya, Rose dan Shankar Menon mengunjungi Kochi untuk mencari tempat tinggal sekaligus ruang kantor untuk Amaya. Setelah tiga hari pencarian intensif, mereka dapat menemukan sebuah vila sekitar tiga kilometer dari pengadilan. Shankar Menon membelinya; menghadiahkannya pada Amaya. Satu bagian rumah, termasuk ruang tamu, dua kamar tidur, dapur yang dialihfungsikan Amaya sebagai tempat tinggalnya, dan empat ruangan untuk keperluan kantor. Rose mengawasi perubahan struktural internal kawasan perumahan dan membangun lemari dinding, lemari, rak, dan furnitur. Dia membeli komputer, printer, mesin fotokopi dan peralatan elektronik yang diperlukan untuk kantor.

Bersama Shankar Menon, Rose memesan buku hukum, jurnal, dan publikasi tentang hak asasi manusia, keadilan, sosiologi, psikologi, ekonomi, aktivisme sosial, dan perkembangan terkini dalam sains dan AI. Ada bagian khusus untuk Malayalam, Prancis, Spanyol dan Inggris dengan sekitar seratus karya fiksi dan puisi. Rose menghadiahkannya beberapa buku tentang Buddha dan Vipassana, yang sangat berharga bagi Amaya. Hadiah terindah yang diberikan Rose kepada Amaya adalah sebuah piano, dan baik Amaya maupun Rose memainkan musik favorit mereka selama berjam-jam bersama.

Sebelum memulai praktik hukumnya, Amaya memberi wewenang kepada sebuah agen internasional untuk menjual vilanya di Barcelona, furnitur, komputer, buku, sepeda motor dan mobil, dan menyumbangkan prosesnya ke *Child Concern* dalam waktu tiga bulan. Ada delapan crore rupee di banknya, uang darah yang ditransfer Karan ke rekeningnya, dan Amaya menyumbangkan jumlah tersebut untuk pendidikan anak perempuan di berbagai wilayah di India.

Selama dua tahun, Amaya berpraktik di bawah bimbingan seorang pengacara senior, yang memberinya pelatihan intensif untuk mengembangkan keterampilan dan sikapnya serta menjadi seorang praktisi hukum yang sukses. Amaya mempelajari pelajaran mendasar dari wawancara, penyusunan draf, pengajuan permohonan ke pengadilan, prosedur penting pengadilan, etiket dan presentasi kasus yang fasih, kuat dan logis yang menghasilkan argumen yang kuat. Amaya belajar salah satu pelajaran paling penting dari seniornya dengan menampilkan dirinya di pengadilan dengan kerah putih kaku dan gaun hitam dan memanggil hakim sebagai "Tuanku" atau "Yang Mulia" dengan rendah hati. Senior tersebut mengatakan kepada Amaya bahwa banyak hakim yang egois dan narsisis yang mencintai orang lain dan memperlakukan mereka seperti dewa.

Ketika Amaya mulai berpraktik secara mandiri, membuktikan dirinya sebagai pengacara yang efektif sangatlah sulit. Korupsi, nepotisme, kasta dan prasangka agama di kalangan hakim dan sesama pengacara mengejutkannya, hal yang belum pernah ia temui sebelumnya. Amaya mendapat tepuk tangan meriah dari kelompok dan aktivis perempuan saat mewakili sekelompok perempuan yang tergabung dalam suatu suku di tahun ketiga. Selama bertahun-tahun, perempuan-perempuan tersebut mengalami eksploitasi seksual dan finansial yang dilakukan oleh petugas kehutanan dan cukong penambang kayu. Amaya mengalami ancaman pembunuhan, boikot sosial, dan larangan profesional saat mengungkap pelanggarannya. Dilengkapi dengan dokumen dan statistik otentik, Amaya menceritakan kisah-kisah tak terhitung tentang selusin anak yang lahir dari pemerkosaan dan ibu mereka yang dieksploitasi. Putusan tersebut berpihak pada korban, seperti yang diharapkan oleh masyarakat umum dan kelompok perempuan. Pengadilan memberikan kompensasi yang cukup besar kepada para korban dan hukuman penjara jangka panjang bagi sekitar dua belas petugas kehutanan dan pengusaha. Kasus ini mengubah status Amaya di kalangan persaudaraan hukum, dan selama lima belas tahun berikutnya, ia sukses dalam perjalanan membantu orang-orang mengatasi penderitaan mereka.

Pada hari Amaya merayakan tahun kedua puluh praktik hukumnya, dia menerima panggilan telepon dari seorang wanita muda tak dikenal; panggilan itu sekali lagi mengubah hidupnya di luar imajinasi. Baru beberapa hari kemudian Amaya mengetahui bahwa wanita muda itu tidak lain adalah Supriya, putrinya yang diculik. Pada Jumat malam, dia mengalami kesulitan tidur karena keesokan harinya, hari kelima belas menerima telepon, dia akan pergi ke Chandigarh untuk bertemu dengan putrinya untuk pertama kalinya.

Sekitar tengah malam, Amaya melihat pesan baru di layar ponselnya dari Supriya: "Mama, aku ingin menebus kejahatan ayahku; tapi aku tidak bisa meninggalkannya. Satu-satunya pilihan adalah...." Itu adalah pesan yang belum selesai, namun implikasinya membuat Amaya ketakutan dan hatinya tiba-tiba tersentak. "Tidak, Supriya. Jangan berpikir liar," teriak Amaya, ketika tindakan tersembunyi dalam kata-kata Supriya menghancurkan kedamaian Amaya untuk sesaat. Itu adalah pertanda menakutkan bagi penderitaan selama bertahun-tahun yang akan datang. Amaya langsung mengirimkan pesan bahwa dirinya akan sampai di bandara Chandigarh sesuai jadwal, sekitar pukul dua siang. Gangguan tidurnya terus berlanjut ketika pikirannya terjerat dalam bencana yang akan datang, dan kepalanya juga gelisah untuk keluar dari rawa kesiasiaan. Meski hanya tidur satu jam, Amaya bangun jam empat pagi. Setelah menjalani Vipassana, dia mengirim email ke Sunanda yang memberinya wewenang untuk mewakili kasusnya, selain mengelola kantor Amaya selama cuti panjang, jika ada. Dia selanjutnya memberdayakan Sunanda untuk menjual tanah milik Amaya dan menyumbangkan hasilnya ke *Child Concern* jika dia tidak bisa kembali dalam waktu satu tahun.

Penerbangannya pukul sembilan dari Kochi; dibutuhkan waktu lebih dari tiga jam untuk mencapai Delhi. Setelah suatu sore dalam penerbangan lanjutan, Amaya menyentuh Chandigarh. Kegembiraan bertemu putrinya bersifat pasif karena penderitaan atas tragedi yang akan dihadapinya sangat mengkhawatirkan. Amaya berdiri dengan sabar selama sekitar lima belas menit, tapi tidak ada yang menunggunya. Ketakutan mengintai di hatinya lebih dari sekadar kekecewaan, pertanda akan terjadinya bencana. Butuh waktu sekitar dua puluh menit untuk mencapai Cuckoo's Nest, kediaman Supriya. Amaya dapat melihat kantor pusat Perusahaan Farmasi Dr Karan Acharya. Ada kerumunan yang cukup besar di sana, dan beberapa kendaraan dari saluran TV, surat kabar, dan departemen kepolisian diparkir di kompleks tersebut. Tak disangka, Amaya berdiri diam saat ada tandu bersprei putih, didorong ke dalam ambulans oleh beberapa polisi.

"Pak, saya Adv Amaya Menon, penasihat Dr Poornima Acharya. Saya ingin segera bertemu dengannya," kata Amaya sambil memperkenalkan dirinya kepada seorang petugas polisi.

"Nyonya, saya minta maaf Anda mungkin tidak dapat bertemu dengannya hari ini. Dia ditahan karena dugaan pembunuhan," kata petugas itu.

Amaya terdiam selama beberapa waktu. "Kapan aku bisa bertemu dengannya?" mendapatkan kembali ketenangannya, Amaya bertanya.

"Saya mungkin tidak bisa memastikannya. Meskipun ini hari Minggu, dia akan diadili di hadapan hakim besok dan mungkin ditahan polisi atau pengadilan selama empat belas hari ke depan."

"Sebagai penasihatnya, saya berhak bertemu dengannya," desak Amaya.

"Saya tahu itu. Tapi Anda perlu mendapat izin tertulis dari hakim untuk bertemu dengannya," petugas polisi itu menjelaskan.

Amaya melihat para fotografer dan reporter pers berlari menuju sebuah jip polisi yang diparkir di pintu masuk rumah, di mana polisi wanita mendorong ke dalam jip tersebut, seorang wanita yang menutupi kepalanya dengan kain hitam.

Supriya! Amaya memanggil dan berlari menuju jip.

"Nyonya, Anda tidak diperbolehkan berbicara dengannya," kata petugas polisi sambil menghentikan Amaya.

Amaya membuka ponselnya untuk mengetahui berita terkini, dan ada siaran langsung dari berbagai saluran TV. "Dr Karan Acharya meninggal tadi malam sekitar pukul sebelas; dia berumur lima puluh lima tahun. Dia adalah Ketua Perusahaan Farmasi Acharya. Dr Acharya sempat koma selama tiga setengah bulan akibat kecelakaan mobil. Laporan medis memastikan sumsum tulang belakangnya rusak parah. Akibatnya, kondisinya kritis selama dua hari terakhir. Istrinya, Dr Eva Acharya, meninggal karena kanker ovarium tiga tahun lalu. Dr Acharya memiliki seorang putri, Dr Poornima, CEO perusahaan. Ia belajar di Delhi, melakukan penelitian di London dan Palo Alto, California, bekerja di Chandigarh dan menjadi ahli bedah dan ilmuwan terkenal secara internasional. Dr Acharya mengembangkan obat untuk Alzheimer seperempat abad yang lalu, kemudian dilarang karena efek sampingnya yang buruk. Persaudaraan medis dan para penguasa di negara ini telah menyampaikan belasungkawa terdalam mereka atas kematiannya yang terlalu dini."

Amaya bisa membayangkan apa yang bisa terjadi. "Saya harus membela putri saya," katanya pada dirinya sendiri.

Lalu, ada berita terkini: "Polisi Chandigarh menangkap Dr Poornima Acharya, CEO Perusahaan Farmasi Dr Acharya, putri Dr Karan Acharya, atas dugaan pembunuhan ayahnya. Penangkapan terjadi pada Sabtu sore. Rekaman CCTV menunjukkan Dr Poornima memberikan suntikan kepada ayahnya sekitar pukul sepuluh tiga puluh pada Jumat malam. Dia tidak memasukkan rinciannya ke dalam buku catatan pengobatan. Dua dokter yang merawat Dr Karan Acharya selama tiga setengah bulan terakhir berpendapat bahwa Dr Acharya sudah meninggal pada pukul sepuluh malam pada hari Jumat. Dokter lain mengatakan itu adalah euthanasia yang tidak sah. Namun Dr Poornima belum membantah tuduhan pembunuhan tersebut."

Amaya pergi ke pengadilan pada Senin pagi dan meminta izin menemui Supriya. Ketika dia sampai di kantor polisi sekitar pukul tiga sore, Amaya melihat seorang wanita duduk di lantai di dalam sel penjara. Amaya hanya bisa melihat bagian belakang kepalanya saat wanita itu memandang ke arah dinding.

"Supriya," Amaya memanggilnya dengan suara rendah, berdiri di luar jeruji besi yang terkunci.

"Iya, Mama," jawab wanita itu tanpa menggerakkan kepalanya.

"Saya ingin mengajukan jaminan untuk Anda," kata Amaya.

"Tidak, Bu. Anda tidak perlu memohon jaminan," reaksi wanita itu.

"Mengapa?" tanya Amaya.

"Saya ingin menderita untuk memperbaiki kejahatan ayah saya. Kejahatan yang dia lakukan terhadap Anda tidak dapat diampuni. Karena dia tidak bisa menjalani hukuman, saya memutuskan untuk dipenjara selama dua puluh empat tahun ke depan," jelas wanita tersebut.

"Supriya, ini akan menjadi latihan yang sia-sia. Dia tidak ada lagi. Izinkan aku membelamu," kata Amaya.

"Mama, kamu mencintaiku. Aku bisa membalas cintamu hanya melalui penderitaanku. Jika saya tidak menderita, saya egois dan tidak akan mendapatkan kedamaian. Saya telah membaca di publikasi Anda; bahwa hukuman itu merupakan akibat wajar yang diperlukan untuk menebus suatu pelanggaran. Jadi, saya harus menjalani hukuman penjara, karena tidak ada pilihan lain," jelas perempuan tersebut.

"Supriya, kamu masih muda, dan masa depan menantimu. Anda dapat membantu jutaan orang melalui produk farmasi Anda. Pertimbangkan sisi kehidupan yang lebih cerah," Amaya mencoba meyakinkan wanita itu.

"Demikian pula, saya mewarisi nama, ketenaran, dan kekayaan ayah saya; kejahatannya juga merupakan warisanku, dan hanya dengan mengurungku di balik jeruji penjara aku dapat membalasnya. Saya ingin menderita," wanita itu menjelaskan.

"Sudah menjadi profesiku untuk membelamu. Jangan pertimbangkan hubungan di antara kita," kata Amaya.

"Untuk membela saya, Anda harus berbohong kepada pengadilan. Tapi Anda menjamin kebenaran dan keadilan. Saya pernah membaca bahwa Anda adalah seorang praktisi Vipassana biasa; Saya yakin Anda memang begitu. Kebenaran saja tidak dapat memenangkan litigasi, namun berbohong bertentangan dengan prinsip Vipassana, yang tidak Anda sukai. Jadi, membela saya adalah tindakan yang tidak etis." Wanita itu yakin.

Amaya merenung selama beberapa waktu. Apa yang putrinya katakan tentang Vipassana dan kebenarannya sangat mempengaruhi hatinya. "Supriya, ayahmu meninggal secara wajar sekitar pukul sepuluh pada Jumat malam. Mengetahui bahwa dia sudah mati, Anda memberinya suntikan pada pukul sepuluh tiga puluh. Dan pada tengah malam, kamu mengirimiku pesan itu, yang hanya sebuah renungan," kata Amaya.

Terjadi keheningan yang lama. Kemudian perempuan itu berkata perlahan dan sengaja, "Mama, Ibu mengetahui kebenarannya, namun dalam setiap kasus, kebenaran tersebut mungkin tidak mencerminkan keadilan. Ketika ada konfrontasi antara kebenaran dan keadilan, maka penting untuk berdiri di atas kebenaran. Namun tanpa keadilan, kebenaran akan sia-sia. Saya tidak menolak kebenaran tetapi menjunjung tinggi kewajiban terhadap keadilan. Saya tidak bisa bersembunyi di balik kebenaran, menolak keadilan. Ini merupakan keharusan moral, dan saya tidak dapat menghindarinya. Saya harus menderita karena itu satu-satunya pilihan saya karena ayah saya sangat menyinggung perasaan Anda, dan dia tidak ada lagi. Kejahatannya menuntut keadilan, dan hanya aku yang bisa menghukumnya. Selain itu, aku tidak punya jalan keluar karena kamu adalah ibuku, dan dia adalah ayahku. Jangan membelaku. Jika Anda menghalangi saya, saya mungkin harus berkeliaran di jalanan Chandigarh melakukan penebusan dosa selama sisa hidup saya seperti Oedipus. Selamat tinggal, Bu."

"Selamat tinggal, Supriya," kata Amaya sambil berbalik untuk pergi.

Keesokan harinya, Amaya terbang ke Jakarta; ada penerbangan lanjutan ke Waisai di kepulauan Raja Ampat. Di sana ia bergabung dengan *Child Concern* sebagai pekerja sosial sukarelawan lapangan yang mendistribusikan buku kepada anak-anak di ribuan pulau tak bernama yang tersebar di lautan luas sepanjang hidupnya.

Tentang Penulis

Varghese V Devasia mengajar bahasa Inggris di Loyola School, Trivandrum. Beliau adalah mantan Profesor dan Dekan di Tata Institute of Social Sciences Mumbai dan Kepala Tata Institute of Social Sciences, Kampus Tuljapur. Dia adalah Profesor dan Kepala Sekolah di Institut Pekerjaan Sosial MSS, Universitas Nagpur, Nagpur.

Beliau memperoleh Certificate of Achievement in Justice dari Harvard, Diploma in Human Rights Law dari National Law School of India University Bengaluru, Graduation in Philosophy dari Sacred Heart College Shenbaganur, MA in Social Work dari Tata Institute of Social Sciences, Mumbai, MA in Sociology dari Universitas Shivaji Kolhapur, LLB, MPhil dan PhD dari Universitas Nagpur.

Ia telah menerbitkan lebih dari sepuluh buku referensi akademis di bidang Kriminologi, Administrasi Pemasyarakatan, Victimologi, Hak Asasi Manusia, Keadilan Sosial, Penelitian Partisipatif dan banyak artikel di jurnal nasional dan internasional yang ditinjau oleh rekan sejawat. Ia adalah penulis antologi cerita pendek, *A Woman with Large Eyes* , terbitan Olympia Publishers, London, dan novel *Women of God's Own Country* , terbitan Book Solutions, Indulekha Media Network Kottayam dan *The Celibate* , terbitan Ukiyoto Publishing , Hyderabad. Dia telah menulis novel Malayalam, diterbitkan oleh Mulberry Publishers, Calicut. Varghese V Devasia adalah penerima penghargaan Penulis Terbaik Tahun 2022 untuk novel debutnya, *Wanita Negeri Tuhan* , yang dipersembahkan oleh Ukiyoto Publishing. Dia tinggal di Kozhikode, Kerala.

Email: *vvdevasia@gmail.com*